A Filha do Reverendo

Título original: *A Clergyman's Daughter*
copyright © Editora Lafonte Ltda. 2021

Todos os direitos reservados.
Nenhuma parte deste livro pode ser reproduzida por quaisquer meios existentes sem autorização por escrito dos editores.

Direção Editorial   *Ethel Santaella*

REALIZAÇÃO

GrandeUrsa Comunicação

Direção   *Denise Gianoglio*
Tradução   *Adriana Buzzetti*
Revisão   *Ana Elisa Camasmie*
Capa, Projeto Gráfico e Diagramação   *Idée Arte e Comunicação*
Ilustrações   *Arte sobre pinturas de Maurice Denis*

Dados Internacionais de Catalogação na Publicação (CIP)
(Câmara Brasileira do Livro, SP, Brasil)

```
Orwell, George, 1903-1950
   A filha do reverendo / George Orwell ; tradução
Adriana Buzzetti. -- São Paulo : Lafonte, 2021.

   Título original: A clergyman's daughter
   ISBN 978-65-5870-102-6

   1. Ficção inglesa I. Título.

21-67047                                    CDD-823
```

Índices para catálogo sistemático:

1. Ficção : Literatura inglesa   823

Maria Alice Ferreira - Bibliotecária - CRB-8/7964

Editora Lafonte
Av. Profª Ida Kolb, 551, Casa Verde, CEP 02518-000, São Paulo-SP, Brasil – Tel.: (+55) 11 3855-2100
Atendimento ao leitor (+55) 11 3855-2216 / 11 3855-2213 – atendimento@editoralafonte.com.br
Venda de livros avulsos (+55) 11 3855-2216 – vendas@editoralafonte.com.br
Venda de livros no atacado (+55) 11 3855-2275 – atacado@escala.com.br

George Orwell

A Filha do Reverendo

Tradução

Adriana Buzzetti

Brasil, 2021

Lafonte

CAPÍTULO 1

1

Quando o despertador sobre a cômoda explodiu como uma pequena e horrível bomba feita de bronze, Dorothy, arrancada das profundezas de um sono complexo e turbulento, despertou em um sobressalto e deitou-se de costas, olhando a escuridão em completo esgotamento.

O despertador continuou em seu clamor persistente, que seguiria por cinco minutos, mais ou menos, se não fosse interrompido. O corpo de Dorothy doía dos pés à cabeça, e uma autocomiseração insidiosa e desprezível, que normalmente tomava conta dela quando era a hora de se levantar pela manhã, a fez enterrar a cabeça sob os lençóis e tentar deixar o ruído odioso longe de seus ouvidos. Ela lutou contra a fadiga e, seguindo seu costume, duramente exortou a si mesma na segunda pessoa. "Vamos, Dorothy, levante-se! Nada de soneca, por favor! Provérbios 6:9.[1]" Então, lembrou que, se o barulho durasse um pouco mais, acordaria seu pai, e, com um movimento apressado, pulou da cama, tirou o despertador da cômoda e o desligou. Ele

---

1 Velho Testamento, Provérbios, Capítulo 6, Versículo 9: "Ó preguiçoso, até quando ficarás deitado? Quando te levantarás do teu sono?".

ficava sobre o móvel justamente para que ela fosse obrigada a sair da cama a fim de silenciá-lo. Ainda no escuro, ajoelhou-se e repetiu o pai-nosso, embora bastante distraidamente, com seu pé incomodado pelo frio.

Eram apenas 5 e meia e fazia frio para uma manhã de agosto. Dorothy (seu nome era Dorothy Hare, filha única do reitor[2] Charles Hare, presbítero da Igreja de St. Athelstan, em Knype Hill, Suffolk) vestiu seu velho penhoar de flanela e desceu tateando as escadas. A manhã gelada tinha um cheiro de poeira, reboco úmido e peixe frito do jantar da noite anterior. Dos dois lados do corredor, no segundo andar, ela podia ouvir o ronco antifonal de seu pai e de Ellen, a criada de serviços gerais. Com cuidado — já que a mesa da cozinha era capaz do desagradável truque de se esticar na escuridão e trombar com o osso de seu quadril —, Dorothy entrou na cozinha, acendeu a luz sobre o suporte da lareira e, ainda fadigada, ajoelhou-se e varreu as cinzas que estavam em volta.

O fogo da cozinha era "difícil pra diabo" de acender. Torta, a chaminé ficava eternamente meio entupida, e o fogo, antes de ser aceso, tinha de ser alimentado com uma xícara de querosene, como a dose matinal de gim de um bêbado. Depois de colocar a chaleira de água para ferver, para o barbear de seu pai, Dorothy subiu e preparou seu banho. Ellen ainda ressonava, com roncos pesados da juventude. Era uma criada boa e trabalhadeira, desde que estivesse acordada, mas tratava-se de uma daquelas garotas que nem o diabo ou todos os anjos conseguem tirar da cama antes das 7 da manhã.

Dorothy encheu a banheira o mais devagar que pôde — o barulho do jorro sempre acordava seu pai se a torneira fosse aberta rápido demais — e ficou um momento olhando para a piscina de água pálida e tediosa. Seu corpo estava todo arrepiado. Ela detestava banhos frios, e foi por esse exato motivo que impôs como regra tomar todos os seus banhos frios de abril a novembro. Colocando uma mão hesitante na água — estava horrivelmente gelada —, ia se estimulando com as exortações de praxe. "Vamos, Dorothy! Entre logo! Sem medo, por favor!" Então, resolutamente, entrou na banheira, sentou-se e deixou o congelante cinturão de água envolver seu corpo todo,

---

2 É comum, na Igreja Anglicana, o padre ser também chamado de reitor.

exceto o cabelo, que ela havia enrolado atrás da cabeça. Em seguida, emergiu, arfando e contorcendo-se. Mal conseguiu recuperar o fôlego e lembrou-se da "lista de tarefas" do dia, que havia trazido no bolso do penhoar e tencionava ler. Alcançou-a e, inclinando-se sobre a borda da banheira, submergida até a cintura, passou por toda a lista à luz da vela que estava na cadeira.

Assim dizia:

7h: Sagrada Comunhão
Bebê da sra. T? Devo visita.
CAFÉ DA MANHÃ. Bacon. Pedir dinheiro papai. (P)
Perguntar Ellen o que o pai queria para seu tônico; NB: perguntar sobre as cortinas na Solepipe.
Visitar sra. P, recorte da revista Daily, chá de angélica bom pra reumatismo, emplasto pra calos da sra. L.
12h: Ensaio Carlos I. NB: pedir 200g cola, 1 frasco tinta de alumínio.
JANTAR (riscado) ALMOÇO?
Distribuir Revista Paroquial; NB: Sra. F deve 3 xelins e 6 centavos
16h30: Chá da Associação de Mães, não esquecer 2m de tecido de cortina.
Flores para igreja. NB: 1 lata Brasso
CEIA. Ovos mexidos.
Datilografar sermão do papai. Fita de máquina de escrever?
NB: remover erva daninha horrível nos pés de ervilhas.

Dorothy saiu do banho e secou-se com uma toalha não muito maior que um pano de prato — eles nunca conseguiam comprar toalhas de tamanho decente na casa paroquial —, seu cabelo se soltou e caía pelos ombros em dois pesados chumaços. Um cabelo grosso, bonito, extremamente claro, e talvez fosse por isso que seu pai a tinha proibido de cortá-lo, pois era sua única beleza. Quanto ao resto, tratava-se de uma garota de estatura mediana, bastante magra, porém formosa, mas o rosto era seu ponto fraco. Um tipo de rosto fino, claro e banal, com olhos pálidos e o nariz um pouco longo demais; de perto, podiam-se ver pés de galinha nos cantos dos olhos, e a boca, quando estava em repouso, aparentava cansaço. Não exatamente o rosto de uma solteirona ainda, mas, certamente, se tornaria assim em poucos anos. O curioso é que estranhos normalmente a consideravam alguns anos mais jovem do que realmente era (ainda não havia completado 28 anos), devido à expressão de sinceridade quase infantil em seus olhos. Seu antebraço esquerdo tinha minúsculas marcas vermelhas, como picadas de inseto.

Dorothy vestiu a camisola novamente e escovou os dentes — apenas com água, claro; melhor não usar creme dental antes da Sagrada Comunhão. Afinal, ou se está jejuando ou não. Os católicos romanos estão bem certos nisso. Ao fazê-lo, chegou a vacilar, mas, de repente, parou e abandonou o creme dental. Uma pontada mortal, uma pontada física de fato, perpassou suas entranhas.

Ela se lembrara, com aquele terrível choque com que alguém se recorda de algo desagradável logo pela manhã, da conta no Cargill, o açougue, em atraso havia sete meses. Aquela conta pavorosa — devia ser de 19 ou 20 libras, sem a mais remota esperança de pagá-la — era um dos principais tormentos de sua vida. Em todas as horas do dia e da noite, a conta estava à espreita em sua consciência, pronta para saltar sobre ela e agonizá-la; e com isso veio a lembrança de uma lista de dívidas menores, somando uma quantia em que nem sequer ousava pensar. Quase involuntariamente, começou a rezar, "Por favor, Deus, não deixe o Cargill mandar sua cobrança hoje de novo!", mas, em seguida, decidiu que essa prece era mundana e blasfema e pediu perdão. Então, vestiu seu penhoar e correu para a cozinha na esperança de tirar a dívida da cabeça.

O fogo havia se apagado, como sempre. Dorothy o reacendeu, sujando as mãos com o pó do carvão, embebeu-o de querosene novamente e ficou esperando, ansiosa, que a chaleira fervesse. O pai contava com aquela água pronta para se barbear às 6h15. Apenas sete minutos atrasada, Dorothy levou a lata para cima e bateu à porta do quarto do reverendo.

— Entre, entre! — disse uma voz abafada e irritada.

O quarto, com pesadas cortinas, estava sufocante, com um cheiro masculino no ar. O reverendo havia acendido a vela sobre a mesa de cabeceira e estava deitado de lado, olhando para seu relógio de ouro, que acabara de pegar sob o travesseiro. Seu cabelo era grosso e branco como lanugem. Por sobre o ombro, olhos escuros e brilhantes fitavam Dorothy com irritação.

— Bom dia, papai.

— Espero que realmente seja um bom dia, Dorothy — disse o reverendo, vagamente. Sua voz soava abafada e senil antes que ele colocasse a dentadura. — Ou você faz um esforço para tirar Ellen da cama mais cedo ou você mesma terá de ser um pouco mais pontual.

— Desculpe, pai. O fogo da cozinha ficava apagando.

— Muito bem! Coloque a água sobre a penteadeira. Deixe aí e abra as cortinas.

Já havia a luz do dia, mas era uma manhã nublada. Dorothy apressou-se até seu quarto e vestiu-se com a velocidade da luz, algo que achava necessário em seis manhãs a cada sete. Havia apenas um minúsculo espelho quadrado no quarto, e mesmo este ela não usava. Simplesmente pendurou sua cruz dourada no pescoço — "apenas a cruz dourada; nada de crucifixos, por favor!" —, prendeu o cabelo em um coque, enfiou nele um tanto de grampos displicentemente e jogou no corpo as roupas (blusa cinza, casaco e saia de tuíde irlandês puídos, meias combinando quase nada com o casaco e a saia, e sapatos marrons, bastante usados) em cerca de três minutos. Teve de arrumar a sala de jantar e o escritório de seu pai antes de ir à igreja, além de fazer suas preces em preparação para a Sagrada Comunhão, o que lhe tomou não menos que vinte minutos.

Quando saiu, pedalando sua bicicleta pelo portão da frente, a manhã ainda estava encoberta e a grama, encharcada com o pesado orvalho. Através da neblina que contornava a encosta, a Igreja de St. Athelstan surgia sombriamente, como uma esfinge de chumbo, e seu único sino dobrava de forma fúnebre: bum!, bum!, bum! Apenas um dos sinos estava atualmente em atividade; os outros sete não tocavam mais e tinham permanecido silenciosos pelos últimos três anos, lentamente rachando o chão do campanário com seu peso. À distância, em meio à névoa abaixo, era possível ouvir o ruído ofensivo do sino da igreja católica romana — uma coisinha sórdida, barata, que o reitor da St. Athelstan costumava comparar ao sino do vendedor de bolinhos.

Dorothy pedalou rapidamente colina acima, inclinando-se sobre o guidão. A ponta de seu fino nariz ficou cor-de-rosa com o frio da manhã.

Um maçarico-de-pena-vermelha assoviou por cima de sua cabeça, invisível no céu nublado. "De manhã bem cedo, minha canção subirá ao Senhor!" Dorothy apoiou a bicicleta no portão de entrada do cemitério e, descobrindo suas mãos ainda cinzentas do pó do carvão, ajoelhou-se e esfregou-as na alta grama entre os túmulos até limpá-las. Então, o sino parou de tocar, e ela saltou, apressando-se para entrar na igreja bem na hora em que Proggett, o sacristão, em uma batina surrada e calçando enormes botas de trabalhador, rumava pelo corredor para tomar seu lugar na lateral do altar.

A igreja estava bem fria, com um odor de cera de vela e poeira antiga. Tratava-se de um templo grande, grande demais até para sua congregação, e em ruínas. Mais da metade estava vazia. As três fileiras estreitas de bancos mal se esticavam por metade da nave, e atrás delas havia restos de pedras, nas quais umas poucas inscrições gastas marcavam os locais de túmulos antigos. O teto sobre o coro estava visivelmente arqueado; ao lado da caixa de doações da igreja, dois fragmentos de viga corroída explicavam silenciosamente que isso se devia àquele inimigo da cristandade, o besouro da madeira. A luz filtrava-se, em pálida cor, pelas janelas de vidros. Pela porta sul, que estava aberta, era possível ver um cipreste irregular e galhos de um limoeiro, meio acinzentado em um ar sem sol, balançando levemente.

Como de costume, havia apenas outra comungante — a velha srta. Mayfill, de A Granja. O comparecimento à Sagrada Comunhão era tão ruim que o presbítero nem conseguia meninos para auxiliá-lo, exceto nas manhãs de domingo, quando os garotos gostavam de aparecer para a congregação em suas batinas e sobrepelizes. Dorothy sentou-se no banco atrás da srta. Mayfill e, em penitência por algum pecado recente, empurrou de lado a almofada e ajoelhou-se sobre as pedras nuas. O serviço estava começando. O reverendo, vestido com batina e sobrepeliz curta de linho, conduzia as orações em uma voz ágil e ensaiada, clara o bastante agora que estava com os dentes na boca, e curiosamente não confortadora. Em sua face fastidiosa e envelhecida, pálida como uma moeda de prata, havia uma expressão de ausência, quase de desdém. "Esse é um sacramento válido", ele parecia estar dizendo, "e é minha obrigação administrá-lo a vocês. Mas, lembrem-se de que sou apenas seu padre, não seu amigo. Como um ser humano, eu não gosto de vocês e os desprezo." Proggett, o sacristão, um homem de 40 anos, com cabelo grisalho encaracolado e rosto vermelho e cansado, posicionou-se pacientemente ao lado dele, sem compreendê-lo, mas reverente, brincando com o pequeno sino da comunhão, que se perdia em suas enormes mãos vermelhas.

Dorothy pressionou os dedos sobre os olhos. Ainda não havia obtido sucesso em concentrar seus pensamentos — na realidade, a lembrança da conta do açougue Cargill ainda a preocupava intermitentemente. As orações, que ela sabia de cor, flutuavam ignoradas por sua mente. Ergueu os olhos por um momento, e eles imediatamente começaram a vagar. Primeiro para cima, para os anjos do teto sem cabeça, em cujo pescoço ainda podiam-se ver os cortes dos soldados puritanos; depois, voltaram-se para o chapéu preto, igual a uma torta suína, da srta. Mayfill, e os brincos de âmbar negro tremeluzentes. A srta. Mayfill usava um sobretudo longo, obsoleto, com uma pequena gola de astracã de aparência engordurada, que sempre fora o mesmo, segundo a lembrança de Dorothy. Era feito de algum material bastante peculiar, como seda, mas mais rugoso, com pequenos trechos de plissado negro espalhados sem nenhum padrão identificável. Pode até ter sido aquele material legendário e proverbial, a bombazina negra. A srta. Mayfill estava muito velha, tão velha que ninguém se lembrava dela como outra coisa. Um leve odor irradiava dessa mulher — um odor etéreo, identificado como água de colônia, naftalina e um aroma secundário de gim.

Dorothy retirou um alfinete longo com cabeça de vidro da lapela de seu casaco e, furtivamente, sem que a srta. Mayfill visse, pressionou apreensivamente a ponta dele contra seu antebraço. Sua carne formigou. Ela fez disso uma regra — espetar seu braço o suficiente para fazer sair sangue quando se pegasse não fazendo suas orações. Foi a forma de autodisciplina que escolheu, sua vigilância contra a irreverência e os pensamentos sacrílegos.

Com o alfinete prontamente equilibrado, foi capaz de rezar com mais segurança por vários momentos. Seu pai havia olhado de forma sombria para a srta. Mayfill, em desaprovação, pois ela fazia o sinal da cruz de vez em quando, uma prática que ele desaprovava. Um estorninho gritou do lado de fora. Com susto, Dorothy percebeu que encarava sem nenhuma modéstia as pregas da sobrepeliz de seu pai, que ela mesma havia costurado dois anos antes. Cerrou os dentes e enfiou o alfinete meio centímetro em seu braço.

Estavam todos ajoelhados novamente. Era a Confissão Geral. Dorothy lembrou-se de seus olhos — vagando, de novo, infelizmente! E dessa vez pela janela de vidro jateado à sua direita, desenhada por sir Warde Tooke, membro-sócio da Real Academia, em 1851, que representava as boas-vindas de St. Athelstan nas portas do céu pelo anjo Gabriel e uma legião de anjos, todos notavelmente parecidos, e o príncipe consorte. Dorothy pressionou a ponta do alfinete em uma parte diferente do braço. Começou a refletir conscientemente sobre o significado de cada frase da oração, e isso trouxe sua mente de volta a um estado mais atento. Mesmo assim, sentiu-se de novo obrigada a usar o alfinete quando Proggett fez soar o sino no meio de "Assim com anjos e arcanjos", pois sempre era acometida de uma terrível tentação de começar a rir nessa passagem — por causa de uma história que seu pai lhe contou certa vez, de como, quando ele era um garotinho, e servindo ao padre no altar, o sino da comunhão tinha um badalo rosqueado que se soltou; e, então, o padre disse: "Assim com anjos e arcanjos, e acompanhado dos céus, louvamos e magnificamos vosso glorioso nome; enaltecendo-vos e dizendo, dane-se, sua cabecinha gorda, estraguei tudo!".

Quando o reverendo terminou a consagração, a srta. Mayfill começou a se levantar com extrema dificuldade e lentidão, como um boneco de madeira desprovido das juntas, erguendo suas partes e liberando, a cada movimento, um odor poderoso de naftalina. Houve um rangido extraordinário — de seu espartilho, presumidamente, mas tratava-se de um barulho como se os ossos estivessem em atrito uns com os outros. Poderia-se imaginar que havia apenas um esqueleto seco por dentro do sobretudo preto.

Dorothy permaneceu em pé um pouco mais. A srta. Mayfill arrastava-se em direção ao altar com passos lentos e cambaleantes. Ela mal podia andar, porém ficava profundamente ofendida quando alguém lhe oferecia ajuda. Em seu rosto velho e sem sangue, sua boca era surpreendentemente grande, mole e molhada. O lábio inferior pendia devido à idade, babava, expondo uma faixa de gengiva e uma fileira de dentes postiços tão amarelos quanto as teclas de um velho piano. Sobre o lábio superior, havia uma franja de bigode escuro e úmido. Não era uma boca apetitosa; não o tipo de boca que alguém gostaria de ver bebendo em sua xícara. De repente, espontaneamente, como se o diabo em pessoa a tivesse colocado lá, a prece saiu dos lábios de Dorothy: "Ó, Deus, fazei com que eu não tenha de beber do cálice após a srta. Mayfill!".

No momento seguinte, horrorizada, ela compreendeu o significado do que havia dito e desejou que tivesse mordido a língua e cortado-a em dois pedaços, em vez de ter proferido aquela blasfêmia mortal sobre os degraus do altar. Pegou novamente o alfinete de sua lapela e cravou-o no braço, com tanta força que tudo o que pôde fazer foi suprimir um grito de dor. Então, subiu ao altar e ajoelhou-se placidamente à esquerda da srta. Mayfill, assegurando-se de que tomaria do cálice logo depois.

Ajoelhada, com a cabeça pendida e as mãos abraçando os joelhos, pôs-se rapidamente a rezar pedindo perdão, antes que seu pai chegasse com a hóstia. Mas a corrente de seus pensamentos havia sido quebrada. De repente, parecia inútil tentar rezar; seus lábios se moviam, porém não havia coração nem significado em suas orações. Dorothy conseguia ouvir as botas de Proggett arrastando-se e a voz clara de seu pai murmurando "o corpo de Cristo". Conseguia ver a gasta faixa de carpete vermelho sob seus joelhos, podia sentir cheiro de pó, água de colônia e naftalina; mas, no corpo e no sangue de Cristo, no propósito pelo qual ela estava ali, estava impedida de pensar. Um apagão mortal tomou conta de sua mente. Pareceu-lhe que, de fato, não conseguia rezar. Lutou, organizou seus pensamentos, proferiu mecanicamente a frase de abertura da oração, tudo inútil, sem sentido — nada além de invólucros mortos de palavras. Seu pai estava segurando a hóstia diante dela, em sua mão idosa. Ele a segurava entre o polegar e o indicador, fastidiosamente, de certa forma repugnantemente, como se fosse uma colher com remédio. Seu olhar recaía na srta. Mayfill, que se vergava como uma lagarta geométrica, com muitos rangidos e fazendo o sinal da cruz de maneira tão elaborada que alguém poderia imaginar que simulava vários fechos decorativos para seu casaco. Por vários segundos, Dorothy hesitou e não tomou a hóstia. Ousou não tomá-la. Melhor, muito melhor descer do altar do que aceitar o sacramento com tamanho caos em seu coração!

Mas, então, aconteceu que olhou de lado, pela porta sul, que estava aberta. Um raio de luz momentâneo havia perfurado as nuvens. Ele descia pela folhagem do limoeiro, e um jato de folhas na entrada reluziu com um verde efêmero e inigualável, mais verde que o jade ou a esmeralda ou as águas do Atlântico. Foi como se alguma joia de esplendor inimaginável tivesse brilhado por um instante, preenchendo a entrada com uma luz verde e depois desaparecido. Um jorro de alegria percorreu o coração de Dorothy. Um raio de cores vivas trouxe de volta, por meio de um processo mais profundo que a razão, sua paz de espírito, seu amor por Deus, seu poder de adorar. De alguma forma, devido ao verde das folhas, foi possível rezar novamente. "Ó, todas as coisas verdes sobre a terra, dai glória a Deus!" Ela começou a rezar — ardente, alegre, grata. A hóstia derreteu em sua língua. A jovem tomou o cálice do pai e provou com repulsa, mesmo com uma alegria adicional em seu pequeno ato de autodesvalorização, a marca molhada dos lábios da srta. Mayfill em sua borda de prata.

2

A Igreja de St. Athelstan ficava no ponto mais alto de Knype Hill e, se alguém decidisse escalar a torre, poderia ver cerca de 15 quilômetros do campo ao redor. Não que houvesse alguma coisa que valesse a pena ser vista — apenas a paisagem baixa do leste da Inglaterra, intoleravelmente monótona no verão, mas redimida no inverno por padrões recorrentes de olmos, nus e em formato de leque contra céus de chumbo.

Imediatamente abaixo ficava a cidade, com a rua principal indo de leste a oeste e dividindo-a irregularmente. A porção sul era antiga, agrícola e respeitável. No lado norte ficavam os prédios da refinaria de açúcar de beterraba Blifil-Gordon e, em toda a volta, encontravam-se fileiras desordenadas de infames casinhas de tijolos amarelos, em sua maioria habitadas pelos funcionários da fábrica. Esses empregados, que somavam mais da metade dos 2 mil habitantes, eram recém-chegados, gente criada em outras cidades, e em sua maioria pessoas sem religião.

Os dois eixos, ou focos, em torno dos quais a vida social girava, eram o Clube Conservador[3] de Knype Hill, de cuja janela em arco, a qualquer momento depois de o bar abrir, podiam-se ver os rostos grandes e rosados como guelras da elite da cidade, olhando fixamente como rechonchudos peixes-dourados da moldura de um aquário; e a Sua Adorável Loja de Chá, um pouco longe, adiante na mesma rua, o principal local de encontro das senhoras de Knype Hill. Não comparecer à Sua Adorável Loja de Chá entre 10 e 11 horas toda manhã para tomar o "café matinal" e gastar cerca de meia hora naquele gorjear agradável das vozes da classe média alta ("Minha querida, eu tinha um 9 de espadas contra um ás e ele não bateu, veja se pode. Minha querida, você vai pagar meu café de novo? Ah, minha querida, gentileza demais da sua parte! Mas amanhã eu simplesmente insisto em pagar. Ai, olha só o pequeno Totó, sentado e olhando com cara de sabichão, com seu narizinho preto se agitando, será que ele vai ganhar, vai ganhar, meu

---

3 Clubes que reuniam homens de tendências conservadoras. (N. da T.)

amorzinho, a mamãe vai dar um torrão de açúcar, ela vai, ela vai. Muito bem, Totó!") era estar definitivamente fora da sociedade de Knype Hill. O reverendo, com seu humor ácido, apelidou as senhoras de "a brigada do café". Perto da colônia de vilas falsamente pitorescas, habitadas pela brigada do café, mas separada por seus grandes terrenos, estava A Granja, a casa da srta. Mayfill. Era uma curiosa imitação de castelo, com mata-cães, feita de tijolos vermelhos — uma insensatez de alguém, construída por volta de 1870 — e felizmente quase escondida em meio a densos arbustos.

A Casa Paroquial ficava a meio caminho do topo da colina, com a frente voltada para a igreja e as costas para a rua principal. Tratava-se de uma casa fora de época, inconvenientemente grande, com reboco amarelo descascando na frente pelo efeito do tempo. Algum pároco anterior havia acrescentado, de um lado, uma grande estufa, que Dorothy usava como sala de trabalho, mas que se encontrava constantemente em mau estado. O jardim da frente era abarrotado de abetos desiguais e um freixo todo espalhado, que fazia sombra nos quartos e tornava impossível cultivar qualquer flor por ali. Havia uma grande horta nos fundos. Progget fez o trabalho pesado de cavar o terreno na primavera e no outono, e Dorothy semeou, cultivou e capinou no tempo livre que pôde arrumar. Apesar disso, a horta era geralmente uma floresta impenetrável de mato.

Dorothy saltou de sua bicicleta no portão da frente, sobre o qual alguém inoportuno havia pregado um cartaz com a inscrição "Votem em Blifil-Gordon e os salários vão subir!" (Havia uma eleição suplementar acontecendo, e o sr. Blifil-Gordon defendia os interesses dos conservadores). Quando a jovem abriu a porta, viu duas cartas sobre o gasto capacho de casca de coco. Uma vinha do decano rural e a outra, uma carta grosseira, delgada, de Catkin & Palm, os alfaiates de roupas clericais de seu pai. Era uma cobrança, sem dúvida. O reverendo havia seguido a prática usual de pegar as cartas que lhe interessavam e deixar as outras. Dorothy estava se abaixando para pegar a correspondência quando viu, com um choque que a deixou consternada, um envelope sem selo.

Era uma cobrança — com certeza era uma cobrança! Além do mais, assim que colocou os olhos nela, "soube" que se tratava daquela cobrança horrível do Cargill, o açougue. Um sentimento aterrador perpassou suas entranhas. Por um momento, Dorothy quis de fato rezar para que não fosse uma cobrança do Cargill — que fosse apenas a conta da Solepipe, a loja de tecidos, ou da Internacional, ou da padaria, ou do leiteiro, qualquer uma, exceto a cobrança do Cargill! Então, dominando seu pânico, pegou o envelope e abriu-o com um movimento convulsivo.

"Conta devida: 21 libras, 7 xelins e 9 centavos.[4]"

Isso foi escrito na caligrafia inócua do contador do sr. Cargill. Mas, embaixo, em letras grossas, acusatórias, foi acrescentado e pesadamente sublinhado: "Gostaria de trazer a vosso conhecimento que esta conta é devida há MUITO TEMPO. Favor providenciar a quitação o MAIS CEDO POSSÍVEL, S. Cargill".

Dorothy ficara um tom mais pálida e estava ciente de que não desejava nenhum café da manhã. Enfiou a conta no bolso e foi direto para a sala de jantar — uma sala pequenina, escura, cujo papel de parede necessitava seriamente ser trocado e, como todos os outros cômodos da Casa Paroquial, parecia ter sido mobiliada com os restos de uma loja de antiguidades. A mobília era "boa", mas danificada de forma a não suportar reparos, e as cadeiras estavam tão carcomidas por cupins que alguém só conseguia sentar-se nelas em segurança se soubesse onde estavam os pontos fracos. Havia gravuras de aço velhas, escuras e deformadas, penduradas nas paredes; uma delas — uma gravura do retrato que Van Dyck fez de Carlos I — provavelmente de algum valor, se não tivesse sido estragada pela umidade.

O reverendo estava em pé, diante da lareira vazia, esquentando-se com um fogo imaginário e lendo uma carta que veio num envelope longo e azul. Ele ainda usava a batina preta de seda ondulada, que ornava perfeitamente com seu grosso cabelo branco e seu rosto pálido, elegante e não muito amigável. Quando Dorothy entrou, ele colocou a carta de lado, pegou seu relógio de ouro e examinou-o consideravelmente.

— Receio estar um pouco atrasada, pai.

— Sim, Dorothy, você está um pouco atrasada —, disse o pastor, repetindo

---

4 Antes da adoção do sistema decimal, em 1971, pelo Reino Unido, a libra era composta de 20 xelins, e cada xelim valia 12 centavos. (N. da T.)

as palavras dela com ênfase delicada, mas marcante. — Você está 12 minutos atrasada, para ser exato. Você não acha, Dorothy, que, quando eu tenho de me levantar às 6h15 para celebrar a Sagrada Comunhão, e voltar para casa excessivamente cansado e com fome, seria melhor se você conseguisse comparecer ao café da manhã sem estar um pouco atrasada?

Ficou claro que o reverendo estava no que Dorothy chamava eufemisticamente de "humor desconfortável". Ele tinha aquele tipo de voz cansada, cultivada, que nunca é definitivamente brava e nunca exatamente perto do bom humor — uma daquelas vozes que parecem estar o tempo todo dizendo: "Eu realmente não entendo o motivo de todo esse alvoroço!". A impressão que dava era de estar perpetuamente sofrendo com a estupidez e o aborrecimento causado por outras pessoas.

— Sinto muito, pai! É que eu tive de ir perguntar sobre a sra. Tawner. (A sra. Tawner era a "sra. T" na lista de tarefas.) — Ela teve bebê ontem à noite, e o senhor sabe que ela prometeu que viria para ser abençoada depois que ele nascesse.[5] Mas, é claro, não virá se achar que não temos nenhum interesse nela. O senhor sabe como essas mulheres são — parecem odiar ser abençoadas. Nunca virão se eu não as convencer.

O presbítero não grunhiu exatamente, mas proferiu um pequeno som de insatisfação enquanto se dirigia à mesa de café. O que significava, primeiro, que era obrigação da sra. Tawney vir e ser abençoada sem a persuasão de Dorothy; segundo, que Dorothy não deveria gastar tempo visitando toda a ralé da cidade, especialmente antes do café da manhã. A sra. Tawney era esposa de um trabalhador e morava na *partibus infidelium*,[6] ao norte da rua principal. O pastor colocou a mão no espaldar da cadeira e lançou a Dorothy um olhar que significava: "Está pronta agora? Ou haverá mais atrasos?".

— Acho que está tudo aqui, reverendo — disse Dorothy. — Talvez... Se o senhor quiser apenas dar graças...

---

5 A prática cristã de abençoar as mulheres após a recuperação do parto tinha o intuito de purificá-las, já que o nascimento de uma criança advém de um pecado, devido à prática sexual, e também de apresentar a criança à congregação. (N. da T.)
6 Latim: "terra dos infiéis". Designa o título de um bispo sem jurisdição regular. (N. da T.)

— *Benedictus benedicat*[7] — disse o pastor, erguendo a gasta toalha prateada que cobria o prato de café da manhã. A toalha prateada, assim como a colher de geleia banhada em prata, era uma relíquia de família; as facas e os garfos e a maioria da louça vieram de Woolworths. — Bacon de novo, pelo que vejo — acrescentou o reitor, olhando as fatias finas fritas em três minutos, que estavam enroladas sobre quadrados de pão frito.

— Infelizmente, é só isso que temos em casa — disse Dorothy.

O pastor pegou seu garfo com o indicador e o polegar e, com um movimento bem delicado, como se estivesse brincando com varetas, virou uma das fatias.

— Eu sei, claro — ele disse —, que bacon no café da manhã é uma instituição inglesa quase tão antiga quanto o governo parlamentar. Mas, ainda assim, você não acha que, ocasionalmente, poderíamos comer algo diferente, Dorothy?

— O bacon está tão barato agora — disse Dorothy, pesarosamente. — É até um pecado não comprar. Estava apenas 5 centavos meio quilo, e eu vi um até que bem bonito por 3 centavos.

— Ah, dinamarquês, suponho? Que variedade de invasões dinamarquesas tivemos neste país! Primeiro com fogo e espada, e agora com seu abominável bacon barato. Qual será o responsável por mais mortes?

Sentindo-se um pouco melhor após esse gracejo, o reitor ajeitou-se na cadeira e tomou um bom café da manhã com o desprezado bacon, enquanto Dorothy (ela não comeria bacon nessa manhã, uma penitência a que se atribuíra na véspera por ter dito "maldição" e por ter ficado ociosa após o almoço) refletia sobre uma boa maneira de introduzir o assunto.

Havia uma tarefa indescritivelmente odiosa diante de si — um pedido de dinheiro. Na melhor das hipóteses, obter dinheiro de seu pai era algo próximo do impossível, e obviamente, nessa manhã, ele seria ainda mais "difícil" que o comum. "Difícil" era outro de seus eufemismos. "O reverendo deve ter tido uma notícia ruim, suponho", ela pensou, desanimadamente, olhando para o envelope azul.

---

7 Latim: "que o abençoado possa abençoar". (N. da T.)

Provavelmente ninguém que já tenha conversado com o reverendo, por pelo menos dez minutos, negaria que se tratava de um tipo de homem "difícil". O segredo de seu quase infalível mau humor jazia realmente no fato de que ele era um anacronismo. Nunca deveria ter nascido no mundo moderno; toda essa atmosfera o enojava e o enfurecia. Dois séculos antes, ele teria se sentido perfeitamente em casa, como um pluralista, alegremente escrevendo poemas ou colecionando fósseis, enquanto vice-párocos, que custavam 40 libras por ano, administravam sua paróquia. Mesmo agora, se tivesse sido um homem mais rico, teria se contentado em passar incólume pelo século XX. Mas, viver em tempos passados é muito caro; não é possível fazer isso por menos de 2 mil por ano. O reverendo, preso por sua pobreza à era de Lênin e do *Daily Mail*,[8] mantinha-se em tal estado de exasperação crônica que era simplesmente natural que descontasse na pessoa mais próxima — geralmente, essa pessoa era Dorothy.

Nascido em 1871, o filho mais jovem do filho mais jovem de um baronete havia entrado para a Igreja pelo antiquado motivo de que se trata da profissão tradicional para os filhos mais jovens. Seu primeiro curato fora em uma paróquia grande e degradada no leste de Londres — um lugar desagradável, cheio de arruaceiros, que ele recordava com repugnância. Mesmo naquela época, a classe mais baixa (como fazia questão de chamá-la) estava decididamente ficando fora de controle. Foi um pouco melhor quando exerceu a função de vice-pároco em um lugar remoto em Kent (Dorothy havia nascido em Kent), onde os moradores, devidamente submissos, ainda erguiam o chapéu para o "pastor". Mas, naquela época, ele tinha se casado, e seu matrimônio havia sido diabolicamente infeliz. Além disso, como os párocos não devem discutir com a esposa, sua infelicidade havia permanecido em segredo e, portanto, dez vezes pior. Ele chegara a Knype Hill em 1908, aos 37 anos e com um temperamento incuravelmente azedo — temperamento este que acabou alienando todo homem, mulher e criança na paróquia.

Não que fosse um mau sacerdote. Em suas obrigações puramente clericais, era escrupulosamente correto — talvez correto demais para uma paróquia da Igreja Baixa da região da Ânglia Oriental. Conduzia seus serviços

---

8 Jornal britânico em formato tabloide publicado desde 1896. (N. da T.)

com perfeito discernimento, pregava sermões admiráveis e levantava-se em horários inconvenientes da manhã para celebrar a Sagrada Comunhão, toda quarta e sexta-feira. Mas, que um reverendo tivesse qualquer obrigação fora das quatro paredes da igreja era algo que nunca lhe tinha ocorrido seriamente. Impossibilitado de pagar um cura, deixou o trabalho sujo da paróquia totalmente a cargo da esposa e, após sua morte (ocorrida em 1921), de Dorothy. As pessoas costumavam dizer, em tom de maldade e de forma mentirosa, que ele deixaria Dorothy pregar os sermões em seu lugar se isso fosse possível. As "classes mais baixas" entenderam desde o princípio qual sua atitude para com eles e, fosse o reverendo um homem rico, provavelmente teriam lambito suas botas, de acordo com o próprio costume; do jeito que era, simplesmente o odiavam. Não que ele se importasse se o odiavam ou não, pois simplesmente nem tomava conhecimento de sua existência. Mas, mesmo com as classes mais altas, a relação não era muito melhor. Na administração do condado, havia discutido com todos, e, quanto à pequena nobreza da cidade, como neto de um baronete, o reitor a desprezava e não fazia nenhum esforço de esconder isso. Em 23 anos, havia logrado reduzir o número da congregação de St. Athelstan de 600 para menos de 200.

Isso não ocorreu apenas por questões pessoais. Também foi porque o ultrapassado Alto Anglicanismo, ao qual o reitor estava obstinadamente apegado, irritava igualmente todos os setores da paróquia. Hoje, um pároco que queira manter sua congregação tem apenas dois caminhos abertos. Deve ser o do anglocatolicismo puro e simples — ou também puro e não simples; ou tem de ser ousadamente moderno e liberal e pregar sermões reconfortantes, provando que não há inferno e que todas as boas religiões são a mesma coisa. O reverendo não seguia nenhum dos dois. Por um lado, nutria o mais profundo desprezo pelo movimento anglocatólico. Tinha passado por ele sem causar nenhuma alteração; "febre romana" era o nome que usava. Por outro lado, o pastor se considerava muito "elevado" para os membros mais velhos de sua congregação. De tempos em tempos, deixava-os com muito medo, por usar a palavra fatal "católico", não apenas em seus lugares santificados nos credos, mas também no púlpito. Naturalmente, a congregação foi diminuindo ano a ano, e foram as pessoas da mais alta reputação, as primeiras a ir embora. Lorde Pockthorne, do Tribunal Pockthorne, que possuía um quinto do condado; o sr. Leavis, o comerciante de couro aposentado; o sr. Edward Huson, de Crabtree Hall, e membros da pequena nobreza que possuíam carro a motor, todos deixaram a St. Athelstan. Muitos deles, aos domingos pela manhã, dirigiam até Millborough, que ficava a oito quilômetros dali. Millborough era uma cidade com 5 mil habitantes, e era possível escolher entre duas igrejas, a St. Edmund e a St. Wedekind. A St. Edmund era modernista — textos de *Jerusalém*, de Blake, estavam inscritos no altar, e servia-se o vinho da comunhão em copos específicos para a bebida —, e a St. Wedekind era anglocatólica e estava em perpétuo estado de guerrilha contra o bispo. Mas o sr. Cameron, o secretário do Clube Conservador de Knype Hill, era um católico romano convertido, e seus filhos faziam parte do notável movimento literário católico romano. Dizia-se que eles tinham um papagaio a quem estavam ensinando dizer *"extra ecclesian nulla salus"*.[9] Na verdade, ninguém, de nenhuma reputação, se manteve fiel a St. Athelstan, exceto a srta. Mayfill, de A Granja. A maior parte do dinheiro da srta. Mayfill seria deixada para a Igreja em forma de herança — assim ela disse; enquanto isso, nunca era vista colocando mais que 6 centavos na sacola de coleta, e parecia que aquela mulher iria viver para sempre.

    Os primeiros dez minutos do café da manhã passaram-se em completo silêncio. Dorothy estava tentando reunir coragem para falar — obviamente, teria de iniciar algum tipo de conversa antes de levantar o assunto do dinheiro, mas seu pai não era um homem fácil, com quem se pudesse bater papo. Em alguns momentos, ele caía em períodos de abstração tão profundos que mal se podia fazer com que o ouvisse; em outros, ficava muito compenetrado, ouvia com bastante atenção o que você dizia e então mostrava, um tanto exaustivamente, que o que você dizia não valia a pena ser dito. Lugares-comuns educados — o clima e assim por diante — geralmente faziam com que fosse sarcástico. Não obstante, Dorothy decidiu tentar o clima primeiro.

    — Está fazendo um dia engraçado, não está? — ela disse, ciente, no exato momento em que falara, do despropósito de sua observação.

    — O que é engraçado? — inquiriu o reitor.

---

9 Latim: "fora da igreja não há salvação". (N. da T.)

— Bem, quer dizer, estava bastante frio e nublado de manhã, e agora o sol saiu e está ficando bom.

— Há alguma coisa particularmente engraçada nisso?

Isso não era nada bom, obviamente. "O reverendo deve ter recebido más notícias", ela pensou. Tentou de novo.

— Eu gostaria muito que uma hora o senhor desse uma olhada nas coisas do jardim dos fundos, pai. Os feijões-verdes estão indo esplendidamente bem! As vagens terão mais de 30 centímetros. Vou guardar as melhores para o Festival da Colheita, é claro. Acho que ficaria tão bonito se decorássemos o púlpito com festões de feijão-verde e alguns tomates pendurados.

Foi uma gafe. O pastor tirou os olhos do prato com uma expressão de profundo desagrado.

— Minha querida Dorothy — disse ele, seriamente —, é mesmo necessário já começar a me preocupar com o Festival da Colheita?

— Desculpe, pai! — disse Dorothy, desconcertada. — Não foi minha intenção preocupar o senhor. Eu só pensei...

— Você supõe — prosseguiu o reitor — que é algo prazeroso ter de pregar meu sermão entre festões de feijão-verde? Não sou verdureiro. Até estraga meu café da manhã pensar nisso. Para quando esse evento infeliz está programado?

— Dezesseis de setembro, pai.

— É quase daqui a um mês. Pelo amor de Deus, deixe-me esquecer isso um pouco mais! Entendo que tenhamos de realizar esse negócio ridículo uma vez por ano para fazer cócegas na vaidade de cada jardineiro amador da paróquia. Mas não pensemos nisso mais que o necessário.

O reverendo tinha, como Dorothy deveria saber, total horror a festivais da colheita. Ele havia até perdido um paroquiano valoroso — um tal de sr. Toagis, um rude jardineiro de feira aposentado — com seu desgosto, como ele disse, em ver sua igreja vestida para imitar a barraca de um verdureiro ambulante. O sr. Toagis, *anima naturaliter nonconformistica*, [10] havia se

---

10 Latim: "alma naturalmente não conformista". (N. da T.)

mantido parte da "igreja" unicamente pelo privilégio, na época do Festival da Colheita, de decorar o altar lateral com um tipo de Stonehenge composto de variedades gigantes de abóboras. No verão anterior, havia conseguido cultivar um perfeito leviatã de uma abóbora, uma coisa de um vermelho tão selvagem e enorme que foram precisos dois homens para carregá-la. Esse objeto monstruoso tinha sido colocado no coro, onde acabava diminuindo o altar e tinha sua cor ressaltada pela luz que entrava pela janela do lado leste. Não importava o lugar da igreja em que você estivesse sentado, a abóbora, como dizia o ditado, o surpreenderia. O sr. Toagis estava em êxtase. Ele passava pela igreja em vários momentos, incapaz de separar-se de sua abóbora adorada, e até trazia grupos de amigos para admirá-la. Pela expressão de seu rosto, dava para pensar que estava citando Wordsworth[11] sobre a Ponte de Westminster:

Nada mais bonito tem a Terra para mostrar:
Sem brilho seria a alma daquele que
Avistasse tamanha majestade.

Dorothy até teve esperança, depois disso, de fazê-lo frequentar a Sagrada Comunhão. Mas, quando o reitor viu a abóbora, ficou seriamente bravo e ordenou que "aquela coisa revoltante" fosse removida imediatamente. O sr. Toagis foi para a capela, e ele e seus herdeiros perderam-se da Igreja para sempre.

Dorothy decidiu tentar uma última conversa.

— Estamos fazendo as roupas para *Carlos I* — ela disse. (As crianças da Escola Dominical ensaiavam uma peça intitulada *Carlos I* com o intuito de angariar fundos para o órgão.) Mas, eu gostaria que tivéssemos escolhido algo um pouco mais fácil. A armadura dá um trabalho tremendo de fazer, e eu receio que as botas fiquem piores. Acho que, da próxima vez, temos de escolher mesmo uma peça romana ou grega. Algo em que eles precisem usar apenas togas.

---

11 William Wordsworth (1770-1850) — poeta do romantismo inglês. O poema citado, *Composed Upon Westminster Bridge*, foi composto em 1802. (N. da T.)

Isso só extraiu um grunhido mudo do reverendo. Peças escolares, procissões, bazares, feiras e concertos em prol de alguma causa não eram tão ruins a seus olhos quanto o Festival da Colheita, mas ele não fingia se interessar por nada. Tratava-se de um mal necessário, ele costumava dizer. Nessa hora, Ellen, a criada, empurrou a porta e entrou desajeitadamente na sala, com a mão grande e escamosa segurando seu avental rústico contra a barriga. Era uma garota alta, com ombros arredondados e cabelo cor de pelo de rato, voz queixosa e feição má, e tinha eczema crônico. Olhava de forma apreensiva na direção do reverendo, mas se dirigia a Dorothy, pois temia muito o pastor para falar diretamente com ele.

— Por favor, senhorita... — ela começou.

— Sim, Ellen?

— Por favor, senhorita — continuou Ellen, queixosamente —, o sr. Porter está na cozinha e pergunta se o reitor poderia, por favor, ir até a casa dele batizar o bebê da sra. Porter. Porque eles não acham que o recém-nascido vá chegar vivo amanhã, e ainda não foi batizado, senhorita.

Dorothy levantou-se.

— Sente-se — disse o reverendo, prontamente, com a boca cheia.

— E o que eles acham que é o problema do bebê? — disse Dorothy.

— Bem, senhorita, ele está ficando preto. E teve uma diarreia cruel.

O reverendo esvaziou a boca com esforço.

— Será que eu preciso saber desses detalhes enquanto estou tomando meu café da manhã? — exclamou. Virou-se para Ellen: — Mande Porter ir cuidar de suas coisas e diga-lhe que estarei em sua casa por volta do meio-dia. Realmente, não consigo entender por que as classes baixas sempre parecem escolher a hora das refeições para vir nos incomodar — acrescentou, lançando outro olhar irritado para Dorothy enquanto ela se sentava.

O sr. Porter era um trabalhador — um pedreiro, para ser mais exato. As opiniões do pároco sobre batismo eram totalmente consistentes. Se tivesse percebido que era um caso urgente, teria caminhado 30 quilômetros em meio à neve para batizar o bebê agonizante. Mas ele não gostava de ver Dorothy deixando a mesa de café da manhã para atender um pedreiro qualquer.

Não houve mais conversas durante o café. O coração de Dorothy afundava-se cada vez mais. O pedido de dinheiro tinha de ser feito, embora fosse completamente óbvio que estava fadado ao fracasso. O reitor terminou o café, levantou-se da mesa e começou a encher seu cachimbo com o tabaco que estava no pote sobre o consolo da lareira. Dorothy pronunciou uma curta oração de coragem e então se beliscou. "Vá em frente, Dorothy! Fale logo! Sem medo, por favor!" Com esforço, ela dominou sua voz e disse:

— Pai...

— O que é? — disse o reverendo, pausando com o fósforo na mão.

— Pai, há algo que quero pedir ao senhor. Algo importante.

A expressão no rosto do reitor mudou. Ele adivinhou instantaneamente o que ela iria dizer e, era bastante curioso, agora parecia menos irritado que antes. Uma calma pétrea tinha repousado sobre seu rosto. Parecia uma esfinge extremamente indiferente e inútil.

— Então, minha querida Dorothy, eu sei muito bem o que você vai dizer. Suponho que vá me pedir dinheiro novamente. É isso?

— Sim, pai. Porque...

— Bem, eu devo poupar-lhe o trabalho. Não tenho dinheiro nenhum — absolutamente nenhum dinheiro até o próximo trimestre. Você recebeu sua cota, e eu não posso dar meio centavo a mais. É inútil vir me preocupar agora.

— Mas, pai...

O coração de Dorothy afundou mais um pouco no peito. O pior de tudo, quando ela ia falar sobre dinheiro, era a calma terrível e inútil da atitude do pai. O reverendo nunca ficava tão insensível como quando era lembrado de que estava atolado em dívidas. Aparentemente, ele conseguia entender que comerciantes ocasionalmente desejavam ser pagos e nenhuma casa pode ser mantida sem um suprimento adequado de dinheiro. Permitia que Dorothy gastasse 18 libras por mês com todas as despesas da casa, incluindo o salário de Ellen, e, ao mesmo tempo, era exigente com sua comida e detectava imediatamente qualquer queda na qualidade. Isso resultava, é claro, em um domicílio sempre endividado. Mas o reitor não prestava a menor atenção em suas dívidas — de fato, mal ficava ciente delas. Quando perdia dinheiro com um investimento, ficava profundamente agitado; quanto a uma dívida com um mero comerciante... Bem, era o tipo de coisa com a qual ele simplesmente não podia se ocupar.

Uma pacífica nuvem de fumaça saía do cachimbo do reverendo e subia flutuando. Ele observava com olhar meditativo a gravura de aço de Carlos I e tinha provavelmente se esquecido do pedido de dinheiro de Dorothy. Vendo-o tão despreocupado, ela teve uma pontada de desespero, e a coragem lhe voltou. Disse, mais seriamente que antes:

— Papai, por favor, me ouça! Eu preciso de algum dinheiro logo! Simplesmente preciso! Não podemos continuar como estamos. Devemos dinheiro a praticamente todo comerciante da cidade. Chegamos a um ponto em que há dias em que mal consigo andar na rua, pensando em todas as contas que estamos devendo. O senhor sabe que devemos ao Cargill cerca de 22 libras?

— E daí? — disse o reitor, entre baforadas de fumaça.

— As contas vêm se acumulando por mais de sete meses! Ele fica cobrando e cobrando sem parar. Temos de pagar! É muito injusto mantê-lo esperando pelo dinheiro desse jeito!

— Bobagem, minha querida filha! Essas pessoas já sabem que vão ficar esperando pelo dinheiro. Elas gostam disso. No fim, elas ganham mais. Deus sabe quanto eu devo ao Catkin & Palm... Eu nem me preocupo em perguntar. Eles me cobram em todo lugar. Mas você não me ouve reclamando, ouve?

— Mas, pai, não consigo ser assim, não consigo! É horrível estar sempre devendo. Mesmo que não seja de fato errado, é abominável. Isso me deixa muito envergonhada! Quando entro no açougue do Cargill para comprar um pouco de carne, ele fala comigo de forma breve e me faz esperar que os outros clientes sejam atendidos, tudo porque nossa conta está aumentando o tempo todo. E eu nem ouso parar de comprar lá. Acho que ele mandaria nos prender se eu parasse.

O reitor franziu a testa.

— O quê? Você quer dizer que o camarada agiu de forma impertinente com você?

— Eu não disse que ele tinha sido impertinente, pai. Mas, não dá para culpá-lo se ele estiver bravo, já que as contas não foram pagas.

— Posso perfeitamente culpá-lo! É simplesmente abominável o jeito com que essas pessoas têm coragem de se comportar atualmente... Abominável! Mas é isso, sabe. Esse é o tipo de coisa a que somos expostos nesse século encantador. Isso é democracia... Progresso, como eles gostam de chamar. Não compre nada com ele novamente. Diga-lhe logo que você vai abrir conta em outro lugar. É a única forma de tratar essas pessoas.

— Mas, pai, isso não resolve nada. De verdade, o senhor não acha que deveríamos pagá-lo? Será que nós não conseguimos o dinheiro de alguma forma? O senhor não poderia vender umas ações ou alguma outra coisa?

— Minha filha querida, não fale comigo sobre vender ações! Acabei de ter a notícia mais desagradável do meu corretor. Ele me disse que minhas ações da Sumatra Tin caíram de 7 e 4 centavos para 6 e 1 centavo. Isso significa uma perda de quase 60 libras. Estou dizendo a ele para vender tudo de uma vez, antes que caiam ainda mais.

— Então, se o senhor vendê-las, terá algum dinheiro nas mãos, não é? O senhor não acha que seria melhor sair da dívida de uma vez por todas?

— Bobagem, bobagem — disse o reverendo, mais calmamente, colocando o cachimbo de volta à boca. — Você não sabe nada desses assuntos. Eu tenho é de reinvestir de uma vez em algo mais promissor... É o único jeito de obter o dinheiro de volta.

Com um polegar no cinto da batina, ele franziu a testa distraidamente para a gravura de aço. Seu corretor havia recomendado a United Celanese. Aqui — na Sumatra Tin, United Celanese e inúmeras outras empresas remotas e obscuramente conhecidas — estava a causa central dos problemas monetários do reitor. Ele era um jogador inveterado. Claro que não pensava nisso como um jogo; tratava-se, simplesmente, de uma busca vitalícia por um "bom investimento". Ao ficar adulto, havia herdado 4 mil libras, que tinham diminuído gradualmente, graças a seus "investimentos", para cerca de 1.200. O pior era que a cada ano ele conseguia economizar, de seus miseráveis rendimentos, outras 50 libras, que desapareciam pelo mesmo caminho. É um fato curioso que o chamariz de um "bom investimento" pareça seduzir mais persistentemente párocos do que homens de outra classe. Talvez seja o equivalente moderno dos demônios em forma feminina que costumavam assombrar os ermitões da Idade das Trevas.

— Devo comprar 5 mil da United Celanese — disse, finalmente, o reitor.

Dorothy começou a perder as esperanças. Seu pai estava agora pensando em seus "investimentos" (não sabia nada sobre eles, exceto que estavam dando errado com uma regularidade fenomenal) e, no momento seguinte, a questão das dívidas no comércio local teria escapado de sua mente por completo. A jovem fez um último esforço.

— Pai, vamos resolver isso, por favor. O senhor acha que poderá conseguir algum dinheiro extra em breve? Não neste momento... Talvez em um ou dois meses?

— Não, minha querida, não acho. Possivelmente por volta do Natal... Até lá, é bem improvável. Agora, certamente não. Não tenho meio centavo que possa gastar.

— Mas, pai, é tão horrível sentir que não podemos pagar nossas dívidas! Isso nos desonra tanto! Da última vez que o sr. Welwyn-Foster esteve aqui (o sr. Welwyn-Foster era o decano rural), a sra. Welwyn-Foster andou por toda a cidade fazendo a todos perguntas muito pessoais sobre nós... Sobre como passamos o tempo, e quanto dinheiro tínhamos, e quantas toneladas de carvão usávamos em um ano e tudo o mais. Ela está sempre tentando se meter nas nossas coisas. Suponho que tenha descoberto que estamos afundados em dívidas!

— Mas isso não é única e exclusivamente da nossa conta? Eu não consigo ver de forma alguma o que isso tem a ver com a sra. Welwyn-Foster ou qualquer outra pessoa.

— Ela iria repetir isso por aí... E iria exagerar também! O senhor sabe como a sra. Welwyn-Foster é. A toda paróquia que ela vai, tenta encontrar algo desonroso sobre o pároco, e então conta palavra por palavra para o bispo. Não quero ser impiedosa com ela, mas, realmente...

Compreendendo que queria, sim, ser impiedosa, Dorothy silenciou.

— Ela é uma mulher detestável — disse o reverendo, tranquilamente. — O que há de novo nisso? Quem nunca conheceu uma esposa de decano rural que não fosse detestável?

— Mas, pai, acho que não fui capaz de fazer o senhor ver quão sérias as coisas estão! Nós não temos do que viver no próximo mês. Eu não sei nem de onde virá a carne para o jantar de hoje.

— Almoço, Dorothy, almoço! — disse o reitor, com um toque de irritação. — Queria que você abandonasse esse abominável hábito da classe baixa de chamar a refeição do meio do dia de jantar!

— Para o almoço de hoje, então. Onde vamos conseguir a carne? Eu não ousaria pedir outro pedaço ao Cargill!

— Vá ao outro açougueiro... Qual o nome dele? Salter... E deixe o Cargill para lá. Ele sabe que o pagaremos mais cedo ou mais tarde. Por Deus, não sei por que todo esse alvoroço! Todo mundo não deve dinheiro para os comerciantes de quem compra? Eu me lembro muito bem — o reitor endireitou os ombros um pouco e, colocando o cachimbo de novo na boca, olhou ao longe; sua voz tornou-se reminiscente e perceptivelmente mais agradável —, me lembro muito bem de quando estava em Oxford, meu pai ainda não tinha pagado algumas de suas contas de 30 anos antes. Tom (Tom era o primo do reitor, o baronete) devia 7 mil antes de ter recebido seu dinheiro. Ele mesmo me disse.

Nesse ponto, a última esperança de Dorothy desapareceu. Quando seu pai começou a falar do primo Tom, e sobre coisas que tinham acontecido "quando estava lá em Oxford", não havia mais nada a fazer. Significava que tinha escorregado para um passado dourado imaginário, em que questões banais, como as contas no açougue, simplesmente não existiam. Havia longos períodos seguidos em que ele parecia, de fato, esquecer que era apenas um reitor do interior assolado pela pobreza, que não era um jovem de família com propriedades e heranças futuras como salvaguarda. Esse comportamento aristocrático e caro ele tinha em todas as circunstâncias, e da forma mais natural. E, é claro, enquanto ele vivesse, confortavelmente, no mundo de sua imaginação, sobrava para Dorothy lutar com os comerciantes e fazer um pernil de cordeiro durar de domingo a quarta-feira. Mas ela conhecia a completa inutilidade de continuar discutindo com o pai. Apenas acabaria deixando-o bravo. Levantou-se da mesa e começou a empilhar as coisas do café da manhã na bandeja.

— O senhor tem certeza absoluta de que não consegue me conceder nenhum dinheiro, pai? — disse ela pela última vez, à porta, com a bandeja nos braços.

O reverendo, fitando-a a distância, em meio a confortáveis anéis de fumaça, não a ouviu. Talvez estivesse pensando em seus dias de ouro em Oxford. Dorothy saiu da sala angustiada, prestes a chorar. A infeliz questão das dívidas foi mais uma vez engavetada, como havia sido milhares de vezes antes, sem nenhuma perspectiva de solução.

3

Em sua velha bicicleta, com a cestinha sobre o guidão, Dorothy descia livremente a ladeira, fazendo uma aritmética mental com 3 libras, 19 xelins e 4 centavos — todo o seu estoque de dinheiro até o próximo pagamento trimestral.

Passou pela lista de coisas fundamentais na cozinha. Mas será que havia algo que não era necessário na cozinha? Chá, café, sabão, fósforos, velas, açúcar, lentilhas, madeira, bicarbonato de sódio, óleo para lamparina, graxa, margarina, fermento — parecia não haver praticamente nada de que eles não precisassem. E, a cada momento, algum item novo que a jovem havia esquecido surgia e a consternava. A conta da lavanderia, por exemplo, e o fato de que o carvão estava acabando, e a questão do peixe para a sexta-feira. O reitor era "difícil" com relação a peixes. Falando por cima, ele só comia os tipos mais caros: bacalhau, savelha, espadrilha, raia, arenque; salmão e truta ele recusava.

Enquanto isso, ela tinha de definir o jantar de hoje — almoço. (Dorothy era cuidadosa em obedecer a seu pai e chamar a refeição de "almoço", quando lembrava. Por outro lado, honestamente não se podia chamar a refeição da noite de outra coisa a não ser "ceia", então não havia nenhuma refeição tal qual um "jantar" na Casa Paroquial.) Melhor fazer uma omelete para o almoço de hoje, Dorothy decidiu. Ela não ousaria ir ao Cargill novamente. Embora, é claro, se comessem uma omelete no almoço e ovos mexidos na ceia, seu pai provavelmente seria sarcástico em relação a isso. Da última vez que comeram ovos duas vezes no mesmo dia, ele friamente perguntou: "Você abriu uma granja, Dorothy?". Talvez no dia seguinte conseguisse 2 libras em linguiças no Internacional, e isso adiaria o problema da carne por mais um dia.

Mais 39 dias, com apenas 3 libras, 19 xelins e 4 centavos para provê-los, pairavam na imaginação de Dorothy, colocando-a em uma onda de autocomiseração que ela reprimiu instantaneamente. "E agora, Dorothy! Sem choramingar, por favor! Tudo acaba bem de alguma forma se confiamos em Deus. Mateus 6:25.[12] 'O Senhor provirá.' Será?" Dorothy tirou a mão direita do guidão e procurou pelo alfinete com a cabeça de vidro, mas o pensamento blasfemo sumiu. Nesse momento, percebeu o rosto soturno e vermelho de Progget, que a saudava respeitosamente, mas com urgência, do outro lado da avenida.

Dorothy parou e desceu da bicicleta.

— Desculpe, senhorita — disse Proggett. — Estava querendo falar com a senhorita... Em particular.

Dorothy suspirou intimamente. Quando Progget desejava falar em PARTICULAR, dava para ter toda a certeza do que estava por vir: alguma notícia alarmante sobre o estado da igreja. Progget era um homem pessimista, rigoroso e muito leal, à sua maneira. Fraco demais de intelecto para ter quaisquer crenças religiosas claras, mostrava sua devoção por meio de uma intensa solicitude quanto ao estado das dependências da igreja. Havia decidido, muito tempo atrás, que a Igreja de Cristo significava de fato as paredes, o teto, a torre de St. Athelstan, em Knype Hill, e costumava investigar a construção a toda hora do dia, obscuramente notando uma pedra rachada aqui, uma viga carcomida ali — e depois, é claro, procurava Dorothy com pedidos de reparos que custariam quantias impossíveis.

— O que é, Proggett? — disse Dorothy.

— Bem, senhorita, são os.... — saiu um som peculiar, imperfeito, não uma palavra exatamente, mas um fantasma dela, formada apenas nos lábios de Progget. Parecia começar com um S. Progget era um daqueles homens que estão sempre à beira de xingar, mas sempre recapturam o voto quando a palavra está quase saindo em meio a seus dentes. — São os sinos, senhorita — ele disse, livrando-se do som do S com um esforço. — Os sinos lá da torre da igreja. Eles estão lascando a ponto de o chão do campanário estar de um jeito que faz a gente estremecer só de olhar. Vão acabar caindo antes que qualquer um perceba. Eu estava lá no campanário hoje de manhã, e digo

---

12 Novo Testamento, Mateus capítulo 6, versículo 25: "Por isso vos digo: não andeis ansiosos pelas vossas vidas quanto ao que haveis de comer ou beber, nem pelo vosso corpo quanto ao que haveis de vestir. Não é a vida mais do que o alimento e o corpo mais do que as vestes?" (N. da T.)

para a senhorita que desci mais rápido do que subi quando vi como o chão está cedendo embaixo deles.

Proggett vinha reclamar da condição dos sinos não menos que uma vez a cada quinzena. Faz agora três anos que eles estão no chão do campanário, porque o custo de colocá-los em uso ou removê-los estava estimado em 25 libras, que poderia muito bem ser de 25 mil libras, pois a chance de pagarmos por um valor ou por outro era a mesma. Eles eram quase tão perigosos quanto Proggett deduzia. Certamente, se não naquele ano ou no próximo, de qualquer forma em algum momento eles cairiam, através do chão do campanário, no pátio da igreja. E, como Proggett gostava de salientar, provavelmente aconteceria em um domingo de manhã, bem quando a congregação estivesse entrando na igreja.

Dorothy suspirou novamente. Aqueles miseráveis sinos nunca saíam da mente por muito tempo; havia épocas em que pensar que pudessem cair estava frequentemente em seus sonhos. Havia sempre um ou outro problema na igreja. Se não era o campanário, então era o teto ou as paredes; ou um banco quebrado, que o marceneiro queria 10 xelins para consertar; ou eram sete hinários faltando, a 1 xelim e 6 centavos cada um; ou o duto da chaminé entupido — e a taxa de limpeza era meia coroa —, ou uma moldura de janela amassada ou as batinas dos meninos do coro, que estavam em frangalhos. Nunca havia dinheiro suficiente para nada. O novo órgão, que o reitor tinha insistido em comprar cinco anos antes — o velho, ele disse, remetia a uma vaca com asma —, era um fardo sob o qual o fundo dos Custos da Igreja vinha camba- leando desde então.

— Não sei o que podemos fazer — disse finalmente Dorothy. — Não mesmo. Simplesmente não temos dinheiro nenhum. E, mesmo que consigamos alguma coisa com a peça das crianças, tem de ir para o fundo destinado ao órgão. As pessoas que o venderam estão ficando bastante zangadas com a conta. Você falou com meu pai?

— Sim, senhorita. Ele não ligou para isso. "O campanário já aguentou quinhentos anos", ele disse, "confiamos que pode aguentar um pouco mais."

Isso estava de acordo com o precedente. O fato de a igreja estar visivelmente caindo sobre sua cabeça não causava nenhuma impressão no pastor; ele simplesmente ignorava, como ignorava tudo o mais com o que não queria se aborrecer.

— Bem, não sei o que podemos fazer — Dorothy repetiu. — É claro que há a feirinha de usados, daqui a duas semanas. Estou contando que a srta. Mayfill vá nos dar algo bom para vender. Eu sei que ela pode bancar. A srta. Mayfill tem muitos móveis e coisas que nunca usa. Eu estava na casa dela outro dia e vi um lindo jogo de chá de porcelana chinesa da Lowestoft, que fica guardado em um armário, e ela me disse que não é usado há 20 anos. Imagine só se ela nos desse aquele jogo de chá! Renderia libras e mais libras. Só precisamos rezar para que a feirinha seja um sucesso, Proggett. Reze para que nos renda 5 libras, pelo menos. Tenho certeza de que a gente consegue o dinheiro de alguma forma se rezar de coração e alma por isso.

— Sim, senhorita — disse Proggett, respeitosamente, e transferiu seu olhar para algum lugar bem distante.

Nesse momento, uma buzina soou, e um carro enorme e brilhante veio bem lentamente, descendo a avenida, entrando pela rua principal. De uma janela, surgiu a cabeça negra e lustrosa do sr. Blifil-Gordon, proprietário da refinaria de açúcar de beterraba, que parecia notadamente doente com seu terno de tuíde cor de areia da Harris. Quando ele passou, em vez de ignorar Dorothy, como de costume, lançou-lhe um sorriso tão acolhedor que era quase amoroso. Com ele estava seu filho mais velho, Ralph — ou, como todos da família pronunciavam, Walph —, um jovem de 20 anos, dado a escrever poemas inspirado em Eliot,[13] em versos livres, e as duas filhas de lorde Pockthorne. Todos estavam sorrindo, até as filhas de lorde Pockthorne. Dorothy ficou surpresa, pois fazia muitos anos que essas pessoas não se dignavam a reconhecê-la na rua.

— O sr. Blifil-Gordon está muito simpático nesta manhã — ela disse.

— Ai, senhorita, com certeza está. É a eleição que acontece na próxima semana, isso sim. Ficam uma seda até terem certeza de que conseguiram seu voto, e então esquecem seu rosto no dia seguinte.

— Ah, a eleição! — disse Dorothy vagamente. Coisas como eleições

---

[13] Referência ao poeta Thomas Stearns Eliot, ou T. S. Eliot (1888-1965). (N. da T.)

parlamentares estavam tão distantes da rotina do trabalho na paróquia que ela praticamente as desconhecia — mal sabia, de fato, a diferença entre liberais e conservadores ou entre socialistas e comunistas. — Bem, Proggett — a jovem disse, esquecendo imediatamente a eleição em favor de algo mais importante —, vou falar com o pastor e dizer quão séria é a questão dos sinos. Acho que talvez a melhor coisa que possamos fazer seja conseguir uma subscrição especial, apenas para os sinos. Nunca se sabe, podemos conseguir 5 libras. Podemos conseguir até 10 libras! Você não acha que, se pedíssemos à srta. Mayfill para lançar a subscrição com 5 libras, ela faria isso por nós?

— Dou minha palavra, senhorita, não deixe a srta. Mayfill saber de nada disso. Ela ficaria morrendo de medo. Se achar que a torre não é segura, nunca mais a veremos dentro da igreja.

— Ai, meu Deus, suponho que não.

— Não, senhorita. A gente não vai conseguir nada dela; aquela velha...

Um fantasmagórico S flutuou mais uma vez sobre os lábios de Proggett. Agora que sua mente estava um pouco mais em paz, já que ele havia feito seu relatório quinzenal sobre os sinos, tocou seu chapéu e partiu, enquanto Dorothy seguiu pela rua principal, com o problema das dívidas nas lojas e o dos gastos da igreja perseguindo um ao outro em sua mente, como refrões idênticos de um vilancete.

O sol calmo e pálido, agora brincando de esconde-esconde, rumando para o mês de abril, entre ilhotas lanosas de nuvens, mandava um raio oblíquo descendo a rua principal, dourando a frente das casas do lado norte. Tratava-se de uma daquelas ruas silenciosas, antiquadas, que parecem tão idealmente pacíficas em uma visita casual e tão diferentes quando você mora nelas e tem um inimigo ou um credor atrás de cada janela. As únicas construções definitivamente ofensivas eram a Sua Adorável Loja de Chá (a frente de reboco, com vigas desgastadas cravadas nela, janelas de garrafas de vidro e revoltantes tetos ondulados, como o de um templo chinês) e o novo correio, com pilares dóricos. Depois de cerca de 180 metros, a rua principal se bifurcava, formando uma minúscula feira livre, enfeitada com uma fonte, agora fora de uso, e um par de depósitos de madeira carcomidos. Em um lado da fonte ficava a Cão e Casco, a principal hospedaria da cidade, e do outro, o Clube Conservador de Knype Hill. No fim, dominando a rua, localizava-se o temível açougue de Cargill.

Dorothy chegou à esquina, de onde se ouvia um terrível ruído de animação, misturado aos rompantes de *Rule Britannia*[14] tocada no trombone. A rua, normalmente silenciosa, estava abarrotada de gente, e mais pessoas vinham das ruas adjacentes. Evidentemente, estava acontecendo uma espécie de procissão triunfal. Bem do outro lado da rua, desde o teto da Cão e Casco até o teto do Clube Conservador, havia uma linha com inúmeras flâmulas azuis penduradas e, no meio, um enorme cartaz, no qual estava escrito "Blifil-Gordon e o Império!". Nessa direção, entre as vias cheias de pessoas, o carro de Blifil-Gordon movia-se à velocidade de passos, com o sr. Blifil-Gordon sorrindo generosamente, primeiro para um lado e depois para o outro. Na frente do carro, um destacamento dos Búfalos[15] marchava, encabeçados por um homenzinho de aparência séria, tocando o trombone e carregando, entre eles, outro cartaz, com a inscrição:

> *Quem vai salvar a Grã-Bretanha dos Vermelhos?*
> BLIFIL-GORDON
> *Quem vai colocar a cerveja de volta em sua caneca?*
> BLIFIL-GORDON
> *Blifil-Gordon para sempre!*

Da janela do Clube Conservador flutuava uma enorme bandeira do Reino Unido, acima da qual seis rostos escarlates sorriam entusiasmadamente.

Dorothy desceu a rua devagar, pedalando sua bicicleta, agitada demais pela expectativa de passar pelo açougue Cargill (ela tinha de passar por ali para ir até a Solepipe) para notar o cortejo. O carro de Blifil-Gordon havia parado por um momento do lado de fora da Sua Adorável Loja de Chá. "Avante, brigada do café!" Metade das senhoras da cidade parecia sair

---

14 Canção patriótica inspirada no poema *Rule, Britannia!*, de James Thomson, e musicada por Thomas Arne, em 1740. (N. da T.)
15 Referência a soldados que lutaram durante a Guerra Civil Americana. (N. da T.)

correndo, com cachorrinhos de colo ou cestos de compras em seus braços, para se aglomerar em volta do carro, como bacantes em torno do carro do deus do vinho. Afinal, uma eleição é praticamente o único momento em que existe a chance de trocar sorrisos com o condado. Houve gritos femininos ávidos de "Boa sorte, sr. Blifil-Gordon! Querido sr. Blifil-Gordon! Esperamos que o senhor seja eleito, sr. Blifil-Gordon!". A generosidade de sorrisos do sr. Blifil-Gordon era incessante, mas cuidadosamente hierarquizada. Para o povão, ele dava um sorriso difuso, geral, sem pousar nos indivíduos; para as senhoras do café e os seis patriotas vermelhos do Clube Conservador, deu um sorriso individualmente; ao mais favorecido de todos, o jovem Walph, fez um ocasional aceno de mão e um agudo "uhu!".

O coração de Dorothy ficou apertado. Ela tinha visto que o sr. Cargill, como o restante dos comerciantes, estava em pé na entrada de sua loja. Era um homem alto, com cara de mau, usava um avental listrado de azul e tinha um rosto magro, arranhado e tão púrpuro quanto as peças de carne que ficavam tempo demais na vitrine. Tão fascinados estavam os olhos de Dorothy por aquela figura ameaçadora que ela não olhou para onde estava indo e trombou com um homem bastante grande e robusto, que dava um passo atrás para subir na calçada.

O homem robusto virou-se.

— Meu Deus! É Dorothy! — ele exclamou.

— Ora, sr. Warburton! Que extraordinário! Sabia que eu tinha a impressão de que iria encontrá-lo hoje.

— Sentiu uma comichão na ponta dos dedos, suponho — disse o sr. Warburton, assumindo uma expressão à la Micawber[16] no rosto grande e rosado. — E como vai? Por Deus —acrescentou. — Não preciso nem perguntar. Você parece mais encantadora do que nunca.

Ele beliscou o cotovelo nu de Dorothy — a jovem tinha trocado a roupa, depois do café da manhã, e colocado um vestido de algodão riscado

---

16 Referência ao personagem Wilkins Micawber, do romance *David Copperfield*, de Charles Dickens. Micawber acabou preso por não conseguir saldar suas dívidas. Seu nome é usado como sinônimo de pessoa otimista. (N. da T.)

A Filha do Reverendo

sem mangas. Dorothy, apressadamente, deu um passo para trás, para sair do alcance dele — ela odiava ser tocada ou puxada de qualquer forma —, e disse, bem seriamente:

— Por favor, não toque no meu cotovelo. Eu não gosto.

— Minha querida Dorothy, quem poderia resistir a um cotovelo como o seu? É o tipo de cotovelo que as pessoas beliscariam automaticamente. Um ato reflexo, se é que você me entende.

— Quando voltou para Knype Hill? — disse Dorothy, que tinha colocado sua bicicleta entre o sr. Warburton e ela. — Já fazia mais de dois meses que não o via, senhor.

— Voltei há dois dias. Mas essa é uma visita rápida. Amanhã vou embora de novo. Vou levar as crianças para a Bretanha. Os bastardos, sabe.

O sr. Warburton pronunciou a palavra "bastardos", ao que Dorothy virou o rosto incomodada, com um toque de ingênuo orgulho. Ele e seus "bastardos" (tinha três deles) constituíam um dos principais escândalos de Knype Hill. O sr. Warburton era um homem de rendimentos independentes, chamando-se de pintor — produzia cerca de meia dúzia de paisagens medíocres por ano —, e tinha vindo para Knype Hill dois anos antes e comprado uma das vilas atrás da Casa Paroquial. Lá ele morava, ou passava uns tempos, periodicamente, em um concubinato aberto com uma mulher a quem chamava de governanta. Quatro meses antes, essa mulher —estrangeira, uma espanhola, pelo que diziam — havia gerado um novo e pior escândalo ao abandoná-lo de repente, e as três crianças foram deixadas com um parente em Londres. Na aparência, o sr. Warburton era um homem elegante e imponente, embora todo careca (o que tentava de tudo para esconder), e se apresentava com um ar tão despreocupado que dava a impressão de que sua considerável barriga era apenas um anexo do seu peito. Tinha 48 anos, mas declarava ter 44. As pessoas na cidade diziam que se tratava de um "belo velho malandro"; as mocinhas tinham medo dele, não sem razão.

O sr. Warburton havia pousado sua mão de forma pseudopaternal no ombro de Dorothy e a estava conduzindo pela multidão, o tempo todo falando quase sem pausa. O carro de Blifil-Gordon, tendo circulado a fonte, estava agora fazendo o caminho de volta, ainda acompanhado por sua trupe de bacantes de meia-idade. Isso chamou a atenção do sr. Warburton, que parou para analisar.

— Qual o sentido dessa palhaçada? — ele perguntou.

— Ah, eles estão... como é que chama? Fazendo campanha eleitoral. Tentam fazer com que votemos neles, suponho.

— Fazer com que votemos neles! Por Deus! — cochichou o sr. Warburton ao visualizar o cortejo triunfal. Ergueu a bengala grande e prateada que sempre carregava e apontou, bastante expressivamente, primeiro para uma figura no cortejo e depois para outra. — Olhe para isso! Olhe só para isso! Olhe para essas bruxas festivas, e aquele imbecil e bronco sorrindo para nós como um macaco que vê um pacote de amendoins. Você já viu um espetáculo tão nojento?

— Tenha cuidado — Dorothy murmurou. — Alguém com certeza vai ouvi-lo.

— Bom! — disse o sr. Warburton, subindo imediatamente o tom de voz. — E pensar que aquele cão malnascido na verdade tem a impertinência de achar que está nos agradando com a visão de sua dentadura! E o terno que ele está usando, por si só, constitui uma ofensa. Há um candidato socialista? Se houver, certamente votarei nele.

Várias pessoas na calçada viraram-se e olharam. Dorothy viu o pequeno sr. Twiss, o ferrageiro, um velho enrugado da cor de couro, espreitando com uma malevolência velada no canto dos cestos de junco que pendiam de sua porta. Ele ouvira a palavra "socialista" e estava mentalmente registrando o sr. Warburton como um socialista e Dorothy, como amiga de socialistas.

— Eu preciso mesmo ir — disse Dorothy, com pressa, sentindo que era melhor escapar antes que o sr. Warburton dissesse alguma coisa ainda mais imprudente. — Tenho muitas compras ainda a fazer. Despeço-me por ora.

— Ah, não, não! — disse o sr. Warburton, alegremente. — Nada disso. Eu vou com você.

Enquanto ela descia a rua, pedalando sua bicicleta, ele caminhava a seu lado, ainda conversando, com seu grande peito bem à frente e a bengala encaixada debaixo do braço. Era difícil livrar-se dele, e, embora Dorothy o considerasse um amigo, às vezes, de fato, desejava, sendo o sr. Warburton o escândalo da cidade e ela, a filha do reverendo, que nem sempre ele escolhesse os locais mais públicos para que conversassem. Nesse momento, todavia, estava bem grata por sua companhia, o que tornava mais agradável passar pelo açougue Cargill — pois Cargill ainda se mantinha na entrada e a olhava de lado, de maneira sugestiva.

— Foi um pouco de sorte encontrá-la hoje de manhã — o sr. Warburton continuou. — Na verdade, eu estava procurando por você. Adivinhe quem vai jantar comigo hoje à noite? Bewly, Ronald Bewley. Já ouviu falar dele, claro.

— Ronald Bewley? Não, acho que não. Quem é?

— Ora bolas! Ronald Bewley, o romancista. Você precisa ler *Tanques de Peixes e Concubinas*. É coisa boa, garanto... Pornografia da mais alta classe. Bem o tipo de coisa que você precisa para tirar o ranço de pertencer ao grupo de escoteiras.

— Eu preferiria que você não dissesse essas coisas! — disse Dorothy, olhando de lado com desconforto, e então imediatamente olhando de volta, porque tinha justamente cruzado com o olhar de Cargill. — Onde esse sr. Bewley mora? —acrescentou. — Não deve ser aqui, com certeza, não?

— Não. Ele está vindo de Ipswich para o jantar e, talvez, passar a noite. Por isso eu estava procurando por você. Pensei que gostaria de conhecê-lo. Que tal vir jantar hoje à noite?

— Não poderei ir jantar — disse Dorothy. — Tenho a ceia de meu pai para preparar e mil outras coisas. Não devo estar livre antes das 8 horas, ou até depois.

— Bem, venha após o jantar, então. Gostaria que você conhecesse Bewley. É um camarada interessante; muito familiarizado com os escândalos de Bloomsbury. Você vai gostar de conhecê-lo. Vai lhe fazer bem escapar do galinheiro da igreja por algumas horas.

Dorothy hesitou. Sentia-se tentada. Para falar a verdade, gostava demais de suas visitas ocasionais à casa do sr. Warburton. Mas é claro que elas eram muito ocasionais — uma vez a cada três ou quatro meses, no máximo; obviamente, não pegava bem associar-se livremente a tal homem. E, mesmo quando Dorothy ia à casa dele, tomava o cuidado de se certificar com antecedência de que haveria pelo menos mais um visitante.

Dois anos antes, quando o sr. Warburton chegou a Knype Hill (naquela época, ele se passava por viúvo com dois filhos; um pouco depois, no entanto, a governanta, de repente, deu à luz o terceiro filho no meio da noite), Dorothy o havia conhecido em um chá e, depois, o visitado. O sr. Warburton servira um delicioso chá, conversara agradavelmente sobre livros e, imediatamente depois, sentou-se ao lado dela no sofá e começou a seduzi-la, de forma intensa, ultrajante, até brutal. Foi praticamente um assédio. Dorothy ficou horrorizada ao extremo, embora não tanto a ponto de resistir. Ela escapou dele e procurou refúgio do outro lado do sofá, branca, tremendo e quase em lágrimas. O sr. Warburton, por outro lado, não estava nem um pouco envergonhado e pareceu até estar se divertindo.

— Ah, como você pôde, como você pôde? — ela soluçou.

— Pelo jeito eu não pude — disse o sr. Warburton.

— Ah, como você pôde ser tão bruto?

— Ah, é isso? Fácil, minha filha, fácil. Você entenderá quando tiver a minha idade.

Apesar desse mau começo, uma espécie de amizade havia se desenvolvido entre os dois, até mesmo ao ponto de Dorothy ficar "falada" por sua ligação com o sr. Warburton. Não era preciso muito para ficar "falada" em Knype Hill. A jovem só o via em intervalos longos e tomava o maior cuidado para nunca ficar sozinha com ele, mas, mesmo assim, aquele homem encontrava oportunidades de cortejá-la casualmente. Isso era feito de forma cavalheiresca; o desagradável incidente anterior não se repetiu. Depois de um tempo, quando foi perdoado, o sr. Warburton tinha explicado que "sempre tentava" com qualquer mulher apresentável que conhecesse.

— E você não recebe várias reprimendas? — Dorothy não resistiu em perguntar.

— Ah, certamente. Mas tenho um bom número de tentativas bem-sucedidas também.

As pessoas se perguntavam, às vezes, como uma moça como Dorothy podia se relacionar, mesmo que ocasionalmente, com um homem como o sr. Warburton, mas o poder que ele exercia sobre ela era o mesmo poder que o blasfemador e o devasso têm sobre o devoto. É fato — basta olhar em volta para verificar — que o devoto e o imoral naturalmente andam juntos. As melhores cenas de bordéis na literatura foram escritas, sem exceção, por crentes devotos ou não crentes devotos. E é claro que Dorothy, nascida no século XX, fazia questão de ouvir as blasfêmias do sr. Warburton o mais calmamente possível; é fatal que o perverso se sinta lisonjeado ao perceber que causou choque. Além disso, gostava genuinamente dele. O sr. Warburton a provocava e a angustiava, e ainda assim Dorothy obtinha dele, sem estar totalmente ciente disso, uma espécie de simpatia e compreensão que não obtinha de ninguém mais. Mesmo com todos os vícios, ele era notavelmente agradável, e o brilhantismo fajuto de sua conversa — Oscar Wilde sete vezes diluído —, que a jovem era inexperiente demais para perceber, a fascinava ao mesmo tempo em que a chocava. Talvez também, nesse caso, a expectativa de conhecer o celebrado sr. Bewley teve efeito sobre Dorothyt; embora certamente *Tanques de Peixes e Concubinas* soasse como o tipo de livro que ela não leria ou pelo qual se aplicaria pesadas penitências por ler. Em Londres, sem dúvida, as pessoas raramente cruzariam a rua para ver 50 romancistas; mas essas coisas tinham um apelo diferente em lugares como Knype Hill.

— Você tem certeza de que o sr. Bewley virá? — ela disse.

— Certeza. E a esposa virá também, acredito. Companhia completa. Nada de Tarquínio e Lucrécia[17] hoje à noite.

— Está bem, disse Dorothy, finalmente. — Muito obrigada. Vou aparecer por volta de 8 e meia, espero.

— Bom. Se você puder vir enquanto ainda estiver claro, melhor. Lembre-se de que a sra. Semprill é minha vizinha do lado. Pode ter certeza de que ela está sempre alerta depois que o sol se põe.

A sra. Semprill era a divulgadora de escândalos da cidade. Depois de conseguir o que queria (ele ficava constantemente importunando Dorothy para ir visitá-lo com mais frequência), o sr. Warburton disse *au revoir* e deixou Dorothy para fazer o restante de suas compras.

Na semiescuridão da loja Solepipe, ela estava saindo do caixa com 2

---

17 Alusão ao poema de William Shakespeare *The Rape of Lucrece* (1594), em que a nobre romana sofre um estupro em sua própria casa por Tarquínio, que era amigo do marido dela. (N. da T.)

metros de tecido para cortinas quando notou uma voz baixa e lamuriosa em seu ouvido. Era a sra. Semprill. Tratava-se de uma mulher esguia de 40 anos, com um rosto magro, amarelado e destacado que, com seu cabelo negro lustroso e ares de acomodada melancolia, lhe dava a aparência de um retrato de Van Dyck. Entrincheirada atrás de uma pilha de cretone perto da janela, vinha observando a conversa de Dorothy com o sr. Warburton. Sempre que alguém fazia algo que não quisesse especialmente que a sra. Semprill visse, podia ter certeza de que ela estava em algum lugar próximo. A mulher parecia ter o poder de se materializar, como um gênio árabe, em qualquer lugar onde não fosse benquista. Nenhuma indiscrição, por menor que fosse, escapava de sua vigilância. O sr. Warburton costumava dizer que a sra. Semprill era como as quatro bestas do Apocalipse: "São cheias de olhos, lembrem-se, e não descansam nem de dia nem de noite".

— Dorothy, querida — murmurou a sra. Semprill, em uma voz triste e afetuosa de alguém que vai dar más notícias da forma mais gentil possível. — Eu venho tanto querendo falar com você. Tenho algo simplesmente tenebroso para contar. Algo que vai deixá-la realmente horrorizada!

— O que é? — disse Dorothy, resignada, sabendo bem o que estava por vir, pois a sra. Semprill tinha apenas um assunto em suas conversas.

Elas saíram da loja e começaram a descer a rua, Dorothy pedalando sua bicicleta, a sra. Semprill acompanhando-a a passos miúdos, de forma delicada, como um pássaro, e trazendo sua boca mais e mais perto do ouvido de Dorothy, enquanto suas observações ficavam mais e mais íntimas.

— Você por acaso teria notado — ela começou — aquela moça que se senta no final do banco mais perto do órgão na igreja? Uma moça bem bonita, ruiva. Não faço ideia de qual é o nome dela — acrescentou a sra. Semprill, que sabia nome e sobrenome de cada homem, mulher e criança em Knype Hill.

— Molly Freeman — disse Dorothy. — É sobrinha do verdureiro Freeman.

— Ah, Molly Freeman? Esse é o nome dela? Eu nunca ia saber. Bem...

A delicada boca vermelha chegou mais perto, a voz lamuriosa encolheu para virar um sussurro perplexo. A sra. Semprill começou a despejar um rio de calúnias purulentas envolvendo Molly Freeman e seis rapazes que trabalhavam na refinaria de açúcar de beterraba. Após alguns momentos, a história tornou-se tão ultrajante que Dorothy, que tinha corado, rapidamente retirou seu ouvido do alcance dos lábios sussurrantes da sra. Semprill. E parou sua bicicleta.

— Não vou ouvir essas coisas! — disse Dorothy, de repente. — Eu sei que isso não é verdade sobre Molly Freeman. Não pode ser verdade! Ela é uma moça tão simpática e quieta, uma das melhores garotas no grupo de escoteiras, e sempre foi tão boa ajudando com os bazares da igreja e tudo o mais. Tenho total certeza de que não faria as coisas que a senhora está dizendo.

— Mas, Dorothy, querida! Como eu disse, eu de fato vi com meus próprios olhos...

— Não me importo! Não é justo dizer coisas assim sobre as pessoas. Mesmo se fossem verdade, não seria certo sair repetindo. Já existe bastante mal no mundo sem que se saia por aí procurando.

— Procurando! — suspirou a sra. Semprill. — Mas, minha querida Dorothy, como se alguém quisesse ou precisasse procurar! A questão é que a gente não tem culpa de ver toda essa horrível perversidade que acontece nessa cidade.

A sra. Semprill ficava sempre genuinamente espantada se fosse acusada de procurar assuntos para um escândalo. Nada, ela protestaria, lhe causava mais dor do que o espetáculo da perversidade humana; mas seus olhos relutantes eram constantemente forçados a isso, e somente um sério senso de obrigação a impelia a presenciar essas cenas em público. As observações de Dorothy, longe de silenciá-la, simplesmente a puseram a falar da corrupção em Knype Hilll, da qual o mau comportamento de Molly Freeman era apenas um exemplo. E, então, de Molly Freeman e os seis rapazes, ela passou para o dr. Gaythorne, o médico oficial da cidade, que tinha engravidado duas enfermeiras do Hospital Cottage, e depois para a sra. Corn, a esposa do secretário da Câmara Municipal, encontrada deitada em um campo, bêbada de água de colônia, igual a um gambá, e depois para o cura de St. Wedekind, em Millborough, que tinha se envolvido em um grave escândalo com um menino do coro; e assim por diante, uma coisa levando a outra. Pois não devia haver uma alma na cidade ou nos arredores sobre quem a sra. Semprill não pudesse revelar algum segredo vil se você a escutasse por tempo o bastante.

Era notável que as histórias não apenas eram sujas e caluniosas, mas sempre tinham um monstruoso tom de perversão. A sra. Semprill estava para os divulgadores de escândalos de uma cidade do interior assim como Freud estava para Boccaccio. Ao ouvir sua conversa, podia-se ter a impressão de que Knype Hill, com seus milhares de habitantes, continha mais mal do que Sodoma, Gomorra e Buenos Aires todas juntas. Na verdade, quando você reflete sobre a vida levada pelos habitantes dessa moderna cidade da planície — do gerente do banco local, esbanjando o dinheiro de seus clientes com os filhos de seu segundo e bígamo casamento, à garçonete do pub da Cão e Casco, servindo drinques no balcão vestida apenas com tamancos de cetim de salto alto; da velha srta. Channon, a professora de música, com sua garrafa de gim escondida e suas cartas anônimas, a Maggie White, a filha do banqueiro, que teve três filhos do próprio irmão —, quando considera essas pessoas, todas, jovens e velhos, ricos e pobres, afundadas em vícios monstruosos e babilônicos, você se admira como um raio de fogo ainda não caiu do céu e consumiu toda a cidade imediatamente. Mas, se você escutasse só um pouco mais, o catálogo de obscenidades se tornava primeiro monstruoso e, depois, insuportavelmente enfadonho. Pois, em uma cidade em que todo mundo é bígamo ou pederasta, ou drogado, o pior escândalo perde seu caráter picante. De fato, a sra. Semprill era pior que uma caluniadora; era uma chata.

Até que ponto as pessoas acreditavam em suas histórias variava. Às vezes, diziam que a sra. Semprill era uma velha megera debochada, e que tudo o que dizia não passava de um monte de mentiras; outras vezes, uma de suas acusações fazia efeito sobre alguma pessoa desafortunada, que precisaria de meses ou até anos para recuperar sua reputação. Certamente, ela havia sido útil para desmanchar não menos que meia dúzia de noivados e começar inúmeras discussões entre maridos e esposas.

Durante esse tempo todo, Dorothy vinha fazendo tentativas infrutíferas de se livrar da sra. Semprill. Aos poucos havia conduzido sua bicicleta para o lado da rua, até que acabou pedalando no meio-fio do lado direito; mas a sra. Semprill a seguia, sussurrando sem cessar. Foi só quando atingiram o fim da rua principal que Dorothy reuniu firmeza suficiente para escapar. Parou e colocou seu pé direito no pedal da bicicleta.

— Eu realmente não posso mais demorar — a jovem disse. — Tenho mil coisas a fazer e já estou atrasada.

— Ah, mas Dorothy, querida! Tenho uma coisa que simplesmente devo dizer a você, algo muito importante!

— Sinto muito, tenho muita pressa. Outra hora, quem sabe.

— É sobre aquele terrível sr. Warburton — disse a sra. Semprill, com pressa, para que Dorothy não escapasse sem ouvir. — Ele acaba de voltar de Londres e, você sabe, especialmente quero dizer-lhe isso, você sabia que ele, na verdade...

Mas aí Dorothy viu que deveria fugir naquele instante, custasse o que custasse. Não conseguia imaginar nada mais desagradável do que falar sobre o sr. Warburton com a sra. Semprill. Subiu em sua bicicleta e, com um breve "desculpe, realmente não posso parar!", começou a pedalar com pressa.

— Eu queria lhe dizer... Ele arrumou uma nova mulher! — a sra. Semprill gritou depois que Dorothy se foi, esquecendo-se até de sussurrar de tão ávida que estava para divulgar essa informação apetitosa.

Dorothy deu a volta na esquina rapidamente, sem olhar para trás e fingindo não ter ouvido. Uma coisa imprudente a fazer, pois não valia a pena dar um corte abrupto na sra. Semprill. Qualquer indisposição em escutá-la falar dos escândalos era tomada como um sinal de depravação, e levava a escândalos novos e piores sendo ditos sobre você assim que virasse as costas para ela.

Enquanto Dorothy pedalava para casa, teve pensamentos cruéis quanto à sra. Semprill, pelos quais estupidamente se beliscou. Também havia outra ideia perturbadora, que não lhe havia ocorrido até esse momento — de que a sra. Semprill certamente ficaria sabendo de sua visita à casa do sr. Warburton nessa noite, e provavelmente no dia seguinte a aumentaria para algo escandaloso. Esse pensamento enviou uma vaga premonição do mal pela mente de Dorothy enquanto descia da bicicleta em frente ao portão da Casa Paroquial — onde Jack, o Tonto, o idiota da cidade, um imbecil da 3ª série com rosto escarlate e triangular como um morango, estava vadiando, desocupadamente açoitando o pilar do portão com um galho de aveleira.

4

Passava um pouco das 11 horas. O dia, que, como uma viúva demasiadamente madura, mas esperançosa, achando ter 17 anos, havia adquirido inoportunos ares de abril, lembrava agora que era agosto e se apresentava sob um calor intenso.

Dorothy foi até a aldeia de Fennelwick, 1 quilômetro e meio distante de Knype Hill. Ela havia entregado o emplasto para calos da sra. Lewin e estava passando para dar à velha sra. Pither o recorte do jornal *Daily Mail* sobre o uso de chá de angélica contra o reumatismo. O sol, que ardia em um céu sem nuvens, queimava suas costas através do vestido de algodão riscado; o chão poeirento tremia com o calor, e os quentes e planos prados, sobre os quais nessa época do ano as cotovias chilreiam, cansadas, estavam tão verdes que até faziam doer os olhos. É o tipo de dia chamado de "glorioso" pelas pessoas que não têm de trabalhar.

Dorothy encostou sua bicicleta no portão do casebre dos Pither, tirou seu lenço da sacola e enxugou as mãos, suadas por segurar o guidão. Sob a dura luz do sol, seu rosto parecia comprimido e sem cor. Ela aparentava a idade que tinha, e um pouco mais, naquela hora da manhã. Durante todo o dia — geralmente era um dia de 17 horas —, tinha períodos regulares e alternados de cansaço e energia; o meio da manhã, quando a jovem estava fazendo a primeira rodada das "visitas" do dia, era um dos períodos de cansaço.

Devido às distâncias que tinha de percorrer de bicicleta de uma casa a outra, as "visitas" tomavam quase a metade do dia de Dorothy. Todo dia de sua vida, exceto domingo, ela fazia de meia a uma dúzia de visitas aos casebres dos paroquianos. Penetrava em interiores apertados e sentava-se em cadeiras cheias de grumos e exalando poeira, jogando conversa fora com donas de casa sobrecarregadas e desgrenhadas; gastava meia hora, apressadamente, dando uma mão para consertar ou passar roupa, lia capítulos do Evangelho, reajustava curativos em "pernas doentes" e condoía-se dos sofredores e de seus males matinais; brincava de cavalinho upa-upa com crianças cheirando a azedo, que se agarravam ao vestido dela com seus dedinhos melecados; dava conselhos sobre plantas doentes e sugeria nomes para bebês; bebia inúmeras "boas xícaras de chá" — pois as mulheres da classe trabalhadora sempre queriam que Dorothy tomasse uma "boa xícara de chá", de uma chaleira que ficava sempre fervendo.

Muito disso correspondia a um trabalho profundamente desencorajador. Poucas, muito poucas mulheres pareciam ter qualquer concepção do que era a vida cristã que Dorothy as estava ajudando a levar. Algumas, tímidas e desconfiadas, ficavam na defensiva e davam desculpas quando incitadas a participar da Sagrada Comunhão; outras simulavam devoção em nome das míseras quantias que podiam conseguir da caixa de esmolas da igreja; aquelas que a recebiam melhor eram em grande parte as faladeiras, que queriam uma plateia para as reclamações quanto aos "deslizes" de seu marido ou para as infinitas histórias fúnebres ("E então ele teve de receber tubos nas veias" etc. etc.) sobre as doenças infames das quais seus parentes morreram. Cerca de metade das mulheres em sua lista, Dorothy sabia, era ateia de coração, de um modo vago e irracional. Ela enfrentava isso o dia todo — aquela descrença vaga, opaca, tão comum em pessoas sem estudos, contra a qual todo argumento era impotente. Não importava o que fizesse, nunca conseguia elevar o número de comungantes em mais que uma dúzia. As mulheres prometiam que iriam comungar, mantinham sua promessa por um ou dois meses e depois desapareciam. Com as jovens era especialmente dramático. Elas não aderiam nem aos grupos locais de algumas ligas da igreja, mantidos para o benefício de si mesmas — Dorothy era secretária honorária de três ligas dessas, além de capitã do grupo de escoteiras. O Grupo da Esperança e a Companhia do Matrimônio definhavam, quase sem membros, e a Associação de Mães só conseguia se manter porque a fofoca e o chá forte ilimitado tornavam as reuniões de costura semanais aceitáveis. Sim, tratava-se de um trabalho desencorajador; tão desencorajador que algumas vezes parecia completamente fútil se Dorothy não conhecesse o que de fato era o senso de futilidade — a arma mais sutil do Diabo.

Dorothy bateu à porta dos Pither, por baixo da qual saía um melancólico odor de repolho cozido e água de lavar pratos. Ela conhecia por experiência, e podia provar com antecedência, o odor individual de cada casebre em suas rondas. Alguns cheiros eram peculiares ao extremo. Por exemplo, havia o cheiro salgado, selvagem, que assombrava a casa do velho sr. Tombs, um vendedor de livros idoso e aposentado que ficava deitado na cama o dia todo em um quarto escuro, com seu longo nariz poeirento e seus óculos de quartzo, saindo que parecia ser um tapete de pele de enorme tamanho e riqueza. Mas, se você colocasse a mão no tapete de pele, ele se desintegraria, explodiria e voaria em todas as direções. Era composto totalmente de gatos — 24, para ser exato. O sr. Tombs "achava que eles o aqueciam", assim costumava explicar.

Em quase todas as casinhas, havia um cheiro básico de casacos velhos e água de lavar pratos, sobre os quais odores individuais eram impostos; o odor de latrina, o odor de repolho, o odor de criança, o fedor forte, igual a bacon, de veludo impregnado com o suor de uma década.

A sra. Pither abriu a porta, que invariavelmente emperrava, e então, quando a abriu de uma vez, toda a casa chacoalhou. Era uma mulher grande, encurvada, grisalha, com o cabelo fino, um avental de saca e chinelos que farfalhavam no carpete.

— Ora, se não é a srta. Dorothy! — exclamou, com uma voz aborrecida e sem vida, mas não sem afeto.

A sra. Pither tomou Dorothy em suas mãos grandes e nodosas — os nós dos dedos, devido à idade e à incessante lavagem, brilhavam tanto quanto cebolas descascadas — e deu-lhe um beijo molhado. Então, conduziu-a pelo sujo interior do casebre.

— O Pither está fora trabalhando, senhorita — anunciou, enquanto entravam. — Ele está no dr. Gaythorne, escavando o canteiro de flores do médico.

O sr. Pither era um jardineiro que ganhava por trabalhos específicos. Ele e sua mulher, ambos com mais de 70 anos, formavam um dos casais genuinamente devotos na lista de visitas de Dorothy. A sra. Pither levava uma vida aborrecida, semelhante à de um verme, andando de um lado para o outro, com um eterno torcicolo no pescoço porque as vergas das portas eram baixas demais para ela, entre o poço, a pia, a lareira e o pequeno lote de horta. A cozinha era decentemente organizada, mas opressivamente quente, cheirando mal e saturada de um pó antigo. Do lado oposto da lareira, a sra. Pither havia feito um tipo de *prie-dieu*[18] com um resto de capacho engordurado,

---

18 Em francês: uma espécie de gabinete feito para devoção e orações individuais. (N. da T.)

que ficava em frente a um órgão que não usava mais e sobre o qual havia um crucifixo oleográfico — "Vigília e Oração", escrito com contas, e uma fotografia do sr. e da sra. Pither no dia do casamento deles, em 1882.

— Pobre Pither! — prosseguiu a sra. Pither, em sua voz depressiva —, com a idade dele ainda estar cavando, com o reumatismo ruim daquele jeito! Não é uma crueldade, senhorita? E tem uma dor entre as pernas, senhorita, que parece que não aguenta... Muito ruim ele sentindo essa dor nesses últimos dias. Não é uma dureza, senhorita, a vida que a gente pobre e trabalhadora tem de levar?

— É uma pena — disse Dorothy. — Mas espero que a senhora esteja se sentindo um pouquinho melhor, sra. Pither.

— Ah, senhorita, não tem nada que me faça melhor. Não é caso para cura, não nesse mundo, não. Acho que nunca vou ficar melhor, aqui, não, nesse mundo perverso...

— Ah, a senhora não deveria dizer isso, sra. Pither! Espero que possamos tê-la conosco por um longo tempo ainda.

— Ah, senhorita, não sabe como eu estive mal na última semana! O reumatismo indo e vindo, em toda a parte de trás das minhas pobres e velhas pernas; em algumas manhãs eu achava que nem ia conseguir andar para catar um punhado de cebolas na horta. Ah, esse mundo é muito cansativo, não é? Um mundo cansativo e perverso.

— Mas, é claro que não devemos nos esquecer, sra. Pither, de que há um mundo melhor esperando por nós. Essa vida é apenas uma provação para nos fortalecer e nos ensinar a ser pacientes, para que estejamos prontos para o Céu quando chegar a hora.

Nesse momento, uma mudança repentina e notável acometeu a sra. Pither. Foi produzida pela palavra "Céu". A sra. Pither tinha apenas dois assuntos de conversa: um deles eram as alegrias do Céu e o outro, a miséria de seu estado atual. A observação de Dorothy pareceu agir sobre ela como um encanto. Seu olho cinzento e opaco não tinha mais a capacidade de brilhar, mas a voz se apressou com um entusiasmo quase jubiloso.

— Ah, aí está! Isso é verdade! Isso é o que eu e Pither dizemos um para o outro. E é a única coisa que nos mantém caminhando, apenas o pensamento no Céu, o longo, longo descanso que teremos lá. Não importa o que a gente sofra, seremos recompensados no Céu, não é, senhorita? Cada pedacinho de sofrimento, você tem cem, mil vezes recompensado. Isso é verdade, não é? Há descanso para a gente no Céu, descanso, paz, nada de reumatismo, nem de cavar, nem de cozinhar e nem de lavar. A senhorita acredita mesmo, não é, srta. Dorothy?

— É claro — disse Dorothy.

— Ah, se a senhorita soubesse como isso nos conforta, só em pensar no Céu! O Pither, ele diz para mim, quando chega em casa à noite, cansado, e nosso reumatismo está atacado, "Deixa estar, minha querida, não estamos tão longe do Céu agora", ele diz. "O Céu foi feito para pessoas como a gente", ele diz, "apenas para trabalhadores pobres como a gente, que estiveram sóbrios e foram devotos e comungaram regularmente". É a melhor maneira, não é, srta. Dorothy, pobres nessa vida e ricos na próxima? Não igual a alguns desses ricos, que em seus carros a motor e casas bonitas não estarão a salvo do verme que não morre e do fogo que não cessa. Um texto bonito, esse. A senhorita acha que poderia fazer uma oração comigo? Fiquei a manhã inteira querendo fazer uma oraçãozinha.

A sra. Pither estava sempre pronta para uma "oraçãozinha", a qualquer momento da noite ou do dia. Era o equivalente dela a uma "bela xícara de chá". Elas se ajoelharam no capacho em frangalhos, rezaram o pai-nosso e a oração da semana; então Dorothy, a pedido da sra. Pither, leu a parábola de "O Homem Rico e Lázaro",[19] com a sra. Pither dizendo "amém" de tempos em tempos. "Isso é verdade, não é, senhorita Dorothy? 'E ele foi carregado pelos anjos para junto do peito de Abraão.' Lindo! Ai, eu simplesmente acho muito lindo! Amém, srta. Dorothy, Amém!"

Dorothy entregou à sra. Pither o recorte do *Daily Mail* sobre o uso de chá de angélica para combater o reumatismo e então, considerando que a velha senhora estava "mal" demais para buscar seu suprimento de água, carregou três baldes cheios do poço para ela. É um poço muito profundo, com um parapeito bem baixo, e a última desgraça da sra. Pither certamente

---

19 Parábola do Testamento, evangelho de Lucas, capítulo 16, versículos 19-31. (N. da T.)

seria cair nele e se afogar, e ele nem tinha uma polia — o balde precisava ser puxado pela mão. Depois, elas se sentaram por alguns minutos, e a sra. Pither falou um pouco mais sobre o Céu. Era extraordinário como reinava em seus pensamentos; e mais extraordinária ainda a realidade, a vivacidade com a qual podia vê-lo. As ruas douradas e os portões de madrepérola oriental eram tão reais para ela quanto seriam se estivessem diante de seus olhos. E a visão se estendia para os detalhes mais concretos, mais mundanos. A maciez das camas lá em cima! O sabor delicioso da comida! As lindas roupas limpas de seda, que você iria poder vestir de manhã! O fim dos trabalhos infinitos de qualquer natureza! Em quase todo momento de sua vida, a visão do Céu a apoiou e a consolou, e suas reclamações abjetas sobre a vida da "gente pobre trabalhadora" eram curiosamente balanceadas por uma satisfação no pensamento que, afinal, é a "gente pobre trabalhadora" que são os principais habitantes do céu. Um tipo de barganha que ela havia estabelecido, contrastando sua vida de desgastante labuta com uma eternidade de felicidade. Sua fé era quase grande demais, se é que isso é possível. A certeza com que a sra. Pither ansiava pelo Céu — como se fosse um tipo de lar glorificado para os incuráveis — afetava Dorothy com uma estranha inquietação.

Dorothy preparou-se para sair, enquanto a sra. Pither lhe agradecia, efusivamente demais, pela visita, finalizando, como de costume, com novas reclamações sobre seu reumatismo.

— Com certeza, vou tomar o chá de angélica — concluiu —, e obrigada de verdade por me falar disso, senhorita. Não que eu espere que me faça tão bem. Ai, se a senhorita soubesse como meu reumatismo foi cruel na semana que passou! Descendo pela parte de trás das pernas, foi como um atiçador de brasas fervendo com estocadas regulares, e eu não as alcanço para fazer uma massagem adequada. Seria pedir muito, senhorita, que me esfregasse as pernas antes de ir? Tenho um frasco de Elliman[20] debaixo da pia.

Sem que a sra. Pither visse, Dorothy deu uma séria beliscada em si mesma. Ela estava esperando isso e — havia feito isso muitas vezes antes — não gostava nem um pouco de esfregar as pernas da sra. Pither. Exortou a si

---

20 Loção para aliviar dores musculares e reumáticas. (N. da T.)

mesmo com raiva. "Anda, Dorothy! Nada de choro, por favor! João 13:14."[21]
— É claro que eu esfrego, sra. Pither! — disse, instantaneamente.

Elas subiram a escadinha esquálida e estreita, em que a pessoa tinha quase de se dobrar ao meio para evitar bater a cabeça no teto suspenso. O quarto iluminava-se com um minúsculo quadrado de janela, que estava bloqueada em sua cavidade por uma trepadeira do lado de fora e não fora aberta em 20 anos. Havia uma enorme cama de casal que quase preenchia todo o quarto, com lençóis perenemente úmidos e um colchão de estopa tão cheio de colinas e vales quanto um mapa da Suíça. Com muitos gemidos, a velha mulher se arrastou até a cama e deitou-se de barriga para baixo. O quarto fedia a urina e elixir analgésico. Dorothy pegou o frasco do linimento Elliman e, cuidadosamente, ungiu as pernas grandes, flácidas e cheias de veias cinzentas da sra. Pither.

Do lado de fora, no calor vertiginoso, Dorothy subiu na bicicleta e começou a pedalar rápido em direção a sua casa. O sol ardia em sua face, mas o ar parecia doce e fresco. Ela estava feliz, feliz! Sempre ficava extravagantemente feliz quando suas "visitas" matinais acabavam; e era curioso o bastante que não soubesse razão disso. Nos prados das fazendas leiteiras de Borlase, as vacas vermelhas estavam pastando, atoladas até o joelho em um brilhante mar de grama. O cheiro de vacas, como um destilado de baunilha e feno fresco, entrou flutuando nas narinas de Dorothy. Embora ainda tivesse o trabalho da manhã diante de si, não pôde resistir à tentação de vaguear por um momento, apoiando a bicicleta com um lado do guidão no portão dos prados de Borlase, enquanto uma vaca, com um nariz rosado úmido, esfregava seu queixo no portão e, como em um sonho, olhava para a jovem.

Dorothy visualizou uma rosa-selvagem, sem flor, é claro, crescendo além das sebes, e pulou o portão com a intenção de descobrir se não se tratava de uma rosa-amarela. Ajoelhou-se em meio ao mato alto debaixo da sebe. Estava bastante quente lá, próximo do chão. O zumbido de insetos que não podiam ser vistos soava em seus ouvidos, e o vapor quente de verão da emaranhada extensão de vegetação subia e a envolvia. Próximos dali, cresciam

---

21 Novo Testamento, Evangelho de João, capítulo 13, versículo 14: "Ora, se eu, Senhor e mestre, vos lavei os pés, vós deveis também lavar os pés uns aos outros". (N. da T.)

talos longos de erva-doce, com copas de folhagem pensas, como o rabo de um cavalo verde-marinho. Dorothy puxou um maço de erva-doce contra seu rosto e inalou o cheiro forte e adocicado. Sua riqueza a dominou, quase a deixando tonta por um momento. Ela deixou o cheiro entrar, enchendo seus pulmões. Delicioso, delicioso perfume — perfume de dias de verão, perfume de alegrias infantis, perfume de ilhas encharcadas de especiarias na espuma morna de mares orientais!

Seu coração se encheu de uma alegria repentina. Era essa a alegria mística na beleza da terra e da exata natureza das coisas que Dorothy reconhecia, talvez erroneamente, como o amor de Deus. Quando ajoelhou lá no calor, com o odor doce e o sonolento zunido dos insetos, pareceu-lhe que momentaneamente podia ouvir o poderoso hino de louvor que a terra e todas as criaturas enviavam ininterruptamente ao seu criador. Toda a vegetação, folhas, flores, grama, brilho, vibração, gritando em seu júbilo. Cotovias também cantando, coros de invisíveis cotovias, derramando música do céu. Todas as riquezas do verão, o calor da terra, a canção dos pássaros, o odor das vacas, o zumbido de inúmeras abelhas, misturando-se e ascendendo como a fumaça de altares sempre em chamas. Assim com Anjos e Arcanjos! Ela começou a rezar, e por um momento rezou ardentemente, com alegria, esquecendo de si no júbilo de sua adoração. Então, menos de um minuto depois, descobriu que estava beijando o maço de erva-doce, que ainda se encontrava contra sua face.

Deteve-se instantaneamente e recuou. O que estava fazendo? Era Deus que ela estava louvando, ou apenas a terra? A alegria fugiu de seu coração, dando lugar a um sentimento frio e desconfortável de que fora enganada em um êxtase quase pagão. Aconselhou a si mesma. "Nada disso, Dorothy! Nada de adoração à natureza, por favor!" Seu pai a havia avisado contra a adoração à natureza. Ela o ouvira pregar mais de um sermão contra isso; isso era, ele disse, mero panteísmo e, o que parecia ofendê-lo ainda mais, um desagradável capricho moderno. Dorothy pegou um espinho da rosa-selvagem e furou seu braço três vezes, para se lembrar das três pessoas da Santíssima Trindade, antes de pular o portão novamente e subir em sua bicicleta.

Um chapéu-pá preto e bastante empoeirado vinha dobrando a esquina. Era o padre McGuire, católico romano, também de bicicleta — um homem bastante grande e rotundo, tão grande que sua bicicleta parecia um anão sob ele, e ele aparentava balançar como uma bola de golfe em uma árvore. Sua face era rosada, jocosa e um pouco dissimulada.

Subitamente, Dorothy pareceu infeliz. Corou, e sua mão moveu-se instintivamente para o lado da cruz dourada sob seu vestido. O padre McGuire pedalava em direção a ela com um ar despreocupado e leve. Dorothy fez um esforço para sorrir e tristemente murmurou "bom dia". Ele continuou pedalando sem fazer nenhum aceno; os olhos dele simplesmente passaram pelo rosto dela, e então para o vazio atrás, fingindo admiravelmente não ter notado a existência da jovem. Era a Ignorada Direta. Dorothy, por natureza, coitada, não conseguiu dar a mesma ignorada — pegou a bicicleta e foi embora, lutando com os cruéis pensamentos que um encontro com o padre McGuire nunca deixavam de despertar nela.

Cinco ou seis anos antes, quando o padre McGuire estava conduzindo um funeral no cemitério da Igreja St. Athelstan (não havia cemitérios católicos romanos em Knype Hill), houve uma discussão com o reitor sobre a adequação das vestes de padre McGuire na igreja, ou a falta de vestes na igreja, e os dois, padre e pastor, brigaram vergonhosamente sobre a sepultura aberta. Não se falaram mais desde então. Foi melhor assim, disse o reverendo.

Quanto aos outros representantes religiosos em Knype Hill — o sr. Ward, o ministro congregacionalista, o sr. Foley, o pastor metodista, e o velho careca com voz zurrada que conduzia orgias na capela Ebenezer —, o reitor os chamava de bando de dissidentes vulgares, e havia proibido Dorothy, sob pena de sua desaprovação, de ter qualquer coisa a ver com eles.

5

Eram 12 horas. No conservatório, grande e dilapidado, cujas vidraças do teto, pela ação do tempo e da sujeira, estavam escuras, esverdeadas e iridescentes como um vidro romano antigo, estava havendo um apressado e barulhento ensaio da peça *Carlos I*.

Dorothy não estava de fato ensaiando, mas ocupada com as roupas. Ela fazia o figurino, ou a maior parte deles, para todas as peças que as crianças encenavam. A produção e a direção de palco ficavam a cargo de Victor Stone — Victor, Dorothy o chamava —, o professor da igreja. Era um jovem de 24 anos, entusiasmado, de ossatura pequena e cabelo preto, vestido em roupas escuras inspiradas nos clérigos, e nesse momento fazia gestos exagerados, com um rolo de manuscrito, para seis crianças com uma expressão densa no rosto. Em um longo banco encostado na parede, mais quatro crianças, alternadamente, faziam a "sonoplastia", batendo ferros e discutindo o valor de um encardido pacote de balas de menta: 40 delas por 1 centavo.

Fazia um calor terrível no conservatório, e havia um forte cheiro de cola e suor de crianças. Dorothy estava ajoelhada no chão, com a boca cheia de alfinetes e um par de tesouras nas mãos, retalhando rapidamente pedaços de papel pardo em tiras finas e longas. O pote de cola borbulhava sobre um fogão a óleo ao lado dela; atrás, sobre uma mesa de trabalho capengando e manchada de tinta, havia um emaranhado de trajes mal-acabados, mais pedaços de papel pardo, a máquina de costura, feixes de estopa, pedaços de cola seca, espadas de madeira e latas de tinta abertas. Metade da mente de Dorothy estava refletindo sobre os dois pares de botas do século XVII que teriam de ser feitos para Carlos I e Oliver Cromwell, e a outra metade ouvia os gritos nervosos de Victor, que ficava mais e mais bravo, como invariavelmente acontecia nos ensaios.

Ele era um ator natural e, ainda assim, completamente entediado com o trabalho duro de ensaiar crianças tolas. Andava para cima e para baixo, dando sermão em um estilo de linguagem veementemente cheio de gírias, e a cada momento parando para fazer, a uma ou outra criança, uma investida com uma espada de madeira que ele tinha pegado da mesa.

— Coloque um pouco de vida nisso, será que consegue? — ele gritou, espetando na barriga um menino de rosto protuberante. — Não fale monotonamente! Diga as frases como se elas significassem algo! Você parece um cadáver que foi enterrado e desenterrado. Qual a vantagem de ficar gorgolejando por dentro desse jeito? Fique em pé e grite com ele. Remova essa expressão de assassino em segundo grau![22]

— Venha aqui, Percy! — gritou Dorothy em meio aos alfinetes. — Rápido!

Dorothy estava fazendo a armadura — o pior trabalho de todos, exceto aquelas terríveis botas — com cola e papel pardo. De tanta prática, poderia fazer quase tudo com cola e papel pardo; poderia criar até uma peruca passável, com um gorro de papel pardo e estopa tingida fazendo-se de cabelo. Considerando o ano todo, era enorme a quantidade de tempo que ela gastava lutando com cola, papel pardo, papel-manteiga e todo o resto da parafernália do teatro amador.

Tão crônica era a necessidade de dinheiro para todos os fundos da igreja que raramente ficavam um mês sem que houvesse uma peça ou um concurso ou uma apresentação de *tableaux vivant*[23] à mão — sem falar dos bazares e das feiras de usados.

Enquanto Percy — Percy Jowett, o filho do ferreiro, um menino pequeno de cabelo encaracolado — descia do banco e ficava se contorcendo com uma cara de infeliz na frente dela, Dorothy tomou uma folha de papel pardo, mediu, recortou o buraco do pescoço e dos braços, enrolou em volta dele e rapidamente prendeu com alfinetes no formato de um peitoral rústico. Ouviu-se um ruído confuso de vozes.

VICTOR: Vamos lá, agora, vamos lá! Entra Oliver Cromwell... É você! NÃO, não desse jeito! Você acha que Oliver Cromwell chegaria se esquivando igual a um cachorro que se esconde? Fique em pé. Estufe o peito. Faça cara de bravo. Ficou melhor. Agora, prossiga.

---

22 Referência a um personagem na peça *Ricardo III* (1592-1593) de William Shakespeare (1564-1616), que fica inseguro sobre o trabalho que tem que fazer. (N. da T.)
23 Francês: representação por um grupo de atores ou modelos de uma obra pictórica preexistente ou inédita. (N. da T.)

CROMWELL: Parado! Tenho uma pistola em minha mão!

VICTOR: Continue.

UMA GAROTA: Então, senhorita, minha mãe disse, como eu estava dizendo, senhorita...

DOROTHY: Fique quieto, Percy! Pelo amor de Deus, fique quieto!

CROMWELL: Parado! Tenho uma pistola em minha mão!

UMA GAROTA PEQUENA NO BANCO: Senhor! Derrubei minha bala! [Choramingando] Derrubei minha baaaalaaaa!

VICTOR: Não, não, NÃO, Tommie! Não, não, NÃO!

A GAROTA: Então, senhorita, minha mãe falou, como eu ia dizendo, ela não conseguiu costurar nenhuma roupa de baixo como prometeu, senhorita, porque...

DOROTHY: Você vai me fazer engolir um alfinete se fizer isso de novo.

CROMWELL: Parado! Tenho uma pistola...

A GAROTA PEQUENA [chorando]: Minha baaalaaa!

Dorothy pegou o pincel de cola e, com uma velocidade febril, colou faixas de papel por sobre o tórax de Percy, de cima para baixo, de trás para a frente e da frente para trás, uma sobre a outra, parando apenas quando o papel grudava em seus dedos. Em cinco minutos, havia feito uma couraça de cola e papel pardo robusta o suficiente para, quando estivesse seca, desafiar uma espada de verdade. Percy, "trancado em completo aço" e com uma ponta afiada do papel cortando seu queixo, olhava-se de cima para baixo com a triste expressão resignada de um cachorro ao tomar banho. Dorothy pegou as tesouras e cortou o peitoral de um lado, juntou com a outra parte para secar e começou imediatamente em outra criança. Uma algazarra temerosa explodiu quando a "sonoplastia" começou a fazer o som de tiros de pistola e cavalos galopando. Os dedos de Dorothy estavam ficando cada vez mais grudentos, mas de tempos em tempos ela os lavava em um balde de água quente mantido à mão. Em 20 minutos, havia feito parcialmente três peitorais. Depois, eles teriam de ser finalizados, pintados com tinta de alumínio e amarrados dos lados; ainda havia o trabalho de fazer a parte das coxas e, o pior de tudo, os capacetes que os acompanhavam. Victor, gesticulando com sua espada e gritando para sobressair à algazarra dos cavalos galopantes,

estava personificando alternadamente Oliver Cromwell, Carlos I, os cabeças-
-redondas,[24] os cavaleiros, os camponeses e as senhoras da corte. As crianças
estavam agora ficando inquietas e começando a bocejar, lamentar e trocar
chutes e beliscões furtivos. Com os peitorais terminados até ali, Dorothy
limpou um pouco do lixo da mesa, colocou sua máquina de costura na posição e começou a trabalhar no gibão de veludo verde de um cavaleiro — era
de musselina para manteiga, verde cintilante, mas de longe parecia bom.

    Houve mais dez minutos de trabalho acalorado. Dorothy quebrou sua
linha, depois, soltou um "droga!", recompôs-se e recolocou a linha na agulha. Estava trabalhando contra o tempo. A peça seria dali a uma quinzena,
e ainda havia uma infinidade de coisas a fazer — capacetes, gibões, espadas,
botas (aquelas infelizes botas vinham assombrando-na como um pesadelo
nos últimos dias), bainhas, franzidos, perucas, esporas, cenário —, e seu
coração afundava quando ela pensava em tudo. Os pais das crianças nunca
ajudavam com os trajes para as peças da escola; mais precisamente, sempre
prometiam ajudar e depois voltavam atrás. A cabeça de Dorothy doía para
diabo, de um lado por causa do calor que fazia no conservatório, de outro
pela pressão de simultaneamente costurar e tentar visualizar os padrões
para botas de papel pardo. Por um tempo, ela tinha até esquecido a conta de
quase 22 libras no açougue Cargill. Não conseguia pensar em nada a não ser
naquela temível montanha de roupas inacabadas que jazia diante dela. Foi
assim ao longo do dia. Uma coisa se sobrepunha a outra — ou eram as roupas
para a peça, ou o chão do campanário cedendo, ou as dívidas no comércio,
ou as ervas-daninhas no pé de ervilha —, e cada um desses problemas era
tão urgente e atormentador que apagava os outros da existência.

    Victor jogou sua espada de madeira, pegou seu relógio e olhou para ele.

    — Já está bom! — disse, no tom brusco e cruel que nunca abandonava
quando estava lidando com crianças. — Continuaremos na sexta-feira. Saiam
da frente, todos! Estou cansado de olhar para vocês.

    Ele observou as crianças saírem e, tendo se esquecido da existência
delas assim que estavam fora de visão, retirou uma página de música de seu

---

[24] Apelido dado na Inglaterra aos partidários de Oliver Cromwell durante a guerra civil (1642-1649). (N. da T.)

bolso e começou a andar para cima e para baixo, olhando maliciosamente para duas plantas lastimáveis no canto, que avançavam com suas gavinhas marrom mortas sobre as bordas dos vasos. Dorothy ainda estava debruçada sobre sua máquina, costurando o gibão de veludo verde.

Victor, uma pequena criatura inteligente e inquieta, só ficava feliz quando discutia com alguém ou alguma coisa. Seu rosto pálido, de traços elegantes, carregava uma expressão que parecia ser de descontentamento, mas era na verdade um afã de garoto. Aqueles que o encontravam pela primeira vez normalmente diziam que ele estava desperdiçando seu talento nesse obscuro emprego como professor de vilarejo; mas a verdade era que Victor não tinha um talento muito notável, exceto um leve dom para a música e um dom muito mais pronunciado para lidar com crianças. Ineficaz em outros tratos, com crianças ele era excelente; tinha a atitude apropriada e severa para com elas. Mas, é claro, como todo mundo, ele desprezava seu talento especial. Seus interesses eram quase puramente eclesiásticos. Era o que as pessoas chamam de um jovem excessivamente devotado à Igreja. Sempre foi sua ambição entrar para a Igreja, e ele de fato teria entrado se possuísse o tipo de cérebro capaz de aprender grego e hebraico.

Excluído do sacerdócio, moveu-se bastante naturalmente para a posição de professor da igreja e organista. Isso o mantinha, por assim dizer, nos circuitos eclesiásticos. Nem é necessário revelar que se tratava de um anglocatolicista dos mais truculentos gerados pelo *Church Times*[25] — mais clerical que os clérigos, conhecedor da história da Igreja, especialista em vestimenta e pronto, a qualquer momento, para proferir uma tirada furiosa contra modernistas, protestantes, cientistas, bolchevistas e ateus.

— Estava pensando — disse Dorothy quando parou sua máquina e cortou a linha — que temos de fazer aqueles capacetes com velhos chapéus-coco, se os conseguirmos em número suficiente. Cortamos as abas, colocamos abas de papel no formato adequado e as colamos por cima.

— Ai, senhor, por que esquentar sua cabeça com essas coisas? — disse Victor, que tinha perdido o interesse na peça assim que o ensaio acabou.

---

[25] Jornal semanal anglicano publicado no Reino Unido. (N. da T.)

— São aquelas infelizes botas que me preocupam mais — disse Dorothy, colocando o gibão sobre o joelho para analisar.

— Ah, deixe para lá as botas! Vamos parar de pensar na peça por um momento. Olha só — disse Victor, desenrolando a página de partitura —, quero que você fale com seu pai por mim. Queria que você perguntasse se não podemos fazer uma procissão no próximo mês.

— Outra procissão? Para quê?

— Ah, não sei. Você sempre pode achar uma desculpa para uma procissão. Há o nascimento da Sagrada Virgem Maria no dia 8 — isso é motivo suficiente para uma procissão, eu acho. Faremos com estilo. Consegui um hino esplêndido, que todos podem entoar, e talvez possamos pegar emprestado o cartaz azul com a imagem da Virgem Maria da Igreja St. Wedekind, em Millborough. Se ele autorizar, começo a ensaiar o coral na mesma hora.

— Você sabe que a única coisa que meu pai pode dizer é não — disse Dorothy, passando a linha na agulha para costurar mais botões no gibão. — Ele não gosta de procissões. É melhor nem pedir, para evitar que fique bravo.

— Ah, ora bolas! — protestou Victor. — Já faz meses que fizemos a última procissão. Nunca vi um serviço tão morto-vivo como o que temos aqui. Daria para pensar que somos uma capela batista, ou algo parecido, do jeito que está indo.

Victor irritava-se sem parar com a retidão enfadonha dos serviços do reverendo. Seu ideal era o que ele chamava de "a verdadeira adoração católica" — significando incenso ilimitado, imagens douradas e mais vestimentas romanas. Em sua capacidade como organista, ele estava sempre pressionando para fazer mais procissões, mais música voluptuosa, mais cantos elaborados na liturgia, o que vira uma contínua briga de cão e gato entre ele e o reitor. E, nesse ponto, Dorothy ficava do lado do pai. Tendo sido criada na peculiar e frígida *via media*[26] do anglicanismo, por natureza ela tinha tanto medo quanto aversão a qualquer coisa "ritualística".

— Ora bolas! — prosseguiu Victor. — Uma procissão é tão divertida! Descendo o corredor, saindo pela porta oeste e entrando de novo pela porta

---

26 Latim: "caminho do meio". (N. da T.)

sul, com o coro segurando velas atrás e os escoteiros na frente com o cartaz. Ficaria bonito. — Ele cantou uma estrofe em um tom fino, mas de tenor: — Salve, Dia do Festival, abençoado seja o dia que é santificado para sempre!

— Se eu fizesse do meu jeito — acrescentou —, teríamos dois garotos balançando belos incensários ao mesmo tempo.

— Sim, mas você sabe quanto o meu pai desaprova esse tipo de coisa. Especialmente quando tem qualquer coisa a ver com a Virgem Maria. Ele diz que é tudo a "febre romana" e leva as pessoas a fazer o sinal da cruz e se ajoelhar no genuflexório nas horas erradas e sabe-se lá mais o quê. Você lembra o que aconteceu do Dia do Advento.

No ano anterior, por sua conta e risco, Victor havia escolhido como um dos hinos para o Advento o de número 642, com o refrão "Ave Maria, ave Maria, ave Maria cheia de graça!". Esse detalhe papista havia irritado o reitor ao extremo. Ao fim do primeiro verso, ele havia seriamente abaixado seu hinário, virado em sua baia e observado a congregação com um ar tão petrificado que alguns dos meninos do coro vacilaram e sucumbiram. Um pouco depois, havia dito que ouvir aqueles rústicos berros de "Ave Maria!" o fazia pensar que estava no balcão das cervejas mais baratas do Cão e Casco.

— Ora bolas! — disse Victor, em seu modo afetado. — Seu pai sempre bate o pé quando eu tento colocar um pouco mais de vida no serviço. Ele não permite incenso, nem música decente, nem vestimentas apropriadas, nem nada. E qual o resultado? Não conseguimos pessoas suficientes para encher um quarto da igreja, nem mesmo no domingo de Páscoa. Você olha em volta no domingo de manhã e não vê nada além de escoteiros e escoteiras e de algumas velhas.

— Eu sei. É terrível — admitiu Dorothy, pregando o botão. — O que fazemos não parece surtir a menor diferença... Simplesmente não conseguimos trazer as pessoas para a igreja. Apesar — acrescentou — de elas ainda nos procurarem para se casar e ser enterradas. Não acho que a congregação tenha diminuído neste ano. Havia quase 200 pessoas na comunhão de Páscoa.

— Duzentas! Deveria haver 2 mil. Essa é a população dessa cidade. O fato é que três quartos das pessoas deste lugar nunca passaram perto da igreja, em nenhum momento de sua vida. A Igreja simplesmente perdeu o poder sobre elas. Elas nem sabem que existe. E por quê? É aí que eu quero chegar. Por quê?

— Suponho que seja toda essa história de ciência e liberdade de pensamento e tudo o mais — disse Dorothy, bastante sentenciosamente, citando seu pai.

Essa observação desviou Victor do que iria dizer. Estava prestes a dizer que a congregação de St. Athelstan havia diminuído devido à monotonia dos serviços; mas as odiadas palavras "ciência" e "liberdade de pensamento" o lançaram em outro canal, ainda mais familiar.

— É claro que é a tal de liberdade de expressão! — ele exclamou, imediatamente começando a andar novamente de um lado para o outro. — São esses porcos ateus, como Bertrand Russel e Julian Huxley, e toda a corja. E o que arruinou a Igreja foi que, em vez de bem respondermos a eles e mostrá-los como os idiotas e mentirosos que são, nós simplesmente nos calamos e deixamos que espalhem sua animalesca propaganda ateística onde querem. É tudo culpa dos bispos, é claro. (Como todo anglocatólico, Victor sentia um profundo desprezo pelos bispos.) Eles são todos modernistas e oportunistas. Por Deus! — acrescentou, mais alegremente, pausando —, você viu minha carta no *Church Times* na semana passada?

— Não, acho que não — disse Dorothy, segurando outro botão na posição com seu polegar. — Sobre o que falava?

— Ah, bispos modernistas e tudo o mais. Fiz um belo ataque contra o velho Barnes.

Era muito raro passar uma semana sem que Victor escrevesse uma carta ao *Church Times*. Ele estava no meio de toda controvérsia e à frente de todo ataque contra os modernistas e ateus. Por duas vezes, estivera em combate com o dr. Major, escrevera cartas de fina ironia sobre o decano Inge e o bispo de Birmingham, e não hesitara em atacar até o diabólico Russell em pessoa — mas Russell, é claro, não ousara responder. Dorothy, a bem da verdade, raramente lia o *Church Times*, e o reverendo ficava furioso só de ver uma cópia do jornal na casa. O jornal semanal que eles liam na Casa Paroquial era o *High Churchman's Gazette* — um fino anacronismo do mais alto conservadorismo, com uma pequena e seleta circulação.

— Aquele porco do Russell — disse Victor, com ar de reminiscência, com as mãos afundadas nos bolsos. — Como ele faz meu sangue ferver!

— Não é ele que é um inteligente matemático ou algo assim? — disse Dorothy, mordendo sua linha.

— Ah, sim, eu diria que ele é inteligente o suficiente em sua área, é claro — admitiu Victor, com rancor. — Mas o que tem a ver uma coisa com a outra? Só porque um homem é bom com números não significa dizer que... Bem, deixe para lá! Vamos voltar ao que eu estava dizendo. Por que é que não conseguimos fazer com que as pessoas frequentem a igreja neste lugar? É porque nossos serviços são enfadonhos e ímpios demais, isso é que é. As pessoas querem louvar o que é para ser louvado —querem o verdadeiro louvor católico da verdadeira Igreja Católica à qual pertencemos. E elas não têm isso aqui. Tudo o que têm é uma baboseira protestante, e o protestantismo está morto e enterrado, e todo mundo sabe.

— Não é verdade! — disse Dorothy, bem séria, enquanto colocava um terceiro botão no lugar. — Você sabe que não somos protestantes. O reverendo está sempre dizendo que a Igreja da Inglaterra[27] é a Igreja Católica... Ele pregou não sei quantos sermões sobre a Sucessão Apostólica. É por isso que lorde Pockhorne e os outros não frequentam a igreja aqui. Ele só não se junta ao movimento anglocatólico porque acha que eles são adeptos demais do ritualismo pelo que ele representa. E eu também.

— Ah, eu não digo que seu pai não seja absolutamente consistente na doutrina, absolutamente consistente. Mas, se ele acha que somos a Igreja Católica, por que não conduz o culto de uma forma condizente? É uma pena que ocasionalmente não possamos ter incenso. E essas ideias sobre as vestes, se você não se importa que eu diga, são simplesmente terríveis. No domingo de Páscoa, o reitor estava trajando um manto gótico com uma alva moderna italiana bordada. Ora bolas! É como usar um chapéu alto com botas marrom.

— Bem, eu não acho que as vestes são tão importantes quanto você acha — disse Dorothy. — Acho que é a alma do religioso que importa, e não as roupas que ele usa.

— Esse é o tipo de coisa que um metodista primitivo diria! — exclamou

---

27 Igreja Anglicana. (N. da T.)

Victor, enojado. — É claro que as vestes são importantes! Qual o sentido, afinal, de louvar se não podemos fazê-lo da maneira apropriada? Agora, se você quer ver como o verdadeiro louvar católico pode ser, olhe para a Igreja de St. Wedekind, em Millborough! Por Deus, lá eles fazem as coisas com estilo! Imagens da Virgem, recato do sacramento... Tudo. Tiveram de brigar com os seguidores de Kensit[28] três vezes, e até enfrentaram o bispo.

— Ai, odeio o jeito com que conduzem o culto na St. Wedekind — disse Dorothy. — Eles são totalmente intransigentes. Você mal vê o que está acontecendo no altar, e há muitas nuvens de incenso. Acho que pessoas assim têm de virar católicas romanas e acabar com isso.

— Minha querida Dorothy, você deve ter sido uma não conformista. Deve mesmo. Uma irmã ou um irmão de Plymouth,[29] ou sei lá que nome tem. Acho que seu hino favorito deve ser o número 567, "Ó, meu Deus, e vos temo, vós sois sublime!".

— E o seu é o de número 231, "Toda noite, eu assento minha cabana um dia de marcha mais próximo de Roma!" — retorquiu Dorothy, passando a linha pelo último botão.

A discussão prosseguiu por alguns minutos, enquanto Dorothy adornava o chapéu do cavaleiro (um chapéu escolar dela mesma, velho, de feltro) com plumas e laços. Ela e Victor nunca ficavam muito tempo juntos sem se envolver em alguma discussão sobre a questão do "ritual". Na opinião de Dorothy, Victor era o tipo que "debandaria para Roma" se não fosse impedido, e ela estava bem certa. Mas Victor ainda não estava ciente de seu provável destino. No momento, as febres do movimento anglocatólico, com seu incessante e entusiasmado belicismo em três frentes de uma vez — protestantes à sua direita, modernistas à esquerda e, infelizmente, católicos romanos na retaguarda, sempre prontos para um chute dissimulado —, preenchiam seu horizonte mental. Humilhar o dr. Major *no Church Times*

---

28 John Kensit (1953-1902), polêmico líder religioso inglês, que lutou contra tendências anglo-católicas dentro do anglicanismo. (N. da T.)
29 Assembleia de Irmãos ou Irmãos de Plymouth são vários grupos cristãos protestantes não denominacionais (ou seja, sem seguir nenhuma denominação cristã específica), que tiveram origem em Dublin, Irlanda, em 1825. (N. da T.)

significava mais para Victor do que qualquer outro assunto sério na vida. A não ser por todo o seu envolvimento com a Igreja, ele não tinha um átomo de real devoção em sua constituição. Era essencialmente como um jogo que a controvérsia religiosa lhe tinha um apelo — o mais fascinante jogo jamais inventado, porque continua eternamente e porque apenas uma pequena trapaça é permitida.

— Graças a Deus, acabei! — disse Dorothy, girando o chapéu do cavaleiro na mão e depois pousando-o. — Ah, meu Deus, que pilha de coisas ainda por fazer! Queria tirar aquelas infelizes botas da minha mente. Que horas são, Victor?

— São quase 5 para a 1.

— Meu Deus! Tenho de correr. Tenho três omeletes para fazer. Não ousaria confiá-los a Ellen. Ah, Victor, você tem alguma coisa que possa nos doar para a feira de usados? Se você tivesse umas calças que pudesse nos dar, seria ótimo, porque sempre conseguimos vender calças.

— Calças? Não. Mas vou dizer o que tenho. Tenho uma cópia de *O Peregrino* e outra de *O Livro dos Mártires*, dos quais estou querendo me livrar há anos. Porcaria de lixo protestante! Uma velha tia dissidente deu-os para mim. Você não fica enojada com toda essa mendicância por centavos? Bem, se ao menos realizássemos nossos serviços de um jeito católico apropriado, de forma que pudéssemos ter uma congregação apropriada, veja bem, não precisaríamos...

— Seria esplêndido — disse Dorothy. — Sempre temos uma barraca de livros; cobramos 1 centavo por cada um, e quase todos são vendidos. Precisamos muito fazer dessa feira de usados um sucesso, Victor! Estou contando que a srta. Mayfill nos dê algo muito bom. Estou especialmente esperançosa de que ela nos doe aquele lindo jogo de chá de porcelana da Lowestoft, e poderíamos vendê-lo por 5 libras, no mínimo. Fiz orações especiais a manhã toda para que nos doe.

— Ah — disse Victor, com menos entusiasmo que o normal. Assim como Proggett mais cedo, ele ficou constrangido com a palavra "oração". Estava pronto para falar o dia todo sobre um ponto de ritual; mas a menção de devoções privadas parecia-lhe uma coisa até indecente. — Não se esqueça de perguntar a seu pai sobre a procissão — disse ele, voltando a um tópico mais agradável.

— Tudo bem, vou lhe perguntar. Mas você sabe como vai ser. Ele só vai ficar irritado e dizer que é a "febre romana".

— Ah, que se dane a febre romana — disse Victor, que, ao contrário de Dorothy, não se infligia penas por xingar.

Dorothy apressou-se até a cozinha, descobriu que havia apenas cinco ovos para fazer omeletes para três pessoas e decidiu fazer uma omelete grande e aumentá-la um pouco com umas batatas cozidas, já frias, do dia anterior. Com um tipo de prece pelo sucesso da omelete (pois omeletes são terrivelmente fáceis de se despedaçar quando você as tira da frigideira), ela bateu os ovos, enquanto Victor ia embora pela avenida, meio melancólico, meio emburrado, cantarolando "Salve, dia do festival", enquanto passava a seu lado um criado carregando dois penicos sem alças, que eram a contribuição da srta. Mayfill para a feira de usados.

6

Passava um pouco das 10 horas. Muitas coisas haviam acontecido — nada, no entanto, de especial importância; apenas a rodada usual de trabalhos da paróquia, que encheram a tarde e a noite de Dorothy. Então, como havia combinado mais cedo, ela estava na casa do sr. Warburton e tentava se segurar em uma daquelas tortuosas discussões nas quais ele se deliciava em envolvê-la.

Estavam conversando — na verdade, o sr. Warburton nunca falhava em conduzir a conversa para um assunto: a questão da crença religiosa.

— Minha querida Dorothy — disse, de forma a argumentar, enquanto caminhava para cima e para baixo com uma mão no bolso do casaco e a outra manipulando um charuto brasileiro. — Minha querida Dorothy, você não fala seriamente quando me diz que na sua idade, 27, acredito, e com a sua inteligência, ainda mantém suas crenças religiosas mais ou menos intactas.

— É claro que sim. Você sabe que mantenho.

— Ah, corta essa! Aquela papagaiada toda? Toda aquela baboseira que você aprendeu sentada nos joelhos de sua mãe... Você não vai fingir para mim que ainda acredita nisso? Mas é claro que não! Você não pode! Você tem medo de assumir, isso é que é. Não precisa se preocupar com isso aqui, você sabe. A esposa do decano rural não está ouvindo, e eu não vou entregá-la.

— Não sei o que você quer dizer com "toda aquela baboseira" — começou Dorothy, sentando-se mais ereta na cadeira, um pouco ofendida.

— Bom, vamos pegar um exemplo. Algo particularmente difícil de engolir: inferno. Você acredita em inferno? Quando eu digo "acreditar", veja só, não estou perguntando se você acredita de uma forma romântica e metafórica, como esses bispos modernistas com quem o jovem Victor Stone se entusiasma tanto. Eu quero dizer: você acredita literalmente? Você acredita no inferno como acredita na existência da Austrália?

— Sim, é claro que sim — disse Dorothy, que se esforçou para explicar que a existência do inferno é muito mais real e permanente do que a existência da Austrália.

— Hmmm — disse o sr. Warburton, sem se impressionar. — Muito consistente por si só, é claro. Mas o que sempre me deixa tão desconfiado de vocês, pessoas religiosas, é que são tão diabolicamente sangue-frios. Mostram uma imaginação muito pobre, para dizer o mínimo. Aqui estou eu, um infiel e blasfemador, atolado até o pescoço em pelo menos seis dos sete pecados capitais e obviamente condenado ao tormento eterno. Não há como saber se, dentro de uma hora, eu não estaria assando no recanto mais quente do inferno. E, ainda assim, você consegue se sentar aqui e conversar comigo tão calmamente como se não houvesse problema nenhum. Agora, se eu simplesmente tivesse câncer ou lepra ou alguma outra enfermidade, você estaria bem perturbada com isso; pelo menos, quero pensar que estaria. Por outro lado, o fato de eu vir a fritar na grelha por toda a eternidade não parece deixá-la nem um pouco preocupada.

— Eu nunca disse que você iria para o inferno — disse Dorothy, de certa forma incomodada e desejando que a conversa tomasse um rumo diferente. Pois, na verdade, embora ela não fosse lhe dizer, o ponto que o sr. Warburton levantara era um com o qual Dorothy tinha mesmo algumas dificuldades. Ela de fato acreditava no inferno, mas nunca fora capaz de convencer a si mesma de que alguém de fato iria para lá. Aacreditava que o inferno existia, mas que era vazio. Incerta quanto à ortodoxia dessa crença, preferia mantê-la em segredo.

— Nunca se tem certeza de que alguém vai para o inferno — disse, com mais firmeza, sentindo que aqui pelo menos ela estava pisando em um terreno mais firme.

— O quê? — disse o sr. Warburton, parando com uma surpresa fingida. — Você quis dizer que há esperança para mim ainda?

— É claro que há. É claro que existem aquelas pessoas hediondas que fingem que você vai para o inferno, arrependendo-se ou não. Você não acha que a Igreja da Inglaterra é calvinista, acha?

— Suponho que sempre haja a possibilidade de se afastar alegando ignorância invencível — disse o sr. Warburton, pensativo. E então, com mais confiança: — Você sabia, Dorothy, tenho uma espécie de sensação de que, mesmo agora, após conhecer-me por dois anos, você ainda acha que pode me converter. Uma ovelha desgarrada, arrancada do fogo ardente e aquilo tudo. Acredito que você ainda tem esperança de que, um dia desses, eu vou abrir os olhos e você vai me encontrar na Sagrada Comunhão às 7 horas de uma maldita manhã fria de inverno. Não tem?

— Bem... — disse Dorothy, novamente incomodada. Ela, de fato, nutria certa esperança como aquela quanto ao sr. Warburton, embora ele não fosse exatamente um caso promissor de conversão. Não estava na sua natureza ver um conhecido em um estado de descrença sem fazer algum esforço de recuperá-lo. Quantas horas gastou, em momentos diferentes, avidamente debatendo com indistintos ateus do vilarejo que não conseguiam produzir uma simples razão inteligível para sua descrença! — Sim — ela admitiu, finalmente, sem exatamente querer admitir, mas não desejando tergiversar.

O sr. Warburton deliciou-se, rindo.

— Você tem uma natureza esperançosa — ele disse. — Mas não tem medo, por acaso, de que eu possa convertê-la? "Foi o cachorro que morreu",[30] você deve lembrar.

Ao ouvir isso, Dorothy simplesmente sorriu. "Não o deixe ver que você está chocada" era sempre sua máxima quando conversava com o sr. Warburton. Eles ficaram a última hora discutindo desse jeito, sem chegar a nenhum tipo de conclusão, e poderiam ter continuado pelo resto da noite se Dorothy estivesse disposta a ficar; pois o sr. Warburton tirava muito prazer em provocá-la sobre suas crenças religiosas. Ele possuía aquela perspicácia fatal que muitas vezes caminha junto da descrença, e nas discussões, embora Dorothy sempre estivesse certa, nem sempre saía vitoriosa. Eles estavam sentados, ou melhor, Dorothy estava sentada e o sr. Warburton estava em pé, em uma sala grande e agradável, que dava para um gramado iluminado pelo luar, que o sr. Warburton chamava de "estúdio" — não que em algum momento houvesse qualquer sinal de trabalho sendo feito ali. Para grande decepção de Dorothy, o aclamado sr. Bewley não havia aparecido. (De fato, nem o sr. Bewley, nem sua esposa, nem seu romance chamado *Tanques de Peixes e Concubinas* de fato existiam. O sr. Warburton havia inventado os

---

30 Provável referência ao poema *An Elegy on the Death of a Mad Dog*, de Oliver Goldsmith (1728-1774). O poema é uma sátira sobre como as aparências estão sempre em guerra com os verdadeiros sentimentos. (N. da T.)

três no calor do momento, como um pretexto para convidar Dorothy a sua casa, sabendo bem que ela não iria sem outras pessoas lá.) Dorothy havia se sentido bastante inquieta ao descobrir que o sr. Warburton estava sozinho. Ocorreu-lhe — na verdade, teve total certeza — que seria mais sábio ir para casa de uma vez; mas ela havia ficado, principalmente porque estava terrivelmente cansada e a poltrona de couro, para a qual o sr. Warburton a empurrou no momento que Dorothy adentrou a casa, era confortável demais para ser abandonada. Agora, no entanto, sua consciência a estava cutucando. E não pegava bem ficar até tarde nessa casa — as pessoas comentariam se soubessem. Além disso, havia uma infinidade de trabalhos que ela deveria estar fazendo e havia negligenciado a fim de ir lá. Estava tão pouco acostumada com o ócio que mesmo uma hora gasta em uma simples conversa lhe parecia vagamente pecaminoso.

Ela fez um esforço e endireitou-se na cadeira deveras confortável.

— Eu acho, se não se importa, que realmente está na hora de eu ir para casa — disse.

— Falando de ignorância invencível — prosseguiu o sr. Warburton, sem dar atenção à observação de Dorothy —, esqueci se eu já lhe disse que, uma vez, quando eu estava do lado de fora do pub Fim do Mundo, em Chelsea, esperando por um táxi, uma maldita e feiosa mocinha do Exército da Salvação chegou até mim e disse, sem nenhum tipo de introdução, sabe: "O que você dirá no tribunal de Cristo?". Eu disse: "Estou adiando minha defesa". Bastante elegante, eu acho. Você não acha?

Dorothy não respondeu. Sua consciência havia lhe dado outra punhalada, agora mais forte — ela havia se lembrado das miseráveis botas por fazer, e o fato de que pelo menos uma tinha de ser feita nessa noite. Estava, no entanto, insuportavelmente cansada. Tivera uma tarde estafante, começando com cerca de 15 quilômetros para cima e para baixo de bicicleta ao sol, entregando a revista da paróquia, e prosseguindo com o chá da Associação de Mães naquela sala pequena e quente, de paredes de madeira, atrás do salão paroquial. As mães se encontravam toda quarta-feira à tarde para tomar chá e fazer alguma costura beneficente, enquanto Dorothy lia alto para elas. (Atualmente estava lendo *A Girl of the Limberlost*, de Gene Stratton Porter.) Era quase sempre para Dorothy que trabalhos desse tipo eram delegados, porque a falange de mulheres devotas (as aves da igreja, como são chamadas), que fazem o trabalho duro na maioria das paróquias, tinha se reduzido em Knype Hill a quatro ou cinco, no máximo. A única ajudante com que Dorothy podia contar regularmente era a srta. Foote, uma agitada virgem de 35 anos, alta e com cara de coelho, que tinha boas intenções, mas fazia uma bagunça com tudo e estava em perpétuo estado de comoção. O sr. Warburton costumava dizer que a srta. Foote lhe lembrava um cometa — "Uma criatura ridícula de nariz obtuso, correndo de um lado para o outro em uma órbita excêntrica e sempre um pouco atrasada". Dava para confiar na srta. Foote quanto à decoração da igreja, mas não quanto às mães ou à Escola Dominical, porque, embora fosse uma frequentadora assídua da igreja, sua ortodoxia era suspeita. Ela havia confidenciado a Dorothy que louvaria melhor a Deus sob o domo do céu azul. Após o chá, Dorothy saíra apressadamente para a igreja, a fim de colocar flores frescas no altar, depois datilografou o sermão de seu pai — sua máquina de datilografar era um exemplar frágil e "invisível" da época anterior à Guerra dos Bôeres, na qual não dava para escrever em média nem 800 palavras por hora —, e, após a ceia, havia arrancado as ervas daninhas dos pés de ervilha, até que a luz falhou e suas costas pareciam estar se partindo. Com todas essas coisas, estava bem mais cansada que de costume.

— Eu tenho mesmo de ir para casa — repetiu, com mais firmeza. — Tenho certeza de que está ficando tarde demais.

— Casa? — disse o sr. Warburton. — Bobagem! A noite mal começou.

Ele estava andando para cima e para baixo na sala de novo, com as mãos no bolso do casaco, depois de ter jogado seu charuto. O espectro das botas por fazer povoava a mente de Dorothy novamente. Iria fazer, e de repente decidiu, duas botas hoje à noite, em vez de apenas uma, como uma penitência pela hora que havia perdido. Começava a fazer um esboço mental da forma em que cortaria os pedaços de papel pardo para o peito do pé quando notou que o sr. Warburton havia parado atrás de sua cadeira.

— Que horas são, você sabe? — ela disse.

— Ousaria dizer que são 10 e meia. Mas pessoas como você e eu não falam de assuntos tão banais como as horas.

— Se for 10 e meia, então eu realmente preciso ir — disse Dorothy. — Tenho muito trabalho para fazer antes de ir para a cama.

— Trabalho! A essa hora da noite? Impossível!

— Sim, eu tenho. Tenho de fazer um par de botas.

— Tem que fazer um par de quê? — disse o sr. Warburton.

— De botas. Para a peça que as crianças estão ensaiando. Usamos cola e papel pardo.

— Cola e papel pardo! Por Deus! — murmurou o sr. Warburton. Ele prosseguiu falando, basicamente para disfarçar que estava se aproximando da poltrona de Dorothy. — Que vida você leva! Preocupando-se com cola e papel pardo no meio da noite! Devo dizer, há momentos em que eu me sinto um pouco feliz por não ser a filha de um pároco.

— Eu acho... — começou Dorothy.

Mas, ao mesmo tempo, o sr. Warburton, invisível atrás da poltrona, havia abaixado suas mãos e suavemente pegado nos ombros de Dorothy. A jovem imediatamente se esquivou, em um esforço de livrar-se dele; mas o sr. Warburton a empurrou de volta para seu lugar.

— Fique aí — ele disse, tranquilamente.

— Deixe-me ir! — exclamou Dorothy.

O sr. Warburton desceu a mão direita pelo braço dela, acariciando-a. Houve algo muito revelador, muito característico no jeito com que fez isso; foi o toque demorado e lisonjeiro de um homem para quem o corpo de uma mulher é valioso precisamente do mesmo jeito que o seria algo para comer.

— Você realmente tem braços extraordinários — ele disse. — Como pode ter conseguido permanecer solteira todos esses anos?

— Deixe-me ir de uma vez! — repetiu Dorothy, começando a lutar novamente.

— Mas eu, particularmente, não quero deixá-la ir — objetou o sr. Warburton.

— Por favor, não alise meu braço assim! Eu não gosto!

— Que moça curiosa você é... Por que não gosta disso?

— Estou dizendo que não gosto!

— Agora, não vá, vire-se — disse o sr. Warburton, docemente. — Você não pareceu compreender quão diplomático foi da minha parte me aproximar de você por trás. Se você se virar, verá que sou velho o suficiente para ser seu pai e, de quebra, terrivelmente careca. Mas, se se mantiver como está e não olhar para mim, pode imaginar que sou Ivor Novello[31].

Dorothy visualizou a mão que a estava acariciando — uma mão grande, rosada e bastante masculina, com dedos grossos e um tufo de pelo dourado no dorso. Ela ficou muito pálida; a expressão em seu rosto passou de simples irritação a aversão e terror. Fez um esforço violento, conseguiu desvencilhar-se e se pôs em pé, encarando-o.

— Eu realmente gostaria que você não fizesse isso! — ela disse, meio com raiva, meio com tristeza.

— Qual o problema com você? — disse o sr. Warburton.

Ele estava em pé, em sua pose normal, completamente despreocupado, e olhava para ela com um toque de curiosidade. O rosto de Dorothy havia mudado. Não era apenas o fato de que tinha ficado pálida; havia um olhar apático, meio amedrontado em seu semblante — quase como se, naquele momento, ela estivesse olhando para ele com os olhos de um estranho. O sr. Warburton percebeu que a tinha ferido de alguma forma que não compreendia, e que talvez ela não quisesse que ele compreendesse.

— Qual o problema com você? — ele repetiu.

— Por que você TEM de fazer isso toda vez que me encontra?

— Toda vez que eu a encontro... isso é um exagero — disse o sr. Warburton. — Na verdade, é bem raro eu conseguir a oportunidade. Mas se você realmente não gosta...

— É claro que eu não gosto! Você sabe que eu não gosto!

— Muito bem! Então, não falemos mais disso — disse o sr. Warburton, generosamente. — Sente-se e mudaremos de assunto.

Ele estava totalmente desprovido de vergonha. Era, talvez, sua carac-

---

[31] Nome artístico de David Ivor Davies (1893-1951), cantor e ator galês, que se tornou apresentador. (N. da T.)

terística mais marcante. Após ter tentado seduzi-la, e falhado, ficou bem animado, a continuar a conversa como se nada tivesse acontecido.

— Vou embora já — disse Dorothy. — Não posso mais ficar aqui.

— Ah, bobagem! Sente-se e esqueça isso. Vamos conversar sobre teologia moral ou arquitetura das catedrais, ou as aulas de culinária do grupo de escoteiras, ou qualquer coisa que você escolher. Pense em quão entediado eu vou ficar se você for para casa agora.

Mas Dorothy insistiu, e houve uma discussão. Mesmo que não tivesse sido a intenção dele seduzi-la — e o que quer que ele prometesse, certamente começaria de novo em poucos minutos se ela não partisse —, o sr. Warburton a teria pressionado para que ficasse, pois, como todas as pessoas completamente ociosas, tinha horror de ir para cama e nenhuma concepção do valor do tempo. Se você deixasse, ele continuaria conversando até 3 ou 4 da manhã. Mesmo quando Dorothy finalmente escapou, ele seguiu atrás dela pelo caminho iluminado pelo luar, ainda falando em abundância e com tão bom humor que ela achou impossível continuar com raiva.

— Vou embora amanhã logo cedo — ele disse quando chegaram ao portão. — Vou levar o carro para a cidade e pegar as crianças — os bastardos, sabe — e vamos partir para a França no dia seguinte. Não tenho certeza aonde iremos depois; Leste Europeu, talvez. Praga, Viena, Bucareste.

— Que legal — disse Dorothy.

O sr. Warburton, com uma maestria inusitada em um homem tão grande e robusto, havia se colocado entre Dorothy e o portão.

— Vou ficar longe seis meses ou mais — ele disse. — E é claro que eu não precisaria perguntar, diante de uma ausência tão longa, se você quer me dar um beijo de adeus?

Antes que Dorothy soubesse o que ele estava fazendo, o sr. Warburton havia colocado o braço em volta dela e puxado-a junto de si. Ela recuou — tarde demais; ele a beijou no rosto — teria beijado na boca se a jovem não tivesse se virado a tempo. Ela lutava nos braços dele, com violência e impotentemente por um tempo.

— Ah, me solte! — ela gritou. — Me solte!

— Acho que deixei claro antes — disse o sr. Warburton, facilmente segurando-a contra si — que não quero soltá-la.

— Mas estamos em frente da janela da sra. Semprill! É certeza que ela vai nos ver!

— Ah, senhor! Então ela vai! — disse o sr. Warburton. — Estava esquecendo.

Impressionado com esse argumento, como não teria ficado por nenhum outro, ele soltou Dorothy. Ela prontamente colocou o portão entre ambos. Ele, enquanto isso, estava examinando as janelas da sra. Semprill.

— Não vejo nenhuma luz — disse, finalmente. — Com alguma sorte, a maldita bruxa não nos viu.

— Adeus — disse Dorothy, brevemente. — Dessa vez, eu devo mesmo ir. Lembranças minhas para as crianças.

Com isso, Dorothy se foi o mais rápido que conseguiu, sem de fato correr, para escapar do alcance dele antes que tentasse beijá-la de novo.

Mesmo quando fez isso, um som a reteve por um instante — o inconfundível ruído de uma janela fechando, em algum lugar na casa da sra. Semprill. Poderia ela ter estado a observá-los? Mas (refletiu Dorothy) é claro que os estava observando! O que mais poderia esperar? Mal dava para imaginar a sra. Semprill perdendo uma cena como essa. E, se ela os observou, sem dúvida a história seria espalhada e aumentada por toda a cidade na manhã seguinte. Mas esse pensamento, embora sinistro, não fez mais que sobrevoar momentaneamente a mente de Dorothy, conforme ela descia apressada a avenida.

Quando estava bem fora da vista da casa do sr. Warburton, parou, pegou seu lenço e esfregou o lugar na bochecha em que ele a havia beijado. Esfregou com força suficiente para trazer o sangue de volta à bochecha. Foi só depois de ter apagado a mancha imaginária deixada pelos lábios dele que voltou a caminhar.

O que ele tinha feito a perturbou. Mesmo agora, seu coração estava palpitando com desconforto. "Não suporto esse tipo de coisa!", repetiu a si mesma muitas vezes. E, infelizmente, isso não passava da mais pura verdade; ela de fato não suportava. Ser beijada e afagada por um homem — sentir pesados braços masculinos em volta dela e grossos lábios recaindo sobre os seus — era assustador e repulsivo. Na memória ou na imaginação, isso a fazia estremecer. Era seu segredo especial, a inabilidade incurável que carregava pela vida.

"Se ao menos eles a deixassem em PAZ!", Dorothy pensava, conforme andava um pouco mais devagar. Era assim que pensava normalmente — "Se ao menos eles a deixassem em paz!". Pois nos outros aspectos ela não desgostava dos homens. Ao contrário, gostava deles mais que das mulheres. Parte do domínio do sr. Warburton sobre ela era o fato de que ele era um homem e tinha um humor despreocupado e uma amplitude intelectual que as mulheres raramente têm. Mas por que não a deixavam em paz? Por que sempre tinham de beijar e acariciar? Era terrível quando a beijavam — terrível e um pouco nojento, como uma fera grande e peluda que se esfrega em você, toda amigável e confiável, pronta para se tornar perigosa em algum momento. E, além de beijar e acariciar, havia sempre a sugestão daquelas outras coisas, monstruosas ("tudo aquilo" era o nome que dava), em que ela nem sequer conseguia pensar.

É claro que Dorothy teve sua cota, muito mais de uma cota, de atenção casual de homens. Era só bonitinha, e bastante comum, para ser o tipo de garota que os homens geralmente incomodam. Pois, quando eles querem alguma diversãozinha casual, escolhem uma jovem que não seja muito bonita. Garotas bonitas (assim ela pensa) são mimadas e, portanto, caprichosas; mas as comuns são jogo fácil. E, mesmo que você seja a filha de um reverendo, mesmo que more em uma cidade como Knype Hill e gaste a maior parte da vida em trabalhos paroquiais, não vai escapar completamente da perseguição. Dorothy estava acostumada demais com isso — acostumada demais com os homens gorduchos de meia-idade, com seus olhos suspeitos e esperançosos, que reduziam a velocidade de seu carro quando ela passava na avenida, ou manipulavam uma apresentação e dez minutos depois já estavam tocando seu cotovelo. Homens de todas as descrições. Mesmo um clérigo, em uma ocasião — um capelão de um bispo, ele estava...

Mas o problema é que não era melhor, mas infinitamente pior, quando se tratava do tipo certo de homem e os avanços que ele fazia eram respeitáveis. Sua mente deslizou cinco anos para trás, para Francis Moon, cura naqueles dias em St. Wedekind, em Millborough. Querido Francis! Quão feliz ela não teria sido se tivesse se casado com ele, se não fosse por tudo aquilo! Repetidamente ele a pedira em casamento, e é claro que Dorothy teve de dizer não; e, é igualmente claro, ele nunca soubera por quê. Impossível dizer a ele por quê. Então ele se fora, e apenas um ano depois morreu de modo insignificante, de pneumonia. Ela fez uma prece por sua alma, esquecendo-se momentaneamente de que seu pai não aprovava preces para os mortos, e então, com um esforço, afastou a lembrança. "Ah, melhor não pensar de novo nisso! Sinto uma dor no peito em pensar nisso!"

Ela nunca poderia se casar, havia decidido muito tempo atrás. Mesmo quando criança, já sabia. Nada, nunca, iria suplantar seu horror por tudo aquilo — mesmo ao pensar, algo dentro dela parecia encolher e congelar. E, é claro, de alguma forma ela não queria superar. Pois, como todas as pessoas anormais, não estava totalmente ciente de que era anormal.

Ainda assim, embora sua frieza sexual lhe parecesse natural e inevitável, ela sabia muito bem como tinha começado. Podia lembrar-se, tão claro como se tivesse sido no dia anterior, de algumas cenas horrorosas entre seu pai e sua mãe — cenas que Dorothy tinha testemunhado quando não tinha mais que 9 anos de idade. Elas haviam deixado uma ferida profunda e secreta em sua mente. E depois, um pouco mais tarde, amedrontara-se com algumas antigas gravuras de aço de ninfas perseguidas por sátiros. Em sua mente infantil, havia algo inexplicavelmente, terrivelmente sinistro naquelas criaturas semi-humanas de chifres, que espreitavam em moitas e atrás de imensas árvores, prontas a atacar de forma rápida e repentina. Durante um ano inteiro de sua infância, Dorothy teve, de fato, medo de caminhar sozinha por bosques, por causa dos sátiros. Ela superou o medo, é claro, mas não o sentimento associado a ele. O sátiro havia permanecido como um símbolo. Talvez nunca o superasse, aquele sentimento especial de pavor, de fuga desesperada de algo além de racionalmente pavoroso — a marca de cascos no bosque vazio, as coxas magras e peludas do sátiro. Era algo que não seria alterado, não seria discutido. Além do mais, é algo comum demais entre mulheres escolarizadas, que não causaria nenhum tipo de surpresa.

A maior parte da agitação de Dorothy havia sumido quando chegou à Casa Paroquial. Os pensamentos em sátiros e no sr. Warburton, em

Francis Moon e na fadada frigidez dela, que iam e vinham em sua mente, despareceram e foram substituídos pela imagem acusatória das botas. Ela se lembrara de que tinha duas horas de trabalho antes de ir para cama. A casa estava em plena escuridão. Foi até os fundos e passou na ponta dos pés pela porta da copa, com medo de acordar seu pai, que provavelmente já estava dormindo.

Enquanto ia tateando a passagem escura para o conservatório, de repente pensou que tinha feito mal em ir à casa do sr. Warburton naquela noite. Decidiu que nunca mais iria lá novamente, mesmo quando tivesse a certeza de que alguém mais estaria no local. Ademais, faria uma penitência no dia seguinte por ter ido nessa noite. Depois de acender a lâmpada, antes de fazer qualquer coisa, encontrou sua "lista de tarefas", que já estava escrita para o dia seguinte. Feito a lápis, havia um P maiúsculo em frente a "café da manhã"; P significava penitência — nada de bacon de novo no desjejum. Então, ela acendeu o fogão a óleo sob o pote de cola.

A luz da lâmpada recaía amarela sobre a máquina de costura, e sobre a pilha de roupas por terminar que estavam na mesa, lembrando-a de uma pilha ainda maior que ela não tinha sequer começado; lembrando-a também de que estava terrivelmente cansada. Havia esquecido seu cansaço no momento em que o sr. Warburton pousou as mãos sobre seus ombros, mas agora ele tinha voltado com o dobro da força. Além disso, havia, de alguma forma, uma qualidade excepcional em seu cansaço nessa noite. Dorothy se sentia, no sentido mais literal da palavra, apagada. Quando estava em pé ao lado da mesa, teve uma sensação repentina e muito estranha, como se sua mente tivesse sido completamente esvaziada, de forma que, por vários segundos, ela de fato esqueceu o que tinha ido fazer no conservatório.

Então, lembrou: as botas, claro! Algum demoniozinho desprezível sussurrou em seu ouvido: "Por que não ir direto para a cama e deixar as botas para amanhã?". Ela rezou, pedindo força, e se beliscou. "Vamos, Dorothy! Sem folga, por favor! Lucas 9:62"[32]. Então, tirando um pouco do lixo da mesa, pegou suas tesouras, um lápis e quatro folhas de papel

---

[32] Bíblia, Novo Testamento, Evangelho de Lucas, capítulo 9, versículo 62. (N. da T.)

pardo, e sentou-se para cortar os problemáticos peitos do pé para as botas, enquanto a cola fervia.

Quando o relógio do avô, no escritório de seu pai, bateu meia-noite, Dorothy ainda trabalhava. Até essa hora, tinha feito o molde de duas botas e estava reforçando-as, colando faixas estreitas de papel em cima — um trabalho longo, complicado. Cada osso de seu corpo doía, e seus olhos estavam se pregando com o sono. Na verdade, muito vagamente ela lembrava o que estava fazendo. Mas continuou trabalhando, mecanicamente, colando faixa sobre faixa de papel no lugar, e beliscando-se a cada dois minutos para combater o som hipnótico do fogão a óleo que chiava debaixo do pote de cola.

CAPÍTULO 2

1

Vinda de um sono escuro, sem sonhos, com a sensação de ter sido carregada sobre um abismo enorme e gradualmente iluminado, Dorothy acordou para uma espécie de consciência.

Seus olhos ainda estavam fechados. Aos poucos, no entanto, as pálpebras ficaram menos opacas à luz, e então abriram por conta própria. Ela olhava para uma rua — uma rua degradada, agitada, cheia de pequenas lojas e casas de frente estreita, com correntes de homens, bondes e carros passando em ambas as direções.

Não era exatamente apropriado dizer que olhava, pois as coisas que via não eram apreendidas como homens, bondes e carros, nem como qualquer coisa em particular. Não eram nem mesmo apreendidas como coisas em movimento, nem mesmo como coisas. Dorothy simplesmente via, como um animal vê, sem especulação e quase sem consciência. Os ruídos da rua — a confusa algazarra de vozes, as buzinas tocando e os gritos dos bondes rangendo em seus trilhos arenosos — fluíam por sua cabeça, provocando respostas puramente físicas. Ela não tinha palavras, nenhuma concepção do propósito de tais coisas como palavras, nem consciência alguma de tempo ou espaço, ou do próprio corpo, ou mesmo da própria existência.

No entanto, aos poucos suas percepções tornavam-se mais agudas. O fluxo de coisas em movimento começou a penetrar além de seus olhos e a se organizar em imagens separadas em seu cérebro. Ela começou, ainda sem palavras, a observar as formas. Uma coisa longa passou, apoiada em outras quatro, coisas longas mais finas, carregando algo quadrado equilibrado em dois círculos. Dorothy observou, e, de repente, como que espontaneamente, uma palavra brilhou em sua mente. Era "cavalo". Desapareceu, mas retornou em uma forma mais complexa: "Aquilo é um cavalo". Outras palavras se seguiram — "cavalo", "rua", "bonde", "carro", "bicicleta" — até que, em poucos minutos, havia encontrado um nome para quase tudo no campo de visão. Descobriu as palavras "homem" e "mulher" e, especulando sobre elas, descobriu que sabia a diferença entre coisas vivas e inanimadas, e entre seres humanos e cavalos, e entre homens e mulheres.

Somente então, após tomar consciência da maioria das coisas a seu redor, Dorothy tornou-se ciente de si mesma. Antes, era como um par de olhos com um cérebro receptivo, mas puramente impessoal por trás. Mas agora, sob um pequeno e curioso choque, descobria sua existência separada e única; pôde sentir-se existindo; foi como se algo dentro dela estivesse exclamando: "Eu sou eu". Também, de alguma forma, sabia que esse "eu" tinha existido e sido o mesmo de remotos períodos no passado, embora fosse um passado do qual não tivesse recordações.

Mas foi apenas por um momento que essa descoberta a ocupou. No começo, houve uma sensação de incompletude, de algo vagamente insatisfatório. E foi assim: o "eu sou eu", que pareceu uma resposta, tinha em si se tornado uma pergunta. Não era mais "eu sou eu", mas "quem sou eu"?

Quem era ela? Revirou a pergunta em sua mente e descobriu que não tinha a menor noção de quem era; exceto que, observando as pessoas e os cavalos, compreendeu que era um ser humano, e não um cavalo. E, assim, a questão se alterou e assumiu esta forma: "Sou eu um homem ou uma mulher?". Novamente, nem sentimento nem lembrança deram nenhuma pista para a resposta. Mas, nesse momento, possivelmente por acidente, as pontas de seus dedos esfregaram seu corpo. Compreendeu mais claramente do que antes que seu corpo existia e era dela — que seu corpo era, na verdade, ela. Começou a explorá-lo com as mãos, e suas mãos encontraram seios. De alguma forma sabia, sem saber como sabia, que todas aquelas mulheres que estavam passando tinham seios por baixo de suas roupas, embora não os pudesse ver.

Agora compreendia que, a fim de se identificar, deveria examinar seu próprio corpo, começando pelo rosto; e, por alguns momentos, de fato tentou olhar para sua própria face, antes de compreender que isso era impossível. Olhou para baixo e viu um vestido preto de cetim maltrapilho, bastante longo, um par de meias-calças de seda artificial da cor da pele, esburacadas e sujas, e um par de surrados sapatos pretos de cetim com salto alto. Nenhum deles lhe era minimamente familiar. Examinou suas mãos, e elas eram tão estranhas quanto familiares. Eram mãos pequenas, com palmas duras e muito sujas. Depois de um momento, entendeu que a sujeira as tornava estranhas. As mãos em si pareciam naturais e apropriadas, embora não as reconhecesse.

Após hesitar alguns momentos mais, virou-se para a esquerda e começou a caminhar vagarosamente pela calçada. Um fragmento de conhecimento tinha vindo, misteriosamente, do passado em branco: a existência de espelhos, sua finalidade e o fato de que quase sempre há espelhos em vitrines de loja. Depois de um momento, chegou a uma pequena joalheria barata, em que uma faixa de espelho, disposto em determinado ângulo, refletia o rosto das pessoas que passavam. Dorothy identificou seu reflexo em meio a meia dúzia de outros, imediatamente percebendo que aquele era o dela. Embora não se pudesse dizer que o havia reconhecido; não tinha lembrança de tê-lo visto até esse momento. Tratava-se do rosto de uma mulher jovem, magra, bastante loira, com pés de galinha em torno dos olhos e ligeiramente suja. Um chapéu comum tinha sido colocado descuidadamente sobre a cabeça, escondendo a maior parte do cabelo. O rosto não era familiar, mas, ainda assim, não era estranho. Dorothy não sabia, até esse momento, que rosto esperar, mas, agora que o tinha visto, compreendeu que esse era o rosto que podia ter esperado. Era apropriado. Correspondia a algo dentro dela.

Quando se virou do espelho da joalheria, captou as palavras "Chocolate do Fry" em uma vitrine oposta e descobriu que entendia o propósito do escrito e, também, após um esforço momentâneo, que era capaz de ler. Seus olhos moviam-se rapidamente pela rua, compreendendo e decifrando velhos fragmentos de impressão; o nome das lojas, propagandas, cartazes de jornal. Ela soletrou em voz alta as letras de dois cartazes em vermelho e branco do lado de fora de uma tabacaria. Em um deles lia-se "Novos boatos sobre a filha do reverendo" e no outro "A Filha do Reverendo: acredita-se estar em Paris". Então, olhou para cima e viu, em letras brancas, no canto de uma casa: "Avenida New Kent". As palavras prenderam-na. Ela compreendeu que estava na Avenida New Kent e — outro fragmento de seu misterioso conhecimento — a Avenida New Kent ficava em algum lugar de Londres. Então, estava em Londres.

Quando fez essa descoberta, um tremor peculiar a percorreu. Sua mente agora estava completamente desperta; compreendeu, como não tinha antes, a bizarrice da situação, e isso a desorientou e a assustou. O que tudo isso significava? O que estava fazendo ali? Como chegara ali? O que tinha acontecido com ela?

A resposta não demoraria a vir. Ela pensou, e pareceu-lhe que entendia perfeitamente o que as palavras significavam: "Claro! Perdi a memória!".

Nessa hora, dois rapazes e uma garota que passavam por ela, os rapazes com desajeitadas trouxas de saca nas costas, pararam e olharam com curiosidade para Dorothy. Hesitaram por um momento, depois continuaram andando, mas pararam de novo ao lado de um poste cerca de 4 metros adiante. Dorothy viu-os olhar para trás, para ela, e falar entre si. Um dos rapazes tinha cerca de 20 anos, franzino, cabelo preto, bochechas coradas, a boa aparência de um jeito *cockney*[33] intrometido e vestido em restos ordinários do que havia sido um terno azul elegante e um boné xadrez. O outro tinha cerca de 26, atarracado, ágil e poderoso, com um nariz arrebitado, pele clara rosada e lábios grandes tão grosseiros quanto salsichas, com grandes dentes amarelos à mostra. Estava visivelmente esfarrapado, e tinha um cabelo alaranjado cortado curto, o que lhe dava a aparência de um orangotango. A garota parecia boba, uma criatura rechonchuda, vestida em roupas muito parecidas com as de Dorothy. Dorothy pôde ouvir um pouco do que eles estavam dizendo:

---

33 Nome que se dá aos moradores da região leste da cidade de Londres e ao sotaque que eles têm, característico pela supressão de algumas consoantes, pronúncia das vogais (ditongos, principalmente) diferente da pronúncia considerada padrão e pelo uso de rimas na fala, entre outras características. (N. da T.)

— Aquela ali parece doente — disse a garota.

O de cabelo laranja, que estava cantando *Sonny Boy* em uma boa voz de barítono, parou de cantar para responder.

— Ela não está doente — ele disse. — Ela está desempregada, na verdade. Igual à gente.

— Ela daria certo pro Nobby, não daria? — disse o de cabelo escuro.

— Ah, você! — exclamou a garota, com um ar chocado-amoroso, fingindo bater na cabeça do rapaz de cabelo escuro.

Eles tinham colocado suas trouxas no chão e apoiado-as no poste. Os três vinham, então, bastante hesitantes, na direção de Dorothy, o de cabelo laranja, cujo nome parecia ser Nobby, na frente, como o embaixador do grupo. Movia-se brincando, com o jeito de um macaco, e seu sorriso era tão franco e largo que era impossível não sorrir de volta. Dirigiu-se a Dorothy de forma amigável:

— Ei, menina!

— Ei!

— Tá na praia, menina?

— Na praia?

— Ué, de bobeira?

— De bobeira?

— Jesus! Ela é maluca — murmurou a garota, segurando o braço do rapaz de cabelo escuro para puxá-lo dali.

— Bem, o que eu quis dizer, menina... Você tem algum dinheiro?

— Não sei.

Nessa hora, os três entreolharam-se, estupefatos. Por um momento, provavelmente pensaram que Dorothy era mesmo maluca. Mas, ao mesmo tempo, Dorothy, que pouco antes havia descoberto um pequeno bolso em seu vestido, pôs a mão nele e sentiu o contorno de uma grande moeda.

— Acho que tenho 1 centavo — disse.

— Um centavo! — falou o rapaz moreno, com desdém. — Muito bom pra gente!

Dorothy recuou. Era meia-coroa. Uma mudança assustadora tomou o rosto dos outros três. Nobby ficou boquiaberto de deleite, deu alguns passos para a frente como um macaco exultante e, então, parando, tomou o braço de Dorothy com confiança.

— Moleza! — ele falou. — Demos sorte, e você também, garota, acredite em mim. Você vai abençoar o dia em que botou os olhos na gente. Vamos construir sua fortuna para você, vamos. Agora diga, garota, você vai fechar com a gente?

— O quê? — disse Dorothy.

— O que quero dizer é... Que tal se bandear com Flô, Charlie e comigo? Parceiros, hein? Camaradas todos, lado a lado. Unidos vencemos, divididos caímos. A gente entra com as ideias e você entra com a grana. Que tal, garota? Tá dentro ou tá fora?

— Cala a boca, Nobby! — interrompeu a garota. — Ela não entende uma palavra do que você está dizendo. Fala certo com ela, vai?

— Faz assim, Flô — disse Nobby, tranquilamente. — Você fica quieta e deixa o papo comigo. Eu levo jeito com essas vagabundas, levo sim. Agora me ouça, garota... Qual é seu nome, garota?

Dorothy estava a um segundo de dizer "não sei", mas suficientemente alerta para parar a tempo. Escolhendo um nome feminino da meia dúzia que lhe ocorreu imediatamente, ela respondeu: "Ellen".

— Ellen. Isso é moleza. Nada de sobrenomes quando se está de bobeira. Vamos lá, Ellen, querida, me escuta aqui. Nós três estamos indo lupular, entende...

— Lupular?

— Lupular! — disse o rapaz moreno, impaciente, como que enojado pela ignorância de Dorothy. Sua voz e seus gestos eram bastante mal-humorados, e seu sotaque, muito mais forte que o de Nobby. — Colher lúpulo, lá em Kent! Dá pra entender agora, será?

— Ah, lúpulo! Para cerveja?

— Moleza! Tá ficando boa, ela. Bem, menina, como eu ia dizendo, nós três estamos indo colher lúpulo, prometeram um trabalho pra gente, na fazenda Blessington, em Baixa Molesworth. Apenas estamos um pouco lisos, sabe? Porque a gente não tem um centavo, e temos de ir até lá de trem — 56 quilômetros —, e a gente tem de comprar o rango e arrumar um mocó pra dormir à noite também. E fica um pouco zoado com moças junto. Mas agora, vamos supor, por exemplo, que você venha junto, sabe. A gente poderia pegar o bonde de 2 centavos até Bromley, e aí são 24 quilômetros já, e a gente não precisa pernoitar mais que uma noite no caminho. E você pode ficar com a gente — quatro num cubículo é o melhor —, e se Blessington está pagando 2 centavos por alqueire, você recupera 10 xelins em uma semana fácil. O que acha disso, garota? Sua meia coroa não vai fazer muito mais que isso aqui em Londres. Mas, se você fechar com a gente, vai conseguir cama por um mês e alguma coisa a mais... E a gente consegue uma carona até Bromley e algum rango também.

Cerca de um quarto de sua fala era ininteligível para Dorothy. Ela perguntou, bem aleatoriamente:

— O que é rango?

— Rango? Boia, comida. Dá pra ver que você tá na estrada há pouco tempo, garota.

— Ah... Bem, vocês querem que eu vá com vocês colher lúpulo, é isso?

— É isso, Ellen, minha querida. Você tá dentro ou tá fora?

— Tudo bem — disse Dorothy, prontamente. — Eu vou.

Ela tomou essa decisão sem nenhuma dúvida. É verdade que, se tivesse tido tempo para analisar a situação, possivelmente teria agido diferente; muito provavelmente teria ido a uma delegacia e pedido ajuda. Esse teria sido o mais sensato a fazer. Mas Nobby e os outros tinham aparecido bem nesse momento crítico, e, indefesa como Dorothy estava, pareceu-lhe natural compartilhar a sorte com o primeiro ser humano que aparecesse. Além do mais, por alguma razão que ela não entendia, o fato de que eles estavam indo para Kent a reconfortava. Kent, parecia-lhe, era exatamente o lugar para onde queria ir. Os outros não demostraram nenhuma curiosidade, e não fizeram nenhuma pergunta impertinente. Nobby simplesmente disse "Ok. Moleza!" e, então, delicadamente tomou a meia coroa da mão de Dorothy e enfiou-a no bolso — para evitar que ela a perdesse, ele explicou. O rapaz moreno — aparentemente, seu nome era Charlie — disse, de seu jeito rude e desagradável:

— Anda, vamos, se mexe! Já são 2 e meia. Não queremos perder aquele... bonde. De onde sai, Nobby?

— De O Elefante — disse Nobby —, e nós temos de pegar antes das 4 horas, porque depois das 4 não tem mais passagem grátis.

— Anda, então, não vamos perder mais tempo. Vai ser uma beleza se a gente chegar em Bromley e tiver de procurar um lugar pra ficar no... escuro. Vamos, Flô.

— Anda rápido — disse Nobby, balançando sua trouxa no ombro.

Puseram-se em marcha, sem mais palavras. Dorothy, ainda desnorteada, mas sentindo-se muito melhor do que se sentia uma hora antes, andou ao lado de Flô e Charlie, que conversavam entre si e não lhe davam atenção. Desde o começo, pareceram ficar meio alheios a Dorothy — dispostos apenas a dividir seus centavos, mas sem sentimentos de amizade. Nobby andava na frente, pisando rápido apesar do peso que carregava, e cantando, com uma imitação espirituosa de música militar, a canção bem conhecida da qual as únicas palavras gravadas pareciam ser:

...! era tudo o que a banda conseguia tocar;
...!...! E o mesmo pra você!

2

Era 29 de agosto. Foi na noite do dia 21 que Dorothy tinha adormecido no conservatório; assim, houve um interregno de quase oito dias em sua vida.

O que lhe acontecera era bastante comum, até — quase toda semana podia-se ler nos jornais um caso similar. Um homem desaparece de casa, fica perdido por dias ou semanas e, do nada, aparece em uma delegacia ou em um hospital, sem noção alguma de quem ele é ou de onde vem. Como regra, é impossível dizer como passou esse tempo; esteve vagando, presumidamente, em um estado hipnótico ou sonambúlico no qual, todavia, foi capaz de parecer que estava normal. No caso de Dorothy, apenas uma coisa é certa: que fora roubada em algum momento durante suas andanças, pois as roupas que estava usando não eram dela, e sua cruz de ouro havia desaparecido.

No momento em que Nobby a abordou, Dorothy já estava no caminho da recuperação; e, se tivesse sido cuidada de forma apropriada, sua memória poderia ter voltado dentro de poucos dias ou mesmo horas. Apenas uma coisinha teria sido suficiente; um encontro casual com um amigo, uma fotografia de sua casa, umas poucas perguntas habilmente feitas. Mas, do jeito que foi, o leve estímulo mental de que ela precisava nunca foi dado. Ela foi deixada no estado peculiar no qual primeiro se encontrou — um estado em que sua mente era potencialmente normal, mas não muito motivada para o esforço de desvendar a própria identidade.

Pois, é claro, uma vez que tinha compartilhado sua sorte com Nobby e os outros, todas as chances de refletir tinham ido embora. Não havia tempo para se sentar e raciocinar sobre o assunto — não havia tempo para se atracar com sua dificuldade e pensar num caminho para a solução. No estranho e sujo submundo no qual foi mergulhada instantaneamente, mesmo cinco minutos consecutivos de pensamento seriam impossíveis. Os dias se passaram em um estado incessante de pesadelo; um pesadelo não de terrores urgentes, mas de fome, miséria e fadiga, alternância de frio e calor. Tempos depois, quando olhou para trás, para aquele tempo, dias e noites amalgamaram-se de forma que Dorothy nunca pôde lembrar com certeza quantos foram. Apenas soube que, por um período indefinido, estivera o tempo todo com os pés doendo e quase o tempo todo faminta. Fome e dor nos pés foram as mais claras lembranças daquela época; e também o frio das noites, e um sentimento peculiar, desalinhado e estúpido, que vinha com a falta de sono e a constante exposição ao ar.

Após chegar a Bromley, eles haviam se reunido sobre um horrível aterro de lixo de papel, fedendo com os dejetos de vários matadouros, e passaram uma noite tremendo, com apenas sacos para usar de cobertor, em uma grama alta nos limites da área de recreação. Pela manhã, saíram a pé, à procura dos campos de lúpulo. Já nesse dia, Dorothy havia descoberto que a história que Nobby lhe havia contado, sobre a promessa de um emprego, era totalmente falsa. Ele a havia inventado — e confessou de um jeito bastante despreocupado — para induzi-la a acompanhá-los. A única chance de conseguirem um emprego era marchar para dentro dos campos de lúpulo e candidatar-se em toda fazenda até que encontrassem uma em que estivessem precisando de colhedores.

Eles ainda tinham 56 quilômetros para percorrer, em linha reta, e ainda assim, ao fim de três dias, mal haviam atingido os limites das plantações de lúpulo. A necessidade de obter comida, é claro, atrasava seu progresso. Poderiam ter percorrido a distância total em dois dias, ou mesmo em um dia, se não fossem obrigados a se alimentar. Do jeito que foi, mal conseguiam pensar se estavam indo na direção dos campos de lúpulo ou não; era a comida que ditava seus movimentos. A meia coroa de Dorothy tinha derretido em poucas horas, e depois disso não havia escolha senão mendigar. Mas, então, veio a dificuldade. Uma pessoa pode facilmente mendigar por comida na rua, e mesmo duas podem obter sucesso, mas a coisa muda de figura quando são quatro juntas. Em tais circunstâncias, uma pessoa só consegue manter-se viva se caçar comida persistente e obcecadamente, como um animal selvagem. Comida — essa era a única preocupação deles durante aqueles três dias —, apenas comida, e a infinita dificuldade em obtê-la.

Desde a manhã até a noite, eles pediam. Vagavam enormes distâncias, ziguezagueando pelo campo, rastreando de vila em vila, de casa a casa, batendo na porta de cada açougue e cada padaria e cada plausível casebre, rodeando com esperança piqueniques, acenando — sempre em vão — para carros que passavam e abordando velhos cavalheiros com o tipo certo de feição e histórias comoventes sobre a necessidade de dinheiro. Com frequência, desviavam 8 quilômetros de seu caminho para conseguir uma beirada de pão ou um punhado de raspas de bacon. Todos mendigavam, Dorothy com os outros; ela não tinha nenhuma lembrança do passado, nenhum padrão de comparação para deixá-la envergonhada disso. E, mesmo com todo o esforço, teriam ficado de barriga vazia na metade do tempo se não houvessem roubado e mendigado. No anoitecer e nas manhãs bem cedo, pilhavam os pomares e os campos, furtando maçãs, ameixas pequenas, peras, avelãs, framboesa e, acima de tudo, batatas. Nobby considerava um pecado passar por uma plantação de batatas sem pelo menos encher o bolso. Ele realizava a maior parte dos roubos, enquanto os outros vigiavam. Era um ladrão ousado; gabava-se de roubar qualquer coisa que não estivesse presa, e teria acabado colocando todos na prisão se não o tivessem impedido algumas vezes. Uma vez, chegou a pôr as mãos em um ganso, mas o animal clamava de medo, e Charlie e Dorothy o arrastaram bem na hora em que o dono saiu na porta para ver o que estava acontecendo.

A cada dia, caminhavam entre 30 e 40 quilômetros. Vagavam por propriedades públicas e vilas escondidas com nomes incríveis, e perdiam-se em caminhos que levavam a lugar nenhum, esparramavam-se exaustos em valas secas, cheirando a erva-doce e atanásia; penetravam bosques particulares, reuniam-se em matagais em que havia madeira para fogueira e água, e cozinhavam refeições estranhas e esquálidas em duas latas de rapé, que eram suas únicas panelas. Às vezes, quando tinham sorte, comiam cozidos excelentes de bacon mendigado e couve-flor roubada; às vezes, grandes refeições fartas, mas insípidas de batatas assadas na brasa; às vezes, geleia feita de framboesas roubadas, que cozinhavam em uma das latas de rapé e devoraram enquanto ainda estava escaldante de tão quente. Chá era uma coisa que nunca lhes faltava. Mesmo quando não havia nenhuma comida, havia chá, fervido, marrom-escuro e requentado. É uma coisa que se obtém mais ao mendigar do que as outras. "Por favor, senhora, teria um pouco de chá pra me arrumar?" é um pedido que raramente falha, mesmo com as insensíveis donas de casa de Kent.

Os dias estavam muito quentes, as estradas brancas resplandeciam, e os carros que passavam jogavam uma poeira que ardia em sua face. Famílias de colhedores de lúpulo passavam com frequência, festejando, em caminhões lotados de móveis, crianças, cachorros e gaiolas. As noites estavam sempre frias. Uma coisa que praticamente não existe na Inglaterra é uma noite em que se esteja realmente aquecido após a meia-noite. Dois sacos grandes eram tudo o que eles tinham para servir de cama. Flô e Charlie dormiam em um, Dorothy no outro, e Nobby dormia na grama. O desconforto era quase tão ruim quanto o frio. Se você se deitasse de costas, sua cabeça, sem travesseiro, pendia para trás, de forma que o pescoço parecia que iria se quebrar; se deitasse de lado, o osso do quadril pressionava o chão e o atormentava. Mesmo quando, nas horas após a meia-noite, você conseguisse adormecer após acordar várias vezes, o frio penetrava em seus sonhos mais profundos. Nobby era o único que conseguia suportar isso. Ele dormia tão calmamente em um ninho de grama encharcada quanto dormiria em uma cama, e seu rosto, grosseiro e simiesco, com mirrados 12 fios de pelo ruivo, brilhando em seu queixo como fios de cobre, nunca perdia o calor, a cor rosada. Ele era uma daquelas pessoas ruivas que parecem brilhar com uma luminosidade interna que aquece não apenas elas mesmas, mas o ar ao redor.

Toda essa vida estranha, desconfortável, Dorothy tomou por completamente natural — apenas vagamente ciente, se é que o estava, de que a outra vida, da qual ela não lembrava, que se punha atrás dela, havia sido de alguma forma diferente dessa. Em poucos dias, já havia parado de refletir sobre seu estranho dilema. Aceitava tudo — aceitava a sujeira, a fome e a fadiga, as infinitas andanças para todos os lados, os dias calorentos e empoeirados e as noites de tremedeira, sem dormir. De qualquer forma, estava cansada demais para pensar. Na tarde do segundo dia, estavam todos desesperados, insuportavelmente cansados, exceto Nobby, que não se cansava com nada. Nem o fato de que, logo depois que começaram a andar, um prego havia se instalado na sola da sua bota parecia atrapalhá-lo. Havia períodos de uma hora seguida em que Dorothy parecia quase estar dormindo enquanto caminhava. Ela agora tinha um fardo a carregar, pois, como os dois homens já estavam sobrecarregados, e Flô irredutivelmente se negava a transportar qualquer coisa, Dorothy havia se voluntariado para levar o saco que continha as batatas roubadas. Eles normalmente tinham de 4 a 5 quilos de batatas de reserva. Dorothy pendurava o saco no ombro do jeito que Nobby e Charlie faziam com a trouxa, mas a alça cortava sua pele como uma serra, e o saco batia contra seu quadril, friccionando-o tanto que ele começou a sangrar. Seus sapatos, deploráveis e precários, tinham começado a se desfazer desde o início. No segundo dia, o salto do pé direito soltou-se e a deixou mancando; mas Nobby, especialista nessas questões, aconselhou-a a arrancar o salto do outro pé e caminhar com a sola reta. O resultado foi uma terrível dor na parte de baixo da canela quando subia uma ladeira, e Dorothy sentia como se as solas dos pés tivessem sido marteladas com uma barra de ferro.

Flô e Charlie estavam em uma situação ainda bem pior que a dela. Não estavam tão cansados, mas assustados e escandalizados com as distâncias que teriam de percorrer. Caminhar 30 quilômetros em um dia era uma coisa de que nunca tinham ouvido falar até então. Haviam nascido e crescido no extremo leste da capital inglesa e, embora tivessem passado vários meses na indigência em Londres, nenhum deles estivera na estrada antes. Charlie, até bem recentemente, tinha um bom emprego, e Flô também vivia em um bom lar até ter sido seduzida e expulsa de casa para viver nas ruas. Eles tinham conhecido Nobby na Trafalgar Square e concordado em ir colher lúpulo com ele, imaginando que seria até um pouco divertido. Claro, tendo estado na batalha um tempo comparativamente curto, desprezavam Nobby e Dorothy. Valorizavam o conhecimento de Nobby das ruas e sua ousadia em roubar, mas ele era socialmente inferior aos dois — essa era a sua atitude. Quanto a Dorothy, mal se dignavam a olhá-la no rosto depois que a meia coroa terminara.

Já no segundo dia, a coragem deles estava acabando. Ficaram para trás, resmungaram incessantemente e pediram mais comida do que era sua porção. Pelo terceiro dia, era quase impossível mantê-los na estrada. Ansiavam por voltar a Londres, fazia tempo que tinham parado de se preocupar se iriam chegar aos campos de lúpulo ou não; tudo o que queriam fazer era esparramar-se em alguma parada confortável que pudessem achar e, quando havia alguma sobra de comida, devorar beliscos intermináveis. Após cada parada, havia uma discussão entediante antes que pudessem se pôr em pé de novo.

— Vamos, gente! — Nobby costumava dizer. — Pegue suas coisas, Charlie. O tempo está passando.

— Ah... passando! — era como Charlie respondia, taciturno.

— Bom, não dá pra dormir aqui, dá? A gente disse que ia caminhar até Sevenoaks essa noite, não disse?

— Ah... Sevenoaks! Sevenoaks ou qualquer outro maldito lugar... Não faz diferença nenhuma pra mim.

— Mas... Olhe! A gente quer arrumar um emprego amanhã, não quer? E a gente tem de se enfiar no meio das fazendas antes de começar a procurar por uma.

— Ah... as fazendas! Quem dera eu nunca tivesse ouvido falar de lúpulo! Eu não teria sido trazido pra essas... caminhadas e pernoites. Tô cheio; é isso que eu tô... cheio.

— Se isso é a porcaria de colher lúpulo — Flô fazia coro —, já enchi minha barriga disso.

Nobby confidenciou a Dorothy que achava que Flô e Charlie provavelmente "dariam no pé" se tivessem a oportunidade de pegar uma carona de volta a Londres. Quanto a Nobby, nada o desanimava ou abalava seu bom humor, nem mesmo quando o prego na sua bota tinha atingido a pior posição e os restos nojentos de uma meia que usava estavam escuros com o sangue. No terceiro dia, o prego havia cavado um buraco permanente em seu pé, e Nobby teve de parar de vez em quando para martelá-lo de volta à posição correta.

— Desculpa aí, garota — ele dizia —, tenho de ajeitar esse maldito casco de novo. Esse prego não é moleza, não.

Nobby procurava por uma pedra redonda, agachava na vala e, cuidadosamente, o martelava de volta para o lugar.

— Aí! — ele dizia, com otimismo, sentindo o local com seu polegar. — Essa droga agora tá enterrada!

O epitáfio do prego deveria ter sido *Resurgam*,[34] "Ressucitarei", no entanto. Pois sempre encontrava seu caminho de novo em 15 minutos.

Nobby havia tentado seduzir Dorothy, é claro, e, quando ela o repreendeu, não guardou rancor. Ele tinha um temperamento alegre, incapaz de encarar muito seriamente os próprios revezes. Era sempre gentil, estava

---

34 Latim: "erguer-me-ei novamente". (N. da T.)

sempre cantando com uma voz robusta de barítono — suas três canções favoritas eram: *Sonny Boy, Twas Christmas Day in the Workhouse* (na melodia de The Church's One Foundation), e *...! Was All the Band Could Play*, cantadas com uma vívida interpretação de música militar. Tinha 26 anos e era viúvo. Já tinha sido, na sequência, vendedor de jornal, ladrão de galinhas, interno na Borstal,[35] soldado, assaltante e vagabundo. Esses fatos, no entanto, precisavam ser reorganizados, pois Nobby não narrava os acontecimentos de sua vida consecutivamente. Sua conversa era pincelada com casuais lembranças pitorescas — os seis meses que tinha servido em um regimento de linha antes que fosse considerado inválido com um ferimento no olho, a hedionda sopa servida em Holloway, sua infância na sarjeta de Deptford, a morte de sua esposa ao dar à luz, aos 18 anos, quando ele tinha 20, a horrível maleabilidade das varas em Borstal, o sombrio estrondo de nitroglicerina ao explodir a porta do cofre da fábrica de botas e calçados Woodward, de onde Nobby havia limpado 125 libras e gastado tudo em três semanas.

Na tarde do terceiro dia, eles chegaram aos limites do campo de lúpulo e começaram a encontrar pessoas desestimuladas, principalmente vagabundos, seguindo de volta para Londres com a notícia de que não havia nada a fazer — os lúpulos eram ruins e o preço era baixo, e os ciganos e colhedores locais haviam pegado todos os empregos. Com isso, Flô e Charlie perderam totalmente as esperanças, mas, por uma hábil mistura de intimidação e persuasão, Nobby conseguiu fazê-los seguir ainda mais alguns quilômetros. Em uma pequena vila chamada Wale, fizeram um acordo com uma mulher irlandesa — sra. McElligot era seu nome — que acabara de conseguir um emprego em um campo de lúpulo vizinho, e eles trocaram algumas de suas maçãs roubadas por um pedaço de carne que ela havia conseguido pedindo esmola mais cedo. Ela lhes deu algumas dicas úteis sobre a colheita do lúpulo e sobre quais fazendas deveriam tentar. Estavam todos esparramados na grama, cansados, em frente a uma pequena loja de utilidades gerais com os cartazes de alguns jornais do lado de fora.

— O melhor pra vocês é tentar na Chalmers — a sra. McElligot os aconselhou, com seu forte sotaque de Dublin. — Fica a pouco mais de 8 quilômetros

---

[35] Antigo centro de detenção britânico para jovens infratores, cuja meta era educá-los e reinseri-los na sociedade. (N. da T.)

daqui. Ouvi dizer que lá na Chalmers eles precisam de uma dúzia de trabalhadores ainda. Acho que dariam emprego a vocês se chegassem logo.

— Oito quilômetros! Jesus Cristo! Não tem nenhum mais perto que isso, não? — resmungou Charlie.

— Bem, tem o Norman. Eu mesma consegui um trabalho lá no Norman. Começo amanhã cedo. Mas não ia adiantar vocês baterem lá no Norman, não. Eles só estão pegando colhedores locais e dizem que vão deixar a metade dos lúpulos florescer.

— O que são colhedores locais? — disse Nobby.

— Ué. Aqueles que têm a própria casa. Ou você tem onde dormir na vizinhança, ou o fazendeiro tem de arranjar uma cabana pra você dormir. Essa é a lei hoje. Nos tempos antigos, quando você vinha pra cá colher lúpulo, dormia num estábulo e ninguém perguntava nada. Mas essa maldita interferência veio de uma lei que o governo trabalhista fez pra que nenhum trabalhador do campo seja contratado se o fazendeiro não tiver acomodação pra ele. Então o Norman só pega gente que tem casa ou onde dormir aqui.

— Bem, mas você não tem uma casa sua aqui, tem?

— Claro que não. Mas o Norman pensa que tenho. Fiz ele pensar que eu estava instalada numa casinha aqui perto. Cá entre nós, durmo em um curral. Não é tão ruim, a não ser pelo fedor de esterco, mas você tem de zarpar às 5 da manhã, senão os vaqueiros te pegam lá.

— A gente não tem experiência na colheita do lúpulo — Nobby disse. — Se eu visse um, não ia saber nem o que era. Melhor é ter a ajuda de uma mão experiente quando se procura um trabalho, hein?

— Afe! Lúpulo não precisa de experiência, não. É só arrancar e enfiar na caixa. É tudo do que precisa para trabalhar com isso, o lúpulo selvagem.

Dorothy estava quase dormindo. Ela ouvia os outros conversando vagamente, primeiro sobre colher lúpulo, depois sobre uma história nos jornais de uma moça que havia desaparecido de casa. Flô e Charlie tinham lido os cartazes na frente da loja, e isso os tinha reanimado de alguma forma, porque os cartazes os faziam recordar Londres e suas alegrias. A garota desaparecida, em cujo destino eles pareceram estar bastante interessados, era mencionada como "A Filha do Reverendo".

— Você viu isso, Flô? — disse Charlie, lendo alto e com imenso prazer o que dizia um cartaz: "A Vida Amorosa e Secreta da Filha do Pastor. Surpreendentes Revelações". Legal! Queria ter 1 centavo pra poder ler essa história.

— É? Que história é essa?

— O quê? Você não leu nada sobre isso? Os jornais só falam disso. A filha do reverendo isso, a filha do reverendo aquilo... Têm umas coisas meio sujas aí também.

— Ela é meio gostosa, essa filha do velho pastor — disse Nobby pensativo, deitando de costas. — Queria que ela estivesse aqui agora! Eu ia saber o que fazer com ela, ah, se ia.

— É uma garota que fugiu de casa — disse a sra. McElligot. — Ela se mandou com um homem 20 anos mais velho e agora tá desaparecida. Estão procurando em tudo quanto é lugar.

— Fugiu no meio da noite, em um carro, praticamente sem roupas a não ser a camisola que usava — disse Charlie com apreço. — A vila inteira viu.

— Têm uns que acham que ele a levou pra fora do país e a vendeu para aqueles bordéis em Paris — acrescentou a sra. McElligot.

— Sem roupas a não ser a camisola? Que safada ela deve ser!

A conversa estava prosseguindo com mais detalhes, mas, nesse momento, Dorothy a interrompeu. O que estavam dizendo suscitou-lhe uma leve curiosidade. Ela percebeu que não sabia o significado da palavra "reverendo". Sentou-se e perguntou a Nobby:

— O que é um reverendo?

— Reverendo? Bem, é um clérigo, um cara tipo um pastor. Um cara que prega e canta hinos na igreja. Passamos por um deles ontem, pedalando uma bicicleta, e seu colarinho estava de trás pra frente. Um padre, um reverendo. Acho que você entendeu.

— Ah... Sim, acho que sim.

— Padres! Têm uns bem bonitos também — disse a sra. McElligot.

Dorothy não aumentou seu conhecimento. O que Nobby tinha dito esclareceu um pouco, mas só bem pouco. Toda a cadeia de pensamento conectada com "igreja" e "reverendo" era estranhamente vaga e borrada em sua mente. Tratava-se de uma das lacunas — havia várias dessas lacunas — no conhecimento misterioso que ela trouxera consigo do passado.

Aquela foi a terceira noite deles na estrada. Quando escureceu, infiltraram-se em um pequeno bosque para pernoitar, e, um pouco depois da meia-noite, a chuva despencou. Passaram uma hora terrível vagando na escuridão, tentando encontrar um lugar para se abrigar, e finalmente encontraram uma pilha de feno, na qual se amontoaram do lado protegido do vento até que houvesse luz suficiente para enxergar. Flô debulhou-se em lágrimas de uma maneira tão intolerável que, de manhã, estava em um estado de semicolapso. Seu rosto, gordo e bobo, lavado por chuva e lágrimas, parecia uma bexiga de gordura, se é que é possível imaginar uma bexiga de gordura contorcida por autopiedade. Nobby vasculhou o lugar até conseguir pegar uma braçada de gravetos parcialmente secos, fazer fogo e ferver água para um chá, como de costume. Não havia clima tão ruim que não permitisse a Nobby fazer uma caneca de chá. Ele carregava, entre outras coisas, alguns pedaços de pneu velho, que serviriam para fazer chama quando a madeira estivesse molhada, e até era dotado na arte, conhecido apenas por alguns especialistas entre os vagabundos, de fazer a água ferver com uma vela.

Os membros de todos haviam endurecido depois da terrível noite. Flô declarou-se incapaz de dar um passo à frente. Charlie a apoiou. Assim, como os outros dois se recusaram a mover-se, Dorothy e Nobby foram até a fazenda de Chalmers, combinando um lugar para que se encontrassem depois de tentar a sorte. Eles chegaram a Chalmers, a 8 quilômetros de distância, encontraram o caminho até os campos de lúpulo em meio a vastos pomares, e foram informados de que o capataz "logo estaria ali". Então, esperaram durante quatro horas no limite das plantações, com o sol secando suas roupas nas costas, observando os colhedores de lúpulo na ativa. Era uma cena que trazia tanto paz quanto fascínio. As trepadeiras de lúpulo, plantas altas como feijão-verde, enormemente ampliadas, cresciam em fileiras de folhas verdes, com as flores penduradas em forma de buquês verde-claros, como uvas gigantes. Quando o vento as chacoalhava, vinha um perfume fresco e amargo de enxofre e cerveja fresca. Em cada fileira de plantas, uma família de pessoas queimadas pelo sol desfiava os lúpulos em cestos, cantando enquanto trabalhavam. Nessa hora, uma buzina soou, e eles interromperam a tarefa para ferver latas de chá sobre o fogo crepitante. Dorothy invejou-os consideravelmente. Como pareciam felizes, sentados em volta do fogo com suas canecas de chá e seus nacos de pão e bacon, e o cheiro de lúpulo e fumaça de madeira! Ela ansiava por um trabalho assim. No entanto, no presente, não havia nada em vista. Por volta de uma hora mais, o capataz chegou e lhes disse que não havia trabalho para eles, então voltaram para a estrada e vingaram-se da fazenda Chalmers roubando uma dúzia de maçãs enquanto passavam.

Quando chegaram ao ponto de encontro, Flô e Charlie haviam desaparecido. É claro que procuraram por eles, mas, ao mesmo tempo, sabiam muito bem o que tinha acontecido. Na verdade, era perfeitamente óbvio. Flô tinha lançado um olhar para algum motorista de caminhão, que teria dado aos dois uma carona de volta a Londres, com a possibilidade de um bom chamego no caminho. Pior ainda, eles tinham roubado as duas trouxas. Dorothy e Nobby não tinham um farelo de comida, nem uma crosta de pão, nem uma batata ou um pouco de chá, nenhum lugar para dormir, nem mesmo uma lata de rapé na qual cozinhar alguma coisa que pudessem conseguir pedindo ou roubando — nada, de fato, exceto as roupas do corpo.

As 36 horas seguintes foram difíceis — muito difíceis. Como ansiavam por um trabalho, com tanta fome e cansaço! Mas as chances de obter um pareciam ficar cada vez menores conforme adentravam mais os campos de lúpulo. Fizeram caminhadas intermináveis de fazenda em fazenda, obtendo sempre a mesma resposta em todo lugar — não precisavam de colhedores —, e estavam tão ocupados andando para lá e para cá que nem tiveram tempo de mendigar, portanto não tinham nada para comer exceto maçãs roubadas e ameixas, que atormentavam seu estômago com seu suco ácido, e ainda os deixavam mais famintos. Não choveu naquela noite, mas estava bem mais frio que antes. Dorothy nem tentou dormir, passou a noite agachada perto do fogo, mantendo-o aceso. Eles estavam abrigados em um bosque de faia, sob uma árvore antiga que formava um esconderijo e mantinha o vento longe, mas que também os molhava periodicamente com respingos de orvalho gelado. Nobby, deitado de costas, esticado, boca aberta, uma das bochechas levemente iluminada pelos frágeis raios do fogo, dormia em paz como uma criança. Durante toda a noite, uma vaga perplexidade, nascida de falta de sono e de um desconforto intolerável, ficou revirando na mente de Dorothy. Havia nascido para uma vida como aquela? Essa vida de vagar por aí de barriga vazia o dia todo e tremer de frio à noite, embaixo de árvores pingando? Sempre fora assim em seu passado em branco? De onde ela tinha vindo? Quem era ela? Não encontrava nenhuma resposta, e eles já estavam na estrada ao amanhecer. No fim da tarde, já haviam tentado em 11 fazendas ao todo, e as pernas de Dorothy estavam desistindo. Estava tão tonta de fadiga que tinha dificuldade em caminhar reto.

Mais tarde, naquela noite, de forma bastante inesperada, a sorte voltou-se para eles. Tentaram em uma fazenda chamada Cairns, na vila de Clintock, e foram admitidos imediatamente, sem perguntas. O capataz simplesmente os olhou de cima a baixo e disse de uma vez: "Tudo bem, vocês servem. Comecem pela manhã; cesto número 7, grupo 19", e nem se deu o trabalho de perguntar seus nomes. Colher lúpulo, ao que parecia, não requeria nem dom nem experiência.

Eles encontraram o caminho para o prado onde ficava o acampamento dos colhedores. Em um estado onírico, entre a exaustão e a alegria de ter finalmente conseguido um trabalho, Dorothy viu-se caminhando em meio a um labirinto de cabanas com teto de alumínio e caravanas de ciganos, com muitas roupas coloridas penduradas para secar nas janelas. Hordas de crianças lotavam as estreitas alamedas de grama entre as cabanas, e pessoas esfarrapadas e de aparência agradável cozinhavam suas refeições sobre inúmeras fogueiras. No fundo do campo, havia algumas cabanas redondas de alumínio, bem inferiores às outras, separadas para pessoas solteiras. Um velho, que estava tostando queijo em uma fogueira, conduziu Dorothy a uma das cabanas para mulheres.

Dorothy empurrou a porta da cabana para abri-la. Tinha cerca de 3 metros e meio de largura, com janelas sem vidros, cobertas por tábuas, e não tinha nenhuma mobília. Parecia não haver nada lá, exceto por uma enorme pilha de palha, que chegava ao teto — de fato, a cabana estava quase totalmente cheia de palha. Aos olhos de Dorothy, já grudentos de tanto sono, a palha pareceu confortável como o paraíso. Começou a se infiltrar e foi repelida por um uivo agudo vindo de baixo dela.

— Ê! O que você está fazendo? Saia daí! Quem te mandou pisar na minha barriga, sua idiota?

Ao que parecia, havia mulheres em meio à palha. Dorothy enfiou-se mais para a frente, circunspecta, tropeçou em algo, afundou no monte de palha e, no mesmo instante, começou a dormir. Uma mulher de aparência grosseira, parcialmente vestida, emergiu do mar de palha como uma sereia.

— Oi, colega! — ela disse. — Acabou de chegar, né, colega?

— Sim, e estou cansada... Muito cansada.

— Bom, você vai acabar congelando na palha sem roupa de cama pra te cobrir. Não tem um cobertor?

— Não.

— Espera um minuto, então. Tenho um saco de papelão aqui.

A mulher mergulhou na palha e reemergiu com um saco de lúpulo de 2 metros de comprimento. Dorothy já estava dormindo. Ela se permitiu ser acordada e se inseriu de alguma forma no saco. Ele era tão comprido que a jovem cabia inteira ali, até a cabeça; e logo depois estava meio se contorcendo, meio afundando, bem fundo, no ninho de palha mais quente e mais seco do que ela jamais achou possível. A palha fazia cócegas em suas narinas, misturava-se ao seu cabelo e a cutucava através do saco, mas, naquele momento, nenhum outro local imaginável para dormir — nem o divã de Cleópatra, nem a cama flutuante de Harun al-Raschid — poderia tê-la acariciado mais voluptuosamente.

3

É notável a facilidade com que alguém, assim que consegue um trabalho, se adapta à rotina de colher lúpulo. Depois de apenas uma semana nisso, você é alçado à categoria de colhedor experiente e sente como se tivesse colhido lúpulo a vida toda.

O trabalho era extremamente fácil. Fisicamente, sem dúvida, era exaustivo — você fica em pé dez ou 12 horas por dia, morrendo de sono já às 6 da tarde —, mas não exigia nenhuma habilidade. Cerca de um terço dos colhedores no campo era tão novo na lida quanto Dorothy. Alguns tinham vindo de Londres sem a menor ideia do que eram lúpulos, ou como eram colhidos, ou para quê. Diziam que um homem, em sua primeira manhã no caminho para os campos, havia perguntado: "Onde estão as pás?". Ele imaginava que os lúpulos tinham de ser cavados do chão.

Exceto aos domingos, um dia na plantação de lúpulo era muito parecido com o outro. Às 5 e meia, ao som de uma batida na parede de sua cabana, você se arrastava para fora de seu ninho de dormir e começava a procurar pelos sapatos, entre xingamentos sonolentos das mulheres (havia seis ou sete, ou até oito delas), que estavam enterradas aqui e ali na palha. Naquela enorme pilha de palha, qualquer roupa que inadvertidamente tirasse sempre se perdia de imediato. Você pegava um braço cheio de palha e outro de lúpulo seco, e um pedaço de madeira de um monte do lado de fora, e fazia a fogueira para o café da manhã. Dorothy sempre preparava o café da manhã de Nobby, assim como o dela mesma, e dava uma batida na parede da cabana dele quando estava pronto, já que a jovem era melhor em acordar cedo do que o rapaz. Fazia muito frio naquelas manhãs de setembro, o céu ao leste rapidamente mudava de negro para azul-cobalto, e a grama tingia-se de um branco prateado com o orvalho. Seu desjejum era sempre o mesmo — bacon, chá, e pão frito na gordura do bacon. Enquanto comia, preparava outro exatamente igual para servir de almoço e, então, carregando sua vasilha com o almoço, partia em direção às plantações, 2 quilômetros e meio pelo amanhecer azul e ventoso, com o nariz escorrendo tanto que ocasionalmente tinha de parar e limpá-lo em seu avental de saco.

Os lúpulos estavam divididos em plantações de cerca de meio hectare, e cada grupo — mais ou menos 40 colhedores, sob as ordens de um feitor que era sempre um cigano — colhia de uma plantação por vez. Os pés atingiam até 3 metros e meio ou mais, e cresciam em cordas e pendiam sobre arames horizontais, em fileiras de 1 a 2 metros de distância entre uma e outra; em cada fileira havia um saco, como uma rede bastante profunda, pendurado em uma pesada estrutura de madeira. Assim que chegava, você balançava seu cesto na posição, cortava as cordas dos próximos dois pés e os debulhava para baixo — enormes e afuniladas cordões de folhagem, como as tranças do cabelo de Rapunzel, que caíam sobre você, banhando-o em gotas de orvalho. Depois, precisava arrastá-los para dentro do cesto e, começando pela extremidade mais grossa do pé, debulhar os pesados cachos de lúpulo. Àquela hora da manhã, era normal fazer a colheita devagar e desajeitadamente. As mãos ainda estavam duras, e o frio do orvalho as deixava dormentes. Além disso, os lúpulos estavam molhados e escorregadios. A grande dificuldade era colher sem pegar folhas e ramos junto, pois o medidor estava sujeito a recusar seus lúpulos se houvesse muitas folhas no meio.

Os galhos dos pés vinham cobertos de minúsculos espinhos, que dentro de dois ou três dias já teriam rasgado a pele de suas mãos. De manhã era um tormento começar a colher, quando seus dedos ainda estavam duros demais para se dobrar e sangravam em uma dúzia de pontos; mas a dor passava quando os cortes tinham reaberto e o sangue fluía livremente. Se os lúpulos eram bons e você trabalhasse bem, conseguia retalhar um pé em dez minutos, e os melhores pés rendiam 18 litros de lúpulo. Mas eles variavam muito de uma plantação para outra. Em algumas, eram do tamanho de uma noz e pendiam em grandes cachos sem folhas, que você podia colher de uma vez só; em outras, eram umas coisinhas do tamanho de ervilhas e cresciam tão finas que você tinha de pegar um por vez. Alguns lúpulos eram tão ruins que não se podiam colher 36 litros em uma hora.

Tratava-se de um trabalho lento de manhã, antes de os lúpulos estarem secos o bastante para ser manuseados. Mas então o sol saía, e aquele odor adorável e amargo começava a fluir, o mau humor matinal das pessoas passava, e o trabalho entrava no ritmo. Das 8 ao meio-dia, você colhia, colhia, colhia, em uma espécie de paixão pelo trabalho — uma avidez fervorosa, que ficava mais e mais forte conforme a manhã avançava —, para terminar cada pé e posicionar seu cesto um pouco mais adiante na fileira. No início de cada plantação, todos os cestos começavam lado a lado, mas, aos poucos, os melhores colhedores disparavam na frente, e alguns deles haviam terminado suas alamedas de lúpulo enquanto os outros mal tinham chegado ao meio; portanto, se você ficasse muito para trás, os outros tinham permissão para terminar a fileira em seu lugar, o que era chamado de "roubar seus lúpulos". Dorothy e Nobby estavam sempre entre os últimos, e eles eram apenas dois — havia quatro pessoas na maioria dos cestos. Além disso, Nobby era um colhedor atrapalhado, com suas mãos grandes e grosseiras; no geral, as mulheres colhiam melhor que os homens.

Existia sempre uma disputa acirrada entre os dois cestos de cada lado de Dorothy e Nobby, cesto número 6 e cesto número 8. No cesto número 6, havia uma família de ciganos — o pai com cabelos enrolados e brinco na orelha, uma mãe velha e com cor de couro ressecado, e dois filhos robustos — e no cesto número 8 estava uma verdureira *cockney* que usava chapéu largo e uma capa preta comprida. Ela cheirava rapé de uma caixa de papel machê com um navio a vapor pintado na tampa e sempre tinha a ajuda de grupos de filhas e netas, que vinham de Londres para passar dois dias por vez. Havia bem um exército de crianças trabalhando no grupo, seguindo os cestos com pequenas sacolas e juntando os lúpulos que caíam enquanto os adultos colhiam. A neta da velha verdureira, pequena e pálida, chamada Rose, com uma pequena menina cigana, morena como uma indiana, estava sempre escapando para roubar framboesas e trocar por outras coisas em meio aos pés de lúpulo; e o constante cantarolar em torno dos cestos era entrecortado por gritos estridentes: "Vamos, Rose, sua gatinha preguiçosa! Colha os lúpulos! Vou esquentar seu traseiro".

Cerca de metade dos colhedores do grupo era cigana — não havia menos que 200 deles no campo. Os errantes, como os outros colhedores os chamavam. Não se tratava de pessoas más, eram até simpáticos, e o agradavam descaradamente quando queriam alguma coisa de você; ainda assim, eram dissimulados, com aquela malícia impenetrável dos selvagens. Com seus rostos orientais, aparvalhados, havia um olhar como de algum animal selvagem mas preguiçoso — um olhar de densa estupidez existindo lado a lado com uma indomável astúcia. A conversa deles consistia em meia dúzia de observações, que repetiam à exaustão, sem cansar-se delas. Os dois jovens ciganos no cesto número 6 perguntavam a Nobby e Dorothy a mesma charada uma dúzia de vezes por dia:

— O que é que o homem mais inteligente na Inglaterra não consegue fazer?

— Não sei. O quê?

— Fazer cócegas em um mosquito com um poste elétrico.

Nunca faltavam urros de risada. Eram todos absolutamente ignorantes; informavam com orgulho que nenhum deles sabia ler uma única palavra. O velho pai de cabelo enrolado, que havia concebido alguma noção de que Dorothy devia ser "estudada", uma vez lhe perguntou se ele poderia dirigir sua caravana até Nova York.

Às 12 horas, uma buzina lá embaixo, na fazenda, sinalizava aos colhedores que parassem o trabalho por uma hora, e geralmente um pouco antes disso o medidor aparecia para coletar os lúpulos. A um grito de aviso do feitor, "Lúpulos prontos, número 19!", todo mundo se apressava para pegar os que tinham caído, terminar as gavinhas que não tinham sido apanhadas aqui e ali, e tirar as folhas do cesto. Havia uma arte nisso. Não compensava fazer uma colheita tão "limpa", pois tanto as folhas quanto os lúpulos serviam para aumentar a conta. Os trabalhadores mais antigos, como os ciganos, eram experientes em saber quão "sujo" era seguro colher.

O medidor costumava aparecer carregando um cesto de vime que segurava outro cesto, e vinha acompanhado do "agente", que registrava as colheitas de cada um em um livro fiscal. Os "agentes" eram rapazes, escriturários e contadores constituídos, esse tipo de profissão, e faziam esse trabalho como algo extra nos dias de folga. O medidor costumava escavar os lúpulos dos cestos em cerca de 36 litros por vez, entoando, enquanto assim fazia, "Um! Dois! Três! Quatro!", e os colhedores registravam o número em suas cadernetas. Trinta e seis litros colhidos rendiam 2 centavos, e naturalmente havia discussões intermináveis e acusações de injustiça nas medições. O lúpulo é uma planta esponjosa, você pode espremer 36 litros e reduzi-los para um quarto disso. Então, após cada escavada, um dos colhedores tombava sobre o cesto e mexia nos lúpulos para soltá-los; então o medidor içava o fundo e chacoalhava os lúpulos de novo. Em algumas manhãs, ele tinha ordens para "pesar a mão" e cavava de tal forma que conseguia o dobro em cada cavada, ao que se seguiam gritos raivosos de "Olha como o safado está forçando para baixo! Por que você não pisa em cima deles de uma vez?", e os mais velhos e experientes diziam, sombriamente, que sabiam de medidores mergulhados em reservatórios para vacas no último dia de colheita. Dos cestos, os lúpulos iam para sacos que, teoricamente, sustentariam 50 quilos; mas eram necessários dois homens para içar um saco completo quando o medidor "pesava a mão". Você tinha uma hora para o almoço e acendia uma fogueira com galhos de lúpulos — algo proibido, porém todos o faziam —, aquecia seu chá e comia seu sanduíche de bacon. Após o almoço, voltava para a colheita até 5 ou 6 da tarde, quando o medidor vinha mais uma vez para levar seus lúpulos, após o que você estava livre para voltar ao acampamento.

Tempos depois, olhando para seu interlúdio como colhedora de lúpulo, era sempre das tardes que Dorothy se lembrava. Aquelas longas e trabalhosas horas sob o sol forte, e o som de 40 vozes cantando, ao cheiro de lúpulo e madeira queimada, tinham uma qualidade peculiar e inesquecível. Conforme a tarde avançava, você ficava cansado demais para ficar em pé, e os pequenos pulgões-do-lúpulo entravam no seu cabelo e em seus ouvidos e o incomodavam, e suas mãos, de tanto contato com o líquido sulforoso, estavam tão pretas quanto as mãos de um negro, exceto onde sangravam. Ainda assim, você estava feliz, uma felicidade injustificada. O trabalho o absorvia. Era uma tarefa estúpida, mecânica, exaustiva, e a cada dia mais dolorosa para as mãos, e ainda assim você nunca se cansava dela; quando o tempo estava bonito e os lúpulos também estavam bons, havia a sensação de poder continuar colhendo para sempre. Isso dava uma alegria física, um sentimento acolhedor de satisfação por dentro, ficar lá, hora após hora, depenando os cachos pesados e observando a pilha verde-clara ficar mais e mais alta no seu cesto — a cada 36 quilos, mais 2 centavos no seu bolso. O sol queimava suas costas, deixando-o marrom, e o perfume amargo, que nunca sacia, como um vento vindo de oceanos de cerveja fresca, fluía para dentro das narinas e refrescava. Quando o sol brilhava, todo mundo cantava; e as plantações soavam com a cantoria. Por alguma razão, todas as canções eram tristes naquele outono — canções sobre amor rejeitado e fidelidade não recompensada, como versões mais desqualificadas de *Carmem* e *Manon Lescaut*. Assim ia:

Lá vão eles em sua alegria
Garota feliz; garoto sortudo
Mas aqui estou
Com o coração partido

E assim:
Mas estou dançando com lágrimas nos olhos
Pois a garota em meus braços não é você!

E:
Os sinos tocam por Sally
Mas não por Sally e por mim!

A garotinha cigana cantava sem parar:
Somos tão infelizes, todos tão infelizes,
Aqui, na Fazenda Infeliz!

E, embora todo dissessem que o nome correto era Fazenda da Infelicidade, ela insistia em chamá-la de Fazenda Infeliz. A velha verdureira e sua neta Rose tinham uma canção para colher o lúpulo que dizia assim:

Que lúpulo ruim!
Que lúpulo ruim!
Quando o medidor chega
Pega do chão, pega do chão!
Quando ele chega pra medir,
Ele nunca sabe quando parar,
Ei, ei, entre no cesto
E pegue o maldito lote!

Lá Vão Eles Alegres e *Os Sinos Tocam por Sally* eram as favoritas. Os colhedores nunca se cansavam de cantá-las; devem ter cantado ambas muitas centenas de vezes antes do fim da temporada. As melodias dessas duas canções, soando pelas fileiras de folhas verdes, faziam parte da atmosfera dos campos de lúpulo, tanto quanto o perfume amargo e a luz do sol dourada.

Quando você voltava ao acampamento, por volta das 6 e meia, agachava-se à beira do córrego que passava pelas cabanas e lavava o rosto, provavelmente pela primeira vez naquele dia. Levava cerca de 20 minutos para tirar a sujeira de carvão das mãos. Água e mesmo sabão não surtiam muito efeito; apenas duas coisas conseguiam removê-la — uma delas era barro, e a outra, curiosamente, suco de lúpulo. Então, você preparava o jantar, que normalmente era composto de pão, chá e bacon de novo, a menos que Nobby tivesse estado na vila e trazido do açougue dois nacos de carne que desse para comprar pelo valor de 1 centavo. Nobby sempre fazia as compras. Era o tipo de homem que sabia como conseguir do açougueiro, por apenas 2 centavos, carne que valia 4 centavos, e, além disso, um especialista em mínimas economias. Por exemplo, sempre comprava um pão de campanha em vez de pão de qualquer outro formato, pois, como ele costumava apontar, um pão de campanha parece dois pães quando você o corta ao meio.

Mesmo antes de jantar, você já estava caindo de sono, mas as grandes fogueiras que as pessoas costumavam construir entre as cabanas eram agradáveis demais para ser abandonadas. A fazenda permitia aos colhedores pegar dois pedaços de madeira por dia para cada cabana, mas eles saqueavam quanto mais conseguissem, e também grandes grumos de raiz de olmo, que tinha uma combustão lenta e queimava até de manhã. Em algumas noites, as fogueiras eram tão enormes que 20 pessoas podiam se sentar em volta delas com conforto, e havia a cantoria que adentrava a noite, e a contação de histórias e as maçãs roubadas assadas. Rapazes e moças davam escapadas para as alamedas escuras, e uns poucos espíritos audaciosos, como Nobby, saíam com sacos e roubavam os pomares vizinhos. As crianças brincavam de esconde-esconde no lusco-fusco e irritavam os noitibós que assombravam o acampamento e que, em sua ignorância do leste da Inglaterra, imaginavam ser faisões. Nas noites de sábado, 50 ou 60 dos colhedores costumavam ficar bêbados no bar e, então, desciam a rua da vila entoando canções imorais, para o escândalo dos habitantes, que consideravam a estação de colheita de lúpulo como os decentes provincianos da Gália romana devem ter considerado a incursão anual dos godos.

    Quando você finalmente conseguia se arrastar para seu ninho na palha, ele não estava nem quente nem confortável. Após uma dessas noites felizes, Dorothy descobriu que a palha é um material horrível sobre o qual dormir. Não só espeta, mas, ao contrário do feno, deixa passar correntes de ar de todas as direções. No entanto, ela teve a oportunidade de roubar um número ilimitado de sacos de lúpulo dos campos e, fazendo para si um tipo de casulo com quatro deles, um sobre o outro, conseguiu manter-se aquecida o suficiente para dormir, de qualquer forma, cinco horas por noite.

4

Quanto ao que se ganhava com a colheita de lúpulo, era apenas o suficiente para manter corpo e a alma unidos, e nada mais.

O pagamento na fazenda Cairns's era de 2 centavos por 36 quilos, e se os lúpulos fossem bons, um colhedor experiente podia fazer em média 108 quilos por hora. Em teoria, portanto, seria possível ganhar 30 xelins por uma semana se se trabalhasse 60 horas. Na verdade, ninguém no acampamento chegava próximo desses números. Os melhores colhedores ganhavam entre 13 e 14 xelins e o pior, 6 xelins. Nobby e Dorothy, juntando seus lúpulos e dividindo os ganhos, faziam por volta de 10 xelins por semana cada um.

Havia muitas razões para isso. Para começar, a má qualidade dos lúpulos em alguns campos. E também havia os atrasos, que desperdiçavam uma hora ou duas de cada dia. Quando se acabava uma plantação, era preciso carregar seu cesto até a próxima, o que podia ser 1 quilômetro e meio de distância; e então, talvez, podia acontecer de haver algum erro, e o grupo, lutando sob seus cestos (eles pesavam 50 quilos), teria de perder mais meia hora vadiando por aí. O pior de tudo era a chuva. Foi um mês de setembro ruim naquele ano, chovendo um dia a cada três. Às vezes, por uma manhã ou tarde inteira, você tremia miseravelmente no abrigo dos pés ainda não colhidos, com um saco que pingava nos ombros, esperando a chuva passar. Era impossível colher quando estava chovendo. Os lúpulos ficavam muito escorregadios para manusear, e, mesmo que você conseguisse colhê-los, era inútil, pois quando encharcados eles encolhiam e viravam nada no cesto. Às vezes, você ficava no campo o dia todo para ganhar 1 xelim ou menos.

Isso não importava à maioria dos colhedores, pois cerca de metade deles era cigana e acostumada a salários de fome, e a maioria dos outros consistia em respeitáveis moradores do leste de Londres, verdureiros, pequenos lojistas e outros similares, que vinham colher lúpulos como um trabalho extra e ficavam satisfeitos se ganhassem o suficiente para o trajeto de ida e volta e um pouco para se divertir nas noites de sábado. Os fazendeiros sabiam disso e se aproveitavam. De fato, se colher lúpulo não fosse considerado um trabalho de horas extras, a indústria iria colapsar imediatamente, pois o preço dos lúpulos estava então tão baixo que nenhum fazendeiro podia pagar aos colhedores um salário digno para viver.

Duas vezes por semana você podia pedir um adiantamento e receber a metade de seus ganhos. Se saísse antes que a coleta terminasse (um inconveniente para os fazendeiros), eles tinham o direito de pagar 1 centavo por 35 litros, em vez de 2 — isto é, embolsar metade do que lhe deviam. Também era de conhecimento comum que, mais próximo do fim da estação, quando todos os colhedores tinham uma boa quantia para receber e não iria querer sacrificá-la abandonando o emprego, o fazendeiro reduzia a tarifa que pagava, de 2 centavos para 1 centavo e meio. Greves eram praticamente impossíveis. Os colhedores não tinham sindicato, e os feitores dos grupos, em vez de receber 2 centavos por 36 litros como os outros, recebiam uma quantia semanal automaticamente cortada se houvesse uma greve; então, naturalmente, eles moviam céus e terra para evitá-las. Juntos, os fazendeiros tinham os colhedores na palma das mãos; mas a culpa não era dos fazendeiros — o preço baixo do lúpulo era a raiz do problema. Além disso, como Dorothy observou mais tarde, poucos colhedores tinham mais que uma vaga ideia da quantia que receberiam. O sistema de empreitada disfarçava os baixos pagamentos.

Pelos primeiros dias, antes que pudessem pedir um adiantamento, Dorothy e Nobby quase morreram de fome, e teriam morrido se os outros colhedores não lhes tivessem dado comida. Mas todos eram extraordinariamente gentis. Havia um grupo de pessoas que dividia uma das cabanas maiores, um pouco mais longe do agrupamento — um vendedor de flores chamado Jim Burrows e um homem chamado Jim Turle, que era como um inseto num grande restaurante em Londres, haviam se casado com irmãs e eram amigos íntimos, e essas pessoas gostavam de Dorothy. Eles diziam que ela e Nobby não precisavam passar fome. Toda noite, durante os primeiros dias, May Turle, de 15 anos, chegava com uma panela cheia de cozido, apresentada com uma naturalidade bem ensaiada para que não houvesse nenhuma dica de que era um ato de caridade. A fórmula era sempre a mesma:

— Por favor, Ellen, a mamãe diz que, como ia jogar esse cozido fora, pensou que talvez você gostasse. Ela não vai usar, então você lhe faria uma gentileza se aceitasse.

Era extraordinário o monte de coisas que os Turle e os Burrows estavam "para jogar fora" naqueles primeiros dias. Em uma ocasião, eles até deram a Nobby e Dorothy metade de uma cabeça de porco já cozida; e, além de comida, davam-lhes alguns utensílios para cozinhar e um prato de alumínio, que podia ser usado como frigideira. E, o melhor de tudo, eles não faziam perguntas constrangedoras. Sabiam muito bem que havia algum mistério na vida de Dorothy — "Dá pra ver", eles diziam, "como Ellen havia rebaixado seu padrão" —, mas, para eles, era uma questão de honra não a constranger com perguntas. Foi só depois de duas semanas no acampamento que ela se viu obrigada a resolver o problema de inventar um sobrenome.

Assim que Dorothy e Nobby puderam pedir adiantamento, os problemas de dinheiro acabaram. Eles viviam com surpreendente tranquilidade com 1 xelim e 6 centavos por dia para os dois. Quatro centavos disso eram gastos em tabaco para Nobby, e 4 centavos e meio em um pão; gastavam cerca de 7 centavos por dia em chá, açúcar, leite (dava para conseguir leite em uma fazenda por meio centavo por um quarto de litro), margarina e "lascas" de bacon. Mas, é claro, você nunca chegava ao fim do dia sem esbanjar 1 ou 2 centavos. Ficava constantemente com fome, constantemente fazendo contas para ver se conseguiria bancar um arenque defumado, ou um bolinho, ou batata fritas; e, miserável com os colhedores, metade da população de Kent parecia conspirar para tirar dinheiro de seu bolso. Os comerciantes locais, com 400 colhedores de lúpulo aquartelados perto deles, lucravam mais na estação de lúpulo que em todo o resto do ano junto, o que não os impedia de desprezar os colhedores como lixo *cockney*. Durante a tarde, os trabalhadores da fazenda costumavam aparecer em torno dos cestos de lúpulo, vendendo maçãs e peras ao preço de sete por 1 centavo, e os vendedores ambulantes de Londres vinham com cestos de bolinhos e sorvetes ou picolés de meio centavo. À noite, o acampamento ficava lotado de vendedores, que dirigiam de Londres furgões cheios de itens de mercearia terrivelmente baratos, peixe com batata frita, enguias gelatinizadas, camarões, bolos danificados e coelhos macilentos, com olhos vitrificados, que haviam ficado dois anos no gelo e agora eram vendidos a 9 centavos.

Na maior parte do tempo, os colhedores de lúpulo viviam em uma dieta indecente — inevitavelmente, mesmo que você tivesse dinheiro para comprar comida adequada, não havia tempo para cozinhar, exceto aos domingos. Provavelmente, apenas a abundância de maçãs roubadas impedia o acampamento de ser assolado pelo escorbuto. Havia um furto constante e sistemático de maçãs; praticamente todo mundo no acampamento ou as roubava ou as comia. Havia inclusive grupos de rapazes (empregados, assim diziam, por vendedores de frutas de Londres) que vinham de lá de bicicleta todo fim de semana com o propósito de pilhar os pomares. Quanto a Nobby, havia reduzido o roubo de frutas a uma ciência. Em uma semana, reunira um bando de rapazes que o admiravam como um herói, porque ele era um assaltante de verdade e havia estado na cadeia quatro vezes, e toda noite eles saíam com sacos e voltavam com 100 quilos de frutas. Havia vastos pomares perto dos campos de lúpulo, e as maçãs, especialmente as lindas e pequenas da variedade *golden russets*, ficavam empilhadas debaixo das árvores, apodrecendo, porque os fazendeiros não as podiam vender. Não era pecado devassá-las, Nobby dizia. Em duas ocasiões, ele e seu bando roubaram um frango. Como conseguiram fazer isso sem acordar a vizinhança era um mistério, mas parecia que Nobby conhecia o truque de colocar um saco na cabeça do frango para que ele "deixasse de existir por volta da meia-noite sem dor" — ou, de qualquer forma, sem barulho.

Dessa maneira, uma semana, e depois uma quinzena, se passaram, e Dorothy não estava nem perto de resolver o problema de sua própria identidade. De fato, ela estava mais longe disso do que nunca, pois, com exceção de alguns momentos estranhos, o assunto tinha quase desaparecido de sua mente. Mais e mais, ela aceitava a situação em que se encontrava, abandonava todos os pensamentos, no passado ou no futuro. Esse era o efeito natural da vida nos campos de lúpulo: ele limitava a abrangência da sua consciência ao presente minuto. Você não conseguia lutar com nebulosos problemas mentais quando estava constantemente com sono e constantemente ocupado — pois, quando não se estava trabalhando nos campos, estava-se ou cozinhando, ou trazendo coisas da vila, ou tentando fazer fogo com galhos molhados, ou andando de lá para cá com latas de água. (Havia apenas uma torneira apropriada no acampamento, e ela ficava a 180 metros da cabana de Dorothy; a abominável latrina ficava à mesma distância.) Era uma vida que exauria, gastava toda a energia da pessoa e a mantinha profunda e inquestionavelmente feliz. No sentido literal da palavra, entorpecia. Os longos dias nos campos, a comida indigna e o sono insuficiente, o cheiro de lúpulo e de fumaça de madeira aplacavam você a uma lentidão animalesca. Seu espírito parecia espessar, assim como sua pele, na chuva, no sol e no eterno ar fresco.

Aos domingos, é claro, não havia trabalho nos campos; mas o domingo de manhã era um dia ocupado, pois as pessoas cozinhavam sua principal refeição da semana, além de lavar e costurar as roupas. Por todo o acampamento, enquanto o barulho dos sinos da igreja da vila chegava com o vento, misturado à tênue melodia de *O, God, Our Help* do culto a céu aberto com poucos fiéis conduzido pela igreja da "Santa Missão de Alguém aos Coletores de Lúpulos", enormes fogueiras queimavam; a água fervia em baldes, latas, panelas e o que mais as pessoas pudessem conseguir; e roupas esfarrapadas lavadas tremulavam no teto de todas as cabanas. No primeiro domingo, Dorothy pediu emprestada uma bacia dos Turle e primeiro lavou seu cabelo, depois suas roupas de baixo e a camisa de Nobby. Suas roupas de baixo estavam em estado deplorável. Há quanto tempo ela as vinha usando não sabia, mas com certeza não menos que dez dias, e havia dormido com elas todo esse tempo. Suas meias-calças mal tinham pés, e, quanto a seus sapatos, só não tinham se desfeito porque o barro os empastava.

Depois que Dorothy colocou a roupa lavada para secar, preparou o almoço, e eles fizeram uma farta refeição de meio frango cozido (roubado), batatas cozidas (roubadas) e maçãs cozidas (roubadas) e beberam chá em xícaras de verdade, com asas nas quais segurar, que eles haviam pegado emprestado da sra. Burrows. Após o almoço, a tarde toda, Dorothy ficou sentada, encostada do lado ensolarado da cabana, com um saco de lúpulo seco sobre os joelhos para segurar seu vestido para baixo, alternando entre a dormência e o despertar. Dois terços das pessoas no acampamento estavam fazendo exatamente a mesma coisa: dormindo ao sol e acordando para olhar o nada, como gado. Era tudo a que você se comparava depois de uma semana de trabalho pesado.

Por volta das 3 horas, quando ela estava lá sentada, prestes a pegar no sono, Nobby dava uma volta, nu da cintura para cima — sua camisa estava secando —, com uma cópia do jornal de domingo que ele havia logrado pegar emprestado. Era o *Pippin's Weekly*, o mais indecente dos cinco mais indecentes jornais de domingo. Ele o jogou no colo de Dorothy quando passou por ela.

— Dá uma lida aí, garota — disse, generosamente.

Dorothy pegou o *Pippin's Weekly* e colocou-o sobre os joelhos, sentindo-se sonolenta demais para ler. Uma enorme manchete a encarava: "DRAMA PASSIONAL EM PARÓQUIA DO INTERIOR". E então havia mais manchetes, e alguma coisa com entrelinhas, e uma foto deslocada do rosto da garota. No espaço de cerca de cinco segundos, Dorothy estava na verdade encarando um escurecido, borrado mas bastante reconhecível retrato de si mesma.

Havia uma coluna de texto embaixo da foto. De fato, a maioria dos jornais havia abandonado o "mistério da Filha do Reverendo" a essa altura, pois a notícia já tinha mais de duas semanas, era velha e requentada. Mas o *Pippin's Weekly* não dava a mínima se a notícia era nova ou não, contanto que fosse picante, e a safra da semana de estupros e assassinatos havia sido pobre. Eles estavam dando à "Filha do Reverendo" um impulso final — dando-lhe, na verdade, o lugar de honra no canto superior esquerdo da primeira página.

Dorothy observava inerte a página. O rosto de uma moça, olhando para ela de uma base de impressão preta sem graça, não lhe transmitia nada à mente. Leu de novo, mecanicamente, as palavras "DRAMA PASSIONAL EM PARÓQUIA DO INTERIOR" sem as entender nem sentir o menor interesse. Descobriu que estava incapacitada de fazer qualquer esforço para lê-las; mesmo o trabalho de olhar para as fotografias era demais. O sono estava pesando em sua cabeça. Seus olhos, no ato de se fechar, vagavam pela página de uma foto que era ou de lorde Snowden ou do homem que não usaria cinta, e então, no mesmo instante, ela caiu no sono, com o *Pippin's Weekly* sobre os joelhos.

Não era desconfortável dormir encostada na parede de ferro corrugado da cabana, e Dorothy mal se mexeu até as 6 horas, quando Nobby a acordou e disse que tinha feito chá, ao que a jovem pôs o *Pippin's Weekly* frugalmente de lado (serviria para acender o fogo), sem olhar para ele novamente. Então, por enquanto, a chance de resolver seu problema passou. E o problema teria permanecido insolúvel por meses se um desagradável acidente, uma semana depois, não a tivesse assustado, tirando-a desse estado satisfeito e irrefletido em que estava vivendo.

5

Na noite do domingo seguinte, dois policiais apareceram no acampamento e prenderam Nobby e dois outros por roubo.

Aconteceu de uma vez, e Nobby não poderia ter escapado mesmo se tivesse sido avisado de antemão, pois o interior do país estava pululando de policiais especiais. Há um vasto número de policiais especiais em Kent. Eles são convocados a cada outono — um tipo de milícia para lidar com o bando de coletores de lúpulos que pilham as fazendas. Os fazendeiros haviam se cansado dos roubos nos pomares e tinham decidido puni-los exemplarmente, *in terrorem*.[36]

É claro que houve uma tremenda balbúrdia no acampamento. Dorothy saiu de sua cabana para descobrir do que se tratava e viu um círculo de pessoas iluminado por uma fogueira, em direção ao qual todos estavam correndo. Ela correu atrás deles, e um calafrio horrendo passou por seu corpo, porque parecia já saber o que tinha acontecido. Conseguiu se infiltrar e chegar à frente da multidão, e viu exatamente o que receava.

Lá estava Nobby, nas garras de um enorme policial, e outro policial segurava pelos braços dois rapazes amedrontados. Um deles, um garoto miserável, mal tinha 16 anos, chorava amarguradamente. O sr. Cairns, um homem robusto com bigodes acinzentados, e dois trabalhadores da fazenda guardavam os bens roubados, que tinham sido desenterrados do monte de palha na cabana de Nobby. Prova A, uma pilha de maçãs; prova B, penas de frango manchadas de sangue. Nobby visualizou Dorothy em meio à multidão, sorriu para ela com grandes dentes brilhantes e piscou. Ouviu-se uma gritaria:

— Olhe o pobre moleque chorando! Solta ele! Que vergonha, pobre criança! O jovem delinquente merece, deixando nós todos encrencados! Solte ele! Sempre tem de nos culpar, os malditos colhedores de lúpulo! Não podem perder uma droga de uma maçã sem falar que foi a gente que pegou!

---

36 Latim: "pelo medo". (N. da T.)

Solte ele! Dá pra calar a boca? E se as malditas maçãs fossem suas? Não é você que ia... — etc. etc. etc. E então: — Fica pra trás! Aí vem a mãe do garoto.

Uma mulher enorme, com seios monstruosos e o cabelo descendo pelas costas, forçou a passagem em meio às pessoas e começou a vociferar, primeiro para o policial e o sr. Cairns, depois para Nobby, que tinha desencaminhado seu filho. Finalmente, os empregados da fazenda conseguiram afastá-la de lá. Em meio aos gritos da mulher, Dorothy pôde ouvir o sr. Cairns interrogar Nobby, rispidamente:

— E então, rapaz, apenas assuma e nos diga quem compartilhou as maçãs com você! Vamos pôr um ponto final nessa brincadeira de roubar, de uma vez por todas. Assuma, que eu até posso levar isso em consideração.

Nobby respondeu, tão jovial como sempre:

— Consideração uma ova!

— Não gaste seu linguajar comigo, rapaz! Ou então você vai ter retorno mais severo quando estiver diante do magistrado.

— Mais severo uma ova!

Nobby sorriu. Sua própria astúcia o enchia de deleite. Ele cruzou o olhar de Dorothy e piscou para ela mais uma vez antes de ser levado. E aquela foi a última vez que Dorothy o viu.

Houve mais gritaria, e, quando os prisioneiros foram retirados, uma dúzia de homens os seguiu, vaiando os policiais e o sr. Cairns, mas ninguém ousou intervir. Dorothy, nesse meio-tempo, tinha saído dali; nem ao menos parou para descobrir se haveria uma oportunidade de dizer adeus a Nobby — estava assustada demais, ansiosa demais para fugir. Seus joelhos tremiam incontrolavelmente. Quando voltou à cabana, as outras mulheres estavam sentadas, conversando, agitadas, sobre a prisão de Nobby. Dorothy se enfiou fundo na palha e se escondeu, para ficar distante do som de suas vozes. Elas continuaram falando por metade da noite e, é claro, porque supunham que Dorothy era amante de Nobby, compadeciam-se dela e a bombardeavam de perguntas. A jovem não as respondeu — fingiu que estava dormindo. Mas não haveria sono para ela naquela noite, sabia bem.

A coisa toda a havia assustado e desapontado — mas a havia assustado mais do que era razoável e compreensível. Pois Dorothy não estava em perigo.

Os empregados da fazenda não sabiam que ela havia compartilhado das maçãs roubadas — na verdade, quase todo mundo no acampamento as tinha compartilhado —, e Nobby nunca a trairia. Não era nem que estivesse altamente preocupada com Nobby, que francamente não parecia perturbado pela possibilidade de um mês na cadeia. Algo estava acontecendo dentro dela — alguma mudança que ocorria na atmosfera de sua mente.

Pareceu-lhe que já não era a mesma pessoa de uma hora antes. Dentro e fora dela, tudo havia mudado. Era como se uma bolha tivesse explodido em seu cérebro, liberando pensamentos, sentimentos, medos que Dorothy havia esquecido que existiam. Toda aquela apatia onírica das últimas três semanas foi despedaçada. Pois era precisamente como em um sonho que ela estivera vivendo — é a condição especial de um sonho que a pessoa aceite tudo, não questione nada. Sujeira, trapos, vagabundagem, mendicância, roubo, tudo lhe parecera natural. Mesmo a perda de memória parecera natural; pelo menos, Dorothy mal havia pensado nisso até esse momento. A pergunta "Quem sou eu?" havia desaparecido de sua mente até que, às vezes, ela a esquecia por horas. Foi só agora que retornou com real urgência.

Pois durante quase uma miserável noite inteira aquela pergunta esteve rondando seu cérebro. Mas não era tanto a pergunta que a preocupava. Era a certeza de que estava para ser respondida. A memória estava voltando, isso era certo, e algum choque desagradável viria junto. Dorothy, na verdade, temia o momento em que descobrisse sua própria identidade. Algo que não queria encarar a estava esperando bem rente à superfície de sua consciência.

Às 5 e meia, como de costume, Dorothy levantou-se e tateou em busca de seus sapatos. Saiu da cabana, acendeu a fogueira e colocou a lata de água em meio à brasa para ferver. Bem enquanto fazia isso, uma lembrança, que parecia irrelevante, passou por sua mente. Foi daquela parada no gramado da vila em Wale, duas semanas antes — quando eles tinham conhecido a velha irlandesa, a sra. McElligot. Lembrou-se da cena com bastante vivacidade. Ela mesma, na grama exausta, com o braço cobrindo o rosto; e Nobby e a sra. McElligot conversando por sobre seu corpo apático deitado de costas; Charlie, com um substancioso deleite, lendo o cartaz em voz alta: "A Secreta Vida Amorosa da Filha do Reverendo"; e ela, perplexa mas não totalmente interessada, sentando-se e perguntando: "O que é um reverendo?".

Foi aí que um calafrio mortal, como uma mão de gelo, tomou seu coração. Levantou-se e foi quase correndo até a cabana, então se enfiou no lugar em que estavam seus sacos e procurou por eles em meio à palha. Naquele vasto monte de palha, todos os seus bens soltos se perdiam e aos poucos iam para o fundo. Mas, depois de procurar por alguns minutos, e sendo xingada por algumas mulheres que ainda estavam dormindo, Dorothy encontrou o que estava procurando. Era a edição do *Pippin's Weekly* que Nobby tinha lhe dado uma semana antes. Levou-o para fora, ajoelhou-se e esticou-o à luz da fogueira.

Estava na primeira página — uma fotografia e três grandes manchetes. Sim! Ali estava!

DRAMA PASSIONAL EM PARÓQUIA DO INTERIOR
FILHA DO PASTOR E SEDUTOR MAIS VELHO
PAI IDOSO PROSTRADO DE TRISTEZA
(Especial Pippin's Weekly)

" 'Eu preferiria tê-la visto no túmulo!' foi o grito de coração partido do reverendo Charles Hare, reitor de Knype Hill, Suffolk, ao saber que sua filha de 28 anos havia fugido com um solteiro mais velho chamado Warburton, descrito como artista.

A srta. Hare, que deixou a cidade na noite de 21 de agosto, ainda está desaparecida, e todas as tentativas de localizá-la falharam. [Em destaque] Rumores, ainda não confirmados, dão conta de que ela foi vista recentemente acompanhada de um homem em um hotel de péssima reputação em Viena.

Leitores do *Pippin's Weekly* irão se lembrar de que a fuga se deu em circunstâncias dramáticas. Um pouco antes da meia-noite, em 21 de agosto, a sra. Evelina Semprill, uma viúva que mora na casa ao lado da do sr. Warburton, por acaso olhou pela janela de seu quarto e viu o sr. Warburton em pé, em frente ao seu portão, conversando com uma moça. Como era uma noite clara, a sra. Semprill foi capaz de distinguir essa jovem como a srta. Hare, a filha do reitor. O casal permaneceu no portão por alguns minutos e, antes de entrar, eles trocaram abraços que a sra. Semprill descreve como sendo de natureza apaixonada. Cerca de meia hora depois, reapareceram no carro do sr. Warburton, que saiu do portão da frente e dirigiu em direção à estrada de Ipswich. A srta. Hare estava vestida em trajes sumários e aparentava estar sob a influência de bebida alcoólica.

Hoje, sabe-se que por algumas vezes, no passado, a srta. Hare tivera o hábito de fazer visitas clandestinas à casa do sr. Warburton. A sra. Semprill, que com muita dificuldade foi convencida a falar sobre o doloroso assunto, depois revelou..."

Dorothy amassou o *Pippin's Weekly* com violência e atirou-o na fogueira, tombando a lata de água. Houve uma nuvem de cinzas e uma fumaça sulforosa, e quase no mesmo instante ela puxou o jornal da fogueira, que já não queimava. Não servia de nada ficar com medo — melhor saber o pior. Continuou lendo, com horrível fascinação. Não era um tipo bonito de história para ler sobre si mesma. Soava estranho, mas Dorothy já não tinha nenhuma dúvida de que a garota sobre quem estava lendo era ela mesma. Examinou a foto. Estava borrada, algo nebulosa, mas bastante inequívoca. Além do mais, não precisava da foto para lembrá-la. Podia se lembrar de tudo, de cada circunstância de sua vida até a noite em que havia chegado em casa cansada da casa do sr. Warburton e, presumidamente, pegado no sono no conservatório. Estava tudo tão claro em sua mente que era quase inacreditável que havia esquecido.

Dorothy não tomou café naquele dia; e não se preocupou em preparar nada para a refeição do meio-dia; mas, quando chegou a hora, pela força do hábito, saiu em direção aos campos de lúpulo com os outros colhedores. Com dificuldade, pois estava sozinha, arrastou o pesado cesto para a posição, puxou o pé mais próximo para baixo e começou a colher. Depois de alguns minutos, descobriu que era impossível; mesmo o trabalho mecânico de colher estava além de suas forças. Aquela história horrível, mentirosa, no *Pippin's Weekly* deixara-a tão abatida que era inconcebível, mesmo por um instante, focar sua mente em qualquer outra coisa. "Abraços de natureza apaixonada." "Em trajes sumários." "Sob a influência de bebida alcoólica." Conforme cada frase lhe voltava à memória, trazia consigo uma pontada que a fazia ter vontade de gritar, como se sentisse uma dor física.

Depois de um tempo, até parou de fingir que estava colhendo, deixou o pé cair sobre seu cesto e sentou-se, escorada em uma das estacas que apoiavam os fios. Os outros colhedores observaram sua condição e foram amigáveis. Ellen estava um pouco magoada, eles disseram. O que se poderia esperar, depois de o namorado ter sido preso? (Todos no acampamento, é claro, tinham como certo que Nobby era amante de Dorothy.) Eles a aconselharam a ir até a fazenda e alegar que estava doente. E, por volta das 12 horas, quando o medidor era esperado, cada um no grupo chegou com uma grande quantidade de lúpulos e despejou no cesto dela.

Quando o medidor chegou, encontrou Dorothy ainda sentada no chão. Sob a sujeira e o queimado de sol, ela estava bastante pálida; seu rosto, abatido, parecia muito mais envelhecido que antes. Seu cesto estava 18 metros atrás do restante do grupo, e havia menos de 100 litros nele.

— Qual é a brincadeira? — ele perguntou. — Tá doente?

— Não.

— Bem, por que não está colhendo, então? O que você pensa que é isso aqui, piquenique de grã-fino? Não é pra ficar sentada no chão que você está aqui, sabia?

— Você pare e não a aborreça! — gritou, de repente, a velha verdureira *cockney*. — A pobre moça não pode ter um pouco de paz e sossego se quiser? O namorado dela não está na cadeia graças a você e aos narigudos dos seus colegas gambés? Ela já tem muito com o que se preocupar sem que todo maldito gambé alcagueta em Kent venha encher o saco!

— Já chega, senhora! — disse o medidor, rispidamente, mas ele parecia mais solidário ao ouvir que o amante de Dorothy havia sido preso na noite anterior. Quando a chaleira da verdureira começou a ferver, ela chamou Dorothy e deu-lhe uma xícara de chá forte e um naco de pão com queijo; e, depois do intervalo do almoço, outro colhedor que não tinha parceiro foi mandado para dividir o cesto com Dorothy. Tratava-se de um mendigo pequeno, enrugado e velho chamado Deafie. Dorothy sentiu-se de alguma forma melhor após o chá. Encorajada pelo exemplo de Deafie — pois ele era um excelente colhedor —, conseguiu cumprir sua parte do trabalho durante a tarde.

Dorothy havia refletido sobre as coisas e estava menos distraída que antes. As frases no *Pippin's Weekly* ainda a faziam estremecer de vergonha, mas agora estava em condições de encarar a situação. Entendia muito bem o que lhe tinha acontecido e o que tinha levado à calúnia da sra. Semprill. A sra. Semprill os havia visto juntos no portão e visto o sr. Warburton beijando-a; depois disso, quando ambos desapareceram de Knype Hill, era simplesmente natural demais — isto é, natural para a sra. Semprill — deduzir que haviam fugido juntos. Quanto aos detalhes pitorescos, ela os tinha inventado. Tinha os inventado? Essa era a única coisa da qual nunca se podia ter certeza com a sra. Semprill — se contava suas mentiras consciente e deliberadamente como mentiras ou se, em sua mente estranha e asquerosa, ela de alguma forma acreditava no que dizia.

Bem, de qualquer forma, o mal já estava feito — não adiantava mais se preocupar agora. Enquanto isso, havia a questão de voltar a Knype Hill. Dorothy teria de pedir roupas e precisaria de 2 libras para a tarifa do trem de volta para casa. Casa! Essa palavra lhe causou uma pontada no coração. Casa, depois de semanas de sujeira e fome! Como ela desejou isso, agora que se lembrava!

Mas...

Uma pequena dúvida gélida surgiu em sua cabeça. Havia um aspecto da questão sobre o qual ela não havia pensado até esse momento. Poderia ela, depois de tudo, ir para casa? Ousaria?

Poderia ela encarar Knype Hill depois de tudo o que havia acontecido? Essa era a questão. Quando você é assunto na primeira página do *Pippin's Weekly* — "em trajes sumários", "sob a influência de bebida alcoólica"... Ah, não vamos pensar nisso de novo! Mas, quando você é envolvida em horríveis e desonrosas calúnias, consegue voltar para uma cidade de 2 mil habitantes em que todo mundo conhece a vida privada de todo mundo e fala sobre ela o dia todo?

Dorothy não sabia... Não conseguia decidir. Em um momento, parecia-lhe que a história da fuga era tão palpavelmente absurda que ninguém seria capaz de acreditar. O sr. Warburton, por exemplo, poderia refutá-la — com bastante certeza iria refutá-la, por qualquer motivo possível. Mas, no instante seguinte, lembrou-se de que o sr. Warburton havia viajado ao exterior, e, a menos que esse assunto tivesse chegado aos jornais continentais, ele não deveria saber da história; e, então, desanimou de novo. Sabia o que significava enfrentar um escândalo em uma cidade pequena do interior. Os olhares e empurrões furtivos quando você passava! Os olhos curiosos seguindo-a pela rua detrás das janelas com cortinas! Os grupos de rapazes na esquina da fábrica Blifil-Gordon obscenamente discutindo sobre você!

— George! Ei, George! Tá vendo aquela ali? Com cabelo loiro?

— Quem, a magrela? Sim, quem é?

— A filha do reverendo. Srta. Hare. Mas, olha, o que você acha que ela fez dois anos atrás? Se pirulitou daqui com um cara velho o bastante para ser seu pai. Acabou indo farrear com ele em Paris! Você nunca ia imaginar isso olhando para ela, ia?

— Não brinca!

— Foi, sim! Garanto que foi. Estava nos jornais e tudo. Bastou ele mandá-la às favas, e ela voltou pra casa na maior cara de pau. Corajosa, hein?

Sim, requer saber enfrentar. Por anos, por uma década, talvez, as pessoas ficariam falando dela daquele jeito. E, o pior de tudo, a história no *Pippin's Weekly* provavelmente era um simples vestígio expurgado do que a sra. Semprill andara dizendo pela cidade. Mas havia alguma coisa que poderia parar a sra. Semprill? Apenas os limites de sua imaginação — e eles eram quase tão vastos quanto o céu.

Uma coisa, no entanto, tranquilizava Dorothy, e era o pensamento de que seu pai, de qualquer forma, iria fazer o seu melhor para protegê-la. É claro que haveria outros também. Não é que ela não tivesse amigos. A congregação da igreja, pelo menos, a conhecia e confiava nela, e a Associação de Mães, as escoteiras e as mulheres na sua lista de visitas nunca acreditariam em tais histórias sobre Dorothy. Mas era seu pai quem mais importava. Quase qualquer situação é suportável se você tem um lar para o qual voltar e uma família que virá apoiá-la. Com coragem, e o apoio de seu pai, Dorothy poderia encarar as coisas. Quando a noite chegou, havia decidido que seria perfeitamente aceitável voltar para Knype Hill, embora não houvesse dúvidas de que seria desagradável em um primeiro momento. Quando o trabalho do dia acabou, pediu um adiantamento de 1 xelim, desceu para a loja geral da vila e comprou um bloco de anotações por 1 centavo. De volta ao acampamento, sentada na grama, perto da fogueira — não havia mesas nem cadeiras no acampamento, é claro —, Dorothy começou a escrever com um toco de lápis:

> *Querido Pai,*
>
> *Não consigo dizer quão feliz estou, depois de tudo o que aconteceu, em poder escrever para o senhor novamente. Eu realmente espero que o senhor não esteja tão aflito comigo nem tão preocupado com aquelas horríveis histórias nos jornais. Não sei o que o senhor deve ter pensado quando, de repente, eu desapareci daquele jeito e o senhor não teve notícias minhas por quase um mês. Mas veja...*

Como era estranho ter um lápis nas mãos rasgadas e endurecidas! Dorothy só conseguia escrever com uma caligrafia grande e esparramada como a de uma criança. Mas redigiu uma carta longa, explicando tudo, e pedindo a ele que lhe enviasse algumas roupas e 2 libras para pagar a tarifa de trem para casa. Também pediu que escrevesse para o nome de Ellen Millborough, em referência a Millborough, em Suffolk. Pareceu-lhe uma coisa estranha a fazer, usar um nome falso, desonesto, quase criminoso. Mas ela não queria arriscar que ficassem sabendo na vila, e talvez no acampamento também, que era Dorothy Hare, a notória Filha do Reverendo.

6

Uma vez decidida, Dorothy ansiava por escapar do acampamento quente. No dia seguinte, mal conseguia seguir com o trabalho de colheita, e os desconfortos e a comida ruim se tornaram intoleráveis agora que ela tinha lembranças com as quais comparar. Teria fugido imediatamente se ao menos tivesse dinheiro suficiente para levá-la até em casa. No instante em que recebesse a carta do pai com as 2 libras, diria adeus aos Turle, pegaria o trem para casa e daria um suspiro de alívio por chegar lá, apesar dos horríveis escândalos que teria de encarar.

No terceiro dia após ter escrito, foi até o posto de correio da vila e perguntou por sua carta. A responsável, uma mulher que tinha cara de cão bassê e nutria um desdém amargo por todos os colhedores de lúpulo, disse-lhe, friamente, que nenhuma carta havia chegado. Dorothy ficou desapontada. Uma pena — deve ter ficado parada no correio. Entretanto, não importava; amanhã logo chegaria — seria apenas mais um dia de espera.

Na tarde seguinte, ela foi de novo, bem certa de que dessa vez teria chegado. De novo, nada de carta. Então, uma preocupação a assaltou; e na quinta-feira à tarde, quando mais uma vez não havia nenhuma carta, a preocupação se transformou em um horrível pânico. Comprou outro bloco de papel e escreveu uma enorme carta, usando todas as quatro folhas, explicando mais uma vez o que havia acontecido com ela e implorando a seu pai que não a deixasse em um suspense como aquele. Depois de postá-la, decidiu que deixaria passar uma semana inteira antes de aparecer no correio novamente.

Isso foi no sábado. Na quarta-feira, sua decisão tinha ido por água abaixo. Quando a buzina soou para a pausa do meio-dia, deixou seu cesto e correu até o posto do correio — ficava a quase 2 quilômetros e meio de distância, e isso significava perder o almoço. Ao chegar lá, Dorothy foi até o balcão, envergonhada, quase com medo de falar. A responsável com cara de cachorro estava sentada em sua cabine com barras de cobre no final do balcão, conferindo números em um livro contábil de formato comprido. Olhou de soslaio para a jovem, com um ar intrometido, e continuou seu trabalho, sem parecer notá-la.

Algo doloroso acometia o diafragma de Dorothy. Ela tinha dificuldade para respirar.

— Tem alguma carta pra mim? — conseguiu falar, por fim.

— Nome? — disse a responsável, marcando o tempo.

— Ellen Millborough.

A responsável pelo correio virou seu longo nariz de bassê por sobre o ombro e, por um instante, olhou para a divisão da letra M das caixas de cartas não entregues, que esperavam o destinatário vir buscar.

— Não — disse, voltando-se ao seu livro contábil.

De alguma maneira, Dorothy saiu e começou a caminhar de volta em direção aos campos de lúpulo, e então parou. Um sentimento mortal de vazio na boca do estômago, causado em parte pela fome, deixou-a fraca demais para caminhar.

O silêncio de seu pai poderia significar apenas uma coisa. Ele acreditou na história da sra. Semprill — acreditou que ela, Dorothy, havia fugido de casa em circunstâncias vergonhosas e então contara mentiras para se desculpar. Ele estava bravo demais e desgostoso demais para lhe escrever. Tudo o que queria era se ver livre da filha, abandonar toda e qualquer comunicação com ela, tirá-la de vista e da mente, como um simples escândalo que deve ser encoberto e esquecido.

Dorothy não poderia ir para casa depois disso. Não ousaria. Agora que tinha entendido a atitude do pai, havia aberto seus olhos para a temeridade do que contemplava. É claro que não poderia ir para casa! Escapulir de volta indignamente, trazer a vergonha para a casa de seu pai ao voltar para lá — ah, impossível, completamente impossível! Como ela pôde sequer pensar nisso?

Mas e então? Não havia nada a fazer a não ser partir imediatamente — imediatamente para algum lugar que fosse grande o suficiente para escondê-la. Londres, talvez. Algum lugar onde ninguém a conhecesse e o simples fato de verem seu rosto ou mencionar seu nome não traria luz sobre aquela corrente de indecentes lembranças.

Enquanto ficava ali, em pé, o som dos sinos ia até ela, vindo da igreja da vila, logo no fim da avenida, onde os sineiros se divertiam tocando *Abide with Me* como alguém que capta a melodia com um dedo no piano. Mas, nessa hora, *Abide with Me* deu lugar a um vozerio familiar de domingo de manhã. "Ah, deixe minha esposa em paz. Ela está tão bêbada que não consegue chegar em casa!" — o mesmo badalar que os sinos da St. Athelstan costumavam soar três anos antes, antes de caírem em desuso. O som cravou no coração de Dorothy uma lança de saudade de casa, trazendo-lhe de volta, com momentânea vivacidade, um conjunto de lembranças — o cheiro do pote de cola no conservatório quando ela estava criando os trajes para a peça das crianças, o chilrear dos estorninhos do lado de fora da janela de seu quarto, interrompendo suas preces antes da Sagrada Comunhão, a triste voz da sra. Pithers relatando as dores na parte de trás de suas pernas, e as preocupações com o campanário prestes a ceder, com as dívidas nas lojas e com a erva daninha no pé de ervilha — todos esses numerosos e urgentes detalhes de uma vida que se alternava entre o trabalho e a oração.

Oração! Por um tempo bem curto, um minuto talvez, o pensamento a prendeu. Oração — naqueles dias havia sido a fonte e o centro de sua vida. Na alegria ou na tristeza, era para a oração que ela se voltava. E Dorothy compreendeu — na primeira vez que isso passou por sua cabeça — que não havia feito nenhuma oração desde que deixara sua casa, nem mesmo desde que havia recuperado sua memória. Além disso, estava ciente do fato de que não tinha mais o menor impulso para rezar. Mecanicamente, começou a sussurrar uma oração, e parou quase instantaneamente; as palavras soavam vazias e fúteis. A oração, que havia sido o esteio de sua vida, não tinha mais nenhum significado para ela. Registrou esse fato enquanto subia lentamente a avenida, e o registrou brevemente, quase casualmente, como se fora algo que estava passando — uma flor em uma vala ou um pássaro cruzando a estrada —, algo notado e depois dispensado. Dorothy nem mesmo teve tempo de refletir sobre o que poderia significar. Isso foi empurrado para fora de sua mente por coisas mais importantes.

Era no futuro que ela precisava pensar agora. Tinha bem claro na mente o que deveria fazer. Quando a coleta de lúpulo estivesse no fim, ela iria para Londres, escreveria a seu pai pedindo dinheiro e roupas — pois, por mais que ele estivesse bravo, Dorothy não conseguia acreditar que o pai pretendia abandoná-la por completo — e então começaria a procurar um emprego. Sua ignorância era medida por aquelas palavras, "procurar um emprego", que soavam pouco assustadoras em seus ouvidos. Sabia ser forte e decidida —ela era capaz de realizar vários trabalhos. Poderia ser uma preceptora de crianças, por exemplo — não, melhor, empregada doméstica ou copeira. Não havia muitas coisas em uma casa que não soubesse fazer melhor que a maioria dos criados; além do mais, quanto mais servil o emprego, mais fácil seria manter a história de seu passado em segredo.

De qualquer forma, a casa de seu pai não estava longe, isso era certo. De agora em diante, teria de cuidar de si mesma. Com essa decisão, e apenas uma vaga ideia do que ela significava, apressou o passo e voltou aos campos de lúpulo a tempo da troca da tarde.

A estação de colheita de lúpulo não duraria muito. Em cerca de uma semana, Cairns estaria fechando. Os *cockneys* tomariam o trem dos colhedores para Londres, e os ciganos pegariam seus cavalos, arrumariam suas caravanas e marchariam rumo ao norte, para Lincolnshire, para lutar por trabalho nos campos de batata. Quanto aos *cockneys*, dessa vez encheram a barriga de lúpulo. Ansiavam por estar de volta à velha e querida Londres, com Woolworths e a loja de peixe frito da esquina, sem ter de dormir em montes de palha e fritar bacon em tampas de alumínio, com os olhos lacrimejando com a fumaça da madeira queimada. Colher lúpulo era um trabalho de férias, mas férias que o deixavam feliz em ver o fim. Você vinha comemorando, mas voltava comemorando mais ainda e jurando que nunca mais colheria lúpulo de novo — até o agosto seguinte, quando teria esquecido as noites frias, os maus salários e os danos às mãos, e se lembraria apenas das tardes coradas ao sol e das rodadas de cerveja em jarros de pedra em volta das fogueiras vermelhas do acampamento à noite.

As manhãs estavam ficando sombrias e com cara de novembro; céu cinza, as primeiras folhas caindo, e os tentilhões e estorninhos já debandando devido ao inverno. Dorothy havia escrito ainda mais uma vez ao pai, pedindo dinheiro e algumas roupas; ele deixou a carta dela sem resposta, nem nenhuma outra pessoa lhe havia escrito. Na verdade, não havia ninguém, exceto seu pai, que conhecia seu endereço atual; mas, de alguma forma, Dorothy nutrira esperança de que o sr. Warburton pudesse escrever. Seu coração quase a abandonou então, especialmente nas noites passadas na maldita palha, quando ela ficava deitada acordada, pensando no futuro vago e ameaçador. Colheu seus lúpulos em um tipo de desespero, um tipo de frenesi de energia, mais ciente a cada dia de que um punhado de lúpulo era o que a separava da inanição. Deafie, seu companheiro de cesto, como ela, trabalhava contra o tempo, pois esse era o último dinheiro que conseguiria até que a temporada de lúpulo do ano seguinte chegasse. O número a que eles almejavam era 5 xelins por dia — 1.000 litros —, somados os dois, mas em nenhum dia chegaram perto disso.

Deafie era um velho estranho, e um companheiro fraco depois de Nobby, mas não um sujeito ruim. Havia sido tripulante de navio por profissão, mas um mendigo com muitos anos de estrada, surdo como um poste[37] e, portanto, algo como a tia do sr. F.[38] nas conversas. Tratava-se também de um exibicionista, mas bastante inofensivo. Por horas a fio, costumava cantar uma pequena canção que dizia "Com meu piu-piu, piu-piu — com meu piu-piu, piu-piu", e, embora não conseguisse ouvir o que estava cantando, ele parecia ter certo prazer nisso. Tinha as orelhas mais peludas que Dorothy já havia visto. Havia tufos como miniaturas de bigode de gato crescendo de cada uma de suas orelhas. Todos os anos, Deafie vinha colher lúpulo na fazenda de Cairns, guardava 1 libra e então passava uma semana paradisíaca em uma hospedaria em Newington Butts, antes de voltar para a estrada. Essa era a única semana no ano em que ele dormia no que podia ser chamado — mas só por educação — de cama.

A colheita terminou no dia 28 de setembro. Havia vários campos ainda não colhidos, mas eram lúpulos de qualidade inferior, e, no último momento, o sr. Cairns decidiu deixá-los florir. O grupo número 19 terminou seu último campo às 2 da tarde, e o pequeno feitor cigano reuniu as varetas e recolheu os cachos abandonados, e o medidor levou os últimos lúpulos embora. Enquanto ele desaparecia, houve um grito repentino de "Coloquem elas nos cestos!", e Dorothy viu seis homens encarando-a com expressão diabólica na face, e todas as mulheres do grupo se espalharam e correram. Antes que Dorothy pudesse dar conta de escapar, os homens a haviam tomado e

---

37 Seu apelido remete a essa deficiência, pois *deaf* em inglês significa "surdo". (N. da T.)
38 Personagem do romance *Little Dorrit*, de Charles Dickens (1812-1870). Diz-se que suas palavras não são bem entendidas pelas outras pessoas. (N. da T.)

a colocado dentro de um cesto e a balançado com força de um lado para o outro. Então, ela foi arrastada para fora e beijada por um rapaz cigano cheirando a cebola. A princípio, lutou, mas viu a mesma coisa acontecendo com as outras mulheres do grupo, por isso se rendeu. Parecia que colocar as mulheres nos cestos era um costume comum no último dia de colheita. Houve grandes feitos no acampamento naquela noite, e ninguém dormiu muito. Bem depois da meia-noite, Dorothy se viu andando em volta de uma grande fogueira com um grupo de pessoas, uma mão dada a um aprendiz de açougueiro e a outra, a uma velha bêbada com uma boina escocesa bastante fanfarrona, ao som de *Auld Lang Syne*.[39]

De manhã, eles foram até a fazenda para retirar seu pagamento, e Dorothy obteve 1 libra e 4 centavos, além de receber outros 5 centavos por anotar nas cadernetas das pessoas que não sabiam ler nem escrever. Os colhedores *cockneys* pagavam 1 centavo por esse trabalho; os ciganos pagavam apenas com elogios. Então, Dorothy dirigiu-se à estação Ackworth Ocidental, a 6 quilômetros e meio de distância, com os Turle, o sr. Turle carregando o baú de estanho, a sra. Turle carregando o bebê, as outras crianças carregando várias quinquilharias, e Dorothy empurrando o carrinho de bebê, que levava todo o estoque de louça da família, com duas rodas circulares e duas elípticas.

Chegaram à estação por volta de meio-dia. O trem dos colhedores de lúpulo era aguardado para a 1; ele chegou às 2 e partiu às 3h15. Depois de uma jornada de incrível lentidão, ziguezagueando por todo o condado de Kent para pegar uma dúzia de coletores aqui e mais meia dúzia ali, voltando muitas vezes aos trilhos principais e saindo para a lateral, para deixar outros trens passar — levando, na verdade, seis horas para percorrer 56 quilômetros —, Dorothy chegou a Londres um pouco depois das 9 da noite.

---

[39] Poema escrito em 1788 pelo escocês Robert Burns (1759-1796) e adaptado a uma canção que se tornou muito popular e é cantada normalmente no início de um novo ano. (N. da T.)

7

Naquela noite, Dorothy pernoitou com os Turle. Eles se afeiçoaram tanto a ela que teriam lhe dado abrigo, por uma ou duas semanas, se a jovem estivesse disposta a se aproveitar de sua hospitalidade. Os dois cômodos (eles moravam em um cortiço não longe da Tower Bridge Road) eram bem apertados para sete pessoas, incluindo as crianças, mas os Turle fizeram uma sofrível cama no chão, com dois tapetes em frangalhos, uma almofada velha e um casaco.

De manhã, Dorothy disse adeus aos Turle e agradeceu por toda a gentileza deles com ela, indo direto aos banhos públicos de Bermondsey para lavar a poeira acumulada de cinco semanas. Depois disso, saiu para procurar um lugar para ficar, tendo em sua posse 17 xelins e 8 centavos em dinheiro, além das roupas do corpo. Ela havia cerzido e limpado as roupas da melhor forma que pôde e, sendo pretas, não mostravam tanto a sujeira. Dos joelhos para baixo, apresentava-se de forma até respeitável. No último dia de colheita, uma "colhedora local" do grupo ao lado do dela, chamada sra. Killfrew, dera-lhe de presente um bom par de sapatos, que tinha sido de sua filha, e um par de meias de lã.

Foi só à noite que Dorothy conseguiu encontrar um quarto. Por cerca de dez horas, ficou perambulando para cima e para baixo, de Bermondsey para Southwark, de Southwark para Lambeth, pelas ruas labirínticas em que crianças com o nariz escorrendo brincavam de amarelinha, em calçadas horríveis com cascas de banana e folhas de repolho estragadas. Em cada estalagem que tentou, foi a mesma história — a senhoria recusou admiti-la de forma direta. Uma após a outra, uma sucessão de mulheres hostis, em pé em seus umbrais, tão defensivas como se Dorothy fosse uma bandida ou uma fiscal do governo, olhavam-na de cima a baixo, diziam brevemente "Não admitimos moças solteiras" e fechavam a porta em sua cara. Ela não sabia, é claro, mas sua aparência era suficiente para levantar suspeitas nas proprietárias. Elas podiam até tolerar suas roupas manchadas e rasgadas, mas o fato de que Dorothy não tinha nenhuma bagagem a prejudicava logo de início. Uma moça solteira sem bagagem significa invariavelmente um fruto podre — essa é a primeira e mais usada máxima das senhorias de Londres.

Por volta das 7 horas, cansada demais para continuar andando, arriscou um pequeno café, sujo e degenerado, perto do Teatro Old Vic, e pediu uma xícara de chá. A proprietária, engatando uma conversa e descobrindo que ela buscava um quarto, aconselhou-a a "tentar na Mary", em Wellings Court, logo depois da rua Cut. "Mary" parecia não ser exigente e alugaria um quarto para qualquer um que pudesse pagar. Seu nome verdadeiro era sra. Sawyer, mas todos a chamavam de Mary.

Dorothy teve alguma dificuldade para encontrar Wellings Court. Caminhou por toda a rua Cut, no bairro de Lambeth, até chegar a uma loja judaica de roupas chamada Calças Atraentes Ltda., então pegou uma viela estreita, depois virou à esquerda de novo, em outra viela tão estreita que seus encardidos muros de reboco quase a escovavam conforme ela passava. No reboco, garotos perseverantes tinham cravado a palavra "---" inúmeras vezes, de forma profunda demais para ser apagada. No fim da viela, chegou a um pequeno pátio, onde quatro casas estreitas e altas, com escadas de ferro, davam de frente uma para a outra.

Dorothy fez algumas perguntas e encontrou Mary em um covil subterrâneo embaixo de uma das casas. Tratava-se de uma criatura velha e desmazelada, com o cabelo extraordinariamente fino e o rosto tão emaciado que parecia uma caveira com ruge e pó. Sua voz era rachada, rabugenta e, no entanto, inefavelmente sombria. Ela não fez nenhuma pergunta a Dorothy, na verdade mal olhou para a jovem, mas simplesmente exigiu 10 xelins e, então, disse, em sua feia voz:

— Vinte e nove. Terceiro andar. Suba as escadas dos fundos.

Aparentemente, as escadas dos fundos eram aquelas de dentro da casa. Dorothy subiu a escada escura em espiral, entre paredes que transpiravam, com cheiro de casacos velhos, lavagem e restos de cozinha. Quando chegou ao segundo andar, houve um ruído de risada, e duas garotas com cara de arruaceiras saíram de um dos quartos e a encararam por um momento. Elas pareciam jovens, com rosto bastante escondido debaixo de ruge e pó cor-de-rosa e lábios pintados de escarlate. Mas, em meio ao pó cor-de-rosa, seus olhos azuis-porcelana estavam cansados e velhos, e isso, de alguma forma, era horrível, porque lembrava uma máscara de garota com um rosto de mulher velha por trás dela. A mais alta cumprimentou Dorothy.

— Ei, queridinha!

— Olá!

— Nova aqui? Em que quarto está?

— Número 29.

— Por Deus, aquilo é um maldito calabouço e te colocaram lá! Vai sair hoje à noite?

— Não, acho que não — disse Dorothy, intimamente um pouco assustada com a pergunta. — Estou muito cansada.

— Imaginei que não ia mesmo, quando vi que você não estava produzida. Mas não é por estar dura, né? Não vai deixar o navio afundar por falta de marinheiro! Porque, por exemplo, se você precisar de um batom, é só falar. Somos todas camaradas aqui, tá bom?

— Ah... Não, obrigada — disse Dorothy, surpresa.

— Bem, está na hora de a gente ir andando, Doris e eu. A gente tem um lance importante de negócios em Leicester Square. — Nessa hora ela empurrou a outra garota com o quadril, e as duas riram de uma maneira maliciosa, mas patética. — Mas, olhe! — acrescentou a mais alta, em tom confidencial —, deve ser bom passar uma noite sossegada sozinha de vez em quando. Quem dera eu pudesse. Só eu e nenhum pé de homem me chutando. É bom quando você pode bancar isso, hein?

— Sim — disse Dorothy, sentindo que essa resposta era esperada dela, e com apenas uma vaga noção do que a outra estava falando.

— Bem, até mais, queridinha! Durma bem. Mas tome cuidado com ladrões e arrombadores por volta de 1 e meia!

Quando as duas garotas haviam descido as escadas, com outra de suas risadas sem sentido, Dorothy dirigiu-se ao quarto número 29 e abriu porta. Um cheiro horrível, gélido, veio de encontro a ela. O quarto media 2 e meio por 2 e meio e era bem escuro. A mobília era simples. No meio do quarto, uma cama estreita de ferro com um cobertor rasgado e lençóis acinzentados;

na parede, uma caixa com uma bacia de estanho e uma garrafa de uísque vazia para água; pregada acima da cama, uma fotografia de Bebe Daniels[40] tirada da revista *Film Fun*.

Os lençóis não estavam apenas sujos, mas úmidos. Dorothy deitou-se na cama, mas ficou vestida com a camisa, ou o que restava dela; suas roupas de baixo, a essa altura, estavam totalmente em ruínas. Não conseguiu se deitar despida em meios àqueles lençóis nojentos. E, uma vez na cama, embora seu corpo doesse dos pés à cabeça de tanto cansaço, não conseguiu dormir. Estava desanimada e tinha vários presságios. A atmosfera daquele lugar vil lhe trouxe a lembrança mais vívida de que ela estava impotente e sem amigos, e de que apenas 6 xelins a separavam das ruas. Além do mais, conforme a noite avançava, a hospedaria ficava mais e mais barulhenta. As paredes eram tão finas que se podia ouvir tudo o que estava acontecendo. Houve explosões de risadas estridentes e idiotas, vozes masculinas roucas cantando, um gramofone tocando poeminhas humorísticos, beijos ruidosos, gemidos estranhos, como de moribundos, e, uma ou duas vezes, o barulho violento de uma cama de ferro. Mais próximo da meia-noite, os barulhos começaram a se formar em um ritmo no cérebro de Dorothy, e ela caiu em um sono leve e desassossegado. Foi acordada cerca de um minuto depois, como pareceu, por sua porta sendo escancarada. Duas figuras femininas obscuras entraram com pressa, arrancaram cada pedaço de pano de sua cama, exceto os lençóis, e saíram apressadas novamente. Havia uma escassez crônica de cobertores na hospedaria de Mary, e a única forma de conseguir alguns era roubar da cama de outra pessoa. Daí o termo "ladrões e arrombadores".

De manhã, meia hora antes do horário de abertura, Dorothy foi à biblioteca pública mais próxima para ver os anúncios nos jornais. Já havia umas 20 pessoas esfarrapadas rondando, e o número foi aumentando até passar de 60. Então, as portas da biblioteca foram abertas, e todos correram para dentro, competindo para alcançar um mural no fim da sala de leitura, onde ficavam os recortes de vários jornais com as colunas de classificados

---

40 Nome artístico de Phyllis Virginia Daniels (1901-1971), atriz, cantora, dançarina, escritora e produtora estadunidense. Tornou-se também conhecida no Reino Unido. Ao todo, atuou em mais de 230 filmes, incluindo os de cinema mudo. (N. da T.)

de emprego. Seguindo os caçadores de emprego, vieram bandos de velhos e pobres maltrapilhos, homens e mulheres, que tinham passado a noite nas ruas e procuravam a biblioteca para dormir. Vieram desordenadamente, uns atrás dos outros, agitaram-se com os grunhidos de alívio na mesa mais próxima e puxaram os jornais ao alcance das mãos para perto de si — poderia ser o *Free Church Messenger*, poderia ser o *Vegetarian Sentinel*; não importava qual, pois não era permitido ficar na biblioteca a não ser que se fingisse estar lendo. Eles abriarm os jornais e, no mesmo instante, caíram no sono, com o queixo colado ao peito. O atendente dava uma volta cutucando alguns a cada hora, como um foguista atiçando uma sequência de fogueiras, e eles grunhiam e acordavam conforme eram cutucados, e então caíam no sono novamente no instante em que o atendente se afastava.

Enquanto isso, uma batalha estava sendo travada em torno do mural de anúncios, todos lutando para chegar à frente. Dois rapazes em macacão azul vieram correndo atrás dos outros, e um deles abaixou a cabeça e foi ganhando espaço em meio à multidão, como se fosse uma rixa de futebol. Num instante ele tinha chegado ao quadro. Virou-se para seu companheiro: "Aqui estamos, Joe, consegui! 'Precisa-se de mecânicos. Oficina do Locke, Camden Town.' Vamos sair daqui!" — ele se esforçou para sair do meio da multidão, e os dois correram para a porta. Estavam indo para Camden Town o mais rápido que suas pernas podiam carregá-los. E, nesse momento, em toda biblioteca pública de Londres, mecânicos desempregados estavam lendo um anúncio idêntico e dando início à corrida pelo emprego, que com toda a certeza já havia sido dado a alguém que pôde bancar a compra de um jornal para si e tinha visto o anúncio às 6 da manhã.

Dorothy finalmente conseguiu chegar ao quadro e anotou alguns dos endereços em que precisavam de empregadas que cozinhassem. Havia bastantes opções — de fato, metade das senhoras em Londres parecia estar desesperada por empregadas altamente capacitadas. Com uma lista de 20 endereços no bolso, e tendo tomado um café da manhã composto de pão com margarina e chá, que lhe custara 3 centavos, Dorothy se pôs a procurar por um emprego, e nada resignada.

Ela era inocente demais para saber que suas chances de encontrar um emprego sem a ajuda de ninguém eram praticamente nulas; mas os quatro dias seguintes gradualmente a iluminaram. Durante aqueles quatro dias, Dorothy se candidatou a 18 empregos e enviou solicitações por escrito para outros quatro. Andou enormes distâncias por todos os subúrbios do sul: Clapham, Brixton, Dulwich, Penge, Sydenham, Beckenham, Norwood — e mesmo Croydon, que é mais longe. Foi arrastada para limpas salas de visita suburbanas e entrevistada por mulheres de todo tipo que se possa conceber — mulheres grandes, gorduchas, valentonas, magras, ácidas, cruéis, mulheres frias e ágeis de pincenê dourado, mulheres vagas, errantes, que pareciam ser adeptas do vegetarianismo ou frequentavam sessões espíritas. E todas, gordas ou magras, frias ou acolhedoras, reagiam a Dorothy precisamente do mesmo jeito. Simplesmente olhavam para ela, ouviam-na falar, fitavam-na de maneira interrogativa, faziam uma dúzia de perguntas constrangedoras e impertinentes, e depois a recusavam.

Qualquer pessoa com experiência poderia ter-lhe dito como seria. Nas circunstâncias em que Dorothy se encontrava, não se esperava que alguém corresse o risco de contratá-la. Suas roupas rasgadas e a falta de referência depunham contra ela, e seu sotaque de moça instruída, que não sabia como disfarçar, arruinava qualquer chance que viesse a ter. Os mendigos e os colhedores *cockneys* não haviam notado o sotaque dela, mas as esposas suburbanas perceberam rápido o suficiente, e isso as assustou tanto quanto o fato de Dorothy não possuir bagagem. No momento em que a ouviam falar, e que a identificavam como uma moça instruída, o jogo estava acabado. Ela foi ficando bastante acostumada com o olhar de espanto e perplexidade que brotava no rosto daquelas mulheres assim que abria a boca — aquele olhar curioso, feminino, do rosto para as mãos machucadas, e delas para os remendos em sua saia. Algumas perguntaram diretamente por que uma moça de seu nível estava procurando trabalho como criada. Elas farejaram, sem dúvida, que Dorothy estivera "em apuros" — isto é, que tivera um filho ilegítimo — e, depois de investigá-la com perguntas, livraram-se dela o mais rápido possível.

Assim que teve um endereço para fornecer, Dorothy escreveu para seu pai. Quando, no terceiro dia, nenhuma resposta recebeu, escreveu de novo, dessa vez desesperadamente — era sua quinta carta, e quatro haviam ficado sem resposta —, dizendo que iria morrer de fome se ele não lhe enviasse algum dinheiro logo. Não havia muito tempo para receber uma resposta antes que sua semana hospedada com Mary terminasse e ela fosse despejada por não pagar o aluguel.

Nesse meio-tempo, continuou a inútil busca por trabalho, enquanto seu dinheiro minguava a ponto de passar o dia com 1 xelim — uma quantia suficiente apenas para mantê-la viva, enquanto a deixava cronicamente com fome. Havia quase perdido a esperança de que seu pai fizesse qualquer coisa para ajudá-la. E, por mais estranho que possa parecer, seu primeiro pânico arrefeceu e se transformou, enquanto ela ficava mais faminta e as chances de conseguir um emprego, mais remotas, em uma espécie de apatia lastimável. Dorothy sofria, mas não tinha um medo muito grande. O submundo ao qual estava descendo parecia menos terrível agora que estava mais próximo.

O clima de outono, embora bom, deixava a temperatura mais fria. Todo dia o sol, lutando sua batalha já perdida contra o inverno, a jovem se esforçava um pouco mais em meio à névoa para tingir a frente das casas com cores em tons de aquarela. Dorothy ficava nas ruas o dia todo, ou na biblioteca pública, apenas voltando para "Mary" para dormir, e então tomando a precaução de arrastar sua cama para barrar a porta. Por essa hora, tinha percebido que a hospedaria de Mary era não exatamente um bordel, pois não havia muitos lugares assim em Londres, mas um refúgio bem conhecido para prostitutas. Por isso que se pagavam 10 xelins por semana por uma pocilga que não valia nem 5. A velha Mary (ela nem era a proprietária, mas simplesmente uma gerenciadora) tinha ela mesma sido prostituta na juventude, e carregava essa aparência. Viver em tal lugar arruinava a pessoa, mesmo aos olhos da degradada vizinhança. As mulheres farejavam quando Dorothy passava, homens nutriam interesses ofensivos. O judeu na esquina, o dono da Calças Atraentes, era o pior de todos. Tratava-se de um jovem robusto, de uns 30 anos, com bochechas vermelhas salientes e cabelos pretos encaracolados como astracã. Ficava em pé na calçada 12 horas por dia, rugindo, com pulmões de bronze, que você não conseguiria um par de calças mais barato em Londres e obstruindo a passagem dos pedestres. Era só parar, por uma fração de segundo, que ele a pegava pelo braço e a empurrava para dentro da loja à força. Embora fosse ocupado, tinha um faro fino para as "codornas", como as chamava; e Dorothy parecia fasciná-lo mais que todas as outras "codornas". O homem havia percebido que ela não era prostituta, mas estava morando na "Mary", e deduziu que estava em vias de se tornar uma. Esse pensamento o fez salivar. Quando ele a via descendo a rua, colocava-se na esquina, com seu enorme peito bem distribuído, e um olho preto lascivo fitava-a de forma inquisitiva ("Está pronta pra começar já?", seu olho parecia dizer). E, quando a jovem passava, dava um discreto beliscão em seu traseiro.

Na última manhã de sua semana na "Mary", Dorothy desceu as escadas e olhou, com uma frágil centelha de esperança, a lousa que ficava na entrada, em que estavam escritos com giz os nomes das pessoas para quem havia cartas. Não havia cartas para "Ellen Millborough". Isso resolveu a questão; Dorothy não tinha mais nada a fazer exceto sair para a rua. Não lhe ocorreu agir como qualquer outra mulher na hospedaria — isto é, inventar uma triste história e implorar por uma noite de graça. Ela simplesmente saiu do local, e não teve nem coragem de dizer a Mary que estava indo.

Não tinha planos, absolutamente nenhum plano. Exceto por meia hora — por volta do meio-dia, quando gastou 3 centavos, dos 4 que tinha, em pão com margarina e chá —, passou o dia inteiro na biblioteca pública lendo jornais semanais. De manhã, leu o *Barber's Record* e, à tarde, o *Cage Birds*. Foram os únicos jornais que conseguiu pegar, pois havia sempre tantas pessoas desocupadas na biblioteca que era preciso se amontoar para conseguir um. Dorothy os lia de cabo a rabo, até os anúncios. Passava horas absorta em tecnicidades como: "Como afiar navalhas francesas; por que a escova elétrica é anti-higiênica; os periquitos sobrevivem comendo colza?". Era a única ocupação a que se sentia apta. Encontrava-se em um estranho estado letárgico, no qual era mais fácil interessar-se pelas navalhas francesas do que por sua própria desesperadora condição. Todo o medo a abandonara. Sentia-se incapaz de pensar no futuro; mesmo a noite que se estendia ela mal podia ver. Havia uma noite na rua diante dela, isso era tudo o que sabia, e mesmo assim mal se preocupava. Enquanto isso, havia o *Cage Birds* e o *Barber's Record*, e eles eram, por mais estranho que pareça, tão interessantes que a absorviam.

Às 9 horas, o atendente apareceu com uma longa vareta com um gancho e apagou as luzes de gás; a biblioteca estava fechada. Dorothy virou à esquerda e subiu a rua Waterloo em direção ao rio. Na ponte de ferro para pedestres, parou por um instante. O vento noturno soprava. Uma névoa rodopiante envolveu Dorothy, penetrando suas roupas finas e fazendo-a tremer com um repentino prenúncio do frio da noite. Ela continuou andando e chegou, pelo processo de gravitação que arrasta as pessoas sem-teto para o mesmo ponto, à Trafalgar Square.

CAPÍTULO 3

1

[Cena: Trafalgar Square. Vagamente visível, em meio à névoa, uma dúzia de pessoas, Dorothy entre elas, está agrupada em um dos bancos perto do parapeito norte.]

CHARLIE [cantando]: Ave Maria, Ave Maria, Ave Ma-ria-a... [o Big Ben bate 10 horas.]

SNOUTER [imitando o barulho]: Ding-dong, ding-dong! Será que dá pra parar com esse maldito barulho? Sete horas mais disso nessa maldita praça antes de conseguirmos um lugar pra ficar e dormir um pouco! Cristo!

SR. TALLBOYS [para si mesmo]: *Nom sum qualis eram boni sub regno Edwardi!*[41] Nos meus dias de inocência, antes de o Diabo me carregar pra um lugar alto e me jogar dentro dos jornais de domingo... Isto é, quando eu era reitor de Little Fawley-cum-Dewsbury...

---

41 Latim: "Eu não sou como era sob o reinado de Eduardo". Referência ao poema *Non Sum Qualis Eram Bonae Sub Regno Cynarae,* do poeta inglês Ernest Dowson (1867-1900). (N. da T.)

DEAFIE [cantando]: Com meu piu-piu, piu-piu, com meu piu-piu, piu-piu...

SRA. WAYNE: Ah, queridinha, assim que botei os olhos em você, percebi que era uma moça bem-nascida e bem-criada. Você e eu sabemos o que significa descer no mundo, não sabemos, queridinha? Não é o mesmo que pra esses outros aqui.

CHARLIE [cantando]: Ave Maria, Ave Maria, A-ve Ma-ri-a-a, cheia de graça!

SRA. BENDIGO: Ele se diz um maldito marido, né? Quatro libras por semana em Covent Garden, e a esposa está passando a noite ao relento na maldita praça! Marido!

SR. TALLBOYS [para si mesmo]: Dias felizes, dias felizes! Minha igreja coberta de hera sob a colina acolhedora — minha casa paroquial de tijolos vermelhos, modorrenta em meio aos teixos elisabetanos! Minha biblioteca, minha vinícola, minha cozinheira, minha criada, meu jardineiro! Meu dinheiro no banco, meu nome no Crockford![42] Meu terno preto de corte impecável, meu colarinho invertido, minha batina de seda ondulada nos recintos da igreja...

SRA. WAYNE: Claro que se tem uma coisa pela qual eu agradeço a Deus, queridinha, é que minha pobre mãe nunca viveu para ver esse dia. Porque se ela tivesse vivido para ver o dia em que sua filha mais velha... Do jeito que eu fui criada, imagine, sem poupar gastos e leite direto da vaca...

SRA. BENDIGO: Marido!

GINGER: Vamos lá! Vamos tomar uma xícara de chá enquanto podemos. A última coisa que faremos esta noite... A cafeteria fecha às 10 e meia.

O JUDEU:[43] Ai, Jesus! Esse maldito frio vai me matar! Não tenho nada por baixo das calças. Ai, Je-sus!

---

42 Guia dos clérigos e das igrejas anglicanas. (N. da T.)
43 O termo original em inglês, *kike*, é não só pejorativo como bastante ofensivo. (N. da T.)

CHARLIE [cantando]: Ave Maria, Ave Maria...

SNOUTER: Quatro centavos! Quatro centavos por seis malditas horas ao relento! E lá aquela cara nariguda, com uma perna de madeira, estragando os nossos planos com todo beberrão entre o Portão Aldgate e a Avenida Mile End. Com sua maldita perna de madeira e suas medalhas de guerra, que ele levou pra Lambeth Cut! Canalha!

DEAFIE [cantando]: Com meu piu-piu, piu-piu, com meu piu-piu, piu-piu...

SRA. BENDIGO: Bem, eu disse pro canalha o que eu pensava dele, pelo menos. "Você se acha homem?", eu disse. "Já vi coisas como você mantidas em uma garrafa de vidro no hospital", eu disse.

SR. TALLBOYS [para si mesmo]: Felizes dias, felizes dias! Rosbife e moradores saltitantes, e a paz de Deus sobre todas as coisas! Manhãs de domingo em minha banca de madeira, cheiro refrescante de flores e frufrus de sobras se misturando com o doce cheiro de defunto no ar! Noites de verão, quando o sol tardio penetra a janela do meu escritório... Eu pensativo, embriagado de chá, em grinaldas perfumadas de Cavendish, dedilhando sonolentamente algum volume grosso — Obra poética de William Shenstone, *Relíquias da Poesia Inglesa Antiga*, de Percy, e a obra de J. Lempriere, professor de teologia imoral...

GINGER: Vamos, gente, quem tá a fim de uma xícara de chá? Temos o leite e temos o chá. A pergunta é: quem tem a porcaria do açúcar?

DOROTHY: Que frio, que frio! Parece que te atravessa! Será que vai ficar assim a noite toda?

SRA. BENDIGO: Ah, corta essa! Eu odeio essas vagabundas ranhetas.

CHARLIE: Não é uma catástrofe também? Olhem como a neblina do rio se arrasta por aquela coluna. Vai congelar os anzóis do velho Nelson antes do amanhecer.

SRA. WAYNE: Claro, na época de que eu estou falando, nós ainda tínhamos um pequeno comércio de tabaco e doces na esquina, você vai entender...

O JUDEU: Ai, Je-sus! Me empresta aquele seu sobretudo, Ginger. Estou congelando!

SNOUTER: Maldito canalha traidor! Pode apostar que vou amassar seu umbigo quando eu botar as mãos nele!

CHARLIE: A sina do ofício, rapazes, a sina do ofício. Esta noite, esta praça decadente — um bife de alcatra e dormir sobre plumas amanhã. O que mais você espera de uma maldita quinta-feira?

SRA. BENDIGO: Sai pra lá, vovô, sai pra lá! Acha que eu quero sua cabeça velha e piolhenta no meu ombro... Eu, uma mulher casada?

SR. TALLBOYS [para si mesmo]: Para pregar, cantar e entoar, eu era imbatível. Meu "Erguei vossos corações" era famoso em toda a diocese. Eu conseguia fazer todos os estilos, Igreja Alta, Igreja Baixa, Igreja Larga e Nenhuma Igreja. Gorjeios guturais anglocatólicos, direto do ombro musculoso anglicano, ou do lamento adenoidal da Baixa Igreja, em que ainda espreitam notas de hinos dos velhos relinchantes da capela...

DEAFIE [cantando]: Com meu piu-piu, piu-piu...

GINGER: Tira as mãos desse sobretudo, judeuzinho. Você não vai pegar nenhuma roupa minha enquanto tiver piolhos.

CHARLIE [cantando]: Como cervos correm em frescos córregos... Quando são perseguidos na caçada...

SRA. McELLIGOT [sonhando]: Era você, Michael, meu querido?

SRA. BENDIGO: Eu tenho certeza de que o canalha maldito tinha outra esposa na época em que se casou comigo.

SR. TALLBOYS [com um ar de padre]: Se alguém tiver algo que deponha contra a realização desse matrimônio...

O JUDEU: Um companheiro! Um maldito companheiro! E não empresta seu maldito sobretudo!

SRA. WAYNE: Bem, já que você mencionou, devo admitir que nunca fui do tipo que recusa uma xícara de chá. Lembro que, quando minha querida mãe estava viva, a gente tomava bule atrás de bule...

WATSON NARIGUDO [para si mesmo, com raiva]: B...! Se meteu com isso e depois puxou cana... Nunca fez um maldito trabalho...B...!

DEAFIE [cantando]: Com meu piu-piu, piu-piu...

SRA. McELLIGOT [sonolenta]: Querido Michael... Ele era muito amoroso. Carinhoso e verdadeiro... Nunca olhei pra outro homem desde aquela noite, quando eu o conheci em frente ao matadouro Kronk, e ele me deu 2 libras de linguiça enquanto surrupiava da Lojas Internacional para seu próprio jantar.

SRA. BENDIGO: Bom, suponho que vamos conseguir aquele maldito chá a essa hora amanhã.

SR. TALLBOYS [cantarolando, saudoso]: Às margens das águas da Babilônia, sentamos e choramos, quando lembramos de ti, ó Sião!...

DOROTHY: Ai, que frio, que frio!

SNOUTER: Bem, eu não vou mais dormir ao relento até o Natal. Vou arrumar uma cama amanhã nem que eu tenha de rasgar as entranhas deles.

WATSON NARIGUDO: Detetive ele é? Smith da Brigada Móvel! Judas traidor, isso sim! Tudo o que eles conseguem fazer é meter em cana os velhos delinquentes, sem ter nenhum juiz que possa dar a eles uma oportunidade.

GINGER: Bem, eu estou dentro da folia. Quem tem umas moedas para a água?

SRA. McELLIGOT [acordando]: Ai, meu Deus, meu Deus! Minhas costas estão quebradas! Ai, Jesus, esse banco te fura os rins! E eu estava sonhando que estava numa cama quente com uma bela xícara de chá e duas torradas com manteiga ao lado. Bem, vamos lá pro meu último sono, até entrar na biblioteca pública de Lambeth amanhã.

VOVÔ [com a cabeça emergindo de seu casaco, como uma tartaruga do casco]: O que disse, rapaz? Pagar por água? Quanto tempo faz que está desempregado, seu jovenzinho inútil e ignorante? Pagar pela m... da água? Você pede por ela, pede! Não compre o que pode pedir e não peça o que pode roubar. Isso é o que eu digo — 50 anos na rua, rapaz. [Vai embora enrolado no casaco.]

SR. TALLBOYS [cantarolando]: Todos os desígnios do Senhor...

DEAFIE [cantando]: Com meu piu-piu, piu-piu...

CHARLIE: Quem foi que te prendeu, narigudo?

O JUDEU: Ai, Je-sus!

SRA. BENDIGO: Se manda, se manda! Tem gente que parece que comprou a hipoteca do maldito banco.

SR. TALLBOYS [cantarolando]: Todos os desígnios do Senhor, maldigam o Senhor, maldigam-no e vilipendiem-no para sempre!

SRA. McELLIGOT: É o que eu sempre digo. É sempre a gente, que é pobre e católica, que está na lama.

WATSON NARIGUDO: Smithy. Brigada Móvel... B... móvel! Deu pra gente a planta da casa e tudo o mais, e depois tinha uma viatura cheia de tiras esperando pra pegar a gente. Eu escrevi no camburão:

Detetive Smith entende bem do riscado
Diga a ele que pra mim é um desgraçado

SNOUTER: Ei, e o seu maldito chá? Vai, judeuzinho, você é um jovem b... Cala a boca e pega as canecas. Não paga nada. Fila da velha p... Choraminga. Banca o tristonho.

SR. TALLBOYS [cantarolando]: Ó, todos os filhos dos homens, maldigam o Senhor, maldigam-no e vilipendiem-no para sempre!

CHARLIE: O quê, o Smith é um pilantra também?

SRA. BENDIGO: Meninas, vou dizer, vou dizer o que me tira do sério, é pensar que o maldito do meu marido está roncando debaixo de quatro cobertores enquanto eu estou aqui, congelando nesta maldita praça. É isso que eu não suporto. Vagabundo desnaturado!

GINGER [cantando]: Lá vão eles, alegres... Não pegue aquela caneca com a linguiça fria nela, judeuzinho.

WATSON NARIGUDO: Pilantra? Pilantra? Bom, um saca-rolhas ia parecer um furador perto dele! Não tem dois iguais... F... da Brigada Móvel. Venderiam a avó por 2 libras e 10 e depois sentariam no túmulo dela comendo batata frita. Alcagueta desgraçado!

CHARLIE: Ir em cana é pesado. Quantas condenações já teve?

GINGER [cantando]:

Lá vão eles, alegres,
Menina feliz, menino sortudo

WATSON NARIGUDO: Quatorze. Você não tem chance com tanta gente contra você.

SRA. WAYNE: O quê, então ele não te sustenta?

SRA. BENDIGO: Não, sou casada com esse aqui, esse desgraçado!

CHARLIE: Eu mesmo já levei nove.

SR. TALLBOYS [cantarolando]: Ó, Ananias, Azarias e Misael, maldigam o Senhor, maldigam-no e vilipendiem-no para sempre!

GINGER [cantando]:

Lá vão eles, alegres,
Menina feliz, menino sortudo,
E eu aqui
De coração partido!
Senhor! Não faço a barba faz três dias. Quanto tempo faz que você não lava a cara, Snouter?

SRA. McELLIGOT: Ai, meu Deus, ai, meu Deus! Se aquele rapaz não vem logo com o chá, vou secar por dentro igual a um maldito arenque.

CHARLIE: Vocês não sabem cantar, nenhum de vocês. Vocês têm de ouvir o Snouter e eu aqui na época no Natal, quando a gente entoava *Good King Wenceslas* do lado de fora das tavernas. Hinos, também. Os caras no bar choravam só de ouvir a gente. Lembra quando a gente roubou a mesma casa duas vezes por engano, Snouter? A p... velha quase arranca nosso fígado.

SR. TALLBOYS [andando para cima e para baixo atrás de um tambor imaginário e cantando]:

Tudo o que é vil e condenável
Todas as criaturas grandes e pequenas...
[O Big Ben bate 10 e meia.]

SNOUTER [imitando o relógio]: Ding, dong, ding, dong! Malditas seis horas e meia disso! Cristo!

GINGER: O judeuzinho e eu afanamos quatro daquelas lâminas de barbear na Woolworth hoje à tarde. Vou me barbear na droga da fonte amanhã, se conseguir um pouco de sabão.

SRA. WAYNE: O senhor costumava ser clérigo, então?

SR. TALLBOYS [parando]: Depois da ordem de Melquisedeque. Não é uma questão de "costumava ser", senhora. Uma vez padre, sempre padre. *Hoc est corpus hocus-pocus.*[44] Mesmo sem a batina — "desbatinado", como chamamos —, com o colarinho arrancado em público pelo bispo da diocese.

GINGER [cantando]: Lá vão eles, alegres, graças a Deus! Aí vem o judeuzinho. Agora boca-livre!

SRA. BENDIGO: Não antes de precisar mesmo.

CHARLIE: Como te dispensaram, cara? A história de sempre? Garotas do coro de barriga?

SRA. McELLIGOT: Você foi no seu tempo, não foi, rapaz? Mas, vamos lá, deixa eu tomar um gole antes que a língua me caia da maldita boca.

SRA. BENDIGO: Sai pra lá, vovô! Você tá sentado no meu pacote de açúcar.

SR. TALLBOYS: Garotas é um eufemismo. Apenas as caçadoras de clérigos solteiros de plantão, vestidas em suas calçolas. Solteironas ratas de sacristia, ficando ossudas e desesperadas. Tem um demônio que se apossa delas quando chegam aos 35 anos.

O JUDEU: A p... velha não quis me dar a água quente. Tive de pedir para um grã-fino na rua e pagar 1 centavo por ela.

SNOUTER: Até parece! Aposto que tomou tudo de uma vez no caminho.

VOVÔ [saindo de seu sobretudo]: Caneca de chá, é? Bem que eu podia bebericar uma caneca de chá. [Dá um leve arroto.]

CHARLIE: Quando é que as tetas delas ficam caídas igual correias de navalhas? Eu sei.

---

44 Latim: na eucaristia, o padre diz "Este é o corpo" *(hoc est corpus)*. *Hocus pocus* é uma corruptela da mesma expressão. (N. da T.)

WATSON NARIGUDO: Chá... Uma água rala. Mas é melhor que o chocolate no xilindró. Me empresta sua xícara, colega.

GINGER: Espera só até eu fazer um furo nessa lata de leite. O dinheiro ou a vida, fulano.

SRA. BENDIGO: Devagar com o açúcar! Quem pagou por isso, quero saber!

SR. TALLBOYS: Quando as tetas delas ficam iguais ao cabo da navalha. Obrigado por esse boato. A *Pippin's Weekly* deu bastante espaço para o caso. "O Romance Cor-de-Rosa do Cônego Desaparecido. Revelações Íntimas." E também uma carta aberta a John Bull: "Um Canalha Vestido de Pastor". Uma pena... Eu estava destinado a ser promovido. [Falando com Dorothy] Problemas na família, se é que você me entende. Não daria pra pensar que o tempo já tinha passado quando esse traseiro indigno se afundou nas almofadas dos bancos da catedral!

CHARLIE: Lá vem a Florry. Eu sabia que ela iria aparecer quando o chá chegasse. Tem um nariz de abutre pra chá, essa garota.

SNOUTER: Sim, sempre no barril. [Cantando]

Barril, barril, barrilzinho

Nessa área eu reino sozinho

SRA. McELLIGOT: Pobrezinha, ela não tem noção. Por que ela não fica na Piccadilly Circus, onde consegue 5 xelins na boa? Ela não vai arranjar nada mendigando na praça com esse bando de miseráveis vagabundos aqui.

DOROTHY: Esse leite tá bom?

GINGER: Se tá bom? [Coloca sua boca em um dos buracos da lata e sopra. Do outro lado sai um líquido grudento e acinzentado.]

CHARLIE: Que sorte, Florry? E aquele grã-fino com quem eu te vi agora há pouco?

DOROTHY: Está escrito "Não adequado para bebês" nele.

SRA. BENDIGO: Bom, você não é bebê, não é mesmo? Pode deixar de lado seus trejeitos de Palácio de Buckingham aqui, queridinha.

FLORRY: Me arruma um café e um cigarro... Mão de vaca! Aquele chá você conseguiu lá, Ginger? Você sempre foi meu preferido, Ginger, querido.

SRA. WAYNE: Estamos em 13.

SR. TALLBOYS: Como não vamos jantar exatamente, não precisa se preocupar.

GINGER: Aí está, senhoras e senhores. O chá está servido. Me passem suas canecas, por favor!

JUDEU: Senhor! Você não encheu a minha nem até a metade!

SRA. McELLIGOT: Bem, um brinde à sorte para nós todos, e a uma cama melhor amanhã. Eu queria conseguir abrigo em uma das igrejas, mas os sacanas não te deixam entrar se eles acharem que você tem piolhos. [Bebe.]

SRA. WAYNE: Bem, não posso dizer que eu tenha sido acostumada dessa forma a beber chá, mas ainda assim... [Bebe.]

DEAFIE: E vinha uma revoada de periquitos verdes nos coqueiros, também. [Bebe.]

SR. TALLBOYS:

Que poções bebi das lágrimas das sereias,
Destiladas de alambiques no inferno![45]
[Bebe.]

SNOUTER: É o último que vamos tomar até as 5 da manhã. [Bebe.]
[Florry tira da meia um cigarro partido e pede um fósforo. Os homens, exceto o Vovô, Deafie e o sr. Tallboys, enrolam cigarros de bitucas que pegaram do chão. As pontas acesas brilham no crepúsculo enevoado, como uma constelação tortuosa, enquanto os fumantes se esparramam no banco, no chão ou na curva do parapeito.]

SRA. WAYNE: Bem, aí está! Uma boa xícara de chá parece que esquenta mesmo, não parece? Não que eu não sinta falta, como você pode dizer,

---

45 Soneto 119 de William Shakespeare (1564-1616). (N. da T.)

de uma toalha de chá bela e limpa, como eu estava acostumada, e do lindo jogo de chá de porcelana chinesa que nossa mãe costumava usar para servir; e sempre, claro, servia o melhor chá que o dinheiro podia comprar... O verdadeiro Pekoe Points a 2 e 9 por meio quilo...

GINGER [cantando]:

Lá vão eles, alegres

Feliz menina, sortudo menino...

SR. TALLBOYS [cantando a melodia de *Deutschland, Deustland Über Alles*]:[46] Mantenha a aspidistra esvoaçante...

CHARLIE: Há quanto tempo vocês dois estão em Londres?

SNOUTER: Vou dar uma lição naqueles pilantras amanhã que eles não vão saber nem se estão em pé ou de ponta-cabeça. Vou pegar meu meio dólar nem que eu tenha que virar eles de cabeça pra baixo e sacudir.

GINGER: Três dias. Viemos de York, dormindo metade do caminho. Por Deus, não foi nada agradável também!

FLORRY: Tem mais chá aí, Ginger, querido? Bem, até mais, pessoal. Vejo vocês no Wilkins amanhã de manhã.

SRA. BENDIGO: P... ladra! Engole o chá e se manda sem nem agradecer. Não pode perder tempo.

SRA. McELLIGOT: Frio? Sim, acredito em você. Dormir na grama, sem cobertor e o orvalho parecendo que vai te afogar, daí você não consegue manter acesa sua maldita fogueira de manhã, e tem de conseguir um pouco de leite com o leiteiro antes de fazer uma caneca de chá. Passei um pouco por isso quando eu e o Michael estávamos por aí.

SRA. BENDIGO: Ela vai até com pretos e chineses, a p... nojenta.

DOROTHY: Quanto que ela consegue por vez?

SNOUTE: Seis centavos.

DOROTHY: Seis centavos?

---

46 Alemão: "Alemanha acima de tudo". É o primeiro verso da canção *Das Lied der Deustechen* (Uma canção para os alemães), composta em 1841 por August Heinrich Hoffmann.

CHARLIE: E olhe lá. Às vezes, faz em troca de um cigarro quando vai chegando o amanhecer.

SRA. McELLIGOT: Nunca aceitei menos que 1 xelim, nunca.

GINGER: O judeuzinho e eu dormimos em um cemitério uma noite. A gente acordou de manhã e descobriu que estava deitado sobre a droga de um túmulo.

O JUDEU: Ela também meio que tá tomada pelos chatos.

SRA. McELLIGOT: Michael e eu dormimos numa pocilga uma vez. A gente estava se arrastando pra dentro quando "Virgem Maria!", Michael disse, "tem um porco aqui!". "Que seja um porco!", falei, "vai nos esquentar de qualquer forma". Então, entramos, e ali estava uma velha porca deitada de lado, roncando igual a um motor de tração. Me arrastei pro lado dela e a abracei, e, juro por Deus, ela me esquentou a noite toda. Já tive noites piores que essa.

DEAFIE [cantando]: Com meu piu-piu, piu-piu...

CHARLIE: Não dá pro velho Deafie parar com a ladainha? Parece que tem uma espécie de zunido dentro dele.

VOVÔ: Quando eu era menino, a gente não vivia à base disso, de pão com margarina e chá, não, essa porcaria. Comida boa, sólida, é o que a gente comia naquela época. Cozido de carne. Morcela. Bolinho de bacon. Cabeça de porco. Comia que nem um galo de briga com 6 centavos por dia. E já completo 50 anos dessa vida por aí. Colhendo batata, ervilha, guardando ovelhas, cobrindo nabos... Tudo. Dormindo em palha molhada, e nem dá pra encher o bucho direito nem uma vez por ano. Bem... [Encolhe-se em seu casaco.]

SRA. McELLIGOT: Mas ele era muito valente, o Michael era. Ele entrava em qualquer lugar. Muitas vezes a gente invadia uma casa vazia e dormia na melhor cama que tinha. "Outras pessoas têm casa", ele dizia. "Por que a gente não pode ter também?"

GINGER [cantando]: Mas estou dançando com lágrimas nos olhos...

SR. TALLBOYS [para si mesmo]: *Absumet haeres Caecuba dignior!*[47]

---

[47] Latim: verso da Ode II, 14, das Odes de Horácio, "Seu herdeiro mais nobre irá consumir seu vinho?". (N. da T.)

E pensar que ainda havia 21 garrafas de Clos St. Jacques safra 1911 na minha adega, aquela noite em que o bebê nasceu e eu deixei Londres no trem do leite!

SRA. WAYNE: E, quando nossa mãe morreu, recebemos tantas coroas, vocês não iam acreditar! Elas eram enormes...

SRA. BENDIGO: Se eu tivesse a chance de novo, casaria pela droga do dinheiro.

GINGER [cantando]:

Mas estou dançando com lágrimas nos olhos

Pois a garota em meus braços não és tu!

WATSON NARIGUDO: Alguns de vocês acham que têm muito do que se queixar, né? E um pobre-diabo como eu? Vocês por acaso não foram metidos no xadrez quando tinham 18 anos de idade, foram?

O JUDEU: Ai, senhor!

CHARLIE: Ginger, você canta pior que um gato com dor de barriga. Me ouve só. Vou te dar um presente. [Cantando]: Jesus, amante do meu espírito...

SR. TALLBOYS [para si mesmo]: *Et ego*[48] *no Crockford*[49]... Com bispos, arcebispos e toda a companhia celestial...

WATSON NARIGUDO: Sabe como eu fui preso a primeira vez? Fui denunciado pela minha própria irmã... Sim, minha irmã de sangue! Minha irmã é uma v... da pior espécie. Se casou com um fanático religioso. Ele é tão religioso que tem 15 filhos agora... Bem, foi ele que fez ela me denunciar. Mas eu me vinguei deles, posso te garantir. A primeira coisa que fiz, quando saí do xadrez, foi comprar um martelo e ir até a casa da minha irmã e destruir o piano dela até virar pó. "Aí está!", eu disse. "É isso que você ganha por me entregar! Sua égua enxerida!", eu disse.

---

48 Latim: "E eu". (N. da T.)

49 Crockford é um guia das igrejas e dos clérigos da Igreja Anglicana desde 1858. (N. da T.)

DOROTHY: Que frio, que frio! Já não sei se sinto os meus pés.

SRA. McELLIGOT: A droga do chá não serviu para esquentar muito, né? Eu também estou congelada.

SR. TALLBOYS [para si mesmo]: Ah, meus dias como cura, meus dias como cura! Meus bazares de artesanato e dançarinas folclóricas em prol do jardim da vila, meus sermões para a Associação de Mães, trabalho missionário no oeste da China, com 14 lanternas mágicas! O Clube de Críquete dos Meninos, apenas abstêmios, minhas aulas de crisma, sermão da pureza uma vez por mês no salão paroquial, minhas bagunças com o grupo de escoteiros! Os lobinhos vão dar o grande uivo. Dicas domésticas para a *Revista Paroquial*: "Cargas vazias de canetas esferográficas podem ser usadas como enemas para canários..."

CHARLIE [cantando]: Jesus, amante do meu espírito...

GINGER: Lá vem o desgraçado do tira! Levantem-se do chão, todos vocês. [Vovô emerge de seu sobretudo.]

POLICIAL [chacoalhando os dorminhocos no banco ao lado]: Andem, acordem, acordem! Ponham-se em pé! Vão pra casa se querem dormir. Isso aqui não é alojamento comunitário. Levanta, isso!

SRA. BENDIGO: É aquele v... narigudo que quer promoção. Ele não deixaria você nem respirar, se pudesse.

CHARLIE [cantando]:

Jesus, amante de meu espírito,

Permiti-me ao teu peito correr...

POLICIAL: Ei, você! O que pensa que é isso aqui? Encontro de oração batista? [Para o judeu] Levanta daí e anda logo!

CHARLIE: Não tenho culpa, sargento, é minha natureza afinada. Sai naturalmente.

POLICIAL [sacodindo a sra. Bendigo]: Acorda, vovó, acorda!

SRA. BENDIGO: Vovó? Você disse vovó? Bem, se eu sou vovó, graças a Deus que não tenho um maldito neto como você! Vou te dizer outro segredo, oficial. Da próxima vez que eu quiser uma mãozona de homem na minha nunca, não vai ser pra você que eu vou pedir. Vou preferir alguém mais atraente.

POLICIAL: Olha só, olha só! Não precisa ofender, você sabe. Tenho ordens para tirá-los daqui. [Sai, imponente.]

SNOUTER [sussurrando]: Vai se f..., filho da p...!

CHARLIE [cantando]:

Enquanto as águas rolam,
Enquanto a tempestade assola!
Cantei com voz de baixo no coro em meus dois últimos anos em Dartmoor, é verdade.

SRA. BENDIGO: Ele vai ver quem é a vovó! [Gritando atrás do policial] Eu! Por que não vai atrás de assaltante em vez de perseguir uma respeitável mulher casada?

GINGER: Voltem a dormir, pessoal. Ele já foi. [Vovô se recolhe para dentro do casaco.]

WATSON NARIGUDO: Como é lá em Dartmoor agora? Eles dão geleia?

SRA. WAYNE: Claro, dá pra ver como eles não poderiam de fato permitir às pessoas dormir nas ruas... Quero dizer, seria muito legal... e também você tem de lembrar que seria encorajador para todas as pessoas que não têm sua própria casa, aquele tipo de ralé, se é que você me entende.

SR. TALLBOYS [para si mesmo]: Que tempo bom! Que tempo bom! Passeios com as garotas do grupo de escoteiras na floresta Epping... A gente alugava cavalos lustrosos, e eu na boleia, com meu terno de flanela cinza, chapéu de palha e uma discreta gravata. Bolos e refrigerantes debaixo dos verdes olmos. Vinte escoteiras devotas, ainda assim suscetíveis a brincar em meio às samambaias na altura do peito, e eu, um cura feliz, me divertindo entre elas, *in loco parentis*[50], beliscando seus traseiros...

---

50 Latim: "No lugar dos pais". (N. da T.)

SRA. McELLIGOT: Bem, você pode dizer pra gente voltar a dormir, mas juro por Deus que não vai ter muito descanso para meus pobres ossos nessa noite. Não consigo fazer do jeito que eu e Michael costumávamos fazer.

CHARLIE: Geleia, não. Mas tinha queijo, duas vezes por semana.

O JUDEU: Senhor! Não aguento mais. Vou pro albergue metropolitano.

[Dorothy se levanta e, então, quase cai, com os joelhos enrijecidos de frio.]

GINGER: E te mandam para o Centro de Trabalho. E então, vamos todos para Covent Garden amanhã de manhã? A gente consegue umas peras se chegar lá bem cedo.

CHARLIE: Eu me enchi de Dartmoor, pode apostar. Uns 40 da gente se deram mal por transar com as mulheres lá nos alojamentos. Umas velhas de 70 anos elas eram, isso sim... Colhedoras de batatas. Levamos um castigo: só pão e água, acorrentados na parede... Quase mataram a gente.

SRA. BENDIGO: Nem pensar! Não enquanto meu marido estiver lá. Um olho roxo por semana já tá bom pra mim, obrigada.

SR. TALLBOYS [cantarolando, saudosista]: E as harpas, bem alto a penduramos, sobre os salgueiros da Babilônia!

SRA. MCELLIGOT: Seja forte, garota! Bata os pés pra ver se o sangue volta a circular. Daqui a dois minutos a gente dá uma volta até a Catedral de St. Paul.

DEAFIE [cantando]: Com meu piu-piu, piu-piu...

[O Big Ben bate 11 horas]

SNOUTER: Mais seis horas! Cristo!

[Passa-se uma hora. O Big Ben para de soar. A névoa diminui e o frio aumenta. Uma lua de cara suja aparece, espiando entre as nuvens do céu no sul. Uma dúzia de homens mais durões permanece nos bancos e ainda sonha em dormir, compartilhando e se escondendo em seus casacos. Ocasionalmente, eles gemem enquanto dormem. Os outros espalham-se em todas as direções, com a intenção de ficar andando a noite toda, o que vai manter o sangue fluindo, mas quase todos eles acabam voltando para a Trafalgar Square por volta da meia-noite. Um novo policial está em serviço. Ele passeia pela praça em intervalos de uma hora, analisando o rosto dos que dormem, mas deixando-os em paz quando têm certeza de que estão apenas dormindo, e não mortos. Em volta de cada banco, fica um grupo de pessoas que se revezam para se sentar, mas voltam a ficar em pé devido ao frio após alguns minutos. Ginger e Charlie enchem duas canecas nas fontes e saem com a desesperada esperança de ferver um pouco de chá na fogueira de tijolos do pessoal da Marinha, na rua Chandos. Mas um policial está se esquentando na fogueira e os espanta de lá. O judeu, de repente, desaparece, provavelmente para implorar por uma cama no albergue metropolitano. Por volta da 1 hora, corre um boato que uma senhora está distribuindo café quente, sanduíches de presunto e maços de cigarro debaixo da Ponte Charing Cross; há uma correria até o local, mas o boato se revela infundado. Conforme a praça se enche de gente mais uma vez, a incessante troca de lugares nos bancos se acelera até se tornar um jogo de cadeiras musicais. Sentado com as mãos embaixo das axilas, é possível entrar em um tipo de sono, ou cochilo, por dois ou três minutos, no máximo. Nesse estado, parece que muito tempo se passa. É possível afundar em sonhos complexos, turbulentos, que deixam a pessoa consciente quanto ao que está ao redor e quanto ao frio amargo. A noite vai ficando mais clara e mais fria a cada minuto. Há um coro de vários sons — gemidos, xingamentos, surtos de risadas e cantoria e, em meio a todos eles, o incontrolável bater de dentes.]

SR. TALLBOYS [cantarolando]: Eu me derramo feito água, e todos os meus ossos estão fora do lugar!

SRA. McELLIGOT: Ellen e eu temos andado pela cidade nas últimas duas horas. Juro por Deus que parece um túmulo com umas lâmpadas enormes reluzindo sobre você, e não tem uma alma nas ruas, exceto os tiras andando em duplas.

SNOUTER: Uma e 5, e não como nada desde o almoço! A gente, claro, tá assim, numa noite como essa!

SR. TALLBOYS: Uma noite de bebidas, eu a deveria ter chamado. Mas cada um com seu gosto. [Cantarolando.] Minha força se reduziu a cacos, e minha língua grudou na gengiva!

CHARLIE: Ei, o que acham? O Narigudo e eu demos um golpe agora mesmo. O Narigudo viu um estojo de uma tabacaria cheio daquelas caixas elegantes de Gold Flake e disse: "Por Deus! Vou pegar alguns desses cigarros, nem que me prendam por isso!". Então, ele enrolou o cachecol na mão e esperou até que tivesse um furgão passando para abafar o barulho, e depois o Narigudo deu um soco no vidro! Surrupiamos uma dúzia de maços de cigarros e demos no pé. Quando viramos a esquina e abrimos as caixas, não tinha um mísero cigarro dentro! Eram só caixas vazias. Tive de rir.

DOROTHY: Meus joelhos estão cedendo. Não aguento em pé muito mais tempo.

SRA. BENDIGO: Ah, maldito, maldito! Colocar uma mulher para fora de casa numa noite como essa! Espera só até eu pegar ele bêbado no sábado à noite, e ele não tiver condições de revidar. Vou amassar sua cara, vou mesmo! Ele vai parecer duas moedinhas de 1 centavo depois que eu acertá-lo com o ferro de passar.

SRA. McELLIGOT: Ei, abram espaço e deixem a moça sentar. Aperta bem, vovô, querido. Ele vai colocar o braço em volta de você. Ele tem chatos, mas vai te esquentar.

GINGER [marcando o tempo]: A única coisa a fazer é bater o pé no chão. Alguém canta uma canção, e vamos todos bater o pé no chão no ritmo.

VOVÔ [despertando e emergindo]: O que é? [Ainda meio sonolento, ele deixa sua cabeça cair para trás, com a boca aberta e o pomo de adão saliente como uma lâmina de sua garganta ressequida.]

SRA. BENDIGO: Tem mulheres que, se tivessem passado pelo que eu passei, teriam colocado sal na xícara de chá dele.

SR. TALLBOYS [tocando um tambor imaginário e cantando]: Avante, soldados pagãos...

SRA. WAYNE: Ora, ora! Como que a gente ia imaginar, naqueles velhos tempos, sentada em volta da fogueira de carvão de Silkstone, com a chaleira no fogão e uma bela travessa de pão tostado direto do forno...

[O ranger de dentes a silencia.]

CHARLIE: Sem essa porcaria da igreja agora, companheiro. Vou fornecer um pouquinho de indecência... Algo que pode fazer a gente dançar. Ouçam só.

SRA. McELLIGOT: Não fica falando sobre pão, senhora. Meu estômago já está pregado nas costas.

[Charlie afasta-se um pouco, limpa a garganta e, em um vozeirão, faz rugir a canção *Rolling Bill the Sailor*. Uma risada que é quase uma tremedeira vem das pessoas no banco. Eles cantam a música inteira mais uma vez, com muito mais barulho, batendo o pé e batendo palmas no tempo. Aqueles que estão sentados, cotovelo com cotovelo, balançam grotescamente de um lado para o outro, batendo os pés como se estivessem pisando nos pedais de um harmônio. Mesmo a sra. Wayne adere após alguns minutos, rindo sem querer. Estão todos rindo, mesmo com os dentes rangendo. O sr. Tallboys anda para cima e para baixo com sua enorme barriga ondulada, fingindo carregar uma faixa ou um báculo na frente dele. A noite agora está bem clara, e um vento gelado passa pela praça em curtos intervalos, fazendo todos estremecer. As batidas de pés e as palmas aumentam e viram um frenesi quando as pessoas sentem o frio mortal penetrar em seus ossos. Então o policial é visto rondando a praça do lado leste, e a cantoria para abruptamente.]

CHARLIE: Olha só! Não dá pra dizer que um pouco de música não te esquente.

SRA. BENDIGO: Maldito vento! E eu nem vesti minhas ceroulas, o canalha me chutou de casa às pressas.

SRA. McELLIGOT: Bem, se Deus quiser, não vai demorar muito para aquela igreja ali, na Avenida Gray's Inn, abrir para o inverno. Eles te dão um teto sobre a cabeça à noite, de qualquer forma.

POLICIAL: O que é isso? Você acha que isso é hora de aprontar uma algazarra dessas? Vou ter de mandar vocês de volta para casa, se não ficarem quietos.

SNOUTER [sussurrando]: Seu filho da p... maldito!

GINGER: Sim, eles te deixam dormir na porcaria do chão de pedra com três folhas de jornal em vez de cobertores. Devia estar na praça também pra ver como é. Deus, como eu queria estar na porcaria do albergue.

SRA. McELLIGOT: E você ainda ganha uma xícara de leite maltado e duas fatias. Agradeço por ter estado lá algumas vezes.

SR. TALLBOYS [cantarolando]: Fiquei feliz quando disseram para mim: "Vamos entrar na casa do Senhor!".

DOROTHY [começando de novo]: Ai, que frio, que frio! Não sei se é pior quando se está sentado ou quando se está em pé. Ai, como vocês conseguem suportar isso? Vocês não têm de passar por isso todas as noites de sua vida, não, né?

SRA. WAYNE: Você deve imaginar, queridinha, que tem alguns aqui que não foram criados de uma forma muito respeitável.

CHARLIE [cantando]: Alegrem-se, companheiros, logo estarão mortos! Brrr! Jesus! Meus dedos estão azuis! [Marca o tempo e bate os braços na lateral do corpo.]

DOROTHY: Ai, mas como vocês aguentam? Como conseguem viver assim, noite após noite, ano após ano? Não é possível que haja gente que possa viver assim! É tão absurdo que alguém que não soubesse ser verdade não acreditaria. É impossível!

SNOUTER: É bem possível, se você quer saber.

SR. TALLBOYS [com ar de padre]: Com Deus no coração, tudo pode ser suportado.

[Dorothy se encolhe no banco, com os joelhos ainda não firmes.]

CHARLIE: Bem, é só 1 e meia. Ou a gente começa a se mexer, ou faz uma pirâmide no banco. A não ser que a gente queira morrer. Quem tá a fim de dar um passeio pela Torre de Londres?

SRA. McELLIGOT: Eu não vou dar nem mais um passo nesta noite. Minhas pernas estão me matando.

GINGER: Sem essa de pirâmide! Esse é um truque velho demais pra mim! Vamos nos espremer naquele banco... Desculpe, senhora!

VOVÔ [sonolento]: Que brincadeira é essa? Será que um homem não consegue dormir um pouco que vocês já vêm perturbar e chacoalhar?

CHARLIE: É isso mesmo! Cheguem pra lá! Vai um pouco pra lá, vovô, e deem um lugarzinho pro meu traseiro. Fiquem um em cima do outro. Isso. Não liguem pros chatos. Amontoem-se como sardinhas em lata.

SRA. WAYNE: Ei! Não pedi pra você sentar no meu colo, rapaz!

GINGER: Senta no meu, então, dá no mesmo. Ora! Primeira coisa que tenho nos braços desde a Páscoa.

[Eles se empilham como algo sem forma, homens e mulheres agarrando-se indiscriminadamente, como um monte de sapos na época de reprodução. Há uma contorção conforme os quadris se ajeitam, e um fedor azedo das roupas se espalha. Apenas o sr. Tallboys permanece andando de um lado para o outro.]

SR. TALLBOYS [declamando]: Ó, dias e noites, luz e escuridão, raios e nuvens, maldigam o Senhor!

[Após alguém ter sentado sobre seu diafragma, Deafie emite um som estranho, irreproduzível.]

SRA. BENDIGO: Será que você pode sair de cima da minha perna, que está doendo? O que você acha que eu sou? Um maldito sofá de sala de visitas?

CHARLIE: O vovô não fede quando vocês chegam perto dele?

GINGER: Vai ser uma festa para os chatos.

DOROTHY: Ai, Deus, Deus!

SR. TALLBOYS [parando]: Por que clamar a Deus, sua penitente chorona, no leito de morte? Mantenha seu propósito e clame ao Demônio, como eu faço. Salve, Lúcifer, Príncipe do Ar! [Cantando a melodia de "Santo, santo, santo"]: íncubos e súcubos, desabando diante de ti!...

SRA. BENDIGO: Ah, cala a boca seu v... velho blasfemo! Ele é gordo demais pra sentir frio, esse é o problema.

CHARLIE: Um belo traseiro macio a senhora tem. Fica de olho no tira, Ginger.

SR. TALLBOYS: *Maledicite, omnia opera!*[51] A Missa Negra! Por que não? Uma vez um padre, sempre um padre. Me arruma um pedaço de fumo, e eu vou operar um milagre. Velhas de enxofre, o pai-nosso de trás pra frente, crucifixo de cabeça pra baixo. [Para Dorothy] Se tivéssemos um bode preto, você seria útil.

[O calor animal da pilha de corpos já tinha se feito sentir. Uma sonolência abate a todos.]

SRA. WAYNE: Não pense que estou acostumada a me sentar no colo de um cavalheiro, sabe...

SRA. McELLIGOT [sonolenta]: Recebi meus sacramentos regularmente, até o maldito padre não querer mais me dar a absolvição por causa do Michael. Aquele velho safado!

SR. TALLBOYS [fazendo uma pose]: *Per aquam sacratam quam nunc spargo, signumque crucis quod nunc facio...*[52]

GINGER: Quem tem um cigarro? Já fumei minha última bituca.

SR. TALLBOYS [como no altar]: Queridos irmãos, estamos aqui reunidos diante de Deus para celebrar a profana blasfêmia. Ele nos afligiu com sujeira e frio, com fome e solidão, com varíola e sarna, com piolhos e chatos. Nossa comida é pão úmido e minúsculas raspas de carne entregues em pacotes em portas de hotéis. Nosso prazer é chá fervido e bolos de serragem fechados em porões fedorentos, restos de copos de cerveja com cusparadas, o beijo de bruxas desdentadas. Nosso destino é o caixão dos pobres, em caixões de pinho a 6 metros de profundidade, a hospedaria do subsolo. É nossa obrigação certa

---

51 Latim: "Maldita seja toda a obra". (N. da T.)
52 Latim: "Pela água sagrada que agora asperjo, o sinal da cruz que agora faço". (N. da T.)

e consolidada, em todas as horas e lugares, maldizê-Lo e injuriá-Lo. Portanto, demônios e arquidemônios [etc. etc. etc.].

SRA. McELLIGOT [sonolenta]: Em nome de Jesus, estou quase dormindo agora, e alguns idiotas deitados sobre minhas pernas e as espremendo.

SR. TALLBOYS: Amém. Livrai-nos de todo o mal, e não nos deixei cair em tentação [etc. etc. etc.].

[Quando ele chega à primeira palavra da oração, parte o pão consagrado. O sangue escorre dele. Há um som contínuo, como de trovão, a paisagem muda. Os pés de Dorothy estão muito frios. Formas aladas e monstruosas de demônios e arquidemônios são vagamente visíveis, movendo-se. Alguma coisa, bico ou pata, toca o ombro de Dorothy, lembrando-a que seus pés e mãos estão doendo de frio.]

POLICIAL [sacudindo Dorothy pelo ombro]: Acorda, vamos, acorda, acorda! Você não tem um casaco? Você está muito pálida. Não tem nada melhor pra fazer do que ficar esparramada no frio desse jeito?

[Dorothy descobre que está dura de frio. O céu é bem claro agora, com pequenas estrelas arenosas piscando como lâmpadas elétricas extremamente remotas. A pirâmide se desfez.]

SRA. McELLIGOT: Pobre moça, não está acostumada a isso como nós.

GINGER [batendo os braços]: Brr! Uau! Que frio!

SRA. WAYNE: Ela é uma moça bem-nascida e bem-criada.

POLICIAL: É mesmo? Olha só, senhorita, melhor você vir para o albergue metropolitano comigo. Lá você terá uma cama pra dormir a noite toda. Qualquer um pode ver que você não é como as outras.

SRA. BENDIGO: Obrigada, oficial, obrigada! Ouviram isso, meninas? "Não é como as outras", ele disse. Legal, né? [Para o policial] É uma maldita cria de Ascot você, não é mesmo?

DOROTHY: Não, não! Me deixe! Eu prefiro ficar aqui.

POLICIAL: Bem, como quiser. A senhorita parecia bem mal agora mesmo. Vou passar aqui mais tarde e dar uma olhada na senhorita novamente. [Sai, relutante.]

CHARLIE: Esperem até o sacana virar a esquina e depois a gente se amontoa de novo. É o único jeito de se esquentar.

SRA. McELLIGOT: Vamos, menina. Fica por baixo e deixa eles te esquentarem.

SNOUTER: Dez minutos para as 2. Não vai durar pra sempre, espero.

SR. TALLBOYS [cantarolando]: Me derramo como água, e todos os meus ossos estão fora do lugar. Meu coração está como cera derretida no centro do meu corpo!

[Mais uma vez, as pessoas se empilham no banco. Mas a temperatura agora não está muito acima do ponto de congelamento, e o vento sopra de forma mais cortante. As pessoas afundam o rosto atingido pelo vento para dentro do monte, como porquinhos lutando pelas tetas da mãe. Um interlúdio de sono se reduz a poucos segundos, e os sonhos tornam-se mais monstruosos, problemáticos e menos oníricos. Há momentos em que as nove pessoas estão conversando mais normalmente, momentos em que elas até conseguem rir de sua situação, e momentos em que se pressionam uns contra os outros, em uma espécie de frenesi, com profundos gemidos de dor. O sr. Tallboys, de repente, fica exausto, e seu monólogo degenera para um fluxo de coisas sem sentido. Ele joga seu imenso corpo sobre os outros, quase os sufocando. O monte se desfaz. Alguns permanecem no banco, alguns escorregam para o chão e batem contra o parapeito ou os joelhos dos outros. O policial entra na praça e ordena que os que estão no chão se levantem. Eles o fazem, e deixam-se cair novamente quando ele sai. Não há nenhum som vindo das dez pessoas, exceto roncos que são parcialmente como gemidos. Suas cabeças balançam para cima e para baixo, como bonecos, quando eles pegam no sono e acordam de novo no ritmo do tique-taque de um relógio. Em algum lugar soam 3 horas. Uma voz berra como um trompete do lado leste da praça: "Rapazes! Levantem-se! Chegou o jornal!"]

CHARLIE [acordando]: Os malditos jornais! Vamos, Ginger! Corre rápido!

[Eles correm, ou saem aos tropeços, o mais rápido que podem, para chegar à esquina da praça, onde três rapazes estão distribuindo folhas excedentes do jornal da manhã, como uma forma de caridade. Charlie e Ginger voltam com um maço grosso de folhas. Os cinco homens maiores estão agora misturados no banco, Deafie e as quatro mulheres sentam-se em seus joelhos; então, com infinita dificuldade (já que tem de ser feito de dentro para fora), eles se enrolam como um casulo de papel descomunal, com várias camadas, enfiando as pontas soltas no pescoço, ou nos seios, ou entre seus ombros e as costas do banco. Finalmente, nada fica descoberto, exceto suas cabeças e a parte de baixo de suas pernas. Para as cabeças, eles fazem gorros de papel. O papel se afrouxa com frequência e deixa passar lufadas de vento, mas agora é possível dormir por pelo menos cinco minutos consecutivamente. Nessa hora — entre 3 e 5 da manhã —, é comum que a polícia não atrapalhe quem estiver dormindo na praça. Uma onda de calor percorre todos e estende-se até seus pés. Há algum afago furtivo entre mulheres embaixo do papel. Dorothy está exausta demais para se incomodar. Por volta das 4h15, todos já estão engrunhidos e rasgados, e frios demais para continuar sentados. As pessoas levantam-se, xingam, percebem suas pernas meio adormecidas e começam a se mover de um lado para o outro em pares, sempre parando devido à mera lassidão. Cada estômago está se contorcendo de fome. A lata de leite condensado de Ginger tem um furo, e o conteúdo é devorado, com todos enfiando os dedos e lambendo-os. Aqueles que não têm absolutamente dinheiro nenhum deixam a praça e vão para o Green Park, onde não serão perturbados até as 7. Aqueles que dispõem de pelo menos meio centavo dirigem-se à cafeteria do Wilkins, não longe da Avenida Charing Cross. Eles sabem que a cafeteria não abre antes das 5 horas. No entanto, uma multidão está esperando do lado de fora da porta por volta das 4h40.]

SRA. McELLIGOT: Tem seu meio centavo, queridinha? Eles não deixam mais de quatro tomar o mesmo chá, mãos de vaca safados!

SR. TALLBOYS [cantando]: Os tons rosados do dia amanhecendo...

GINGER: Por Deus, aquele pouquinho de sono debaixo dos jornais me fez bem. [Cantando] Mas estou dançando com lágrimas nos olhos...

CHARLIE: Ei, rapazes, rapazes! Olhem pela janela! Vejam o calor suando a moldura da janela! Vejam o chá fervendo, e as pilhas de torradas e sanduíches de presunto, e as salsichas chiando ao grelhar na panela! O estômago de vocês não dá pulos só de ver?

DOROTHY: Tenho 1 centavo. Não consigo nem uma xícara de chá com isso, consigo?

SNOUTER: Dá pra conseguir um monte de salsichas se a gente juntar 4 centavos entre nós. Meia xícara de chá e um bolinho é o mais provável. Aí, temos um café da manhã.

SRA. McELLIGOT: Você não precisa comprar uma xícara de chá só pra você. Eu tenho meio centavo, e o vovô também, juntando com o seu 1 centavo dá uma xícara para nós três. Ele tem feridas nos lábios, mas, caramba, quem se importa? Beba perto da alça e não tem perigo nenhum.

[Batem 15 para as 5.]

SRA. BENDIGO: Aposto 1 dólar que meu marido tem até peixe no café da manhã. Tomara que engasgue.

GINGER [cantando]: Mas estou dançando com lágrimas nos olhos...

SR. TALLBOYS [cantando]: Pela manhã, minha canção chegará a ti!

SRA. McELLIGOT: Dá pra dormir um pouco aqui, até que é um conforto. Eles deixam você dormir com a cabeça sobre a mesa até as 7 horas. É uma bênção pra nós, vagabundos da praça.

CHARLIE [babando como um cachorro]: Salsichas! Malditas salsichas! Coelho galês! Torrada quentinha! E um filé de 5 centímetros de altura com fritas e uma caneca de cerveja! Ai, Jesus!

[Ele se curva para a frente, infiltra-se na multidão e chacoalha a maçaneta da porta de vidro. A multidão toda, cerca de 40 pessoas, força a porta e tenta abri-la à força, mas ela é contida pelo sr. Wilkins, o proprietário da cafeteria. Ele os ameaça pelo vidro. Alguns pressionam peito e rosto contra a janela, como para se aquecer. Florry e outras quatro garotas chegam gritando e correndo, com a aparência revigorada por terem passado parte da noite na cama, saindo de uma viela ao lado, acompanhadas de uma turma de rapazes de terno azul. Eles se lançam contra a multidão por trás com tanto ímpeto que quase quebram a porta. O sr. Wilkins a abre furiosamente e chuta-os da frente para trás. Um perfume de salsichas, arenques, café e pão quente invade o ar frio.]

VOZES DOS RAPAZES NO FUNDO: Por que ele não pode abrir antes das 5? Estamos famintos por nosso chá! Vamos forçar a porta! [etc. etc.]

SR. WILKINS: Saiam! Saiam vocês todos! Ou juro por Deus que ninguém entra aqui nesta manhã!

VOZES DAS GAROTAS NO FUNDO: Se-nhor Wil-kins! Se-nhor Wil-kins! Seja camarada e deixe a gente entrar! Eu lhe dou um beijo de graça. Seja camarada, vamos! [etc. etc.]

SR. WILKINS: Saiam já daqui! Não abrimos antes das 5, e vocês sabem! [Bate a porta.]

SRA. McELLIGOT: Ai, Senhor, esses não são os dez minutos mais longos da noite toda! Bem, pelo menos vou dar um descanso a minhas pobres pernas. [Agacha-se sobre os calcanhares ao modo dos mineradores. Muitos outros fazem o mesmo.]

GINGER: Quem tem meio centavo? Estou a fim de dividir um bolinho.

VOZES DOS RAPAZES [imitando música militar, depois cantando]:

....! era tudo que a banda sabia tocar;

....! .... E o mesmo pra você!

DOROTHY [para a sra. McElligot]: Olhe para nós! Olhe para todos nós! Que roupas! Que caras!

SRA. BENDIGO: Você não é nenhuma Greta Garbo, se não se importa que eu diga.

SRA. WAYNE: Bem, então, o tempo realmente parece se arrastar quando você está esperando por uma bela xícara de chá, não é mesmo?

SR. TALLBOYS [cantarolando]: Pois nosso espírito voa baixo, passa pela poeira: nossa barriga toca o chão!

CHARLIE: Arenques! Pilhas deles! Posso sentir o cheiro pelo vidro.

GINGER [cantando]:

Mas estou dançando com lágrimas nos olhos

Pois a garota nos meus braços não és tu!

[Muito tempo passa. Dão 5 horas. Parece que foi uma eternidade insuportável. A porta, de repente, se abre, e as pessoas lutam pelos assentos nos cantos. Quase desmaiando no ar quente, elas se arremessam e se espalham pelas mesas, tragando o calor e o cheiro de comida por todos os poros.]

SR. WILKINS: Agora, sim! Podem entrar todos. Vocês sabem as regras, suponho. Nada de trapaças hoje! Durmam até as 7, se quiserem, mas, se eu achar alguém dormindo depois desse horário, arrasto pra fora pelo pescoço. Andem com esse chá, meninas!

O CORO ENSURDECEDOR DE GRITOS: Dois chás aqui! Um chá grande e um bolinho pra nós quatro! Arenques! Se-nhor Wil-kins! Quanto custa a salsicha? Duas fatias! Se-nhor Wil-kins! Tem papel de cigarro? A-ren-ques! [etc. etc.]

SR. WILKINS: Calem a boca, calem a boca! Parem com essa gritaria, ou eu não vou servir ninguém.

SRA. McELLIGOT: Você sente o sangue voltar a seus dedos do pé, queridinha?

SRA. WAYNE: Ele é rude, não é mesmo? Não é o tipo que eu chamaria de cavalheiro.

SNOUTER: Este é o cantinho da fome, isso sim! Cristo! E eu sem poder comer umas duas salsichas!

AS MOÇAS [em coro]: Arenques aqui! Anda logo com esses arenques! Se-nhor Wil-kins! Arenques pra todo mundo! E um bolinho!

CHARLIE: Nem metade! Hoje vou me contentar com o cheiro, apenas. Melhor estar aqui do que na maldita praça, de qualquer forma.

GINGER: Aqui, Deafie! Coma a sua metade! Me dá aquela xícara.

SR. TALLBOYS [cantarolando]: Então nossa boca foi alimentada com risadas e nossa língua, com alegrias!...

SRA. MCELLIGOT: Juro por Deus que já estou quase dormindo. É o calor do salão que faz isso.

SR. WILKINS: Para com essa cantoria! Você conhece as regras!

AS MOÇAS [em coro]: A-ren-ques!

SNOUTER: Malditos bolinhos! Comida fria! Isso vira meu estômago.

VOVÔ: O chá que eles servem não é mais que água suja. [Arrota.]

CHARLIE: Melhor coisa a fazer: fecha o olho e esquece. Sonha com um pedaço de carne e legumes. Vamos descansar a cabeça na mesa e tentar ficar confortáveis.

SRA. McELLIGOT: Encosta no meu ombro, queridinha. Tenho mais carne nos ossos que você.

GINGER: Eu daria 6 centavos por um cigarro, se eu tivesse 6 centavos.

CHARLIE: Se ajeita. Encosta sua cabeça na minha, Snouter. Isso. Jesus, não vou conseguir dormir!

[Um prato de arenque defumado passa e vai direto para a mesa das moças assanhadas.]

SNOUTER [sonolento]: Mais malditos arenques. Fico pensando quantas vezes ela teve de se deitar pra pagar por isso.

SRA. McELLIGOT [sonolenta]: Foi uma pena, uma pena mesmo, quando o Michael deu no pé e me deixou com o bebê e tudo...

SRA. BENDIGO [furiosa, seguindo o prato de arenques com um dedo acusador]: Olhem isso, garotas! Olhem isso! Arenques! Isso não faz seu sangue ferver? A gente não pode comer arenques no café da manhã, pode? As vagabundas engolem seus arenques assim que eles saem da panela, e a gente aqui, com sorte, com uma xícara de chá pra dividir em quatro! Arenques!

SR. TALLBOYS [com ar de padre]: O que se consegue com o pecado são arenques.

A Filha do Reverendo

GINGER: Tira esse bafo da minha cara. Não suporto isso.

CHARLIE [durante o sono]: Charles-bêbado-sabichão-e-incapaz? Sim-seis-xelins-próximo!

DOROTHY [no colo da sra. McElligot]: Ai, que alegria, que alegria!

[Eles dormem.]

2

E assim continua.

Dorothy suportou essa vida por dez dias — para ser mais exato, nove dias e dez noites. Foi difícil ver o que mais poderia fazer. Seu pai, ao que parecia, a tinha abandonado completamente, e, embora ela tivesse amigos em Londres que prontamente a ajudariam, não sentiu que poderia encará-los depois do que havia acontecido — na verdade, o que supostamente havia acontecido. E Dorothy não ousou se apresentar em centros oficiais de caridade, pois quase com certeza isso levaria à descoberta de sua identidade e, assim, talvez, a um retorno do alarido em torno da história da Filha do Reverendo.

Então, ela ficou em Londres e se tornou membro daquela tribo curiosa. Rara, mas não extinta, a tribo das mulheres que não têm onde cair mortas, mas fazem tanto esforço para esconder isso que praticamente conseguem; mulheres que lavam o rosto em fontes de água no frio do amanhecer, desamassam cuidadosamente suas roupas depois de noites maldormidas e caminham com um ar de reserva e decência, de forma que suas faces, pálidas sob o queimado do sol, dizem por aí cheias de certeza que são indigentes. Não estava na natureza de Dorothy tornar-se uma mendiga calejada como a maioria a seu redor. Suas primeiras 24 horas na praça foram passadas sem nenhuma comida exceto a xícara de chá que havia tomado durante a noite e um terço de uma xícara que havia tomado na cafeteria do Wilkins de manhã. Mas à noite, desesperada de fome e seguindo o exemplo dos outros, ela caminhou até uma mulher estranha, esforçou-se para dominar a voz e disse: "Por favor, senhora, poderia me dar 2 centavos? Não como nada desde ontem". A mulher a encarou, abriu a bolsa e deu a Dorothy 3 centavos. Dorothy não sabia, mas seu sotaque de moça instruída, que lhe tornava impossível conseguir um emprego como criada, era um trunfo valioso como mendiga.

Depois disso, descobriu que era realmente muito fácil mendigar por 1 xelim ou outro valor diário, necessário para mantê-la viva. E, ainda assim, nunca mendigava — tinha a impressão de que não era capaz de fazê-lo — exceto quando a fome ultrapassava o limite do suportável ou quando ela dependia apenas daquele centavo precioso, que era seu passaporte para a cafeteria do Wilkins de manhã. Com Nobby, no caminho para os campos de lúpulo, Dorothy tinha mendigado sem medo nem escrúpulo. Mas era diferente; ela não sabia o que estava fazendo. Agora, era apenas sob o impulso da fome real que ela levava sua coragem até esse ponto e pedia uns trocados de alguma mulher cujo rosto parecia amigável. Sempre pedia para mulheres, é claro. Uma vez tentou pedir para um homem — mas apenas uma vez.

De resto, foi se acostumando com a vida que estava levando — se acostumando com as muitas noites sem dormir, o frio, a sujeira, o tédio e o horrível comunismo da praça. Depois de um ou dois dias, parou até de sentir uma centelha de surpresa por sua situação. Como a maioria dos que estavam ali, Dorothy acabou por aceitar essa atroz existência quase como se fosse normal. O sentimento atordoado, tolo, que ela conheceu no caminho para os campos de lúpulo tinha voltado a afligi-la, agora mais forte que antes. É o efeito comum da falta de sono e mais ainda da exposição. Viver continuamente a céu aberto, nunca ficando sob um teto por mais de uma ou duas horas, borra sua percepção tal qual uma luz forte incidindo sobre seus olhos ou um barulho martelando em seus ouvidos. Você age, planeja e sofre, e ainda assim o tempo todo é como se tudo estivesse fora de foco, um pouco irreal. O mundo, interior e exterior, fica mais escuro até atingir a imprecisão de um sonho.

Enquanto isso, a polícia começou a conhecê-la de vista. Na praça, as pessoas estão eternamente indo e vindo, mais ou menos sem ser notadas. Elas chegam de lugar nenhum com suas canecas e suas trouxas, acampam por alguns dias e noites e depois desaparecem tão misteriosamente como surgiram. Se você fica por mais de uma semana ou por volta disso, a polícia vai rotulá-lo como um mendigo habitual e vai prendê-lo mais cedo ou mais tarde. É impossível para eles aplicar a lei da mendicância com toda a rigidez, mas de vez em quando fazem alguma batida e prendem duas ou três pessoas daquelas em quem já estavam de olho. E assim aconteceu com Dorothy.

Uma noite ela foi "pega", na companhia da sra. McElligot e de outra mulher cujo nome não sabia. Haviam se descuidado e abordado uma senhora maldosa com cara de cavalo, que prontamente foi ao policial mais próximo reportá-las.

Dorothy não se importou muito. Tudo era como um sonho — o rosto da maldosa senhora, acusando-as com avidez, a caminhada até a delegacia com a mão gentil, diferente, do policial no seu braço; depois a cela de tijolos brancos, com um sargento paternal entregando-lhe uma xícara de chá pela grade e dizendo que o juiz não seria muito severo se ela admitisse a culpa. Na cela ao lado, a sra. McElligot atacava o sargento, chamando-o de safado, e depois passou metade da noite lamentando sua sorte. Mas Dorothy não sentia nada exceto um vago alívio por estar em um lugar tão limpo e quente. Arrastou-se imediatamente para a cama de tábua presa à parede, como uma prateleira, cansada demais até mesmo para puxar os cobertores para cima de si, e dormiu por dez horas sem se mexer. Foi apenas na manhã seguinte que começou a compreender a realidade de sua situação, quando o camburão dirigiu a toda para o Tribunal de Polícia na rua Velha, ao som de *Adeste Fideles*, cantado aos gritos pelos cinco bêbados que levava.

CAPÍTULO 4

1

Dorothy havia interpretado mal seu pai ao supor que ele estivesse disposto a deixá-la morrer de fome nas ruas. Na verdade, o reverendo havia feito esforços para entrar em contato com a filha, embora de uma forma indireta e não muito efetiva.

Sua primeira emoção ao saber do desaparecimento de Dorothy havia sido raiva pura e simples. Por volta das 8 da manhã, quando ele começou a imaginar onde andaria sua água de barbear, Ellen entrou no quarto e anunciou, em um tom vagamente tomado pelo pânico:

— Por favor, senhor, a senhorita Dorothy não está na casa, senhor. Não a encontro em lugar algum.

— O quê? — disse o reverendo.

— Ela não está em casa, senhor! Também não parece que dormiu na cama. Eu acredito que ela se foi, senhor!

— Se foi! — exclamou o pastor, sentando-se na cama. — O que você quer dizer com "se foi"?

— Bem, senhor, eu acho que ela fugiu de casa, senhor!

— Fugiu de casa! Nessa hora da manhã? E meu café da manhã, como fica?

Na hora em que o reverendo desceu as escadas — sem se barbear, já que não havia surgido água quente —, Ellen tinha ido para a cidade perguntar sobre Dorothy, em vão. Uma hora se passou, e ela não retornou. Daí ocorreu algo espantoso, sem precedentes, algo que nunca será esquecido até a morte: o reitor foi obrigado a preparar seu próprio café da manhã — sim, na verdade, meter-se com uma chaleira preta banal e lascas de bacon dinamarquês —, com suas próprias mãos sacerdotais.

Depois disso, é claro, seu coração se endureceu contra Dorothy para sempre. Pelo resto do dia, ficou ocupado demais em vociferar contra refeições atrasadas para se perguntar por que ela havia desaparecido e se algum mal lhe havia acontecido. O ponto era que a confusa moça (ele disse muitas vezes "confusa moça", e chegou perto de dizer algo pior) tinha desaparecido, e havia abalado a casa toda fazendo isso. No dia seguinte, no entanto, a questão tornou-se mais urgente, porque a sra. Semprill se pôs, então, a propagar a história da fuga por toda parte. O reitor negou-a severamente, é claro. Mas, no fundo do coração, tinha uma suspeita oculta de que pudesse ser verdade. Era o tipo de coisa, ele havia decidido, que Dorothy poderia fazer. Uma moça que de repente saísse de casa sem nem se preocupar com o café da manhã de seu pai era capaz de qualquer coisa.

Dois dias depois, os jornais souberam da história, e um repórter jovem e intrometido foi até Knype Hill e começou a fazer perguntas. O reverendo tornou as coisas piores ao recusar, com raiva, ser entrevistado pelo repórter, de forma que a versão da sra. Semprill foi a única a ser publicada. Por cerca de uma semana, até que os jornais se cansassem do caso de Dorothy e o abandonassem para dar lugar a alguém que fora encontrado na foz do Rio Tâmisa, o reitor gozou de uma horrível notoriedade. Mal podia abrir um jornal sem que visse alguma manchete ardente sobre "A Filha do Reverendo. Mais revelações", ou "A Filha do Reverendo. Está em Viena? Foi vista em cabaré de baixo nível". Finalmente, houve um artigo no *Sunday Spyhole*, que começava com "Lá em uma paróquia de Suffolk, um velho senta-se fitando a parede", tão insuportável que o pastor consultou seu advogado para mover uma ação por difamação. O advogado, no entanto, foi contra; levaria a um veredito, mas certamente também levaria a mais publicidade. Dessa forma, o reitor não fez nada, e seu ódio contra Dorothy, que lhe trouxe essa desgraça, encrudesceu a um nível além do perdão.

Depois disso, chegaram três cartas de Dorothy explicando o que havia acontecido. É claro que o reitor nunca de fato acreditou que Dorothy tivesse perdido a memória. Era uma história fraca demais. Ele imaginava que a filha tivesse ou fugido com o sr. Warburton, ou se dado a uma escapada semelhante e se visto sem nenhum centavo em Kent. De qualquer forma —isso o reitor tinha decidido de uma vez por todas, e não havia quem conseguisse demovê-lo da ideia —, o que quer que tivesse acontecido fora completamente por culpa dela mesma. A primeira carta que escreveu não foi para Dorothy, mas para seu primo Tom, o baronete. Para um homem com a criação do pastor, era natural que, havendo qualquer problema, ele recorresse a um parente rico para pedir ajuda. O reverendo não trocara uma palavra sequer com seu primo nos últimos 15 anos, desde que discutiram sobre uma questão que envolvia o empréstimo de 50 libras; ainda assim, escreveu com bastante confiança, pedindo a *sir* Thomas que entrasse em contato com Dorothy, se isso fosse possível, e conseguisse para ela algum tipo de emprego em Londres. Pois, é claro, depois do acontecido, seria inadmissível tê-la de volta em Knype Hill.

Logo após essa, vieram duas cartas desesperadas de Dorothy, dizendo-lhe que estava em vias de morrer de fome e implorando que lhe enviasse algum dinheiro. O reitor ficou perturbado. Ocorreu-lhe — foi a primeira vez na vida que considerou uma coisa como essa — que é possível morrer de fome se você não tem nenhum dinheiro. Então, depois de refletir durante boa parte da semana, ele vendeu o equivalente a 10 libras em ações e enviou um cheque de 10 libras a seu primo, para que fosse guardado para Dorothy até que ela aparecesse. Ao mesmo tempo, enviou uma carta a Dorothy dizendo-lhe que procurasse *sir* Thomas Hare. Mas, vários dias se passaram antes que essa carta fosse postada, pois o reitor tinha escrúpulos em enviar uma carta para "Ellen Millborough" — ele mal imaginava que era contra a lei usar um nome falso — e, é claro, postergou demais. Dorothy já estava nas ruas quando a carta chegou a Mary.

Sir Thomas Hare era um homem viúvo, de bom coração, bobo, de cerca de 65 anos, com um rosto rosado obtuso e bigodes curvos. Por seu próprio gosto, vestia-se com um casaco xadrez e um chapéu-coco de abas curvas, que o deixavam bastante elegante, mas, também atrasado umas quatro décadas. À primeira vista, dava a impressão de ter cuidadosamente se disfarçado como um major da cavalaria dos anos 90, de forma que era quase impossível olhar para ele sem pensar em uma carruagem com as letras entrelaçadas, o tilintar de sinos, *Pink 'Un*[53] em seus melhores dias, e Lottie Collins com seu "tarara-boom-deay"[54]. Mas, sua mais marcante característica era uma abismal indefinição mental. Tratava-se de uma dessas pessoas que dizem "Você não sabe?" e "O quê!? O quê!?" e se perdem no meio de suas frases. Quando *sir* Thomas ficava intrigado ou em dificuldades, seu bigode parecia se encrespar, conferindo-lhe a aparência de um camarão bem-intencionado, mas excepcionalmente desmiolado.

Até onde suas inclinações lhe permitiam ir, *sir* Thomas não estava nem um pouco interessado em ajudar seu primo, pois Dorothy em si ele nunca havia visto, e considerava o reitor um parente pobre e mendicante da pior espécie possível. Mas, a verdade é que também já não aguentava mais o caso da "Filha do Reverendo". O amaldiçoado fato de que o sobrenome de Dorothy era o mesmo que o seu tornara sua vida infeliz nas duas últimas semanas, e ele previa mais e piores escândalos se a jovem fosse mantida foragida. Assim, imediatamente antes de sua saída de Londres para a caça de faisões, *sir* Thomas mandou chamar seu mordomo, que também era seu confidente e guia intelectual, e teve com ele um conselho de guerra.

— Olhe só que droga isso, Blyth — disse *sir* Thomas, com sua cara de camarão (Blyth era o nome do mordomo). — Imagino que você tenha lido toda essa porcaria de assunto nos jornais, hã? Essa história da "Filha do Reverendo"? Sobre essa maldita sobrinha minha.

Blyth era um homem pequeno e expressivo, com uma voz que nunca se elevava acima de um sussurro — tão silenciosa quanto uma voz poderia ser, desde que continuasse sendo uma voz. Só se entendia completamente o que ele dizia se se fizesse leitura labial, ou se a ouvisse muito de perto. Nesse

---

53 Jornal semanal britânico focado no clube de futebol Norwich City. (N. da T.)
54 Lottie Collins (1865 – 1910), cantora inglesa famosa por introduzir a canção "Tarara-boom--deay" na Inglaterra, em 1892. Essa era uma canção no estilo vaudeville que depois foi usada em vários contextos, incluindo programas de televisão. (N. da T.)

caso, seus lábios sinalizaram algo relacionado ao fato de que Dorothy era prima de *sir* Thomas, não sobrinha.

— O quê, ela é minha prima? — disse *sir* Thomas. — Sim, ela é. Por Deus! Bem, olha só, Blyth, o que eu queria dizer é que está na hora de nós pormos as mãos nessa maldita moça e a trancarmos em algum lugar. Entende o que eu quero dizer? Pormos as mãos nela antes que haja mais problemas. Ela está em algum lugar em Londres, eu acho. Qual a melhor forma de localizá-la? Polícia? Detetives particulares e tudo o mais? Acha que podemos lidar com isso?

Os lábios de Blyth registraram desaprovação. Ele parecia dizer que seria possível localizar Dorothy sem chamar a polícia e atrair publicidade desagradável.

— Bom homem! — disse *sir* Thomas. — Resolva isso, então. Não importa o que custe. Eu daria 50 libras só para que essa história da "Filha do Reverendo" não venha à tona novamente. E, pelo amor de Deus, Blyth — acrescentou, de modo confidencial —, assim que colocar as mãos na maldita garota, não a perca de vista. Traga-a de volta para casa e mantenha-a aqui. Entende o que eu digo? Deixe-a presa até eu voltar. Ou sabe-se lá o que mais ela é capaz de aprontar.

Sir Thomas, é claro, nunca havia visto Dorothy; era compreensível, portanto, que ele tivesse formado sua opinião sobre ela baseado nas notícias do jornal.

Blyth levou cerca de uma semana para encontrar Dorothy. Na manhã em que ela foi solta (eles a tinham multado em 6 xelins e, como forma de pagamento, a detiveram por 12 horas; a sra. McElligot, como reincidente, pegou sete dias), Blyth foi até a jovem, ergueu seu chapéu-coco meio centímetro da cabeça e inquiriu, discretamente, se se tratava da srta. Dorothy Hare. Na segunda tentativa, Dorothy entendeu o que ele dizia e disse que era a srta. Dorothy Hare; ao que Blyth explicou que fora mandado por seu primo, que estava ansioso para ajudá-la, e que ela deveria acompanhá-lo imediatamente.

Dorothy seguiu-o sem mais palavras. Pareceu-lhe estranho que seu primo de repente se interessasse por ela, mas não era mais estranho do que as outras coisas que vinham acontecendo recentemente. Tomaram o ônibus para a Hyde Park Corner, com as passagens pagas por Blyth, e depois caminharam até uma casa grande e com ares de cara, com janelas fechadas, no limite entre Knightsbridge e Mayfair. Desceram alguns degraus, Blyth pegou uma chave, e entraram. Então, depois de um hiato de seis semanas, Dorothy retornou à respeitável sociedade pela porta dos fundos.

Passou três dias na casa vazia até que seu primo voltasse. Foi um tempo estranho, solitário. Havia vários criados na casa, mas Dorothy não via ninguém exceto Blyth, que lhe trazia suas refeições e conversava com ela, discretamente, com um misto de deferência e desaprovação. Ele não conseguia decidir se Dorothy era uma moça de família ou uma madalena arrependida, e então a tratava como algo no meio do caminho. A casa tinha aquele ar silencioso e cadavérico peculiar às casas cujo senhor nunca está, de forma que instintivamente se andava na ponta dos pés e se mantinham as persianas nas janelas. Dorothy nem ao menos ousou adentrar nenhum dos cômodos principais. Passava os dias espreitando em um quarto empoeirado e abandonado no topo da casa, que parecia um tipo de museu de bricabraque de 1880 em diante. *Lady* Hare, falecida havia cinco anos, fora uma esforçada colecionadora de lixo, e a maioria vinha sendo guardada nesse quarto desde que ela morrera. Causava dúvida se o objeto mais estranho no quarto era uma fotografia amarelada do pai de Dorothy, aos 18 anos, mas com respeitáveis bigodes, em pé, inibido, ao lado de uma bicicleta comum — isso foi em 1888; ou uma pequena caixa de sândalo rotulada "Pedaço de Pão tocado por Cecil Rhodes no banquete da Cidade e África do Sul, junho 1897". Os únicos livros no quarto eram alguns terríveis prêmios escolares que os filhos de sir Thomas — ele tinha três, o mais novo sendo da mesma idade de Dorothy — haviam ganhado.

Estava óbvio que os criados tinham ordens para não a deixar sair. Entretanto, o cheque de 10 libras de seu pai havia chegado, e, com alguma dificuldade, Dorothy convenceu Blyth a descontá-lo. No terceiro dia, saiu e comprou algumas roupas: um casaco de tweed, uma saia e uma camisa para combinar, um chapéu, um vestido muito barato de seda artificial estampada, também um par de razoáveis sapatos marrom, três pares de meias-calças de fio de algodão, uma pequena e grosseira bolsa e um par de luvas cinza de algodão que passaria por camurça a uma pequena distância.

Isso tudo deu 8 libras e 10, e ela não ousou gastar mais. Quanto a roupas íntimas, lenços e camisolas, teriam de esperar. Afinal, o que importa são as roupas que aparecem.

 Sir Thomas chegou no dia seguinte e nunca de fato superou a surpresa que a aparência de Dorothy lhe causou. Esperava ver uma sereia pintada de ruge e pó, que lançaria pragas contra ele, com tentações às quais, infelizmente, não era mais capaz de sucumbir; e essa moça rústica, solteirona, tinha abalado todos os seus cálculos. Algumas ideias vagas vinham rondando sua mente, como conseguir para ela um emprego como manicure ou talvez secretária particular de um apostador, mas desistiu. De vez em quando, Dorothy o apanhava estudando-a com o olhar confuso de camarão, obviamente imaginando como uma moça daquelas tinha se envolvido numa fuga a fim de se casar. Nem valia a pena, é claro, dizer que ela não fugira. Dorothy havia contado sua versão da história, e *sir* Thomas a havia aceitado com um cavalheiresco "É claro, minha querida, é claro!", e, desde então, uma ou outra frase o traía e deixava transparecer que ele não acreditava na história dela.

 Então, por dois dias, nada definitivo foi feito. Dorothy continuou sua vida solitária no quarto no andar de cima, e *sir* Thomas frequentava seu clube na maior parte das refeições, e no jantar havia discussões da mais indizível ambiguidade. *Sir* Thomas estava genuinamente ansioso para conseguir um emprego para Dorothy, mas tinha grandes dificuldades em se lembrar do que estava falando por mais do que poucos minutos seguidos. — Bem, minha querida — ele começava —, é claro que você entenderá que fico muito feliz de fazer o que estiver ao meu alcance. Naturalmente, sendo seu tio e — o quê? O que é isso? Não tio? Não, suponho que não, por Deus! Primo, é isso, primo. Bem, então, minha querida, sendo seu primo, então, o que eu estava dizendo? — Então, quando Dorothy o guiava de volta ao assunto, ele daria alguma sugestão como: — Bem, por exemplo, minha querida, você gostaria de ser acompanhante de uma adorável senhora? Uma agradável velhinha, sabe, daquelas que usam mitenes negras e têm artrite reumatoide? Ela morre e te deixa 10 mil libras e o papagaio para você cuidar. Que tal? Que tal? — o que não levava a conversa muito longe. Dorothy repetiu uma porção de vezes que preferiria ser uma criada ou copeira, mas *sir* Thomas não a ouvia. Essa mesma ideia despertou nele um instinto de classe do qual estava geralmente com a cabeça muito avoada para se lembrar. — O quê? — ele dizia. — Uma empregadinha frustrada? Uma moça com a sua criação? Não, minha querida, não, não! Não pode fazer esse tipo de coisa. Esqueça!

Mas, no fim, tudo se arranjou, e com uma surpreendente facilidade; não por *sir* Thomas, que era incapaz de resolver qualquer coisa, mas por seu advogado, a quem ele de repente pensou em consultar. E o advogado, sem nem ao menos ver Dorothy, foi capaz de sugerir um emprego como professora. De todos os empregos, esse foi o mais fácil de obter.

Sir Thomas chegou em casa muito satisfeito com essa ideia, que julgou altamente adequada. (Particularmente, ele pensava que Dorothy tinha exatamente a cara que as professoras deveriam ter.) Mas Dorothy ficou momentaneamente chocada quando soube da ideia.

— Professora! — ela disse. — Eu não posso! Tenho certeza de que nenhuma escola me daria um emprego. Não há uma única disciplina que eu possa lecionar.

— O quê? O que você quer dizer? Não pode lecionar? Ai, esquece isso! É claro que pode! Onde está a dificuldade?

— Mas eu não sei o bastante! Nunca ensinei nada a ninguém, exceto culinária às escoteiras. É preciso ter qualificação adequada para ser professora.

— Ah, bobagem! Ensinar é o trabalho mais fácil no mundo. Basta utilizar bem a palmatória, bem nos nós dos dedos. Vão ficar felizes por conseguirem uma jovem decentemente criada para ensinar aos pequenos o bê-a-bá. Aí está sua vocação, minha querida: professora. Você foi feita para isso.

E, efetivamente, Dorothy se tornou uma professora. O advogado invisível havia feito todos os arranjos em menos de três dias. Parece que uma certa sra. Creevy, que mantinha uma escola integral para garotas no subúrbio de Southbridge, precisava de uma assistente e ficou bastante disposta a dar um emprego a Dorothy. Como isso tudo pôde ser arranjado tão rápido, e que tipo de escola seria essa, que admitiria uma completa estranha sem treinamento apropriado no meio do semestre, Dorothy mal podia imaginar. Ela sabia, é claro, que um suborno de 5 libras, chamado de prêmio, tinha trocado de mãos.

Assim, apenas dez dias após sua prisão por mendicância, Dorothy dirigiu-se à Academia Ringwood House, na rua Brough, em Southbridge, com um pequeno baú decentemente cheio de roupas e 4 libras e 10 em seu bolso — pois *sir* Thomas a presenteara com 10 libras. Quando pensava na facilidade com que esse emprego lhe fora encontrado, e depois nas lutas infelizes de três semanas atrás, o contraste a surpreendia. Isso mostrou a Dorothy, como nunca antes, o misterioso poder do dinheiro. De fato, isso a fazia lembrar-se de um dos ditados preferidos do sr. Warburton — que, se se tomasse o capítulo 13 da primeira Carta aos Coríntios e se trocasse a palavra "dinheiro" pela palavra "caridade" em todo verso em que aparecesse, o versículo faria dez vezes mais sentido que antes.

2

Southbridge era um subúrbio repugnante, que distava de Londres 15 a 20 quilômetros. A rua Brough ficava em algum lugar no coração do bairro, em meio a labirintos de ruas medianamente decentes, todas tão parecidas entre si que se tornavam indistinguíveis, com suas fileiras de casas geminadas, suas alfenas e sebes com louros e terrenos de arbustos nas encruzilhadas, em que era possível se perder quase tão facilmente quanto em uma floresta brasileira. Não apenas as casas em si, mas os nomes pareciam os mesmos por todo lugar. Ao ler os nomes nos portões, enquanto se ia caminhando pela rua Brough, tinha-se a consciência de ser assombrado por algum poema do qual não se lembrava bem; e quando se parava para identificar, percebia-se que eram as duas primeiras linhas de *Lícidas*.[55]

A Ringwood House era uma casa escura, geminada, de tijolos amarelos, com três andares e janelas baixas que ficavam escondidas da rua pelos loureiros empoeirados e irregulares. Acima dos loureiros, na frente da casa, havia uma placa na qual se lia, em letras douradas apagadas:

INSTITUTO PARA GAROTAS RINGWOOD HOUSE
De 5 a 18 anos
Aulas de música e dança
Peça seu programa

Lado a lado com essa placa, na outra metade da casa, havia mais uma, em que se lia:

**ESCOLA PARA MENINOS
RUSHINGTON GRANGE HIGH**
De 6 a 16 anos
Especializado em Contabilidade e Aritmética Comercial
Peça seu programa

---

[55] Poema escrito em 1637 por John Milton (1608-1674) como uma elegia pastoral. (N. da T.)

O distrito pululava de pequenas escolas particulares. Havia quatro delas só na rua Brough. A sra. Creevy, diretora da Ringwood House, e o sr. Boulger, diretor da Rushington Grange, estavam em pé de guerra, embora não houvesse um conflito de interesse entre eles. Ninguém sabia do que se tratava a rixa, nem mesmo a sra. Creevy ou o sr. Bougler; era uma disputa que haviam herdado dos antigos proprietários das duas escolas. Nas manhãs, após o café, eles costumavam andar por seus respectivos jardins, ao lado do muro bem baixo que os separava, um fingindo não ver o outro e sorrindo com ódio.

O coração de Dorothy encolheu ao avistar Ringwood House. Ela não vinha esperando nada magnífico ou atraente, mas algo bem melhor que esse prédio horrível, sombrio, em que nenhuma das janelas estava iluminada, embora fossem mais de 8 horas da noite. Bateu à porta, e esta foi aberta por uma mulher alta, esquelética, parada no escuro corredor da entrada, que Dorothy tomou por uma criada, mas que na verdade era a sra. Creevy. Sem nenhuma palavra exceto perguntar o nome de Dorothy, a mulher a conduziu por escadas escuras até uma sala de visita mal iluminada e sem lareira, em que acendeu um pontinho de gás, revelando um piano negro, cadeiras estofadas com pelo de cavalo e umas poucas fotos amareladas e fantasmagóricas nas paredes.

A sra. Creevy era uma mulher na casa dos 40 anos, magra, forte e angular, com movimentos precisos abruptos que indicavam força de vontade e, provavelmente, um temperamento cruel. Embora de forma nenhuma estivesse suja ou desarrumada, havia algo desbotado em sua aparência como um todo, como se ela tivesse vivido a vida toda sem sair ao sol; e a expressão de sua boca, rabugenta e disforme, com o lábio inferior caído, lembrava a de um sapo. Falava com uma voz afiada e dominadora, com um sotaque ruim e mudanças de tom ocasionais e vulgares. Só de olhar podia-se dizer que se tratava de uma pessoa que sabia exatamente que queria e aproveitaria isso tão impiedosamente quanto uma máquina; não exatamente uma mulher intimidadora — dava para inferir de alguma forma, devido a sua aparência, que ela não se interessaria por alguém o suficiente para intimidá-lo —, mas uma pessoa que faria uso de outra e depois a poria de lado com o mesmo remorso que teria se a fosse uma escova usada.

A sra. Creevy não desperdiçava palavras em cumprimentos. Conduziu Dorothy a uma cadeira, mais como uma ordem do que como um convite para se sentar, e depois também se sentou, com as mãos agarradas aos magrelos antebraços.

— Espero que eu e você nos demos bem juntas, srta. Millborough — ela começou, com sua voz penetrante e meio prepotente. (Sob o conselho do sábio advogado de *sir* Thomas, Dorothy manteve o nome Ellen Millborough.) — E espero que eu não tenha o mesmo dissabor que tive com minhas duas últimas assistentes. Você diz que não teve experiência lecionando antes?

— Não em uma escola — disse. Havia uma pequena mentira na carta de apresentação de Dorothy, com relação ao fato de que teria tido experiência com "ensino privado".

A sra. Creevy analisou Dorothy como se estivesse imaginando se deveria introduzi-la nos segredos internos da educação escolar, e então pareceu decidir-se contra isso.

— Bem, vamos ver — ela disse. — Devo dizer — acrescentou, como se reclamasse — que não é fácil achar boas e dedicadas assistentes hoje em dia. Você lhes dá bons salários e um bom treinamento e não recebe nem um "obrigado" de volta. A última que eu tive — aquela que acabei de dispensar —, a srta. Strong, não era tão ruim no que tangia ao ensino. De fato, ela tinha um diploma de bacharelado, e não sei o que alguém pode possuir melhor do que isso a não ser um mestrado. Você por acaso não tem um bacharelado ou mestrado, srta. Millborough?

— Não, infelizmente não tenho — disse Dorothy.

— Bem, é uma pena. Fica muito melhor no programa se você tem umas letras a mais na frente do nome. Muito bem! Talvez isso não importe. Suponho que a maioria dos pais de nossos alunos não saiba o que significa exatamente um bacharelado; e eles não estão muito dispostos a demonstrar sua ignorância. Suponho que fale francês, correto?

— Bem, eu estudei francês.

— Ah, está bem, então. Assim podemos acrescentar isso no programa. Bem, voltando ao que eu estava falando, a srta. Strong era uma boa professora, mas não correspondia ao que eu esperava quanto ao lado moral. Somos muito rígidas quanto à moralidade em Ringwood House. É o que mais conta para os pais, você mesma irá descobrir. E aquela anterior à srta. Strong, srta. Brewer... Bem, ela tinha o que eu chamo de natureza fraca. O que acontece é que, em uma manhã, uma garotinha se arrastou até a carteira dela com uma caixa de fósforos e colocou fogo na saia da srta. Brewer. É claro que eu não poderia mantê-la depois disso. Na verdade, livrei-me dela na mesma tarde. E não dei nenhuma referência, posso te garantir!

— A senhora está dizendo que expulsou a garota que fez isso? — disse Dorothy, perplexa.

— O quê? A garota? Nem pensar! Você não acha que vamos renunciar às mensalidades, acha? Eu quis dizer que me livrei da srta. Brewer, não da aluna. Não é bom ter professoras que deixam as alunas ficar atrevidas desse jeito. Temos 21 na sala neste momento, e você irá perceber que elas precisam de uma mão firme para mantê-las sob controle.

— A senhora mesma não leciona? — disse Dorothy.

— Não, querida, não! — disse a sra. Creevy, quase com desdém. — Eu tenho muito que fazer para perder meu tempo dando aula. Tem a casa para cuidar, e sete das crianças ficam para comer. Só tenho uma criada, que no momento vem diariamente. Além disso, obter as mensalidades dos pais consome todo o meu tempo. Afinal de contas, as mensalidades são o que importa, não?

— Sim. Suponho que sim — disse Dorothy.

— Bem, é melhor falarmos sobre seus ganhos — continuou a sra. Creevy. — Pelo semestre, você terá as refeições, a hospedagem e 10 xelins por semana; nas férias, serão apenas as refeições e a hospedagem. Você pode usar a caldeira na cozinha para lavar suas roupas, e eu acendo o gás para banhos quentes todas as noites de sábado, ou pelo menos a maioria das noites de sábado. Você não pode utilizar essa sala em que estamos agora, porque é minha recepção, e não quero que você desperdice o gás no seu quarto. Mas você pode usar a "sala matinal"[56] sempre que quiser.

---

[56] Em algumas casas grandes, a sala matinal *(morning room,* no original) é uma sala que recebe bastante luz solar pela manhã. (N. da T.)

— Obrigada — disse Dorothy.

— Bem, acho que isso é tudo. Espero que esteja pronta para ir para a cama. Você já jantou faz tempo, imagino.

Isso deixou bem claro que Dorothy não iria ter direito a comida alguma naquela noite, então ela respondeu "sim", o que não era verdade, e a conversa acabou. O estilo da sra. Creevy era sempre este: não deixava ninguém falando um instante sequer além do necessário. Sua conversa era muito definida, tão direta a ponto de não parecer uma conversa. Era, melhor dizendo, o esqueleto de uma conversa; como o diálogo em um romance mal escrito em que todos falam um pouco correto demais. Mas, de fato, no sentido estrito da palavra, ela não conversava; ela simplesmente dizia, de seu modo meio tirano, o que quer que fosse necessário dizer, e depois se livrava da pessoa o mais rápido possível. A sra. Creevy então mostrou a Dorothy a passagem para seu quarto e acendeu um bico de gás menor que uma ameixa, revelando um cômodo lúgubre, com uma estreita cama coberta com uma colcha branca, um mirrado guarda-roupas, uma cadeira e um suporte de lavatório, com uma pia de porcelana branca e um jarro. Parecia-se muito com os quartos de hospedarias à beira-mar, mas este não dispunha daquilo que lhes dava um ar caseiro e digno: uma passagem da *Bíblia* na parede acima da cama.

— Este é seu quarto — disse a sra. Creevy. — E eu só espero que você o mantenha um pouco mais arrumado do que a srta. Strong costumava mantê-lo. E não fique gastando gás até tarde da noite, por favor, porque eu consigo saber a hora em que você o desliga pelo estalar embaixo da porta.

Com essa saudação de despedida, deixou Dorothy sozinha. O quarto era sombriamente frio; de fato, a casa toda tinha um ar úmido, gelado, como se as lareiras raramente fossem acesas. Dorothy sentou-se na cama o mais rápido que pôde, sentindo ser o lugar mais quente. Em cima do armário, quando estava arrumando suas roupas, encontrou uma caixa de papelão que continha nada menos que nove garrafas de uísque vazias — relíquias, pressupôs, da fraqueza da srta. Strong no aspecto moral.

Às 8 horas, Dorothy desceu as escadas e encontrou a sra. Creevy pronta para o café da manhã, no que ela chamava de "sala matinal". Tratava-se de uma sala pequena ao lado da cozinha, e tinha, a princípio, servido de copa; mas a sra. Creevy a tinha convertido em "sala matinal" simplesmente removendo a pia e a caldeira para a cozinha. A mesa do café, coberta com um tecido de textura grosseira, era muito grande e proibitivamente desguarnecida. Do lado da sra. Creevy, havia uma bandeja com uma jarra de chá bastante pequena e duas xícaras, um prato com dois ovos fritos endurecidos e uma travessa de geleia; no meio, ao alcance de Dorothy, se ela se esticasse, havia um prato com pão e manteiga; e ao lado do prato dela — como se fosse a única coisa a que tivesse direito —, um galheteiro com alguma coisa seca e coagulada dentro dos vidros.

— Bom dia, srta. Millborough — disse a Sra. Creevy. — Hoje não importa, porque é o primeiro dia, mas lembre-se de que, nas próximas vezes, espero você aqui a tempo para me ajudar a preparar o café da manhã.

— Sinto muito — disse Dorothy.

— Espero que goste de ovos fritos no desjejum — prosseguiu a sra. Creevy.

Dorothy apressou-se em garantir que gostava muito de ovos fritos.

— Bem, isso é bom, porque você sempre terá de comer o mesmo que eu. Então, espero que não seja o que eu chamo de "enjoada" em relação à comida. Eu sempre penso —acrescentou, pegando o garfo e a faca — que um ovo frito tem gosto bem melhor se você o corta bem antes de comê-lo.

A sra. Creevy retalhou os dois ovos em finas fatias e depois os serviu de forma que Dorothy recebeu cerca de dois terços de um ovo. Com alguma dificuldade, Dorothy esticou sua porção de ovo de forma a render uma dúzia de garfadas e, então, quando pegou uma fatia de pão com manteiga, não conseguiu evitar uma olhadela de esperança para o prato de geleia. Mas a sra. Creevy estava sentada com seu magro braço esquerdo não exatamente envolvendo a geleia, mas em posição que a protegia do lado esquerdo, como se suspeitasse que Dorothy fosse atacá-la. A coragem abandonou Dorothy nessa manhã, e ela não comeu geleia — na verdade, nem durante muitas manhãs que se seguiram.

A sra. Creevy não falou de novo durante o café da manhã, mas então o som de pés na brita do lado de fora e de vozes agudas na sala de aula anunciaram que as alunas começavam a chegar. Entraram por uma porta lateral que era mantida aberta para elas. A sra. Creevy levantou-se da mesa e colocou as coisas do café na bandeja com estrondo. Tratava-se de uma daquelas mulheres que nunca conseguem mexer em nada sem fazer barulho; era cheia de batidas e estardalhaço, como um fenômeno sobrenatural. Dorothy carregou a bandeja para a cozinha e, quando voltou, a sra. Creevy havia tirado um caderno de uma gaveta da cômoda e o deixado aberto sobre a mesa.

— Olhe só para isso — ela disse. — Aqui está uma lista dos nomes das meninas que temos aqui. Espero que saiba todos eles até hoje à noite. — Molhou o polegar e virou três páginas. — Então, está vendo estas três listas aqui?

— Sim — disse Dorothy.

— Bem, você terá de saber estas três listas de cor e certificar-se de que sabe quais meninas estão em qual lista. Porque não quero que você ache que todas as garotas devam ser tratadas da mesma forma. Elas não são, absolutamente, iguais. Garotas diferentes, tratamentos diferentes. Esse é o meu sistema. Então, está vendo este grupo na primeira página?

— Sim — disse Dorothy novamente.

Os pais desse grupo são o que chamamos bons pagadores. Entende o que quero dizer? Eles são os que pagam em dinheiro, sem atraso, e sem nunca faltar um centavo. Nestas você não vai bater em hipótese alguma. Este outro grupo são os pagadores médios. Os pais de fato pagam, mais cedo ou mais tarde, mas só consigo isso ficando em cima deles noite e dia. Você pode bater nesse grupo se elas forem impertinentes, mas não deixe nenhuma marca que os pais possam ver. Se eu puder dar um conselho, a melhor coisa com as crianças é puxar as orelhas. Já experimentou isso?

— Não — disse Dorothy.

— Bem, acho que essa é a melhor das soluções. Não deixa marcas, e as crianças não suportam. Agora, estas três aqui são as más pagadoras. Os pais delas estão atrasados há dois semestres, e estou pensando em enviar uma carta pelo advogado. Não me importa o que você faça com elas. Bem, sem casos de polícia, naturalmente. Então, posso levá-la e apresentá-la às meninas? É melhor trazer o caderno com você, e fique de olho nele o tempo todo, para que não haja erros.

Elas adentraram a sala de aula. Era uma sala grande, com papel de parede cinza, que ficava ainda mais cinza com a iluminação esmaecida, pois os pesados arbustos de louro tampavam a janela do lado de fora, e nenhuma luz direta do sol penetrava no recinto. Havia uma carteira para a professora ao lado da lareira vazia, havia 12 pequenas carteiras duplas, um quadro-negro claro e, sobre a lareira, um relógio preto que parecia um mausoléu em miniatura; mas não havia mapas, fotos, nem mesmo, pelo que Dorothy podia ver, livros. Os únicos objetos na sala que poderiam ser chamados de ornamentais eram duas folhas de papel preto fixadas nas paredes, com dizeres escritos em giz em uma bela placa de cobre. Numa delas estava escrito "A fala é de prata. O silêncio é de ouro" e, na outra, "A pontualidade é a educação da princesa".

As meninas, 21 delas, já estavam sentadas em suas carteiras. Ficaram muito silenciosas ao ouvir passos se aproximando e, quando a sra. Creevy entrou, pareceram se encolher em seus lugares como filhotes de perdiz quando um falcão os está sobrevoando. A maioria eram crianças de olhar parado, letárgicas, com cara feia, e adenoides pareciam ser notavelmente comuns entre elas. A mais velha devia ter 15 anos, e a mais nova mal havia deixado de ser um bebê. A escola não tinha uniforme, e as roupas de uma ou duas crianças estavam praticamente esfarrapadas.

— Levantem-se, garotas — disse a sra. Creevy quando chegou à mesa da professora. — Vamos começar com a oração da manhã.

As garotas levantaram-se, apertaram as mãos na frente e fecharam os olhos. Repetiram a oração em uníssono, com vozes fracas como um assovio, com a sra. Creevy liderando, seus olhos expressivos mirando cada uma delas para ver se todas estavam participando.

— Pai eterno e todo-poderoso — elas sussurraram —, imploramos ao Senhor que nossos estudos no dia de hoje sejam agraciados por vossa direção divina. Fazei-nos ser quietas e obedientes; olhai por nossa escola e fazei-a prosperar, para que possa crescer em números e ser um bom exemplo na vizinhança, e não uma desgraça, como algumas escolas que vós conheceis, ó, Senhor. Fazei-nos, imploramos a vós, ó, senhor, esforçadas, pontuais e refinadas, e dignas de caminhar em vossos desígnios. Em nome de Jesus Cristo, nosso Senhor, amém.

Essa oração foi uma composição da própria sra. Creevy. Quando a terminaram, as garotas repetiram o pai-nosso e depois se sentaram.

— Agora, meninas — disse a sra. Creevy —, esta é a nova professora de vocês, srta. Millborough. Como sabem, a srta. Strong teve de nos deixar de repente, depois de não se sentir bem no meio da aula de aritmética, e posso dizer-lhes que tive uma semana muito dura procurando uma nova professora. Recebi 73 candidaturas antes de me decidir pela srta. Millborough, e tive de recusá-las todas, pois suas qualificações não eram boas o bastante. Apenas lembrem-se e digam a seus pais, todas vocês — 73 candidatas! Bem, a srta. Millborough irá ensinar a vocês latim, francês, história, geografia, matemática, literatura inglesa e redação, alfabeto, gramática, caligrafia e desenho livre; e o sr. Booth irá ensinar química, como de costume, nas tardes de quinta-feira. Então, qual a primeira aula no horário de vocês hoje de manhã?

— História, senhora — uma ou duas vozes sussurraram.

— Muito bem. Espero que a srta. Millborough comece perguntando a vocês algumas coisas sobre o que têm aprendido em história. Portanto, deem o seu melhor, todas vocês, e façam-na ver que todo o esforço que tivemos com vocês não foi em vão. Você verá que, quando elas tentam, conseguem ser meninas bastante perspicazes.

— Tenho certeza que sim — disse Dorothy.

— Bem, vou deixá-las, então. E vocês, meninas, comportem-se! Não façam com a srta. Millborough o mesmo que fizeram com a srta. Brewer, porque já aviso que ela não irá tolerar. Se eu ouvir qualquer barulho vindo desta sala, alguém estará em perigo.

A sra. Creevy deu uma olhada em volta, o que incluiu Dorothy — sugerindo assim que Dorothy poderia ser o "alguém" a quem ela se referiu — e saiu.

Dorothy encarou a sala. Não temia as meninas — estava bastante acostumada a lidar com crianças para temê-las —, mas sentiu uma náusea momentânea. A sensação de ser uma impostora (que professor já não sentiu isso alguma vez?) pesava sobre ela. De repente lhe ocorreu — algo de que tivera vaga consciência antes — que havia conseguido esse emprego claramente sob falsas alegações, sem ter nenhuma qualificação. A disciplina que deveria ensinar agora era história, e, como a maioria das pessoas "instruídas", Dorothy praticamente não conhecia nada de história. Que horrível seria, pensou, se acontecesse de essas garotas saberem mais história do que ela! E disse, com cautela:

— Que período exatamente estavam estudando com a srta. Strong?

Ninguém respondeu. Dorothy viu as meninas mais velhas trocando olhares, como se perguntassem uma à outra se seria seguro dizer alguma coisa, e, finalmente, decidindo não se comprometer.

— Bem, até onde chegaram? — disse, imaginando se talvez a palavra "período" seria demais para elas.

Novamente, não houve resposta.

— Bom, com certeza vocês se lembram de alguma coisa. Digam-me o nome de algumas pessoas sobre as quais vocês estavam estudando na sua última aula de história.

Mais olhares foram trocados, e uma garota muito modesta na primeira fila, vestindo um pulôver marrom e saia, com o cabelo dividido em dois apertados rabos de cavalo, observou vagamente: "Era sobre os antigos bretões". Em seguida, outras duas garotas tomaram coragem e responderam simultaneamente. Uma delas disse "Colombo" e a outra, "Napoleão".

De alguma forma, depois disso Dorothy percebeu mais claramente que caminho tomar. Era óbvio que, em vez de ser desconfortavelmente conhecedora, como ela temia, a turma sabia muito pouco ou nada de história. Com essa descoberta, seu medo de estreia evaporou. Compreendeu que, antes que pudesse fazer qualquer coisa com elas, era necessário descobrir o que já sabiam — se é que sabiam alguma coisa. Portanto, em vez de seguir a programação, Dorothy passou o resto da manhã fazendo perguntas à turma sobre cada disciplina; quando terminou com história (e levou cinco minutos para chegar ao fundo do que era o conhecimento histórico delas), testou-as com geografia, com gramática inglesa, com francês, com aritmética — com tudo o que, de fato, deveriam ter aprendido. Por volta de meio-dia, havia examinado, embora não explorado, o temível abismo de ignorância dessas meninas.

Pois elas não sabiam nada, absolutamente nada — nada, nada, nada, como os dadaístas. Era chocante que mesmo crianças pudessem ser tão ignorantes. Havia apenas duas meninas na sala que sabiam se a Terra girava ao redor do Sol ou se era o Sol que girava ao redor da Terra, e nenhuma soube dizer a Dorothy quem fora o último rei antes de George V, ou quem escreveu

George Orwell

Hamlet, ou o que significava fração, ou que oceano teria de ser cruzado para chegar aos Estados Unidos, Atlântico ou Pacífico. E as garotas maiores, de 15 anos, não eram muito melhores que as pequeninas de 8, exceto pelo fato de que as primeiras, pelo menos, podiam ler e escrever melhor. Esta era a única coisa que as mais velhas sabiam fazer: sabiam escrever habilmente. A sra. Creevy havia se encarregado disso. E, é claro, aqui e ali, no meio da ignorância delas, havia pequenas, desconexas ilhotas de conhecimento; por exemplo, alguns versos estranhos, de algumas "partes de poesia" que sabiam de cor, e algumas frases de livros de gramática francesa, tais como "Passez-moi le beurre, s'il vous plait" e "Le fils du jardinier a perdu son chapeau",[57] que pareciam ter aprendido apenas para repetir, como papagaios. Aritmética mostrava-se um pouco melhor que as outras disciplinas. A maioria das alunas sabia adicionar e subtrair, cerca de metade delas tinha alguma noção de multiplicação, e havia até mesmo três ou quatro que tinham se esforçado com a divisão. Mas esse era o limite máximo de seu conhecimento. Além disso, em qualquer direção, repousava a mais completa e impenetrável escuridão.

Elas também não estavam acostumadas a ser questionadas, o que tornava quase sempre difícil obter respostas. Estava claro que tudo o que sabiam haviam aprendido de uma maneira completamente mecânica, e apenas conseguiam ficar embasbacadas em um tipo de aborrecida perplexidade quando eram solicitadas a pensar por si mesmas. No entanto, não pareciam ter má vontade e, evidentemente, tinham decidido ser "boas" — as crianças sempre são "boas" com uma nova professora. Dorothy persistiu, e passo a passo as meninas ficaram, ou pareceram ficar, um pouco menos indolentes. Ela começou a formar, a partir de algumas respostas dadas, uma clara noção do tipo de regime sob o qual estiveram com a srta. Strong.

Parecia que, embora, teoricamente, elas tivessem aprendido todas as matérias escolares comuns, as únicas que haviam sido seriamente ensinadas eram caligrafia e aritmética. E, além disso, elas tinham gastado boa parte do tempo — uma ou duas horas todo dia, pareceu a Dorothy — esforçando-se em uma rotina extenuante de "cópias". Isso consistia em copiar coisas do

---

[57] Francês: "Poderia passar a manteiga, por favor?" "O filho do jardineiro perdeu seu chapéu". (N. da T.)

livro-texto ou da lousa. A srta. Strong escrevia, por exemplo, alguns pequenos e empolados "ensaios" (havia um ensaio chamado "Primavera" que aparecia nos livros de todas as meninas mais velhas e que começava assim: "Então, quando o juvenil mês de abril está passeando pela terra, quando os pássaros estão cantando alegremente nos galhos e as flores delicadas explodindo nos botões" etc. etc.), e as meninas tinham de fazer cópias deles em seus cadernos; os pais, a quem os cadernos de cópias eram enviados de tempos em tempos, sem dúvida ficavam bastante impressionados. Dorothy começou a compreender que tudo o que havia sido ensinado direcionava-se aos pais. Daí as "cópias", a insistência na caligrafia e a repetição de frases prontas em francês; uma forma fácil e barata de causar boa impressão nos pais. Enquanto isso, as menorzinhas, no fundo da classe, mal conseguiam ler e escrever, e uma delas — chamava-se Mavis Williams, tinha 11 anos e uma aparência sinistra, com os olhos muito distantes um do outro — não sabia nem contar. Essa criança parecia não ter feito nada durante todo o último semestre e meio exceto escrever garranchos. Tinha uma pilha de cadernos preenchidos por garranchos — página atrás de página de garranchos, dando voltas como as raízes do mangue em algum pântano tropical.

Dorothy tentou não ferir os sentimentos das meninas ao tratar da ignorância delas, mas, em seu coração, estava chocada e horrorizada. A jovem não sabia que escolas desse tipo ainda existiam no mundo civilizado. Toda a atmosfera do local era muito antiquada — tão reminiscente daquelas tristes, pequenas escolas particulares sobre as quais se liam nos romances vitorianos. Quanto aos novos livros-textos que a turma possuía, mal se podia olhar para eles sem se sentir de volta ao meio do século XIX. Havia apenas três livros-textos dos quais cada aluna tinha uma cópia. Um deles era um guia barato de aritmética, datado de antes da Primeira Guerra, mas ainda muito útil, e outro, um horrível livrinho chamado *A História da Grã-Bretanha em Cem Páginas* — um terrível livro com uma capa arenosa, marrom, cujo frontispício trazia um retrato de Boadiceia[58] com a bandeira do Reino Unido decorando a frente de sua carruagem. Dorothy abriu o livro aleatoriamente, na página 91, e leu:

---

58 Rainha celta do primeiro século a.C. que liderou tribos contra as forças romanas que ocuparam a Grã-Bretanha. (N. da T.)

"Depois que a Revolução Francesa acabou, o suposto imperador Napoleão Bonaparte tentou estabelecer seu poder, mas, embora ele tenha tido algumas vitórias contra tropas continentais, logo descobriu que na 'fina linha vermelha' encontrou um oponente de mesma força. Conclusões foram postas à prova no campo de Waterloo, onde 50 mil britânicos botaram para correr 70 mil franceses — pois os prussianos, nossos aliados, chegaram tarde demais para a batalha. Com uma badalada alegria britânica, nossos homens atacaram na colina, e o inimigo sucumbiu e fugiu. Agora chegamos à Lei da Reforma de 1832, a primeira daquelas reformas beneficentes que tornaram a liberdade britânica o que ela é e nos separaram das nações menos afortunadas." [etc. etc.]

A publicação datava de 1888. Dorothy, que nunca vira um livro de história desse tipo, examinou-o com um sentimento de horror iminente. Havia também um pequeno extraordinário livro de leitura, datado de 1863. Consistia, na maior parte, de trechos de Fenimore Cooper, Dr. Watts e Lord Tennyson, e no final havia as mais estranhas e pequenas "Observações da Natureza", com ilustrações em xilogravura. Havia uma xilogravura de um elefante e, abaixo, em letras pequenas: "O elefante é um animal sagaz. Ele regozija-se nas sombras das palmeiras e, embora tenha a força de seis cavalos, permite que uma criança o conduza. Ele se alimenta de bananas". E o mesmo tipo de imagem e texto sobre a baleia, a zebra, o porco-espinho e a girafa. Também havia, na mesa da professora, uma cópia de *Lindo Joe*, um livro lastimável chamado *Uma Espiada em Terras Distantes* e outro de frases em francês, datado de 1891. O nome era *Tudo o que Você Precisa em Sua Viagem a Paris*, e a primeira frase que aparecia era "Amarre meu espartilho, mas não tão apertado". Na sala toda não havia nada parecido com um atlas ou um kit de instrumentos geométricos.

Às 11 horas, havia um intervalo de dez minutos, e algumas das meninas brincavam de coisas entediantes, como jogo da velha, ou discutiam sobre estojos, e outras haviam superado sua timidez inicial, aglomeravam-se em torno da mesa de Dorothy e conversavam. Contaram um pouco mais sobre a srta. Strong e seus métodos de ensino, e como ela costumava puxar suas orelhas quando borravam os cadernos de cópias. A impressão que se tinha era que a srta. Strong fora uma professora bastante rígida, exceto quando "não se sentia bem" na aula, o que acontecia cerca de duas vezes por semana. E, quando se sentia mal, costumava tomar um remédio de uma garrafinha marrom e, depois de tomá-lo, ficava bastante alegre por um tempo e falava sobre seu irmão no Canadá. Mas em seu último dia — quando ela passou mal na aula de aritmética — o remédio pareceu deixá-la pior do que nunca, pois, assim que o tomou e deu sinais de desmaio, logo caindo sobre a carteira, a sra. Creevy teve de carregá-la para fora da sala.

Depois do intervalo, houve outro período de 45 minutos, e então as aulas da manhã terminaram. Dorothy sentiu-se tensa e cansada depois de três horas na sala gelada, porém abafada, e desejou sair para respirar um pouco de ar puro. Mas a sra. Creevy lhe havia dito de antemão que ela deveria ajudar no preparo do almoço. A maioria das garotas que moravam perto da escola ia almoçar em casa, mas sete delas o faziam na "sala matinal", à taxa de 10 centavos por refeição. Tratava-se de uma refeição desconfortável e passada em quase total silêncio, pois as garotas tinham medo de conversar debaixo dos olhos da sra. Creevy. A comida era um cozido de carne de carneiro, e a sra. Creevy demonstrou extraordinária destreza ao servir os pedaços mais magros para as "boas pagadoras" e os mais gordurosos para as "pagadoras médias". Quanto às três "más pagadoras", estas comiam um vergonhoso sanduíche na sala de aula.

As aulas começaram de novo às 2 da tarde. Dorothy voltou a seu trabalho, após uma única manhã como professora, com uma apreensão e um medo secretos. Começou a perceber como sua vida seria dia após dia, semana pós semana, naquela sala sem luz natural, tentando passar conhecimentos básicos para pirralhas de má vontade. Mas, quando reuniu as garotas e chamou seus nomes, uma delas, uma criança implicante de cabelos castanhos, chamada Laura Firth, foi até sua mesa e a presenteou com um patético buquê de crisântemos amarelo-amarronzados, "de todas nós". As garotas haviam se afeiçoado a Dorothy e tinham juntado 4 centavos para comprar-lhe um buquê de flores.

Algo mexeu com seu coração quando Dorothy pegou as feias flores. Olhou de forma mais carinhosa para aquelas crianças, com rostos anêmicos e roupas esfarrapadas, e, mais que de repente, ficou horrivelmente envergonhada de ainda pela manhã tê-las olhado com indiferença, quase com desgosto. Agora, uma pena profunda apossou-se dela. Essas pobres crianças, essas pobres crianças! Como foram prejudicadas e maltratadas! E, mesmo com tudo isso, mantiveram sua doçura infantil, que as fez gastar seus poucos centavos em flores para a professora.

    Daquele momento em diante, Dorothy passou a ter uma atitude diferente em relação ao trabalho. Um sentimento de lealdade e afeição havia brotado em seu coração. Essa escola era dela; iria trabalhar por ela e dela ter orgulho, e fazer todo o esforço para transformá-la de um local de servidão para um lugar humano e digno. Provavelmente, o que poderia fazer representava muito pouco. Tinha tão pouca experiência e era tão inapta para o trabalho que deveria primeiro estudar para depois ensinar alguém. Ainda assim, faria seu melhor; faria qualquer coisa que sua força de vontade e sua energia permitissem para resgatar essas crianças da horrível escuridão em que foram mantidas.

3

Durante as semanas seguintes, houve duas coisas que ocuparam Dorothy, em detrimento das outras. Uma era colocar a turma em alguma espécie de ordem; a outra, estabelecer um pacto com a sra. Creevy.

De longe, a segunda parecia a mais difícil. A casa da sra. Creevy era um lugar infame para viver, como se pode imaginar. Sempre estava mais ou menos frio, não havia uma cadeira confortável em toda a casa, e a comida era nojenta. Lecionar é um trabalho mais difícil do que parece, e um professor precisa de comida para ficar em pé. Era terrivelmente desalentador ter de trabalhar com uma dieta à base de cozido de carneiro sem gosto, batatas cozidas cheias de olhinhos pretos, mingaus de arroz aguados, pão e raspas, e chá fraco — e sempre em quantidades insuficientes. A sra. Creevy, avarenta o bastante a ponto de ter prazer em economizar na própria comida, comia o mesmo que Dorothy, mas sempre ficava com a porção maior. Todo dia, no café da manhã, cortava os dois ovos fritos em tiras e dividia-os de maneira desigual, e o prato de geleia permanecia para sempre sacrossanto. Dorothy ficou mais e mais faminta conforme o semestre avançava. Nas duas noites da semana em que conseguia sair, mergulhava em suas minguantes reservas de dinheiro e comprava lascas de chocolate puro, que comia em mais profundo segredo — pois a sra. Creevy, por mais que deixasse Dorothy passar fome mais ou menos intencionalmente, ficaria mortalmente ofendida se soubesse que ela comprava comida para si mesma.

A pior coisa sobre a situação de Dorothy era não ter nenhuma privacidade e dispôr de pouquíssimo tempo que pudesse chamar de seu. Assim que as aulas do dia terminavam, encontrava seu único refúgio na "sala matinal", onde ficava sob os olhos da sra. Creevy, e o mote principal da sra. Creevy era que Dorothy não fosse deixada em paz nem por dez minutos. Ela colocou na cabeça, ou fingiu ter colocado, que Dorothy era uma pessoa preguiçosa que precisava sempre ser mantida ocupada. Então, dizia sempre assim: "Bem, srta. Millborough, você não parece ter muita coisa para fazer nesta noite, não é? Não tem livros de exercícios para corrigir? Por que não pega sua agulha e costura um pouco? Tenho certeza de que eu não suportaria me sentar na cadeira e não fazer nada como você faz!". A sra. Creevy ficava eternamente procurando trabalhos domésticos para Dorothy, até mesmo esfregar o chão da sala de aula aos sábados de manhã, quando as garotas não vinham à escola; mas isso ela fazia totalmente por maldade, pois não confiava em Dorothy o bastante para realizar esse trabalho, e geralmente o fazia de novo depois que a jovem acabava. Uma noite, Dorothy foi ingênua o suficiente para trazer um romance da biblioteca pública. A sra. Creevy se enfureceu ao vê-lo.

— Olhe, francamente, srta. Millborough! Eu não pensei que você tivesse tempo de ler! — disse, com amargura. Ela mesma nunca havia lido um livro inteiro em sua vida e tinha orgulho disso.

Além do mais, mesmo quando Dorothy não estava literalmente sob seu olhar, a sra. Creevy tinha meios de fazer sua presença ser sentida. Estava sempre rondando os arredores da sala de aula, de forma que Dorothy nunca se sentia livre de sua intromissão; e quando achava que havia muito barulho, costumava bater na parede com o cabo da vassoura, de um modo que fazia as crianças pular e se desconcentrar das atividades. Em todas as horas do dia, ficava inquieta e ruidosamente ativa. Quando não estava cozinhando as refeições, mexia com vassouras e espanadores, ou irritava a faxineira, ou rodeava a sala de aula para "dar uma olhada", na esperança de pegar Dorothy ou as crianças fazendo algo errado, ou "cuidava um pouco do jardim" — isto é, mutilava com uma tesoura os pobres arbustos que cresciam em meio ao cascalho no jardim dos fundos. Em apenas duas noites da semana Dorothy ficava livre dela, e isso acontecia quando a sra. Creevy realizava incursões para "ir atrás das meninas"; isso significava angariar possíveis pais. Essas noites Dorothy passava na biblioteca pública, pois, quando a sra. Creevy não estava em casa, esperava que Dorothy ficasse fora, para economizar lareira e bico de gás. Nas outras noites, a sra. Creevy se ocupava escrevendo cartas de cobrança para os pais, ou cartas para o editor do jornal local, pechinchando no preço de uma dúzia de anúncios; ou então passando pelas carteiras das alunas, para ver se seus livros de exercícios haviam sido corrigidos apropriadamente, ou "costurando um pouco". Sempre que lhe faltasse ocupação, mesmo que por cinco minutos, saía de sua sala de trabalho e costurava um pouco — geralmente pregando de novo calções de linho branco grosseiro, que ela possuía aos montes. Eram as vestimentas mais frígidas que alguém poderia imaginar: pareciam dar, como nenhuma touca de freira ou cilício de anacoreta, a impressão de uma gélida, horrível castidade. Só de olhar, imaginava-se se o finado sr. Creevy, de fato, um dia existira.

Olhando de fora para o estilo de vida da sra. Creevy, poderia-se dizer que ela não tinha nenhum prazer. Não fazia nenhuma das coisas com que as pessoas costumam se divertir — nunca ia ao cinema, nunca lia um livro, nunca comia doces, nunca cozinhava um prato especial para o jantar nem se vestia de forma sofisticada. A vida social não significava absolutamente nada para a sra. Creevy. Não tinha amigos e era incapaz de imaginar algo como amizade; raramente trocava uma palavra com um conhecido que não fosse referente a trabalho. Não apresentava o menor vestígio de crença religiosa. Sua atitude diante da religião, embora frequentasse a capela batista todos os domingos, para impressionar os pais com sua devoção, era de um mesquinho anticlericalismo, fundado na noção de que o clero "só está atrás do seu dinheiro". Parecia ser uma criatura completamente desprovida de alegria, completamente submergida na monotonia de sua existência. Mas, na realidade, não era bem assim. Havia algumas coisas das quais ela extraía um prazer extremo e inesgotável.

Havia, por exemplo, sua avareza em relação ao dinheiro. Tratava-se do principal interesse de sua vida. Existem dois tipos de pessoas avarentas — o tipo ousado, ganancioso, que arruinaria você se pudesse, mas que nunca olha duas vezes para 2 centavos; e o pequeno avarento, que não tem, de fato, a iniciativa para fazer dinheiro, porém, como diz o ditado, tiraria uma moeda de um monte de estrume com os dentes. A sra. Creevy pertencia ao segundo tipo. Por meio de incessante busca e atrevido blefe, havia conseguido fazer com que sua escola chegasse a 21 alunas, mas nunca chegaria a muito mais que isso, porque era mesquinha demais para gastar dinheiro com equipamentos necessários e pagar um salário adequado a sua assistente. As mensalidades que as meninas pagavam, ou não pagavam, eram de 5 guinéus por semestre, com algumas taxas extras — de forma que, mesmo a sra. Creevy fazendo sua assistente suar e passar fome como fazia, mal dava para lucrar mais que 150 libras por ano. Mas a avarenta estava bem satisfeita com isso. Para ela, significava mais poupar 6 centavos do que ganhar 1 libra. Contanto que pudesse deduzir uma batata da refeição de Dorothy, comprar os livros de exercícios por meio centavo a menos ou enfiar meio guinéu não autorizado na conta das "boas pagadoras", ela estava feliz à sua maneira.

E, novamente, por pura e simples maldade — em pequenos atos de crueldade, mesmo quando não havia nada a ganhar com eles —, a sra. Creevy tinha um hobby do qual nunca se cansava. Era aquele tipo de pessoa que experimentava uma espécie de orgasmo espiritual quando conseguia fazer mal a alguém. Sua rixa com o vizinho, o sr. Boulger — uma questão que tinha apenas um lado, pois o pobre sr. Boulger não se mostrava tão bom de briga como a sra. Creevy —, era conduzida impiedosamente, sem nenhum centavo perdido ou ganho. Tão entusiasmado era o prazer da sra. Creevy em humilhar o sr. Boulger que ocasionalmente ela até se dispunha a gastar dinheiro com isso. Um ano antes, o sr. Boulger havia escrito ao senhorio (ambos estavam sempre escrevendo ao senhorio, reclamando um do comportamento do outro) para dizer que a chaminé da cozinha da sra. Creevy soltava fumaça em suas janelas do fundo e pedir que ela fosse erguida em meio metro. No exato dia em que a carta do senhorio chegou até ela, a sra. Creevy chamou os pedreiros e baixou a chaminé em meio metro. Isso lhe custou 30 xelins, mas valeu a pena. Depois disso, houve a grande campanha de guerrilha de jogar coisas por cima do muro do jardim durante a noite, e a sra. Creevy finalmente venceu, com um cesto de lixo cheio de cinzas jogado no canteiro de tulipas do sr. Boulger. Aconteceu que a sra. Creevy venceu uma batalha engenhosa e desumana logo após a chegada de Dorothy. Tendo descoberto, por acaso, que as raízes do pé de ameixa do sr. Boulger tinham crescido sob o muro para o lado de seu jardim, ela prontamente aplicou-lhes uma lata inteira de herbicida, matando a árvore. Essa ficou marcada como a única ocasião em que Dorothy ouviu a sra. Creevy rir.

Mas Dorothy estava ocupada demais, no começo, para prestar muita atenção à sra. Creevy e a suas sórdidas características. Estava bastante claro que a sra. Creevy era uma mulher odiosa e que sua própria posição era de quase escrava. Mas isso não a preocupava muito. Seu trabalho a absorvia e era importante demais. Em comparação, seu próprio conforto e mesmo seu futuro mal pareciam importar.

Não levou mais que dois dias para que Dorothy colocasse a turma em ordem. Era curioso, pois, embora não tivesse nenhuma experiência lecionando e nenhuma teoria preconcebida sobre isso, ainda assim, desde o primeiro dia, como por instinto, ela se viu reorganizando, esquematizando, inovando. Havia muita coisa implorando para ser feita. A primeira, obviamente, era livrar-se da aterradora rotina de "cópias", e, depois do segundo dia de Dorothy, não foram mais feitas "cópias" em aula, apesar de um ou outro resmungo da sra. Creevy. As aulas de caligrafia, do mesmo jeito, foram reduzidas. Dorothy teria preferido exterminar as aulas de caligrafia de uma vez, pelo menos para as garotas mais velhas — parecia-lhe ridículo que meninas de 15 anos perdessem tempo praticando a escrita —, mas a sra. Creevy não podia nem ouvir falar nisso. Ela havia atribuído uma espécie de valor supersticioso às aulas de caligrafia. E a questão seguinte, é claro, era descartar o repulsivo *A História da Grã-Bretanha em Cem Páginas* e os inaceitáveis "livros de leitura". Teria sido mais que inútil pedir à sra. Creevy que comprasse novos livros para as crianças, mas, em sua primeira tarde de sábado, Dorothy implorou permissão para ir a Londres, que foi concedida com relutância, e gastou 2 libras e 3 xelins de suas preciosas 4 libras em uma dúzia de cópias de segunda mão de uma edição escolar barata de livros de Shakespeare, um grande atlas de segunda mão, alguns volumes das histórias de Hans Andersen para crianças pequenas, um kit de instrumentos geométricos e 2 libras em massa de modelar. Com esses itens, e livros de história da biblioteca pública, sentiu que poderia começar.

Dorothy havia percebido imediatamente que o que as crianças mais precisavam, e que nunca haviam tido, era atenção individual. Então, começou por dividi-las em grupos, em três turmas separadas, arranjando as coisas de forma que dois grupos pudessem trabalhar sozinhos enquanto ela "explorava" alguma coisa com o terceiro. Foi difícil no começo, especialmente com as menores, cuja atenção vagava assim que eram deixadas sozinhas, de forma que nunca se podia tirar os olhos delas. E, ainda assim, quão maravilhosamente, quão inesperadamente, quase todas elas melhoraram durante aquelas primeiras semanas! A maioria não era realmente estúpida, apenas aturdida por um ritual monótono e mecânico. Por uma semana, talvez, continuou sendo impossível ensinar-lhes; e, então, um tanto repentinamente, suas pequenas mentes distorcidas pareceram emergir e expandir com desejo de conhecimento, como margaridas desabrochando.

Com bastante rapidez e facilidade, Dorothy incutiu nelas o hábito de pensar por si próprias. Fez com que escrevessem ensaios de suas próprias ideias em vez de copiar bobagens sobre pássaros cantando nos galhos e florezinhas desabrochando em botões. Atacou a aritmética desde as bases, iniciou as meninas na multiplicação e conduziu as mais velhas por divisões mais complexas e frações; conseguiu até levar três delas ao ponto de falar sobre decimais. Ensinou-as os primeiros rudimentos da gramática francesa no lugar de "Passez-moi le beurre, s'il vous plait" e "Le fils du jardinier a perdu son chapeau". Após descobrir que nenhuma menina na sala sabia o formato dos países (embora algumas delas soubessem que Quito era a capital do Equador), ela as fez desenhar, com massa de modelar sobre um pedaço de madeira de três camadas, um enorme mapa europeu em relevo, copiando-o em escala a partir do atlas. As crianças adoraram fazer o mapa; ficavam sempre pedindo para continuar com essa atividade. E Dorothy iniciou a turma toda, exceto as três menores e Mavis Williams, a especialista em garranchos, a ler *Macbeth*.[59] Nenhuma delas havia lido nada, nem uma vez sequer, por livre e espontânea vontade, exceto talvez o *Girl's Own Paper*, mas logo gostaram de Shakespeare, como todas as crianças gostam quando ele não é mostrado como algo horrível, por meio de investigação e análise.

História era a coisa mais complicada de ensinar. Dorothy não havia compreendido, até então, como é difícil, para crianças que vêm de lares pobres, conceber o que a história significa. Toda pessoa de classe alta, por mais mal informada que seja, cresce com alguma noção de história; consegue visualizar um centurião romano, um cavaleiro medieval, um nobre do século XVIII; os termos Antiguidade, Idade Média, Renascença e Revolução Industrial evocam algum significado, mesmo que confuso, em sua mente. Mas aquelas crianças vinham de lares sem livros e tinham pais que ririam da ideia de que o passado tem alguma influência no presente. Nunca tinham

---

[59] *Macbeth*, escrita entre 1603 e 1607 e primeiramente encenada em 1611, é considerada uma das quatro grandes tragédias de William Shakespeare (1564 – 1616) juntamente com *Hamlet*, *Rei Lear* e *Otelo*. (N. da T.)

A Filha do Reverendo

ouvido falar de Robin Hood, nunca tinham brincado de ser cavaleiros e cabeças-redondas, nunca tinham imaginado quem construíra as igrejas inglesas nem o que significa "Fid. Def." na moeda de 1 centavo.[60] Havia apenas dois personagens históricos de que todas elas, quase sem exceção, tinham ouvido falar: Colombo e Napoleão. Deus sabe por quê — talvez Colombo e Napoleão aparecessem nos jornais com um pouco mais de frequência do que a maioria dos personagens históricos; eles parecem ter se enfurnado na mente das crianças, como Tweedledum e Tweedledee,[61] até terem bloqueado tudo o que vinha do passado. Questionada sobre quando os carros a motor tinham sido inventados, uma menina de 10 anos arriscou, com insegurança: "Uns mil anos atrás, por Colombo".

Algumas das garotas mais velhas, Dorothy descobriu, tinham lido toda *A História da Grã-Bretanha em Cem Páginas* quatro vezes, de Boadiceia ao primeiro Jubileu, e esquecido praticamente todas as palavras lidas. Não que importasse muito, pois a maior parte daquilo era mentira. Ela introduziu de novo à turma toda a invasão de Júlio César e, em um primeiro momento, tentou pegar livros de história da biblioteca pública e lê-los em voz alta para as alunas; mas esse método falhou, pois as meninas não conseguiam entender nada que não fosse explicado em palavras de uma ou duas sílabas. Então, fez o que pôde com suas próprias palavras e seu conhecimento inadequado, criando um tipo de paráfrase do que lia para as crianças, empenhando-se o tempo todo em inserir em suas mentes opacas alguma imagem do passado e, o que era sempre mais difícil, algum interesse por ele. Mas, um dia, teve uma brilhante ideia. Comprou um rolo barato de papel de parede liso em uma loja de estofados e pôs as crianças para fazer um gráfico histórico. Elas marcaram o rolo em séculos e anos e colaram nos locais apropriados pedaços de papel que recortaram de jornais ilustrados — figuras de cavaleiros em armaduras e galeões espanhóis e impressoras gráficas e trens. Pregado nas paredes da sala, o gráfico apresentava, conforme os recortes cresciam em quantidade, um tipo de panorama da história inglesa. As crianças até gostaram mais do gráfico que do mapa em relevo. Sempre demonstravam maior inteligência,

---

60 Abreviação da frase em latim *Fidei Defensor*, que significa "defensor da fé". (N. da T.)
61 São personagens fictícios de Lewis Carroll no livro *Alice Através do Espelho*. (N. da T.)

Dorothy descobriu, quando a atividade envolvia criar alguma coisa, mais que simplesmente aprender. Falaram, inclusive, de fazer um mapa do mundo, de 1 metro e meio por 1 metro e meio, de papel machê, se Dorothy conseguisse "convencer" a sra. Creevy a permitir que preparassem o papel machê — um processo bagunçado, que requeria baldes de água.

A sra. Creevy observava as inovações de Dorothy com certa inveja, mas a princípio não interferiu diretamente. Ela não iria demonstrar, é claro, mas estava secretamente espantada e encantada em descobrir que havia conseguido uma assistente que, de fato, se mostrava disposta a trabalhar. Quando viu Dorothy gastando o próprio dinheiro em livros-textos para as crianças, teve a mesma sensação deliciosa que teria tido se houvesse realizado um embuste bem-sucedido. No entanto, fungava e resmungava para tudo o que Dorothy fazia, e perdia bastante tempo insistindo no que chamava de "correção completa" dos livros de exercícios das meninas. Mas seu sistema de correção, como tudo mais no currículo da escola, era feito de olho nos pais. Periodicamente, as crianças levavam os cadernos para casa, para que os pais os conferissem, e a sra. Creevy não permitia nada depreciativo escrito neles. Nada deveria ser avaliado como "ruim", ou riscado ou sublinhado muito forte; ao contrário, durante as noites, Dorothy decorava os cadernos, sob o ditado da sra. Creevy, com comentários mais ou menos lisonjeiros em caneta vermelha. "Um desempenho louvável" e "Excelente! Você está fazendo grandes avanços. Continue assim!" eram os favoritos da sra. Creevy. Aparentemente, todas as crianças na escola estavam eternamente "fazendo grandes avanços"; em que direção elas avançavam não foi mencionado. Os pais, no entanto, pareciam dispostos a engolir uma quantidade quase ilimitada desse tipo de coisa.

Houve momentos, é claro, em que Dorothy teve problemas com as garotas. O fato de que tinham idades diferentes tornava difícil lidar com todas da mesma maneira, e, embora elas gostassem de Dorothy e tivessem sido muito "boazinhas" no início, não seriam crianças se tivessem sido sempre "boazinhas". Às vezes eram preguiçosas, e às vezes sucumbiam ao mais condenável vício de alunas — risadinhas. Nos primeiros dias, Dorothy exercitou-se bastante com a pequena Mavis Williams, que era mais idiota do que se acreditaria que uma criança de 11 anos pudesse ser. Dorothy não conseguia fazer quase nada com ela. À primeira tentativa para que escrevesse algo além dos garranchos, uma vazia expressão subumana tomava seus olhos arregalados. Às vezes, no entanto, Mavis tinha arroubos de comunicação nos quais fazias as perguntas mais difíceis de responder. Por exemplo, costumava abrir seu "livro de leitura", encontrar uma das ilustrações — o sagaz elefante, talvez — e perguntar a Dorothy:

— Por favor, senhorita, *qué* isso *qui*? (Ela pronunciava as palavras de uma maneira curiosa.)

— É um elefante, Mavis.

— *Qué* elefante?

— Um elefante é um tipo de animal selvagem.

— *Qué* animal?

— Bem, um cachorro é um animal.

— *Qué* cachorro?

E assim por diante, quase indefinidamente. Por volta do meio da quarta manhã, Mavis ergueu a mão e disse, com uma educação tão dissimulada que Dorothy ficou alerta:

— Por favor, senhorita, me dá licença um instante?

— Sim — disse Dorothy.

Uma das meninas maiores levantou a mão, corou e abaixou a mão novamente, como se estivesse muito tímida para falar. Depois de ser instigada por Dorothy, falou, com vergonha:

— Então, senhorita, a srta. Strong não costumava dar permissão para Mavis ir ao banheiro sozinha. Ela se tranca e não consegue sair, e depois a sra. Creevy fica nervosa, senhorita.

Dorothy mandou uma menina atrás dela, mas era tarde demais. Mavis lá permaneceu, *in latebra pudenda*,[62] até o meio-dia. Mais tarde, a sra. Creevy explicou a Dorothy que Mavis era uma imbecil congênita — ou, como ela dizia, "não batia bem da cabeça". Seria completamente impossível

---

62 Latim: "genitais escondidos". (N. da T.)

ensinar-lhe alguma coisa. A sra. Creevy, é claro, não "passou isso" para os pais, que acreditavam que sua filha estava apenas um pouco "atrasada" e pagavam as mensalidades normalmente. Era bastante fácil lidar com Mavis. Bastava dar a ela um livro e um lápis e dizer-lhe para desenhar figuras e ficar quieta. Mas Mavis, uma criança de hábitos, não desenhava nada além de garranchos, festões de garanchos, com a língua pensa para fora da boca.

Apesar dessas pequenas dificuldades, como as coisas correram bem naquelas primeiras semanas! Sinistramente bem, de fato! Por volta de 10 de novembro, depois de muito reclamar do preço do carvão, a sra. Creevy começou a permitir que o fogo fosse aceso na sala de aula. A inteligência das crianças brilhou depois que a sala foi dignamente aquecida. E havia momentos felizes, às vezes, quando o fogo estalava na lareira, e a sra. Creevy não estava em casa, e as crianças estavam trabalhando quietas e absortas em suas lições favoritas. As melhores aulas eram aquelas em que se lia *Macbeth*, as garotas falando sem fôlego entre uma cena e outra, e Dorothy pegando no pé delas para que pronunciassem as palavras corretamente e dissessem quem era o noivo de Bellona e como as bruxas andavam em vassouras; e as meninas querendo saber, com bastante entusiasmo, como se fosse uma história de detetive, como Birnam Wood pôde vir para Dunsinane e Macbeth ser morto por um homem que não nasceu de uma mulher. Esses são os momentos que fazem lecionar valer a pena — os momentos em que o entusiasmo das crianças dá saltos, como uma chama, para encontrar os seus, e repentinos e inesperados brilhos de inteligência compensam o prévio trabalho duro. Nenhum outro trabalho é mais fascinante do que lecionar, se você tem liberdade para fazê-lo. Dorothy ainda não sabia que aquele "se" é um dos maiores "ses" do mundo.

Seu trabalho mostrava-se adequado e ela estava feliz com ele. Conhecia a mente das crianças intimamente nesse ponto, conhecia as peculiaridades individuais e os estímulos especiais necessários para fazê-las pensar. Gostava delas, interessava-se por seu desenvolvimento, estava mais ansiosa para dar o seu melhor do que pensou ser possível pouco tempo antes. O trabalho complexo e sem fim de lecionar preenchia sua vida, assim como as atividades da paróquia a tinham preenchido em casa. Dorothy pensava nas aulas e sonhava com elas; retirava livros da biblioteca pública e estudava teorias da educação. Sentia que tinha vontade de continuar lecionando por toda a vida, mesmo a 10 xelins por semana mais a hospedagem, se pudesse sempre ser assim. Era sua vocação, pensou.

Praticamente qualquer emprego que a ocupasse por completo teria sido um alívio depois da futilidade horrível da época de sua indigência. Mas isso era mais que um simples emprego; era — assim lhe parecia — uma missão, um propósito de vida. Tentar despertar a mente sem vida dessas crianças, tentar desfazer a fraude que foi trabalhada em cima delas em nome da educação — a isso, com certeza, Dorothy poderia se entregar de corpo e alma. Então, por enquanto, por estar interessada no trabalho, desconsiderava o caráter abominável de morar na casa da sra. Creevy — e quase se esqueceu de sua situação, estranha e anômala, e da indefinição de seu futuro.

4

Mas, é claro, isso não poderia durar.

Não se passaram muitas semanas até que os pais começassem a interferir no programa de trabalho de Dorothy. Isso — problema com os pais — é parte de uma rotina de vida regular em uma escola particular. Todos os pais são cansativos do ponto de vista de um professor, e os pais de crianças de escolas privadas de quarta categoria são totalmente impossíveis. Por um lado, eles têm apenas uma vaga ideia do que significa educação; por outro, olham para "ensino" exatamente como olham para a conta do açougue ou da quitanda e sempre suspeitam que estão sendo enganados. Bombardeiam a professora com bilhetes mal escritos, fazendo exigências impossíveis, que enviam pelas crianças e que elas leem no caminho para a escola. No fim da primeira quinzena, Mabel Briggs, uma das meninas mais promissoras na sala, trouxe para Dorothy o seguinte bilhete:

Prezada senhorita, poderia, por favor, dar uma pouco mais de aritmética para a Mabel? Sinto que o que a senhorita está dando a ela não é muito 'pártico'. Todos esses mapas e essa coisa toda. Ela quer coisa 'pártica', não esses negócios elaborados. Portanto, mais aritmética, por favor.

Atenciosamente, Geo. Briggs

P.S.: A Mabel contou da sua conversa de passar pra ela algo chamado decimais. Eu não quero que ela aprenda decimais, quero que ela aprenda aritmética.

Então Dorothy pausou a geografia com Mabel e deu-lhe aritmética extra no lugar, ao que Mabel chorou. Mais cartas vieram. Uma senhora estava perturbada em saber que sua filha estava lendo Shakespeare. "Ela tinha ficado sabendo", escreveu, "que esse sr. Shakespeare era um escritor de peças, e será que a srta. Millborough tinha certeza de que ele não era um escritor imoral? Ela mesma nunca tinha ido muito ao cinema na vida, imagine teatro, e sentiu que, mesmo como leitura, as peças de teatro representavam um perigo muito sério" etc. etc. Essa mãe recuou, no entanto, ao ser informada de que o sr. Shakespeare estava morto. Isso pareceu tranquilizá-la. Outro pai queria mais atenção à caligrafia de sua filha, e outro considerava francês perda de tempo; e assim prosseguiu até que o cronograma de aulas, que Dorothy tinha cuidadosamente programado, estivesse arruinado. A sra. Creevy deixou claro que tudo o que os pais exigissem Dorothy deveria fazer, ou fingir fazer. Em muitos casos, eram coisas vizinhas do impossível, pois isso desorganizava tudo a fim de fazer uma criança estudar — por exemplo, aritmética enquanto o resto da turma estava vendo história ou geografia. Mas, em escolas particulares, a palavra dos pais é a lei. Tais escolas existem, como lojas, para bajular seus clientes, e, se um pai quisesse que sua filha aprendesse nada além do jogo cama de gato e o alfabeto cuneiforme, a professora teria de concordar para não perder uma aluna.

O fato era que os pais estavam ficando perturbados pelas histórias que suas filhas levavam para casa depois dos métodos de Dorothy. Não viam sentido algum nessas ideias ultramodernas de fazer mapas a partir de massas de modelar e ler poesia, e a velha rotina mecânica, que tinha horrorizado Dorothy, para eles era extremamente sensata. Tornaram-se mais e mais inquietos, e suas cartas vinham salpicadas da palavra "prática", que significava mais aulas de caligrafia e mais aritmética. E mesmo sua noção de aritmética era limitada a adição, subtração, multiplicação e "prática", com a divisão fracionária abandonada por ser uma façanha espetacular de nenhum valor real. Pouquíssimos pais poderiam ter solucionado uma soma em decimais, e não estavam particularmente entusiasmados que suas filhas estivessem aptas a fazê-lo.

Entretanto, se isso fosse tudo, provavelmente não teria havido nenhum problema realmente sério. Os pais teriam resmungado para Dorothy, como todos fazem, mas Dorothy teria finalmente aprendido — novamente, como todos os professores finalmente aprendem — que, se tivesse certo tato, seria possível, seguramente, ignorá-los. Mas uma coisa certamente gerava problema: o fato de que os pais de todas as crianças, exceto três, eram não conformistas, enquanto Dorothy era anglicana. Era verdade que Dorothy tinha perdido sua fé — de fato, ao se passarem dois meses, e sob a pressão de várias aventuras, ela mal havia pensado na fé ou na perda dela. Mas isso fazia muito pouca diferença; romana ou anglicana, dissidente, judia, turca ou infiel, você retém os hábitos de pensamento nos quais foi criada. Dorothy, nascida e criada nos circuitos da Igreja, não compreendia a mente não conformista. Com a melhor boa vontade do mundo, não conseguia evitar fazer coisas que ofendessem alguns dos pais.

Bem no começo, houve um conflito em relação às aulas da escritura. Duas vezes por semana, as crianças costumavam ler dois capítulos da *Bíblia*, alternando o Antigo e o Novo Testamento — alguns dos pais escreveram para pedir que a srta. Millborough não respondesse às perguntas delas quando fosse sobre a Virgem Maria; textos sobre a Virgem Maria deveriam ser lidos em silêncio ou, se possível, pulados por completo. Mas foi Shakespeare, aquele escritor imoral, que complicou as coisas. As meninas haviam trabalhado com *Macbeth*, ansiosas por saber como a profecia das bruxas seria concretizada. Chegaram às cenas finais. Birnam Wood fora a Dunsinane — essa parte estava resolvida, de qualquer forma; mas e aquele homem que não havia nascido de uma mulher? Chegaram à passagem fatal:

MACBETH: Desperdiças teu tempo,
Pode ser fácil impressionar aquele com ar impenetrável
Com tua aguçada espada, assim como me faz sangrar:
Deixa cair tua espada sobre peitos vulneráveis,
Levo uma vida de encantos, que não irá sucumbir
Àquele que de uma mulher é parido.

MACDUFF: Abandones teu encanto,
E deixa o Anjo ao qual tem servido
Dizer-te que Macduff foi arrancado fora do tempo
Do útero de sua mãe.[63]

---

[63] Com esses versos, MacDuff, referindo-se a si mesmo em terceira pessoa, revela à Macbeth que teve de nascer de cesariana, não sendo, assim, considerado nascido de uma mulher, porque o parto não foi natural. (N. da T.)

As meninas pareciam confusas. Houve um silêncio momentâneo e, então, um coro de vozes na sala:

— Por favor, senhorita, o que isso significa?

Dorothy explicou. Explicou, hesitante e de forma incompleta, com uma repentina e horrível preocupação — uma premonição de que isso lhe traria problema —, mas ainda assim explicou. Depois disso, é claro, a diversão começou.

Cerca de metade das crianças na sala chegou em casa e perguntou a seus pais o significado da palavra "útero". Houve uma súbita comoção, um vaivém de mensagens, um arrepio elétrico de horror passando por 13 decentes lares não conformistas. Naquela noite, os pais devem ter tido um conclave, pois, na tarde seguinte, por volta da hora em que as aulas terminam, uma delegação apareceu na casa da sra. Creevy. Dorothy ouviu-os chegar sozinhos ou em duplas, e adivinhou o que iria acontecer. Assim que dispensou as crianças, ouviu a sra. Creevy chamando, severamente:

— Venha aqui um minuto, srta. Millborough!

Dorothy subiu, tentando controlar o tremor dos joelhos. Na desguarnecida sala de visitas, a sra. Creevy se pôs assustadoramente em pé ao lado do piano, e seis pais estavam sentados nas cadeiras com pelo de cavalo, como em um círculo de inquisidores. Havia o sr. Geo Briggs, que tinha escrito a carta sobre a aritmética de Mabel —um quitandeiro com ar vigilante e uma esposa ressecada e rabugenta —, e havia um homem grande, com cara de búfalo, bigodes pendentes e uma esposa sem cor e peculiarmente baixa, que parecia ter sido achatada pela pressão de algum objeto pesado — seu marido, talvez. O nome desses dois Dorothy não compreendeu. Havia também a sra. Williams, mãe da imbecil congênita, uma mulher pequena, morena e muito obtusa, que sempre concordava com quem havia falado por último, e havia um tal de sr. Poynder, um representante comercial. Tratava-se de um homem no máximo de meia-idade, com um rosto acinzentado, lábios móveis e uma cabeça careca, sobre a qual havia algumas faixas de cabelo úmidas e nojentas. Em honra à visita dos pais, um fogo composto de três grandes pedaços de carvão queimava na lareira.

— Sente-se aqui, srta. Millborough — disse a sra. Creevy, apontando para uma cadeira que parecia o banco do arrependimento no meio da roda de pais.

Dorothy sentou-se.

— E agora — disse a sra. Creevy — apenas ouça o que o sr. Poynder tem a lhe dizer.

O sr. Poynder tinha bastante que dizer. Os outros pais o haviam evidentemente escolhido como porta-voz, e ele falou até que salpicos de espuma amarelada aparecessem no canto de sua boca. E, o que era notável, foi capaz de dizer tudo — tamanho era seu apreço pela decência — sem jamais repetir a palavra que havia causado todo o problema.

— Sinto que estou transmitindo a opinião de todos nós — o sr. Poynder disse, com a superficial eloquência de um caixeiro-viajante — ao dizer que, se a srta. Millborough soubesse que essa peça — Macduff, ou qualquer que seja o nome — contivesse tais palavras — bem, as palavras de que estamos falando, ela nunca deveria ter dado a peça para as crianças ler. Na minha opinião, é uma desgraça que os livros escolares possam ser impressos com tais palavras neles. Tenho certeza de que, se algum de nós, alguma vez, soubesse que Shakespeare era esse tipo de coisa, teríamos sido contra desde o início. Isso me surpreende, devo dizer. Outra manhã mesmo, eu estava lendo uma matéria no *News Chronicle* sobre Shakespeare ser o pai da literatura inglesa. Bem, se isso é literatura, tenhamos um pouco menos literatura, eu diria! Acho que todos vão concordar comigo nesse ponto. E, por outro lado, se a srta. Millborough não sabia que a palavra — bem, a palavra a que estou me referindo — iria aparecer, deveria ter passado direto por ela e não prestado atenção quando apareceu. Não havia a menor necessidade de explicá-la às crianças. Apenas dissesse que ficassem quietas e não fizessem perguntas — é assim que se faz com crianças.

— Mas as crianças não teriam entendido a peça se eu não tivesse explicado! — protestou Dorothy pela terceira ou quarta vez.

— É claro que não teriam! A senhorita não parece me entender, srta. Millborough! Não queremos que elas entendam. A senhorita acha que queremos que elas passem a ter ideias indecentes a partir dos livros? Já bastam esses filmes indecentes e essas revistas de 2 centavos que elas conseguem — todas essas histórias de amor nojentas e indecentes com imagens de... Bem, não vou entrar nisso. Não mandamos nossas filhas para a escola para que ideias sejam colocadas em sua cabeça. Falo por todos os pais quando digo isso. Somos todos gente decente, temente a Deus — alguns são batistas, outros são metodistas, e há até um ou dois anglicanos entre nós, mas podemos zerar nossas diferenças em casos como esse. E tentamos criar nossas filhas de maneira decente e poupá-las de saber qualquer coisa sobre os fatos da vida. Se fosse do meu jeito, nenhuma criança — principalmente, nenhuma menina — saberia coisa alguma sobre os fatos da vida até que tivesse 21 anos.

Houve um assentimento geral dos pais, e o homem parecido com um búfalo acrescentou para si mesmo: "Sim, sim! Estou com o senhor, sr. Poynder. Sim, sim!".

Após lidar com o assunto Shakespeare, o sr. Poynder acrescentou algumas observações sobre os métodos de ensino ultramodernos de Dorothy, o que deu ao sr. Geo Briggs a oportunidade de intervir de tempos em tempos: "É isso! Trabalho prático, é isso que queremos, trabalho prático! Não toda essa coisa de poesia e fazer mapas e pregar pedaços de papel e coisa e tal. Dê a elas um pouco de números e caligrafia e não se importe com o resto. Trabalho prático! Você disse!".

Foi assim por cerca de 20 minutos. No início, Dorothy tentou argumentar, mas viu a sra. Creevy balançando a cabeça com raiva para ela, por sobre os ombros do homem com cara de búfalo, que a jovem corretamente tomou como um sinal para ficar quieta. Quando os pais terminaram, Dorothy quase foi às lágrimas e, depois disso, eles estavam prontos para partir. Mas a sra. Creevy os deteve.

— Só um minuto, senhoras e senhores — ela disse. — Agora que todos disseram o que queriam, e garanto que estou muito feliz por dar-lhes a oportunidade de falar, apenas gostaria de dizer uma coisa por minha conta. Só para deixar as coisas claras, caso algum dos senhores possam pensar que eu tive culpa por essa situação desagradável que aconteceu. E a senhorita fica aqui também, srta. Millborough! — acrescentou.

A sra. Creevy virou-se para Dorothy e, na frente dos pais, deu-lhe uma venenosa "reprimenda" que durou dez minutos. O peso de tudo isso foi que Dorothy havia trazido esses livros indecentes para a casa sem que ela soubesse; que isso tinha sido uma traição e uma ingratidão monstruosas; e que se alguma coisa parecida com isso acontecesse novamente, Dorothy seria demitida com o salário de apenas uma semana no bolso. Ela insistiu e insistiu nisso. Frases como "a garota que eu acolhi em minha casa", "comendo do meu pão" e até "vivendo da minha caridade" foram recorrentes. Os pais ficaram sentados assistindo a isso e, em seus rostos grosseiros — não duros ou maldosos, apenas cegos pela ignorância e por virtudes tacanhas —, era possível ver uma solene aprovação, um solene prazer no espetáculo de pecado castigado. Dorothy entendeu isso; entendeu que era necessário que a sra. Creevy lhe desse uma "reprimenda" na frente dos pais para que eles sentissem que seu dinheiro estava valendo a pena e ficassem satisfeitos. Mas, ainda assim, como o fluxo de advertência maldoso e cruel continuava, um tal ódio surgiu em seu coração que ela poderia ter se levantado e batido na cara da sra. Creevy. Repetidamente, pensou: "Não vou suportar isso! Não vou mais suportar isso! Vou dizer o que eu penso dela e depois sair desta casa!". Mas não fez nada do tipo. Viu com espantosa clareza a impotência de sua situação. O que quer que acontecesse, fossem quais fossem os insultos que precisasse engolir, Dorothy tinha de manter seu emprego. Então, ficou sentada quieta, com o rosto humilhado, corado, no meio da roda de pais, e nessa hora sua raiva virou tristeza, e percebeu que iria começar a chorar se não se esforçasse para evitar. Mas percebeu, também, que, se começasse a chorar, seria a gota d'água, e os pais exigiriam sua demissão. A fim de se conter, cravou as unhas tão fortemente na palma das mãos que depois descobriu ter derramado algumas gotas de sangue.

Nessa hora, a "reprimenda" se reduziu a garantias por parte da sra. Creevy de que isso nunca mais aconteceria de novo, e que os trechos ofensivos de Shakespeare seriam eliminados imediatamente. Os pais ficaram, então, satisfeitos. Dorothy tivera sua lição e, sem dúvida, iria fazer bom uso dela; eles não guardavam nenhum rancor da professora e não tinham nenhuma consciência de a terem humilhado. Despediram-se da sra. Creevy, despediram-se de Dorothy de maneira bem mais fria e partiram. Dorothy também se levantou para ir, mas a sra. Creevy fez sinal para que ela ficasse onde estava.

— Espere só um minuto — disse, ameaçadoramente, quando os pais deixaram a sala. — Não terminei ainda, nem de perto terminei.

Dorothy sentou-se novamente. Sentiu os joelhos muito bambos, e estava prestes a chorar novamente. A sra. Creevy, depois de acompanhar os pais até a porta, voltou com uma tigela de água e jogou-a no fogo — pois qual o sentido de deixar o carvão queimando depois que os pais tivessem ido? Dorothy supôs que a "reprimenda" fosse começar novamente. No entanto, o ódio da sra. Creevy pareceu arrefecer — de qualquer forma, ela deixou de lado o ar de virtude ultrajada que havia sido necessário demonstrar diante dos pais.

— Só quero conversar um pouco com você, srta. Millborough — disse. — Já passou da hora de estabelecermos de uma vez por todas como essa escola vai funcionar e como essa escola não vai funcionar.

— Sim — disse Dorothy.

— Bem, serei direta. Quando você chegou aqui, não precisei de muito para ver que não sabia nada sobre lecionar; mas eu não teria me importado se você tivesse um pouco de bom senso, como qualquer outra moça teria tido. Mas parece que você não teve. Deixei-a fazer do seu jeito por uma ou duas semanas, e a primeira coisa que você conseguiu foi irritar os pais. Bem, não vou falar as mesmas coisas novamente. De agora em diante, farei as coisas do meu jeito, não do seu. Você entende?

— Sim — disse Dorothy novamente.

— Não pense que eu não posso continuar sem você — prosseguiu a sra. Creevy. Posso contratar professores por um bom preço a qualquer dia da semana, bacharéis, mestres e tudo o mais. A única coisa é que bacharéis e mestres tendem a beber, ou... Bem, não importa, e eu diria que você não parece dada à bebida ou a qualquer outra coisa do tipo. Ouso dizer que nós duas nos daríamos muito bem se você abandonasse essas suas ideias ultramodernas e entendesse o que é um ensino prático. Então, me ouça.

Dorothy ouviu. Com clareza admirável, e com um cinismo repulsivo, principalmente porque totalmente inconsciente, a sra. Creevy explicou a técnica do vil embuste que chamava de ensino prático.

— O que você tem de entender de uma vez por todas — começou — é que há apenas uma coisa que importa na escola, e isso é a mensalidade. Quanto a toda essa história de "desenvolver a mente das crianças", como você chama, não tem importância. São as mensalidades que eu procuro, e não desenvolver a mente das crianças. Afinal, é mais do que bom senso. Não é de se supor que alguém vá se dispor a ter todo o trabalho de manter uma escola, e tê-la virada de pernas para o ar por um bando de pirralhos, se não pudesse ganhar uma certa quantia de dinheiro com isso. As mensalidades vêm primeiro, e todo o resto vem depois. Eu não disse isso em seu primeiro dia aqui?

— Sim — admitiu Dorothy, com humildade.

— Bem, então, são os pais que pagam as mensalidades, e é nos pais que você tem de pensar. Faça o que os pais quiserem; essa é a nossa regra. Eu diria até que toda essa bagunça com massa de modelar e tiras de papel que você inventou não faz nenhum mal às crianças, mas os pais não querem isso, e ponto final. Bem, há apenas duas disciplinas que eles querem mesmo que sejam ensinadas a suas filhas, caligrafia e aritmética. Principalmente caligrafia. Isso é algo cujo propósito eles conseguem ver. Então, caligrafia é aquilo em que você tem que insistir sem parar. Muitas cópias bonitas que as meninas possam levar para casa, para que os pais possam se exibir para os vizinhos e, assim, fazer propaganda nossa de graça. Quero que você ensine caligrafia às meninas duas horas por dia; nesse período, apenas isso, nada mais.

— Duas horas por dia só de caligrafia — repetiu Dorothy, obediente.

— Sim. E bastante aritmética também. Os pais gostam muito de aritmética, especialmente soma de dinheiro. Mantenha um olho nos pais o tempo todo. Se encontrar algum deles na rua, aproxime-se e passe a falar da filha dele. Fale que é a melhor aluna na sala e que, se ela ficar mais três semestres, fará maravilhas. Entende o que quero dizer? Não vá dizer a eles que não há como melhorar, porque, se você falar isso, eles certamente vão tirar a garota de escola. Só mais três semestres... Isso é o que se deve dizer a eles. E, quando você preparar os relatórios finais de fim de semestre, traga-os para mim para que eu dê uma olhada. Gosto de atribuir as notas eu mesma.

O olhar da sra. Creevy cruzou com o de Dorothy. Ela talvez estivesse prestes a dizer que sempre atribuiu as notas de forma que toda menina estivesse entre as melhores da sala, mas se conteve. Dorothy ficou sem resposta por um momento. Externamente, parecia submissa, e bastante pálida, mas em seu coração havia raiva e uma terrível repulsa, contra a qual tinha de lutar antes que pudesse falar qualquer coisa. Todavia, não pensava em contradizer a sra. Creevy. A "reprimenda" tinha ferido sua alma. Dominou a voz e disse:

— Não vou ensinar nada além de caligrafia e aritmética, não é isso?

— Bem, eu não disse exatamente isso. Há outras disciplinas que caem bem no programa. Francês, por exemplo. Francês fica muito bem no programa. Mas não é uma disciplina com a qual você deva perder muito tempo. Não as encha muito de gramática e sintaxe e verbos e tudo o mais. Isso não as leva a nada, na minha opinião. Trabalhe um pouco de "Parley vous francey" e "Passey moi la beurre"[64] e coisas do tipo; bem mais úteis que gramática. E também tem latim. Sempre coloco latim no programa. Mas não acho que você domine muito bem o latim, não é?

— Não — admitiu Dorothy.

— Bem, não importa. Você não precisará lecionar latim. Nenhum dos pais quer que suas filhas percam tempo com latim. Mas gostam de ver no programa. Soa chique. É claro que há muitas disciplinas que não podemos de fato ensinar, mas temos de divulgá-las. Contabilidade, datilografia e taquigrafia, por exemplo, além de música e dança. Tudo isso fica bonito no programa.

— Aritmética, caligrafia, francês... Mais alguma coisa? — Dorothy perguntou.

— Ah, bem, história e geografia e literatura inglesa, é claro. Mas deixe imediatamente de lado aquela coisa de fazer mapas. Não passa de perda de tempo. O melhor a ensinar em geografia é a lista de capitais. Faça-as decorar as capitais de todos os condados ingleses como se fosse a tabuada. Assim, elas têm alguma coisa do que aprenderam a mostrar. Quanto a história, mantenha *A História da Grã-Bretanha em Cem Páginas*. Não quero que elas aprendam daqueles livros grossos de história que você fica trazendo da biblioteca pública. Outro dia abri um deles e a primeira coisa que vi foi uma parte que dizia que a Inglaterra foi derrotada em uma ou outra batalha. Que bela coisa a ensinar às crianças! Os pais não vão tolerar esse tipo de coisa, pode apostar!

— E literatura? — disse Dorothy.

— Bem, é claro que elas têm de praticar um pouco de leitura, e não entendo por que você torceu o nariz para aqueles nossos lindos livros de leitura. Mantenha os livros de leitura. São um pouco velhos, mas são bons o suficiente para um bando de crianças, é o que penso. Suponho que elas

---

64 Francês: 'Parlez vous français?' (Você fala francês?) e 'Passez-moi la beurre' (Poderia me passar a manteiga?). (N. da T.)

também devam aprender alguma poesia de cor. Alguns pais gostam de ver suas filhas recitando poesia. "The Boy Stood on the Burning Deck" — essa é muito boa — e tem também "The Wreck of Steamer..." como era o nome daquele navio? "The Wreck of Steamer Hesperus". Um pouco de poesia não faz mal de vez em quando. Mas não use mais Shakespeare, por favor!

Dorothy não tomou chá naquele dia. Já tinha passado da hora do chá fazia muito tempo, mas, quando a sra. Creevy terminou sua arenga, mandou Dorothy sair sem dizer nada sobre o chá. Talvez fosse uma punição extra pelo caso Macbeth.

Dorothy não havia pedido permissão para sair, mas sentia que não poderia ficar mais na casa. Pegou seu chapéu e seu casaco e desceu a rua mal iluminada até a biblioteca pública. O mês de novembro ia adiantado. Embora o dia tivesse sido úmido, o vento noturno soprava forte, como uma ameaça, pelas árvores quase nuas, fazendo as lâmpadas de gás piscar, apesar das chaminés de vidro, e agitando as encharcadas folhas que se acumulavam na calçada. Dorothy tremeu um pouco. O vento cru a fez lembrar-se de algo cravado profundo, relativo ao frio da Trafalgar Square. E, apesar de não pensar de fato que perder o emprego significaria voltar para o submundo de onde tinha vindo — de fato, não era tão desesperador como aquilo, pois na pior das hipóteses seu primo ou outra pessoa a ajudaria —, a "reprimenda" que recebeu da sra. Creevy tinha trazido a Trafalgar Square bem próxima. Isso fez surgir dentro dela um entendimento muito mais profundo que o que tivera antes do grande mandamento moderno, o décimo primeiro mandamento, que aniquilou todos os outros: "Não perderás teu emprego".

Mas, quanto ao que a sra. Creevy tinha dito sobre "ensino prático", não se tratava de nada além de encarar os fatos realisticamente. Ela dissera em voz alta o que a maioria das pessoas em sua posição pensa, mas não diz. Sua frase já gasta, "São as mensalidades que eu busco", era um lema que poderia ser — na verdade, deveria ser — escrito nas portas de cada escola particular na Inglaterra.

Existem, aliás, inúmeras escolas particulares na Inglaterra. Segunda, terceira e quarta categoria (a Ringwood House pertencia ao tipo de escola da quarta categoria). Elas se encontram aos montes em cada subúrbio londrino e em cada cidade do interior. Em um dado momento, havia no entorno 10 mil delas, e menos da metade passava por inspeção do governo. E, embora algumas sejam melhores que outras, e certo número, provavelmente, melhor que as escolas do distrito com as quais competem, existe o mesmo mal fundamental em todas: não têm outro propósito a não ser gerar lucro. Apesar de não haver nada de ilegal, são abertas com o mesmo propósito com que se abre um bordel ou um escritório de corretagem fraudulenta. Um rabugento homenzinho de negócios (é bastante comum que essas escolas sejam de propriedade de pessoas que não lecionam) diz uma manhã para sua esposa:

— Emma, tenho uma ideia! O que você acha de nós abrirmos uma escola, hã? Pode-se ganhar bastante dinheiro com uma escola, e não dá o mesmo trabalho que uma loja ou um bar. Além do mais, não há nada a perder, nenhuma despesa geral com que se preocupar exceto o aluguel, umas carteiras e uma lousa. Mas vamos fazer isso em grande estilo. A gente contrata um desses camaradas de Oxford ou Cambridge que estiver desempregado, pois vai aceitar ganhar pouco, veste nele uma bata e um... Como se chamam aqueles chapéus quadrados com borla em cima? Isso ia impressionar os pais, hein? Você fique de olho aberto e veja se acha um bairro em que não haja muitas do mesmo tipo.

Ele se decide por um daqueles bairros de classe média em que as pessoas são pobres demais para pagar as mensalidades de uma escola decente e orgulhosas demais para mandar seus filhos para as escolas do distrito, e aí está feito o negócio. Aos poucos, estabelece conexões da mesma forma que o leiteiro ou o verdureiro e, se for astuto e diplomático, e não tiver muitos concorrentes, pode lucrar com isso algumas centenas em um ano.

É claro que as escolas não são todas iguais. Nem toda diretora é uma megera gananciosa e de mente tacanha como a sra. Creevy, e há muitas escolas cujo ambiente é agradável, digno, e em que lecionar é tão bom quanto alguém poderia esperar por um valor de 5 libras por semestre. Por outro lado, algumas delas são um escândalo gritante. Mais tarde, quando Dorothy acabou por conhecer uma das professoras de outra escola particular em Southbridge, ficou sabendo de histórias sobre escolas que eram bem piores que Ringwood House. Soube de um colégio interno barato em que atores viajantes despejavam seus filhos do mesmo jeito que se despeja uma mala em um vestiário de trem, e em que as crianças simplesmente vegetavam, fazendo absolutamente nada, chegando aos 16 anos sem saber ler. E outra escola em que os dias se passavam em eterno tumulto, cujo velho professor picareta acabou destituído depois de perseguir os meninos de um lado para o outro, batendo neles com a bengala e, de repente, desabando e chorando com a cabeça sobre a carteira, enquanto os alunos riam dele. Enquanto as escolas forem geridas primordialmente visando ao dinheiro, coisas assim acontecerão. As escolas privadas caras, para as quais os ricos mandam seus filhos, não são, aparentemente, tão ruins quanto as outras, porque podem pagar uma equipe adequada, e o sistema de exames das escolas públicas ajuda a nivelá-las por cima. Mas elas têm a mesma nódoa essencial.

Foi somente mais tarde, e aos poucos, que Dorothy descobriu esses fatos sobre as escolas privadas. No início, costumava sofrer de um medo absurdo de que um dia os inspetores fossem aparecer em Ringwood House, descobrir o engodo e a farsa que ela era e fazer um alarde do mesmo tamanho. Mais tarde, no entanto, entendeu que isso poderia nunca acontecer. Ringwood House não era "reconhecida" e, portanto, não era passível de inspeção. Certo dia, um inspetor do governo, de fato, visitou a escola, mas apenas mediu as dimensões da sala de aula para ver se cada menina tinha espaço suficiente para respirar, e não fez nada mais nada; não tinha poder para fazer mais. Apenas a ínfima minoria das escolas "reconhecidas" — menos de 10% — é oficialmente avaliada para decidir se está adequada a um padrão razoável de educação. Quanto às outras, são livres para ensinar ou não ensinar exatamente como decidirem — o cego guiando o cego.

5

No dia seguinte, Dorothy começou a alterar seu programa de acordo com as ordens da sra. Creevy. A primeira aula do dia foi de caligrafia e a segunda, de geografia.

— Já está bom, meninas — disse Dorothy quando o relógio soou 10 horas, como em um funeral. — Vamos iniciar nossa aula de geografia agora.

As garotas abriram suas carteiras com violência e colocaram os odiados livros de cópia de lado com suspiros de alívio. Houve murmúrios de "uau, geografia! Legal!". Era uma das disciplinas preferidas delas. As duas meninas "monitoras" na semana, cujo trabalho era apagar a lousa, recolher livros de exercícios e assim por diante (crianças geralmente brigam pelo privilégio de fazer esse tipo de tarefa), pularam de seus lugares para pegar o mapa em relevo inacabado que estava pregado na parede. Mas Dorothy as interrompeu:

— Esperem um momento. Sentem-se, vocês duas. Não vamos continuar com o mapa nesta manhã.

Houve um grito de consternação.

— Ah, senhorita! Por que não, senhorita? Por favor, vamos continuar com o mapa!

— Não. Receio que vínhamos perdendo muito tempo com o mapa ultimamente. Vamos passar a aprender algumas capitais de condados ingleses. Quero que cada uma na sala saiba muitas delas até o fim do semestre.

Os rostos das crianças murcharam. Dorothy viu e acrescentou, em uma tentativa de conferir algum brilho — aquele brilho raso, que não engana, de uma professora tentando apresentar um assunto chato como algo interessante:

— Pensem em como seus pais ficarão quando eles puderem perguntar a capital de qualquer condado na Inglaterra e vocês souberem responder!

As crianças não se impressionaram nem um pouco. Contorceram-se só de pensar na nauseante ideia.

— Ai, capitais! Aprender capitais! É isso que a gente fazia com a srta. Strong. Por favor, senhorita, por que não podemos continuar com o mapa?

— Não discutam. Peguem seus cadernos e anotem enquanto eu vou falando. Depois diremos todas em voz alta.

Com relutância, as crianças pescaram seus cadernos, ainda se lamentando.

— Por favor, senhorita, podemos continuar com o mapa na próxima aula?

— Não sei. Vamos ver.

Naquela tarde, o mapa foi removido da sala, e a sra. Creevy raspou as massas da lousa e jogou-as fora. Aconteceu o mesmo com todas as outras disciplinas, uma depois da outra. Todas as mudanças que Dorothy havia feito foram desfeitas. Elas retomaram a rotina de "cópias" intermináveis e "práticas" intermináveis de somas, de aprender francês à moda do papagaio, do *A História da Inglaterra em Cem Páginas* e do insuportável livrinho de leitura (a sra. Creevy havia apreendido os Shakespeares, supostamente para queimá-los. Era mais provável que os tivesse vendido.) Duas horas por dia foram separadas para aulas de caligrafia. Os dois pedaços deprimentes de papel negro, que Dorothy havia tirado da parede, foram recolocados e os provérbios, novamente escritos sobre eles, em uma bela gravura. Quanto ao gráfico histórico, a sra. Creevy tomou-o e queimou-o.

Quando as crianças viram as aulas odiadas, das quais haviam pensado ter escapado para sempre, voltando para elas uma a uma, ficaram primeiro surpresas, depois tristes e, então, arrasadas. Mas era muito pior para Dorothy do que para as crianças. Depois de apenas dois dias, a enrolação que ela era obrigada a conduzir, e que a nauseava, começou a deixar-lhe dúvidas sobre se seria capaz de seguir com isso. Repetidamente, flertava com a ideia de desobedecer à sra. Creevy. Por que não, pensava, quando as crianças choravam e lamentavam e transpiravam sob uma terrível servidão — por que não parar e dar aula de verdade, mesmo que seja só por uma ou duas horas por dia? Por que não abandonar todo o fingimento de aula e deixar as crianças brincar? Seria muito melhor para elas do que isso. Deixá-las desenhar e criar alguma coisa com massa de modelar ou inventar um conto de fadas — qualquer coisa real, qualquer coisa que as interessasse, em vez dessa pavorosa baboseira. Mas Dorothy não ousou. A qualquer momento, a sra. Creevy estava sujeita a entrar e, se encontrasse as crianças brincando em vez de envolvidas nas atividades rotineiras, haveria um temível problema. Então,

Dorothy endureceu seu coração e obedeceu às instruções da sra. Creevy ao pé da letra, e as coisas caminharam muito parecidas como antes de a srta. Strong ter "se sentido mal".

As aulas atingiram um nível tão grande de tédio que o ponto alto da semana foi a chamada palestra de química de quinta-feira à tarde do sr. Booth. O sr. Booth era um homem maltrapilho, que vivia tremendo, de cerca de 50 anos, com bigodes longos, molhados e da cor de esterco de vaca. Ele já havia sido professor da escola pública, mas hoje ganhava o bastante para sustentar uma vida cronicamente à beira da bebedeira, fazendo palestras por 2 libras e 6 centavos. As palestras eram uma verborragia doída. Mesmo em seus dias de glória, ele não fora um palestrante particularmente brilhante, e agora, quando havia tido seu primeiro *delirium tremens* e vivia sob a ameaça diária de ter o segundo, qualquer conhecimento químico que já tivera o estava abandonando rapidamente. Costumava hesitar diante da turma, dizer a mesma coisa repetidas vezes e tentar se lembrar, em vão, do que é que estava falando. "Lembrem-se, garotas", ele costumava dizer, em sua voz rouca, pretensamente paternal, "o número de elementos é 93... Noventa e três elementos, garotas... Vocês todas sabem o que é um elemento, não sabem? Noventa e três". Até Dorothy (ela tinha de ficar na sala de aula durante as palestras de química, porque a sra. Creevy considerava que não pegava bem deixar as garotas sozinhas com um homem) sentia-se triste com tamanha vergonha. Todas as palestras começavam com os 93 elementos e nunca avançavam muito além disso. Havia também a menção a "um experimento muito interessante que eu irei apresentar a vocês na próxima semana, garotas... Vocês irão achar muito interessante... Vamos trabalhar nisso na próxima semana sem falta... Um pequeno experimento muito interessante", que, não é preciso dizer, nunca foi apresentado. O sr. Booth não tinha nenhum instrumento químico, e, mesmo que trouxesse algum, suas mãos tremiam muito para usá-lo. Durante suas palestras, as meninas ficam sentadas em um estupor de tédio, mas, mesmo assim, era uma mudança bem-vinda em relação às aulas de caligrafia.

As crianças nunca mais foram as mesmas com Dorothy depois da visita dos pais. Não mudaram de um dia para o outro, é claro. Desenvolveram uma afeição pela "tia Millie" e esperavam que, depois de um ou dois dias atormentando-as

George Orwell

com caligrafia e "aritmética comercial", ela voltaria para algo mais interessante. Mas a caligrafia e a aritmética continuaram, e a popularidade de que Dorothy havia desfrutado, como uma professora cujas aulas não as entediam e que não bate nelas, não belisca nem puxa suas orelhas, gradualmente desapareceu. Além do mais, a história da contenda que houvera por causa de *Macbeth* acabou vazando. As crianças perceberam que a tia Millie havia feito alguma coisa errada — não sabiam o que, exatamente — e que tinha tomado uma "reprimenda". Isso a diminuiu aos olhos delas. Não há negociação com crianças, mesmo com crianças que gostam de você, a menos que você consiga manter seu prestígio como adulto. Uma vez que esse prestígio seja maculado, mesmo as crianças de bom coração a desprezarão.

Assim, elas começaram a ficar atrevidas, do jeito normal e tradicional. Antes, Dorothy apenas teve de lidar com ocasionais momentos de preguiça, arroubos de barulho e bobos ataques de risadas. Agora, havia maldade e desonestidade. As crianças se revoltavam sem parar contra a horrível rotina. Esqueceram as poucas semanas em que a tia Millie pareceu uma ótima pessoa e a escola em si se tornara bem mais divertida. Agora, a escola era simplesmente o que sempre fora, e o que, de fato, se esperava que fosse — um lugar em que relaxavam, bocejavam e passavam o tempo beliscando a colega ao lado e tentando fazer a professora perder a paciência, e em que explodiam com um grito de alívio quando a última aula acabava. Às vezes, elas ficavam amuadas e tinham crises de choro. Às vezes, discutiam do jeito insistente e enlouquecedor que as crianças têm; "Por que temos de fazer isso? Por que alguém tem de saber ler e escrever?", sem parar, até que Dorothy tivesse de chegar perto e silenciá-las com ameaças de bater. Dorothy estava ficando frequentemente irritada nesses dias. Ficou surpresa e chocada, mas não pôde impedir. Toda manhã, jurava a si mesma "hoje eu não vou perder a paciência", e toda manhã, com uma regularidade deprimente, perdia a paciência, especialmente por volta das 11 e meia, quando as crianças estavam em seu pior momento. Quase nada no mundo é tão irritante quanto lidar com crianças rebeldes. Mais cedo ou mais tarde, Dorothy sabia, ela perderia o controle e começaria a bater. Para ela, bater em uma criança parecia algo imperdoável, mas quase todas as professoras, por fim, acabavam fazendo isso. Tornara-se impossível, agora, conseguir fazer qualquer uma se concentrar, exceto quando ficava de olho. Era só virar as costas por um instante que bolinhas de papel voavam para todos os lados. No entanto, com um incessante trabalho de escravo, a caligrafia e a "aritmética comercial" das crianças mostraram melhora, e sem dúvida os pais estavam satisfeitos.

As últimas semanas do semestre foram um período muito ruim. Por quase uma quinzena, Dorothy praticamente ficou sem um centavo, pois a sra. Creevy lhe disse que não poderia pagar seu salário do semestre até que o dinheiro de algumas mensalidades entrasse. Assim, ficou desprovida dos pedacinhos secretos de chocolate que a mantinham caminhando, e sofria de uma fome leve e eterna que a deixava lânguida e sem alma. Houve algumas manhãs em que os minutos se arrastavam como horas, quando Dorothy lutava consigo mesma para tirar os olhos do relógio, e seu coração adoecia só de pensar que depois dessa aula surgiria outra igualzinha, e mais e mais delas, esticando-se em algo que parecia uma sombria eternidade. Pior ainda eram os momentos em que as crianças estavam mais barulhentas, e isso requeria uma constante força de vontade para mantê-las sob controle; e do outro lado da parede, é claro, a sra. Creevy espreitava, sempre escutando, sempre pronta para entrar na sala, escancarar a porta e dar uma olhada geral com "e então, o que é todo esse barulho, por favor?" e um semblante ameaçador.

Dorothy estava completamente ciente, agora, do caráter abominável de morar na casa da sra. Creevy. A comida nojenta, o frio e a falta de banho pareciam muito mais importantes do que tinham sido pouco tempo antes. Além do mais, ela começava a sentir, quando estava no calor da alegria de seu trabalho, a total solidão de sua situação. Nem seu pai nem o sr. Warburton lhe haviam escrito, e em dois meses Dorothy não fizera uma só amizade em Southbridge. Para qualquer um nessa situação, e particularmente para uma mulher, é impossível fazer amigos. Ela não tinha dinheiro nem uma casa que fosse sua, e, fora da escola, seus únicos locais de refúgio eram a biblioteca pública, nas poucas noites em que conseguia ir até lá, e a igreja, aos domingos de manhã. Frequentava a igreja regularmente, é claro — a sra. Creevy havia insistido nisso. E tinha estabelecido os termos das práticas religiosas de Dorothy no café da manhã de seu primeiro domingo lá.

— Estive pensando qual local de adoração você deveria frequentar — ela disse. — Suponho que tenha sido criada no anglicanismo, certo?

— Sim — disse Dorothy.

— Hmmm, bem. Não consigo decidir aonde te mandar. Tem a Igreja St. George, que é anglicana, e tem a Capela Batista, aonde eu vou. A maioria dos pais de nossas alunas é não conformista, e não sei se eles aprovariam uma professora anglicana. Nunca é demais ser cuidadosa com os pais. Eles ficaram um pouco assustados dois anos atrás, quando se descobriu que a professora que eu tinha na época era, na verdade, católica romana, veja só! É claro que ela manteve isso em sigilo quanto pôde, mas veio à tona no final, e três dos pais tiraram suas filhas da escola. Eu me livrei dela no mesmo dia em que descobri, naturalmente.

Dorothy ficou em silêncio.

— Mas — continuou a sra. Creevy — temos três alunas da igreja anglicana, e eu acredito que pode haver certa aproximação entre as igrejas. Então, talvez, seria melhor você arriscar e ir à St. George. Mas tenha um pouco de cuidado, sabe. Ouvi dizer que a St. George é aquele tipo de igreja em que gostam muito de fazer reverências, o sinal da cruz e tudo o mais. Temos dois pais que são da Irmandade Plymouth, e eles teriam um ataque se soubessem que você andou fazendo o sinal da cruz. Então, não faça isso, custe o que custar.

— Muito bem — disse Dorothy.

— E mantenha seus olhos bem abertos durante o sermão. Dê uma boa olhada em volta e veja se há alguma menina na congregação que poderíamos atrair para a escola. Se vir algumas possíveis candidatas, procure o pastor depois e tente descobrir nomes e endereços.

Então, Dorothy frequentou a St. George. Essa igreja era um nível "acima" do que a St. Athelstan tinha sido; havia cadeiras, e não bancos, mas não havia incenso, e o vigário (seu nome era sr. Gore-Williams) usava uma batina lisa e sobrepeliz, exceto nos dias de festival. Quanto aos cultos, eram tão parecidos com aqueles em casa que Dorothy conseguia acompanhar tudo e pronunciar as respostas no momento certo, em estado de completa abstração.

Nunca houve um momento em que o poder de adoração retornou a ela. Na verdade, todo o conceito de adoração não fazia mais sentido; sua fé tinha desaparecido, completa e irrevogavelmente. É uma coisa misteriosa a perda da fé — tão misteriosa quanto a fé em si. Assim como a fé, sua perda, definitivamente, não tem raízes na lógica; é uma mudança no clima da mente. Mas, por menos que os cultos lhe significassem algo, Dorothy não se arrependia das horas que passava na igreja. Ao contrário, ansiava pelos domingos de manhã como interlúdios de paz abençoados; e não apenas porque as manhãs de domingo representavam uma suspensão temporária dos olhos à espreita e da voz resmungona da sra. Creevy. Em outro sentido mais profundo, a atmosfera da igreja era reconfortante e tranquilizadora. Pois Dorothy percebia que, em tudo o que acontece na igreja, por mais absurdo e covarde que seus supostos propósitos pudessem ser, existe algo — é difícil definir, mas uma decência, um decoro espiritual — que não é facilmente encontrado no mundo externo. Pareceu-lhe que, mesmo que não acreditasse mais, seria melhor ir à igreja do que não ir; seria melhor seguir as tradições do que vagar em uma liberdade desarraigada. Ela sabia muito bem que nunca mais conseguiria proferir uma oração com sinceridade; mas sabia também que, pelo resto da vida, deveria continuar com as práticas nas quais fora criada. Apenas isso sobrou da fé que um dia teve, como os ossos em um esqueleto vivo, conservando sua vida.

Mas Dorothy não pensava muito seriamente na perda de sua fé e o que isso poderia significar no futuro. Estava ocupada demais meramente existindo, meramente lutando, para fazer com que seus nervos aguentassem até o fim desse miserável semestre. Pois, conforme ele caminhava para um fim, o trabalho de manter a classe em ordem ficava mais e mais exaustivo. As meninas se comportavam desumanamente e estavam bastante amargas com Dorothy, porque um dia haviam gostado dela. Ela as havia enganado, era o que sentiam. Havia começado sendo digna e agora virara a velha professora abominável, como todas as outras — uma velha fera desagradável, que mantinha aquela rotina sem fim de aulas de caligrafia e dava um tapa na cabeça se o livro fosse borrado. Dorothy as pegava, às vezes, olhando-a com aquele escrutínio arredio e cruel das crianças. Uma vez a acharam bonita, mas agora a consideravam feia, velha e magricela. De fato, havia ficado muito mais magra desde que havia chegado a Ringwood House. As alunas a odiavam agora, assim como haviam odiado suas professoras anteriores.

Às vezes, elas a tentavam deliberadamente. As garotas mais velhas e mais inteligentes entendiam bem a situação — entendiam que Millie estava sob o domínio da velha Creevy e que seria castigada depois porque as meninas estavam fazendo muito barulho. Às vezes, faziam todo o barulho que conseguiam só para fazer a velha Creevy aparecer e terem o prazer de olhar para o rosto de Millie enquanto levava uma bronca. Havia momentos em que Dorothy conseguia se controlar e perdoar tudo o que faziam, porque compreendia que era apenas um instinto saudável que as tornava rebeldes contra a odiável rotina de suas atividades. Mas havia outros momentos — quando seus nervos estavam mais à flor da pele que o normal, e quando ela olhava em volta e via aquele bando de caras idiotas, dando risinhos ou amotinadas — em que sentia ser possível odiá-las. Crianças são tão cegas, tão egoístas, tão impiedosas. Não sabem quando a estão atormentando além do suportável, e se soubessem não se importariam. Você pode dar o seu melhor por elas, pode se controlar em situações que tentariam até uma santa, mas, se for forçada a entediá-las ou oprimi-las, elas a odiarão por isso sem nem se perguntar de quem é a culpa. Como soam verdadeiras — quando não é você a professora —, como soam verdadeiras as linhas citadas abaixo:

Sob um olho cruel e cansado
Os pequenos passam o dia
Em desânimo e sem alegria![65]

Quando você é o olho cruel e cansado, compreende que não há outro lado desse quadro.

A última semana chegou, e a farsa desonesta dos "exames" foi levada a cabo. O sistema, como explicou a sra. Creevy, era bastante simples. Você treinava as crianças, por exemplo, em uma série de somas até ter certeza de que elas poderiam resolvê-las corretamente, e depois aplicava as mesmas somas como uma prova de aritmética, antes que pudessem esquecer as respostas; e o mesmo se dava com as outras disciplinas, cada uma a seu tempo. As provas das crianças, é claro, eram enviadas para casa, para que os pais as

---

65 Versos tirados do poema *The Schoolboy*, do poeta inglês William Blake (1757-1827). (N. da T.)

inspecionassem. E Dorothy escrevia relatórios ditados pela sra. Creevy, nos quais tinha de escrever "excelente" tantas vezes que — como acontece vez ou outra quando se escreve repetidas vezes a mesma palavra — ela esquecia como grafá-la corretamente e acabava escrevendo "ecelente", "esselente", "eçelente" e "eccelente".

O último dia transcorreu em pavorosos tumultos. Nem mesmo a sra. Creevy conseguiu fazer as crianças se comportar. Por volta de meio-dia, os nervos de Dorothy estavam em frangalhos, e a sra. Creevy lhe passou uma "reprimenda" na frente de sete crianças que ficaram para almoçar. À tarde, o barulho estava ainda pior, e finalmente Dorothy, vencida, implorou, quase chorando, para que as meninas parassem.

— Meninas! — ela chamou, subindo o tom de voz para se fazer ouvir em meio à algazarra. — Por favor, parem, por favor! Estão se comportando de forma horrível comigo. Vocês acham que é bonito agir assim?

Isso foi fatal, é claro. Nunca, nunca, nunca se coloque à mercê de uma criança! Houve um momento de silêncio, mas depois uma menina gritou, alto e zombeteiramente: "Mi-llieee!". No instante seguinte, a sala toda havia aderido, mesmo a imbecil Mavis, todas juntas: "Mi-llie! Mi-llie! Mi-llie!". Ao ouvir isso, algo dentro de Dorothy pareceu estalar. Pausou por um instante, identificou a menina que estava fazendo mais barulho, foi até ela e deu-lhe um tapa na orelha o mais forte que conseguiu. Felizmente, tratava-se apenas de uma das "pagadoras médias".

6

No primeiro dia das férias, Dorothy recebeu uma carta do sr. Warburton.

Minha querida Dorothy [ele escreveu], ou devo chamá-la Ellen, já que entendo que é seu novo nome? Receio que deva ter julgado bastante insensível de minha parte não ter escrito antes, mas garanto que eu só soube de nossa suposta fuga dez dias atrás. Estive no exterior, primeiro em várias partes da França, depois na Áustria, também em Roma e, como você sabe, evito meus conterrâneos o máximo que posso nessas viagens. Já são desagradáveis em casa, mas no exterior o comportamento deles me envergonha tanto que eu geralmente me faço passar por americano.

Quando cheguei a Knype Hill, seu pai se recusou a me receber, mas consegui encontrar Victor Stone, que me deu seu endereço e o nome que está usando. Ele pareceu bem relutante, e concluí que mesmo ele, como todo mundo nessa cidade tóxica, ainda acredita que você se comportou mal de alguma forma. Eu acho que a teoria de que você e eu fugimos juntos foi descartada, mas eles pensam que você deve ter feito algo escandaloso. Uma moça sai de casa de repente, portanto deve haver um homem envolvido; é assim que funcionam as mentes provincianas. Não preciso dizer que venho desmentindo a história toda com o maior vigor. Você ficará feliz em saber que consegui enquadrar aquela bruxa nojenta, a sra. Semprill, e a repreendi; e garanto que uma reprimenda minha é notavelmente terrível. Mas a mulher é simplesmente desumana. Não consegui tirar nada dela exceto uma hipócrita lamúria, "pobre, pobre Dorothy".

Soube que seu pai sente muito sua falta e ficaria feliz em tê-la em casa novamente, se não fosse pelo escândalo. Parece que hoje suas refeições nunca são pontuais. Ele diz por aí que você "saiu da cidade para se recuperar de uma leve doença e acabou conseguindo um emprego excelente em uma escola de meninas". Você ficará surpresa em saber de uma coisa que aconteceu com ele. Foi obrigado a pagar todas as dívidas! Fiquei sabendo que um comerciante criou uma comissão e realizou o que pode se chamar de reunião dos credores na Casa Paroquial. Não o tipo de coisa que poderia ter acontecido na Paróquia Plumstead. Mas, hoje, vivemos em uma democracia, felizmente! Evidentemente, você foi a única pessoa que conseguiu manter os credores permanentemente sob controle.

Agora, preciso te contar algumas novidades minhas etc. etc. etc.

Nesse ponto, Dorothy rasgou a carta, desapontada e mesmo aborrecida. "Ele deveria ter demonstrado um pouco mais de consideração!", pensou. Era típico do sr. Warburton, depois de tê-la colocado em sérios apuros — porque, afinal, ele era o principal culpado pelo que havia ocorrido —, ser tão leviano e indiferente sobre o assunto. Mas, quando Dorothy refletiu sobre isso, absolveu-o de insensibilidade. O sr. Warburton havia feito o pouco possível para ajudá-la, e não se poderia esperar que tivesse pena dela por problemas que ele desconhecia. Além do mais, sua própria vida havia sido uma série de escândalos retumbantes; provavelmente ele não era capaz de compreender que, para uma mulher, um escândalo é um assunto sério.

No Natal, o pai de Dorothy também escreveu e, além do mais, mandou-lhe 2 libras de presente. Pelo tom de sua carta, era evidente que havia perdoado a filha a essa altura. Do que, exatamente, ele a havia perdoado não estava claro, pois não estava claro o que ela havia feito; mas, ainda assim, a havia perdoado. A carta começava com algumas perguntas superficiais, mas amigáveis. Ele esperava que o novo emprego fosse bom, escreveu. As salas da escola eram confortáveis e o restante da equipe era agradável? Ele ouvira dizer que as escolas eram muito boas atualmente, muito diferente de 40 anos atrás. Agora, nos dias de hoje etc. etc. etc. Dorothy percebia que ele não tinha a mais vaga ideia das circunstâncias atuais. Quando se falava em escolas, o reverendo pensava em Winchester, sua antiga escola; um lugar como Ringwood House estava além de sua imaginação.

O resto da carta eram só resmungos sobre como andavam as coisas na paróquia. O reitor reclamou de estar preocupado e sobrecarregado. Os insuportáveis encarregados da igreja o ficavam incomodando com isso e aquilo outro, e ele estava muito cansado dos relatórios de Proggett sobre o campanário que está cedendo, e a diarista que havia contratado para ajudar Ellen era um grande aborrecimento e tinha enfiado o cabo de vassoura pelo mostrador do grande relógio em seu escritório — e assim por diante, por várias páginas. Ele disse, inúmeras vezes, de um jeito lamurioso, que desejava que Dorothy estivesse lá para ajudá-lo, mas não sugeriu, de fato, que ela voltasse. Evidentemente, ainda era necessário que permanecesse escondida e esquecida — um esqueleto em um armário distante e bem trancado.

A carta encheu Dorothy de repentina saudade de casa. Via-se desejando estar de volta às visitas paroquiais e às aulas de culinária do grupo de escoteiras e imaginando, com tristeza, como seu pai estaria se virando sem ela todo esse tempo, e se aquelas duas mulheres estariam cuidando dele adequadamente. Dorothy gostava do pai, de um jeito que nunca ousara mostrar, pois ele não era uma pessoa a quem se podia demonstrar afeição. Ficou surpresa, e bastante chocada, ao perceber o pouco que pensara nele durante os últimos quatro meses. Houve períodos em que até se esqueceu de sua existência. Mas a verdade é que a simples tarefa de manter sãos o corpo e a mente não deixou espaço para outras emoções.

Agora, entretanto, o trabalho na escola havia acabado, e Dorothy podia ter algum lazer e relaxar, pois, embora a sra. Creevy fizesse o que estava a seu alcance para mantê-la ocupada a maior parte do dia, não havia tantos trabalhos domésticos que pudesse inventar. A sra. Creevy deixou bem claro para Dorothy que, durante as férias, ela não passava de uma despesa inútil, e a observava durante as refeições (obviamente considerando um insulto que comesse, já que não estava trabalhando), de um jeito que acabou se tornando insuportável. Então, Dorothy ficava fora de casa o máximo que conseguia e, sentindo-se rica com seus ganhos (4 libras e 10 por nove semanas), mais as 2 libras que seu pai lhe enviara, começou a comprar sanduíches na loja de presunto e carne na cidade e comê-los fora de casa. A sra. Creevy aquiesceu, meio amuada, pois gostava de ter Dorothy na casa para resmungar com ela, e meio satisfeita pela oportunidade de economizar algumas refeições.

Dorothy fazia longas caminhadas sozinha, explorando Southbridge e suas vizinhanças ainda mais desoladas, Dorley, Wembridge e West Holton. O inverno chegou, úmido e sem vento, e mais lúgubre naqueles subúrbios labirínticos sem cor do que seria no mais desolado território selvagem. Em duas ou três ocasiões, embora tal extravagância pudesse significar dias de fome mais para a frente, Dorothy comprava uma passagem barata de ida e volta para Iver Heath ou Burham Beeches. Os bosques estavam encharcados e tinham um ar invernal, com grandes canteiros de folhas de faia carregadas pelo vento, que brilhavam como cobre no ar parado e molhado, e os dias eram tão amenos que se podia sentar na porta de casa e ler caso se estivesse usando luvas. Na véspera do Natal, a sra. Creevy pegou alguns raminhos de azevinho que havia guardado do ano anterior, limpou-os e pregou-os na porta, mas disse que não intencionava fazer uma ceia de Natal. Não compactuava com toda a tolice do Natal, disse — era só uma bobagem inventada pelos donos de lojas, e um gasto desnecessário; além disso, ela odiava peru e também o pudim de Natal. Dorothy estava aliviada; uma ceia de Natal naquela "sala matinal" sem alegria (teve uma visão momentânea horrível da sra. Creevy saindo de um bolo usando um chapéu de papel) era algo em que não suportava pensar. Dorothy teve sua ceia de Natal — um ovo cozido, dois sanduíches de queijo e uma garrafa de limonada — no bosque perto de Burnham, encostada em um pé de faia retorcido, lendo *As Mulheres Estranhas*, de George Gissing.

Quando os dias estavam muito úmidos para caminhadas, Dorothy passava a maior parte do tempo na biblioteca pública — tornando-se, de fato, uma das frequentadoras mais regulares, juntamente com os homens desempregados que tristemente se sentavam em frente a jornais ilustrados que não liam, e com o velho solteirão descorado que morava em "quartos" a 2 libras por semana e vinha à biblioteca para ler livros sobre iates. Ela havia sentido um grande alívio quando o semestre acabou, mas esse sentimento logo findou; na verdade, sem nenhuma alma com quem conversar, os dias se arrastavam mais intensamente que antes. Talvez não haja no mundo habitado um lugar onde as pessoas se sintam tão sozinhas quanto nos subúrbios de Londres. Em uma cidade grande, a agitação e o burburinho são ao menos a ilusão de ter companhia, e, no interior, todo mundo se interessa pela vida do outro — até demais. Mas em locais como Southbridge, se você não tem família e não tem casa para chamar de sua, pode passar metade da vida sem fazer nenhuma amizade. Há mulheres em lugares como esses, especialmente damas desprezadas, em empregos mal remunerados, que passam anos a fio em completa solidão. Não demorou muito até que Dorothy se visse sempre com um ar para baixo, em um estado de esgotamento em que, por mais que tentasse, nada parecia capaz de interessá-la. E foi no odioso tédio dessa época — o tédio corruptor, que fica à espera de toda alma moderna — que ela, pela primeira vez, compreendeu claramente o que significava ter perdido sua fé.

Tentou entorpecer-se com livros, e isso funcionou por mais ou menos uma semana. Mas, depois de um tempo, quase todos os livros pareceram cansativos e pouco inteligentes, pois a mente não trabalha para nenhum propósito quando está sozinha. No fim, descobriu que não conseguia acompanhar nada além de uma história de detetive. Fazia caminhadas de 15 a 25 quilômetros, na tentativa de melhorar o humor, mas as péssimas ruas do subúrbio, os caminhos úmidos e lamacentos em meio aos bosques, as árvores nuas, o musgo encharcado e os grandes cogumelos esponjosos afligiam-na com terrível melancolia. Dorothy precisava de companhia humana, e não parecia haver maneira de consegui-la. Nas noites em que voltava para a escola e olhava para as janelas das casas iluminadas, e ouvia vozes rindo e gramofones tocando do lado de dentro, seu coração se enchia de inveja. Ah, ser como aquelas pessoas lá dentro — ter pelo menos uma casa, uma família, alguns amigos que se interessassem por você! Havia dias em que ela ansiava pela coragem de conversar com estranhos na rua; dias também em que considerava fingir devoção a fim de conseguir proximidade com o vigário da St. George e sua família, e talvez obter a chance de se ocupar um pouco com as tarefas da paróquia; dias, até, em que estava tão desesperada que pensava em se juntar à Associação Cristã de Moças.

Mas, quase no fim do período de férias, por meio de um encontro casual na biblioteca, Dorothy fez amizade com uma pequena mulher chamada srta. Beaver, professora de geografia na Toot's Commercial College, outra das escolas privadas de Southbridge. A Toot's Commercial College era muito maior e muito mais pretensiosa que a Ringwood House — possuía cerca de 150 alunos integrais, de ambos os sexos, e conseguiu até ter uma dúzia de internos; seu currículo era uma fraude um pouco menos espalhafatosa. Tratava-se de uma dessas escolas cujo alvo são aquele tipo de pais que advogam por um "treinamento atualizado para negócios", e sua palavra de ordem era eficiência, o que queria dizer um tremendo desfile de atividades voltadas para os negócios e o banimento de todos os estudos humanísticos. Uma de suas características era uma espécie de catecismo chamada Ritual de Eficiência, aplicada a todas as crianças assim que iniciassem na escola. Tinha perguntas e respostas assim:

> P: Qual é o segredo do sucesso?
> R: O segredo do sucesso é a eficiência.
> P: O que é o teste de eficiência?
> R: O teste de eficiência é o sucesso.

E coisas do tipo. Dizia-se que o espetáculo de ver a escola toda, meninos e meninas, recitando o Ritual de Eficiência sob a liderança do diretor — eles realizavam essa cerimônia duas manhãs por semana, no lugar das orações — era muito impactante.

A srta. Beaver era uma mulher empertigada, de corpo redondo, rosto fino e nariz vermelho e possuía o andar de uma galinha-d'angola. Depois de 20 anos de exploração, obteve uma renda de 4 libras por semana e o privilégio de "morar fora", em vez de ser obrigada a pôr os internos para dormir à noite. Vivia em um "quarto" — isto é, uma quitinete —, para o qual às vezes podia convidar Dorothy, quando ambas tinham a noite livre. Como Dorothy ansiava por essas visitas! Só eram possíveis em raros intervalos, pois a senhoria da srta. Beaver "não aprovava visitantes" e, mesmo quando ela ia lá, não tinha muito o que fazer exceto ajudar a resolver as palavras cruzadas do *Daily Telegraph* e olhar as fotografias que a srta. Beaver havia tirado em sua viagem para a região do Tirol, na Áustria, em 1913 — essa viagem havia sido o apogeu e a glória de sua vida. Mesmo assim, como importava a Dorothy sentar-se conversando com alguém de um modo amigável e tomando uma xícara de chá menos aguado que o da sra. Creevy! A srta. Beaver tinha, em uma mala de viagem laqueada, um queimador a álcool (que levou para o Tirol em 1913), no qual fazia jarras de chá tão escuro quanto o alcatrão mineral, tomando cerca de um balde cheio durante o dia. Confessou a Dorothy que sempre levava uma garrafa térmica para a escola e tomava uma boa xícara de chá durante o intervalo e depois do almoço. Dorothy percebeu que toda professora de terceira categoria tinha de percorrer um ou dois caminhos tortuosos: o caminho da srta. Strong, que conduzia ao asilo de pobres devido ao uísque, ou o caminho da srta. Beaver, que levava a uma morte digna no Lar para Damas Decadentes pelo chá forte.

A srta. Beaver era, na verdade, uma mulherzinha chata. Para Dorothy, representava uma alusão à morte, ou melhor, ao envelhecimento. Sua alma parecia ter definhado até ficar em um estado tão lastimável quanto uma barra de sabonete seca e esquecida na saboneteira. Havia chegado a um ponto em que a vida em uma quitinete, com uma senhoria tirana e o impulso "eficiente" da geografia comercial enfiada goela abaixo de crianças com ânsia de vômito, era praticamente o único destino que poderia imaginar. Apesar disso, Dorothy gostava bastante da srta. Beaver, e aquelas horas ocasionais que passavam juntas na quitinete, fazendo as palavras cruzadas do *Daily Telegraph* e tomando uma xícara de chá, eram um oásis em sua vida.

Ficou feliz quando o semestre seguinte começou, pois mesmo a rotina diária de exploração mostrava-se melhor que a solidão vazia das férias. Além disso, as meninas estavam bem mais sob controle nesse semestre; Dorothy nunca mais julgou necessário bater nelas. Havia entendido agora que é até bastante fácil manter as crianças comportadas, se você for impiedosa desde o início. No semestre anterior, as garotas tinham se comportado mal porque Dorothy havia começado tratando-as como seres humanos e, mais tarde, quando as aulas que as interessavam foram descontinuadas, elas se rebelaram como seres humanos. Se você é obrigada a ensinar porcaria para as crianças, não deve tratá-las como seres humanos. Deve tratá-las como animais — conduzindo, e não convencendo. Antes de qualquer outra coisa, deve ensiná-las que é mais doloroso rebelar-se que obedecer. Talvez esse tipo de tratamento não seja muito bom para as crianças, mas não há dúvida de que elas o entendem e respondem a ele.

Dorothy aprendeu a nefasta arte de ser professora em uma escola. Aprendeu a envernizar sua mente contra as intermináveis horas enfadonhas, a economizar a energia de seus nervos, a ser implacável e sempre atenta, a ter certo orgulho e prazer em ver um ritual fútil bem realizado. Havia se tornado — bem de repente, lhe pareceu — mais dura e mais madura. Seus olhos haviam perdido o olhar meio infantil que um dia tiveram, e seu rosto havia ficado mais magro, fazendo o nariz parecer mais longo. Às vezes, parecia-se bastante com o rosto de uma professora de cidade do interior;

dava para imaginar o pincenê sobre ele. Mas Dorothy ainda não havia se tornado cínica. Ainda sabia que essas crianças eram vítimas de um embuste sombrio, ainda queria, se fosse possível, fazer algo melhor por elas. Se ela se irritava constantemente e enchia suas cabeças de porcaria, era por uma única razão: independentemente do que acontecesse, tinha de manter seu emprego.

Havia muito pouco barulho na sala de aula nesse semestre. A sra. Creevy, ansiosa como sempre por uma chance de encontrar algum erro, raramente tinha motivo para bater na parede com o cabo de vassoura. Em uma manhã, durante o café, olhou firme para Dorothy, como se calculasse o peso de uma decisão, e então empurrou o prato de geleia pela mesa.

— Coma um pouco de geleia, se gostar, srta. Millborough — disse, de forma até graciosa para ela.

Era a primeira vez que a geleia passava pelos lábios de Dorothy desde que havia chegado a Ringwood House. A jovem ficou levemente ruborizada. "Então a mulher compreende que eu fiz meu melhor por ela", não conseguiu evitar pensar.

Depois disso, pôde comer geleia no café toda manhã. E, de outras maneiras, a atitude da sra. Creevy tornou-se, de fato, não cordial, porque nunca poderia ser assim, mas sensivelmente menos ofensiva. Havia, inclusive, momentos em que ela fazia uma careta quando pretendia que fosse um sorriso; seu rosto, assim parecia a Dorothy, se enrugava com o esforço. Por volta dessa época, sua conversa vinha salpicada com referências ao "próximo semestre". Era sempre "no próximo semestre faremos isso" e "no próximo semestre vou querer que você faça aquilo", até que Dorothy começou a sentir que havia ganhado a confiança da sra. Creevy e estava sendo tratada mais como uma colega que uma escrava. Com isso, uma esperança pequena, irracional, mas bastante animada, surgiu em seu coração. Talvez a sra. Creevy fosse aumentar seus ganhos! Era extremamente improvável, e Dorothy tentou cortar qualquer esperança nesse sentido, mas não conseguiu. Que diferença faria se seus ganhos fossem aumentados em ao menos meia coroa por semana!

Chegou o último dia. "Com sorte, a sra. Creevy deve pagar meus salários amanhã", pensou. Dorothy precisava muito do dinheiro; fazia semanas que não tinha nem um centavo, e não apenas estava insuportavelmente faminta, mas também precisando de meias novas, pois não tinha nenhum par que já não estivesse se desfazendo de tantos remendos. Na manhã seguinte, fez as tarefas domésticas designadas a ela e, depois, em vez de sair, esperou na "sala matinal", enquanto a sra. Creevy andava para lá e para cá com vassoura e bacia no andar de cima. Então, a sra. Creevy desceu.

— Ah, então está aí, srta. Millborough! — disse, naquele tom peculiar e maldoso. — Pensei que você não estivesse tão apressada para sair nesta manhã. Bem, como está aqui, suponho que eu deva pagar seus salários.

— Obrigada — disse Dorothy.

— E depois disso — acrescentou a sra. Creevy — tem uma coisinha que quero dizer.

O coração de Dorothy se agitou. Será que aquela "coisinha" significava o tão sonhado aumento nos pagamentos? Era bem possível. A Sra. Creevy retirou uma carteira de couro escura e gasta de uma gaveta trancada na cômoda, abriu-a e lambeu o polegar.

— Doze semanas e cinco dias — disse. — Doze semanas é o suficiente. Não há necessidade de ser exata nos dias. Isso dá 6 libras.

Contou cinco sujas notas de 5 libras e duas notas de 10 xelins. Depois, examinando uma das notas e, aparentemente, achando-a limpa demais, devolveu-a à carteira e pegou outra que havia sido rasgada ao meio. Foi até a cômoda, pegou um pedaço de uma fita grudenta e transparente e cuidadosamente colou as duas metades. Então a entregou, com as outras seis, a Dorothy.

— Aí está, srta. Millborough — ela disse. — Bem, agora, você poderia deixar a casa de uma vez, por favor? Não precisarei mais de você.

— Não precisará mais de...

Dorothy pareceu congelar. Todo o sangue sumiu de sua face. Mas, mesmo agora, em um momento de terror e desespero, não tinha certeza do significado do que lhe fora dito. Ainda pensou que a sra. Creevy simplesmente quis dizer para ela ficar fora da casa pelo resto do dia.

— A senhora não precisará mais de mim? — repetiu, sem força.

— Não. Vou contratar outra professora no começo do próximo semestre. E não dá para esperar que eu a mantenha durante as férias para nada, não é mesmo?

— Mas a senhora não está querendo dizer que quer que eu saia, que está me demitindo?

— É claro que estou. O que mais você acha que eu queria dizer?

— Mas a senhora não me deu nenhum aviso! — disse Dorothy.

— Aviso! — disse a sra. Creevy, ficando imediatamente nervosa. — Desde quando é da sua conta se eu dou aviso ou não? Você não tem um contrato por escrito, tem?

— Não... Acho que não.

— Pois, então! É melhor ir lá em cima e começar a fazer sua mala. Não é bom ficar mais, porque não tenho nada para você comer no almoço.

Dorothy subiu e sentou-se ao lado da cama. Tremia incontrolavelmente, e levou alguns minutos até se controlar e começar a arrumar suas coisas. Sentiu-se confusa. O desastre que caiu sobre ela foi tão repentino, tão aparentemente sem motivo que Dorothy teve dificuldades em acreditar que havia, de fato, acontecido. Mas, na verdade, o motivo pelo qual a sra. Creevy a havia dispensado era bem simples e conveniente.

Não muito longe de Ringwood House, havia uma escolinha pobre e moribunda chamada The Gables, com apenas sete alunos. A professora era uma velha incompetente, chamada srta. Allcock, que havia trabalhado em 38 escolas diferentes em sua vida e não servia para tomar conta nem de um canário domesticado. Mas a srta. Allcock tinha um talento excepcional: era muito boa em enfurecer seus empregadores. Nessas escolas de terceira e quarta categoria, uma espécie de pirataria estava sempre acontecendo. Os pais são "trabalhados" e os filhos, roubados de uma escola para a outra. Com bastante frequência, a traição da professora é que está por trás disso. A professora secretamente aproxima-se dos pais, um por um ("Mande sua filha para mim que eu a ensinarei por 10 xelins a menos por semestre"), e, quando consegue corromper um número suficiente, de repente abandona a escola e "estabelece" a sua própria, ou carrega as crianças para outra. A srta. Allcock tinha se saído bem em roubar três das sete alunas de seu empregador e tinha abordado a sra. Creevy para oferecê-las. Em troca, teria de ficar com o lugar de Dorothy e uma comissão de 15% sobre as alunas que trouxera.

Após decidir que demitiria Dorothy, a sra. Creevy obviamente considerou muito importante esconder isso dela. Pois, é claro, se ela soubesse o que iria acontecer, começaria a roubar alunos por conta própria ou não faria nem o trabalho mais leve até o fim do semestre. (A sra. Creevy se orgulhava de conhecer a natureza humana.) Por isso a geleia, os sorrisos desconjuntados e outros ardis, para afastar as suspeitas de Dorothy. Qualquer um que conhecesse essas artimanhas teria começado a procurar outro emprego no mesmo momento em que o prato de geleia foi passado sobre a mesa.

Apenas meia hora depois do anúncio de sua demissão, Dorothy, carregando sua bolsa, abriu o portão da frente. Era 4 de abril, um dia claro e com vento, frio demais para ficar parada na rua, com um céu tão azul quanto o ovo de uma ferreirinha e um daqueles ventos fortes de primavera que vêm cortando pela calçada, em repentinas rajadas, e sopram seco, respingando poeira no seu rosto. Dorothy fechou o portão e começou a caminhar bem devagar em direção à estação de metrô.

Ela havia dito à sra. Creevy que lhe mandaria seu endereço para que a correspondência fosse enviada, e a sra. Creevy instantaneamente cobrou 5 xelins pelo transporte. Dorothy tinha nas mãos, portanto, 5 libras e 15 xelins, o que a deveria manter por três semanas, com cuidadosa economia. O que iria fazer — exceto que deveria ir para Londres e encontrar uma hospedagem adequada — não tinha a menor ideia. Mas seu primeiro pânico tinha diminuído, e Dorothy percebeu que a situação não se mostrava completamente desesperadora. Sem dúvida, seu pai iria ajudá-la por um tempo, de qualquer forma, e, na pior das hipóteses, embora odiasse mesmo pensar nisso, poderia pedir ajuda a seu primo uma segunda vez. Além disso, suas chances de conseguir um emprego eram provavelmente boas. Ela era jovem, falava com um sotaque polido e estava disposta a pegar pesado para receber o salário de uma criada — qualidades que são muito procuradas pelos proprietários das escolas de quarta categoria. Muito provavelmente, tudo ficaria bem. Mas que ela teria um momento difícil à sua frente, de procura de emprego, de incertezas e de possibilidade de fome, isso, de qualquer forma, era certo.

CAPÍTULO 5

1

Entretanto, as coisas foram bastante diferentes. Pois Dorothy não havia caminhado nem 5 metros depois de fechar o portão quando um garoto do telégrafo veio pedalando pela rua, na direção oposta, assobiando e olhando o nome das casas. Ele viu o nome Ringwood House, virou a bicicleta, apoiou-a no meio-fio e aproximou-se de Dorothy.

— A srta. Mill-burrow mora aqui? — disse, jogando a cabeça na direção de Ringwood House.

— Sim. Eu sou a srta. Millborough.

— Tenho de esperar pela resposta — disse o menino, tirando do cinto um envelope cor de laranja.

Dorothy colocou sua bolsa no chão. Começou a tremer forte novamente. Se de alegria ou medo ela não tinha certeza, pois dois pensamentos conflitantes tinham brotado simultaneamente em sua cabeça. Um era "é alguma notícia boa!"; o outro, "papai está seriamente doente!". Conseguiu rasgar o envelope e encontrou um telegrama que ocupava duas páginas, e que teve a maior dificuldade em entender. Dizia:

Alegro-me no Senhor o justo ponto de exclamação ótima notícia ponto de exclamação sua reputação absolutamente reestabelecida ponto a sra. semprill caiu na armadilha que ela armou ponto ação por calúnia ponto ninguém acredita nela mais ponto seu pai deseja seu retorno para casa imediatamente ponto estou na cidade vírgula me espere ponto glória a ele ponto de exclamação com amor ponto.

Não precisava nem olhar a assinatura. Era do sr. Warburton, é claro. Dorothy sentiu-se fraca e tremia mais ainda. Estava vagamente ciente de que o menino do telégrafo esperava por algo.

— Alguma resposta? — ele disse, pela terceira ou quarta vez.

— Hoje não, obrigada — disse Dorothy, vagamente.

O menino subiu em sua bicicleta de novo e pedalou, assobiando mais alto ainda, para mostrar a Dorothy quanto ele a desprezava por não ter lhe dado uma gorjeta. Mas Dorothy não percebeu o escárnio do menino do telégrafo. A única frase do telegrama que ela tinha entendido completamente era "seu pai deseja seu retorno para casa imediatamente", e a surpresa disso a havia deixado em um estado de semiconfusão. Por um tempo indefinido, permaneceu na calçada, até que um táxi surgiu na rua com o sr. Warburton dentro. Ele viu Dorothy, parou o táxi, pulou para fora e foi encontrá-la, radiante. Tomou-lhe as duas mãos.

— Olá! — ele gritou e, de uma vez, lançou seus braços, em um ato pseudopaternal, em volta dela e a puxou a seu encontro, sem pensar em quem pudesse estar olhando. — Como está? Mas, por Deus, como está magra! Posso sentir todas as suas costelas. Onde é sua escola?

Dorothy, que não tinha ainda conseguido se livrar dos braços dele, virou um pouco de lado e lançou um olhar na direção das janelas escuras de Ringwood House.

— O quê? Aquele lugar? Senhor, que buraco! O que fez com sua bagagem?

— Está lá dentro. Deixei o dinheiro para que me a enviassem. Acho que vai dar certo.

— Ah, bobagem, para que pagar? Vamos levá-la conosco. Ela pode ir em cima do táxi.

— Não, não! Deixe-os enviá-la. Eu não ouso voltar. A sra. Creevy ficaria terrivelmente brava.

— Sra. Creevy? Quem é a sra. Creevy?

— A diretora... Bem, ela é a proprietária da escola.

— Mas ela é um dragão, por acaso? Deixe-a comigo... Eu lido com ela. Perseu e a Górgona, que tal? Você é Andrômeda. Ei! — ele chamou o motorista do táxi.

Os dois foram até a porta da frente, e o sr. Warburton bateu. De alguma forma, Dorothy nunca acreditou que os dois homens conseguiriam pegar sua mala com a sra. Creevy. Na verdade, meio que esperava vê-los sair de lá correndo, temendo por suas vidas, e a sra. Creevy atrás deles com a vassoura. Entretanto, em dois minutos eles reapareceram, o motorista de táxi carregando sua mala nos ombros. O sr. Warburton conduziu Dorothy para dentro do táxi e, conforme se sentavam, colocou meia coroa na mão dela.

— Que mulher! Que mulher! — disse, vagamente, enquanto o táxi os levava embora. — Como é que você tolerou isso esse tempo todo?

— O que é isso? — disse Dorothy, olhando para a moeda.

— A meia coroa que deixou para que transportassem a bagagem. Uma proeza conseguir tirar a moeda da velha, hein?

— Mas eu deixei 5 xelins!

— O quê! A mulher me disse que você tinha deixado meia coroa. Por Deus, que audácia! Vamos voltar lá e tirar meia coroa dela. Só para irritá-la! — ele bateu no vidro.

— Não, não! — disse Dorothy, colocando a mão sobre o braço dele. — Não importa. Vamos sair daqui, já. Eu não suportaria voltar àquele lugar, nunca mais!

Era bem verdade. Ela sentiu que iria sacrificar não meia coroa, mas todo o dinheiro em sua posse assim que pusesse os olhos em Ringwood House de novo. Então, seguiram viagem, deixando a sra. Creevy vitoriosa. Seria interessante saber se essa seria uma das outras ocasiões em que a sra. Creevy ria.

O sr. Warburton insistiu em ir de táxi todo o caminho até Londres e falava tanto que Dorothy mal conseguia entender uma palavra vindo do lado.

George Orwell

Foi só quando entraram em uma parte mais central que Dorothy obteve uma explicação da repentina mudança de sua sorte.

— Diga-me — ela disse —, o que foi que aconteceu? Eu não entendo. Por que ficou tudo bem para que eu voltasse para casa de uma hora para outra? Por que as pessoas não acreditam mais na sra. Semprill? Será que ela confessou?

— Confessar? Não! Mas os pecados dela a encontraram, do mesmo jeito. Foi o tipo de coisa que vocês, pessoas devotas, atribuiriam ao dedo da Providência. Lança teu pão sobre as águas, e tudo isso aí. Ela se enfiou numa enrascada — uma ação por calúnia. Não falamos de outra coisa em Knype Hill nas últimas duas semanas. Pensei que você tivesse lido alguma coisa sobre isso nos jornais.

— Há muito tempo que mal leio um jornal. Quem entrou com uma ação por calúnia? Não foi meu pai, foi?

— Por Deus, não! Clérigos não podem entrar com ações por calúnia. Foi o gerente do banco. Você se lembra da história favorita dela sobre ele, de como estava mantendo uma mulher com o dinheiro do banco e coisa e tal?

— Sim, acho que sim.

— Alguns meses atrás, a sra. Semprill foi tola o bastante para escrever sobre isso. Alguém que se dizia amigo, uma amiga, suponho, levou a carta para o gerente do banco. Ele entrou com uma ação. A sra. Semprill foi condenada a pagar 150 libras pelos danos. Aposto que não pagou meio centavo, mas, ainda assim, esse foi o fim da carreira dela como difamadora. Você pode sair manchando a reputação das pessoas por anos, e todo mundo acreditar mais ou menos, mesmo quando está óbvio que você está mentindo. Mas, uma vez que se prova no tribunal que a pessoa é mentirosa, ela fica desqualificada, por assim dizer. A sra. Semprill ficou desacreditada, pelo menos em Knype Hill. Ela deixou a cidade em poucos dias, praticamente na calada da noite, na verdade. Acredito que esteja escondida em Bury St. Edmunds no momento.

— Mas o que tudo isso tem a ver com as coisas que ela disse sobre nós?

— Nada, nada mesmo. Mas por que se preocupar? O fato é que você está reinstalada; e todas as bruxas que vinham lançando seus facões sobre você por meses estão dizendo: "Pobre Dorothy, como essa mulher horrível a tratou de maneira chocante!".

— Você quer dizer que elas acham que, porque a sra. Semprill vinha dizendo mentiras em um caso, deveria também ter mentido no outro?

— Sem dúvida, isso é o que eles diriam se conseguissem raciocinar. De qualquer forma, a sra. Semprill caiu em desgraça, então todas as pessoas que ela difamou deverão virar mártires. Mesmo a minha reputação está intacta, por enquanto.

— E você acha que é mesmo o fim disso? Você acha que eles realmente acreditam que foi tudo um acidente, que eu só perdi minha memória e não fugi com ninguém?

— Bem, eu não iria tão longe assim. Nesses lugares no interior há sempre certa suspeita rondando. Não a suspeita de alguma coisa em particular, sabe, apenas generalizada, vinda de um tipo de mente suja, instintiva e rústica. Posso imaginar o burburinho sendo vagamente comentado no balcão do pub Cão e Casco, daqui a dez anos, que você teve algum segredo sórdido no passado, mas ninguém consegue lembrar o que foi. Ainda assim, seus problemas acabaram. Se eu fosse você, não daria explicações até que alguém perguntasse. A teoria oficial é que teve uma gripe muito forte e saiu da cidade para se recuperar. Eu manteria essa história. Você vai descobrir que as pessoas a aceitarão perfeitamente. Oficialmente, não há nada contra você.

Nessa hora, chegaram a Londres, e o sr. Warburton levou Dorothy para almoçar em um restaurante na rua Covent, onde comeram um galeto assado com aspargos e batatinhas brancas como pérolas que haviam sido colhidas precocemente de sua terra-mãe, também uma torta de melaço, e beberam uma bela garrafa de vinho da Borgonha. Mas o que deu a Dorothy o maior prazer de todos, depois do chá morno da sra. Creevy, foi o café preto que tomaram na sequência. Após o almoço, seguiram em outro táxi para a estação rua Liverpool e pegaram o trem das 2h45. Foi uma viagem de quatro horas até Knype Hill.

O sr. Warburton insistiu em viajar de primeira classe, e não aceitou que Dorothy pagasse sua própria passagem. E também, quando Dorothy não estava vendo, deu uma gorjeta ao guarda para que os deixasse ficar sozinhos no vagão. Fazia um daqueles dias frios e claros, que poderiam ser de primavera ou de inverno, dependendo se você está abrigado ou a céu aberto. Detrás das janelas fechadas, o céu azulíssimo parecia quente e acolhedor, e toda a imensidão miserável pela qual o trem passava — os labirintos de casas com cor de sujeira, as grandes fábricas caóticas, os canais imundos, os quarteirões de prédios abandonados e poluídos com caldeiras enferrujadas e mato escurecido pela fumaça crescendo desordenadamente —, tudo estava redimido e dourado pelo sol. Dorothy mal falou durante a primeira meia hora de viagem. Estava feliz demais para conversar. Ela não pensava em nada especial, mas simplesmente ficou sentada, desfrutando da luz do sol filtrada pelo vidro, do conforto do assento acolchoado e do sentimento de ter escapado das garras da sra. Creevy. Mas tinha consciência de que esse estado de espírito poderia não durar muito mais tempo. Seu contentamento, como o calor do vinho que havia bebido no almoço, estava se esvaindo, e pensamentos, fossem eles dolorosos ou difíceis de expressar, estavam se formando em sua mente. O sr. Warburton vinha observando seu rosto, mais do que o usual para ele, como se estivesse tentando avaliar as mudanças que os últimos oito meses lhe haviam causado.

— Você parece mais velha — ele disse, finalmente.

— Eu estou mais velha — disse Dorothy.

— Sim, mas você parece... Bem, mais adulta. Mais resistente. Algo mudou em seu rosto. Se me desculpa a expressão, é como se o espírito da escoteira tivesse sido exorcizado de você de uma vez por todas. Espero que sete demônios não a tenham dominado no lugar. — Dorothy não respondeu, e ele acrescentou: — Suponho, na verdade, que tenha passado por momentos difíceis pra diabo.

— Ah, abomináveis! Às vezes, abomináveis demais para falar. Sabe que houve vezes...

Dorothy pausou. Estava prestes a dizer que tivera de implorar por comida; que tivera de dormir nas ruas; que fora presa por mendicância e passara uma noite nas celas da delegacia; que a sra. Creevy brigava com ela e a fazia passar fome. Mas parou porque, de repente, percebeu que essas não eram as coisas das quais queria falar. Coisas como essas, percebeu, não têm importância de verdade; são meros acidentes irrelevantes, não essencialmente diferentes de tomar um vento frio na cabeça ou ter de esperar duas horas por uma conexão de trem. São desagradáveis, mas não importam. A ideia banal de que todos os acontecimentos reais estão na mente atingiu-a com mais força que antes, e ela disse:

— Aquelas coisas não têm importância. Quero dizer, coisas como não ter dinheiro e não ter o suficiente para comer. Mesmo quando você está praticamente morrendo de fome... Não muda nada dentro de você.

— Não muda? Vou confiar na sua palavra. Eu não gostaria de ter de provar.

— Ah, bem, é horrível na hora, é claro, mas não faz nenhuma diferença de verdade. É o que acontece dentro de você que importa.

— O que quer dizer? — disse o sr. Warburton.

— Ah, as coisas mudam sua forma de pensar. E então o mundo todo muda, porque você o encara de forma diferente.

Ela ainda estava olhando pela janela. O trem havia chegado próximo dos cortiços do leste e ganhava cada vez mais velocidade ao passar por córregos ladeados por salgueiros e prados baixos, com botões que brotavam das sebes gerando um verdor leve e suave, como uma nuvem. Em um campo perto da linha do trem, um bezerro de 1 mês de idade, achatado como um animal da Arca de Noé, estava agarrado, com as pernas duras, à mãe; e, em um jardim de um casebre, um velho trabalhador, com movimentos lentos e reumáticos, revirava o solo sob uma pereira coberta com floração espectral. Sua pá brilhou ao sol quando o trem passou. A letra depressiva do hino *Vejo Mudança e Decadência em Tudo em Volta* ficou na cabeça de Dorothy. Era verdade o que acabara de dizer. Algo havia acontecido em seu coração, e o mundo estava um pouco mais vazio, um pouco mais pobre a partir daquele minuto. Em um dia como aquele, na última primavera, ou qualquer primavera anterior, com quanta alegria e tão impensadamente ela teria agradecido a Deus pelos primeiros céus azuis e as primeiras flores do ano renascido! E agora, aparentemente, não havia Deus para agradecer, e nada — nem uma flor, nem uma pedra, nem um ramo de grama —, nada no universo seria igual novamente.

— Coisas mudam sua forma de pensar — Dorothy repetiu. — Perdi minha fé — acrescentou, meio abruptamente, porque se viu meio acanhada em pronunciar as palavras.

— Você perdeu sua o quê? — disse o sr. Warburton, menos acostumado que ela a essa fraseologia.

— Minha fé. Ah, você entendeu o que eu quis dizer! Alguns meses atrás, de repente, pareceu que toda a minha mente havia mudado. Tudo em que eu havia acreditado, tudo pareceu, de repente, sem sentido e quase bobo. Deus — o que eu acreditara ser Deus, vida eterna, céu e inferno, tudo. Tudo havia acabado. E não era que eu tivesse concluído isso racionalmente. Simplesmente aconteceu. É como quando você é criança e, um dia, sem nenhuma razão especial, para de acreditar em fadas. Eu simplesmente não poderia continuar acreditando mais nisso.

— Você nunca de fato acreditou — disse o sr. Warburton, despreocupadamente.

— Acreditei, acreditei, sim! Sei que você sempre achou que não. Você pensava que eu só fingia, porque tinha vergonha de assumir. Mas não era fingimento, em absoluto. Eu acreditava, assim como acredito que estou sentada neste trem.

— É claro que não acreditava, minha pobre menina! Como poderia, na sua idade? Você era inteligente demais para isso. Mas foi criada nessas crenças absurdas, e permitiu-se continuar achando, de certa forma, que ainda poderia engoli-las. Você havia construído para si mesma um padrão de vida, se me perdoa o uso de jargão psicológico, que só era possível a um crente, e naturalmente isso começou a pesar sobre você. Na verdade, era óbvio o tempo todo qual era o seu problema. Digo, com grande chance de estar certo, que essa foi a causa da sua perda de memória.

— O que quer dizer? — Dorothy perguntou, bastante confusa com a observação dele.

O sr. Warburton viu que a jovem não entendia, e explicou-lhe que a perda de memória é apenas um dispositivo, usado inconscientemente, para escapar de uma situação insuportável. A mente, ele disse, prega peças curiosas quando se está em um beco sem saída. Dorothy nunca tinha ouvido algo desse tipo antes, e, a princípio, não conseguiu aceitar a explicação. Entretanto, considerou-a por um momento e percebeu que, mesmo que fosse verdadeira, não alterava o fato fundamental.

— Não acredito que faça qualquer diferença — ela finalmente disse.

— Não faz? Eu diria que faz uma diferença considerável.

— Mas você não entende? Se minha fé se foi, o que importa se eu só a perdi agora ou se eu realmente a perdera anos atrás? Tudo o que importa é que se foi, e eu tenho de começar minha vida toda novamente.

— Suponho que não queira dizer — falou o sr. Warburton — que, na verdade, você lamenta ter perdido sua fé, como diz. É como lamentar ter ficado sem bócio. Imagine que estou dizendo isso não como alguém que domine o assunto, mas como alguém que nunca teve muita fé a perder. O pouco que eu tinha foi embora, quase sem dor, quando eu tinha 9 anos. Mas não é mesmo o tipo de coisa que eu pudesse pensar que as pessoas se arrependeriam de perder. Você não costumava, se não estou enganado, fazer coisas horríveis, como se levantar às 5 da manhã e receber a Sagrada Comunhão de barriga vazia? Suponho que não esteja com saudade desse tipo de coisa.

— Não acredito mais nisso, se é o que quer dizer. E vejo agora que muito disso era bastante bobo. Mas isso não ajuda. O ponto é que todas as crenças que eu tinha se foram, e eu não tenho nada para colocar no lugar.

— Mas por Deus! Por que deveria colocar alguma coisa no lugar? Você se livrou de um monte de porcaria supersticiosa, e deveria ficar feliz por isso. Imagino que não a faz mais feliz ficar tremendo por medo do fogo do inferno.

— Mas você não entende? Você tem de entender... Como tudo é tão diferente quando, de repente, o mundo todo está vazio!

— Vazio? — exclamou o sr. Warburton. — O que você quer dizer quando fala que o mundo está vazio? Acho isso um perfeito escândalo para uma moça da sua idade. Não está vazio de jeito nenhum. Está é cheio demais, esse é o problema. Estamos aqui hoje, e amanhã podemos não estar, e não temos tempo de aproveitar o que temos.

— Mas como aproveitar tudo quando nada tem mais sentido?

— Senhor! Mas por que tem de ter sentido? Quando eu como meu jantar, eu não o faço pela glória de Deus; faço porque gosto. O mundo está cheio de coisas adoráveis: livros, quadros, vinhos, viagens, amigos, tudo. Eu nunca vi nenhum sentido em tudo isso, nem quero ver. Por que não aproveitar a vida como ela é?

— Mas...

Dorothy desistiu, pois já via que estava desperdiçando palavras ao tentar fazê-lo compreendê-la. Ele se mostrava bastante incapaz de entender a dificuldade dela — incapaz de assimilar como uma mente naturalmente devota deve recuar de um mundo que se descobre sem sentido. Mesmo os repugnantes lugares-comuns dos panteístas estariam além da compreensão dele. Provavelmente, a ideia de que a vida era essencialmente fútil, se é que o sr. Warburton pensava nisso, acabaria sendo para ele mais divertida que qualquer outra coisa. E, mesmo com tudo isso, o homem era suficientemente perspicaz. Conseguiu perceber a dificuldade da situação específica dela e chamou atenção para isso mais tarde.

— É claro — ele disse. — Posso ver que as coisas serão um pouco estranhas para você quando chegar em casa. Você vai ser, por assim dizer, um lobo em pele de cordeiro. O trabalho paroquial — reunião das mães, orações para os moribundos e tudo o mais —, suponho, vai ser um pouco desagradável algumas vezes. Você tem medo de não ser capaz de continuar com essas tarefas, é esse o problema?

— Ah, não. Não era nisso que eu estava pensando. Devo continuar com isso, como antes. É o que mais estou acostumada a fazer. Além disso, meu pai precisa de minha ajuda. Ele não pode bancar um cura, e o trabalho tem de ser feito.

— Então, qual é o problema? É a hipocrisia que a está preocupando? Tem medo de que o pão consagrado possa grudar na sua garganta e outras coisas do gênero? Eu não me preocuparia. Metade das filhas de reverendos na Inglaterra está provavelmente passando pela mesma dificuldade. E cerca de nove em cada dez reverendos também, eu diria.

— Em parte, é isso. Terei de estar sempre fingindo, ah, você não imagina quanto! Mas isso não é o pior. Talvez parte disso não importe, mesmo. Talvez seja melhor ser hipócrita, esse tipo de hipócrita, do que outras coisas.

— Por que você diz "esse" tipo de hipócrita? Espero que não esteja dizendo que fingir acreditar é melhor que acreditar.

— Sim... Suponho que seja isso mesmo. Talvez seja melhor, menos egoísta, fingir que se acredita, mesmo quando não, do que dizer abertamente que se é descrente e, talvez, fazer com que outras pessoas virem descrentes também.

— Minha querida Dorothy — disse o sr. Warburton —, sua mente, se me permite dizer, está em estado mórbido. Não! Pior que mórbido, é absolutamente cético. Você tem uma espécie de gangrena mental pairando sobre sua educação cristã. Diz que se livrou daquelas crenças ridículas que lhe foram inculcadas desde o berço e, ainda assim, está tomando uma atitude diante da vida que simplesmente não faz sentido sem tais crenças. Você acha isso razoável?

— Não sei. Não, talvez não. Mas suponho que seja o que me ocorre naturalmente.

— Aparentemente, o que você está tentando fazer — continuou o sr. Warburton — é ter o pior dos dois mundos. Você se agarra ao modo cristão das coisas, mas deixa o paraíso de fora. E eu suponho, se soubéssemos a verdade, que há muitas pessoas como você perambulando pelas ruínas da Igreja Anglicana. Vocês praticamente formam uma seita — acrescentou, refletindo: — Os ateus anglicanos. Não uma seita da qual eu quisesse participar, devo dizer.

Eles conversaram um pouco mais, mas sem muito propósito. Na verdade, todo o assunto da crença e da dúvida religiosa era entediante e incompreensível para o sr. Warburton. Seu único apelo era um pretexto para a blasfêmia. Na mesma hora, ele mudou de assunto, como se desistisse da tentativa de compreender a visão de Dorothy.

— É bobagem isso que estamos falando — disse. — Você tem umas ideias muito depressivas, mas vai se livrar delas mais tarde, sabe. O cristianismo não é uma doença incurável. Entretanto, havia algo bastante diferente que eu estava para lhe dizer. Quero que me escute por um momento. Você está voltando para casa, depois de oito meses fora. O que espero que compreenda é que será um pouco desconfortável. Você já tinha uma vida bem dura antes, pelo menos o que eu chamaria de vida dura. E agora que não é mais uma garota boazinha, como a escoteira que costumava ser, vai ser bem mais difícil. Então, acha que é absolutamente necessário voltar para o mesmo tipo de vida?

— Não sei o que mais eu poderia fazer, a não ser que pudesse conseguir outro emprego. Não tenho alternativas mesmo.

O sr. Warburton, com a cabeça um pouco empinada de um lado, olhou Dorothy de uma maneira bastante curiosa.

— De fato — ele disse, de um jeito mais sério que o usual —, existe pelo menos outra alternativa que eu poderia sugerir a você.

— Você quer dizer que eu poderia continuar sendo professora? Talvez seja o que eu deva fazer, mesmo. Devo retomar essa carreira, afinal.

— Não, não é isso que eu aconselharia.

Durante todo esse tempo, o sr. Warburton, evitando expor sua calvície, vinha usando despreocupadamente seu chapéu de feltro cinza de abas largas. Nessa hora, no entanto, tirou-o e colocou-o cuidadosamente sobre o assento vazio a seu lado. Seu crânio nu, com apenas uma mecha ou outra de cabelo dourado caindo ao lado das orelhas, parecia uma monstruosa pérola rosada. Dorothy o observou com uma leve surpresa.

— Estou tirando meu chapéu — ele disse — para que você me veja no meu pior. Você vai entender o motivo em um instante. Agora, deixe-me oferecer-lhe outra alternativa além de voltar para suas escoteiras e Associação de Mães, ou se trancar em alguma masmorra de escola de garotas.

— O que quer dizer? — disse Dorothy.

— O quero dizer é perguntar se você quer... Pense bem antes de responder, admito que há algumas objeções óbvias, mas... Se você quer se casar comigo?

Dorothy ficou de queixo caído de surpresa. Talvez tenha até ficado um pouco mais pálida. Recuou, apressada, de forma quase inconsciente, para o mais longe dele que o encosto do assento permitia. Mas o sr. Warburton não havia feito nenhum movimento na direção dela. Ele disse, em completa serenidade:

— Você sabe, é claro, que Dolores [Dolores era a ex-companheira do sr. Warburton] me deixou um ano atrás, não sabe?

— Mas eu não posso, não posso! — exclamou Dorothy. — Você sabe que não posso. Não sou... Desse jeito. Pensei que sempre soubesse. Não devo nunca me casar.

O sr. Warburton ignorou essa observação.

— Garanto a você — ele disse, ainda com uma calma exemplar — que não estou exatamente na categoria de jovem cobiçado. Sou um tanto mais velho que você. Nós dois parecemos estar pondo as cartas na mesa hoje, portanto vou contar um grande segredo e informá-la de que tenho 49 anos. Também tenho três filhos e má reputação. É um casamento que o seu pai iria, bem, olhar com desaprovação. E minha renda é de apenas 700 libras por ano. Mas, ainda assim, você não acha que vale a pena considerar?

— Não posso, você sabe por que não posso! — repetiu a jovem.

Dorothy assumiu que ele "sabia por que ela não podia", embora nunca tivesse lhe explicado, nem a ninguém mais, por que considerava impossível se casar. Muito provavelmente, mesmo se tivesse explicado, o sr. Warburton não a teria compreendido. Ele continuou falando, sem parecer ter notado o que ela dissera.

— Deixe-me apresentar minha proposta — disse — na forma de uma barganha. É claro que não preciso dizer que é bem mais que isso. Não sou do tipo casadoiro, como diz o ditado, e não lhe pediria que se casasse comigo se você não tivesse uma atração especial por mim. Mas deixe-me mostrar o lado comercial primeiro. Você precisa de um lar e de um meio de vida; eu preciso de uma esposa para me manter em ordem. Perdoe-me por mencionar isso, mas estou cansado dessas mulheres desagradáveis com quem passei minha vida, e ansioso para sossegar. Um pouco tarde, talvez, mas antes tarde do que nunca. Além do mais, preciso de alguém que cuide das crianças, os bastardos, sabe. Não espero que você me ache arrasadoramente atraente — acrescentou, passando uma mão, pensativo, pela cabeça careca —, mas, por outro lado, sou de fácil trato. Pessoas imorais normalmente o são, na verdade. E, do seu ponto de vista, o esquema teria certas vantagens. Por que você deveria passar sua vida entregando revistas paroquiais e esfregando as pernas de velhas nojentas com loção Elliman? Estaria mais feliz casada, mesmo com um marido de cabeça careca e passado nebuloso. Você teve uma vida chata e dura para uma garota da sua idade, e seu futuro não é exatamente promissor. Você já considerou mesmo como deve ser seu futuro se não se casar?

— Não sei. De alguma forma, já pensei — ela disse.

Como o sr. Warburton não tentou pousar a mão sobre Dorothy nem oferecer nenhum tipo de afeto, ela respondeu à pergunta sem repetir sua recusa anterior. Ele olhou pela janela e continuou, com uma voz meditativa, muito mais silenciosa que seu tom normal, de forma que ela mal podia ouvi-lo acima da barulheira que o trem fazia; mas, nessa hora, sua voz se ergueu e assumiu um tom sério, que ela nunca havia ouvido dele antes, ou mesmo imaginado que ele pudesse ter.

— Considere como seria seu futuro — o sr. Warburton repetiu. — É o mesmo futuro que está diante de qualquer mulher de sua classe social sem marido e sem dinheiro. Digamos que seu pai viva mais dez anos. Ao fim desse período, o último centavo dele já terá ido pelo ralo. O desejo de esbanjar o manterá vivo enquanto o dinheiro durar, e provavelmente não mais que isso. Durante todo esse tempo, ele se tornará mais senil, mais cansado, mais impossível de conviver; ele irá bancar o tirano para cima de você cada vez mais, dar cada vez menos dinheiro, causar cada vez mais problemas para você com os vizinhos e comerciantes. E você continuará com aquela vida preocupante, de escravidão, que viveu, lutando para pagar as contas, ensaiando as escoteiras, lendo romances para a Associação de Mulheres, polindo os metais do altar, mendigando dinheiro para o fundo do órgão, fazendo botas de papel pardo para as peças infantis, aguentando as brigas sórdidas da vizinhança e os escândalos do galinheiro da igreja. Ano após ano, inverno e verão, você irá pedalar sua bicicleta de um casebre a outro, para distribuir os centavos da mirrada caixa de esmolas, e repetir orações nas quais você já não acredita mais. Irá assistir a cultos intermináveis, que no fim a deixarão fisicamente doente com a mesmice e a futilidade. A cada ano, sua vida será mais sombria, um pouco mais cheia daqueles trabalhos miseráveis que são empurrados para as mulheres sozinhas. E lembre-se de que você não terá 28 anos para sempre. Durante esse tempo todo, você estará minguando, murchando, até que em uma manhã se olhará no espelho e compreender que não é mais uma garota, apenas uma solteirona velha e magricela. Você irá lutar contra isso, é claro. Manterá sua energia física e os maneirismos de menina, irá mantê-los só um pouquinho além da conta. Conhece aquele tipo de solteirona inteligente — inteligente demais — que diz "esplêndido", "formidável" e "certinho" e se orgulha de estar sempre de bom humor, e está sempre de tão bom humor que faz as outras pessoas se sentir um pouco mal? E joga tênis tão bem, e é tão boa no teatro amador, e se dedica com uma espécie de desespero ao grupo de escoteiras e às visitas paroquiais, e é a alegria dos eventos sociais da igreja, e sempre, ano após ano, se vê ainda como uma jovem moça e nunca entende que, pelas costas, todos riem da pobre e decepcionada solteirona? É isso que você se tornará, o que deve se tornar, por mais que o preveja e tente evitá-lo. Não há outro futuro possível para você a não ser que se case. Mulheres que não se casam definham — definham como flores nas janelas da sala dos fundos. E o que é mais vil é que elas não sabem que estão definhando.

Dorothy estava sentada em silêncio e ouvia com atenção e horrorizada fascinação. Ela nem havia notado que o sr. Warburton tinha se posto em pé, com uma mão na porta para se apoiar contra o balanço do trem. Estava como que hipnotizada. Não tanto pela voz dele, mas pela visão que as palavras evocaram nela. O sr. Warburton havia descrito vida de Dorothy como deveria, inevitavelmente, vir a ser, com uma fidelidade tão devastadora que ele parecia tê-la arrastado por dez anos para dentro do futuro ameaçador, e ela se sentiu não mais uma moça cheia de energia e juventude, mas uma virgem cansada e desesperada de 38 anos. Conforme o sr. Warburton continuou, tomou a mão de Dorothy, que repousava sobre o braço do assento; e mesmo isso ela mal notou.

— Depois de dez anos — ele continuou —, seu pai irá morrer, e não deixará nenhum centavo, apenas dívidas. Você terá quase 40, sem dinheiro, sem profissão, sem chance nenhuma de se casar; apenas a degradada filha de um reverendo, como outras 10 mil na Inglaterra. E, depois disso, o que acha que vai ser de você? Terá de encontrar um emprego, o tipo de emprego que filhas de reverendo conseguem. Governanta, por exemplo, ou acompanhante de alguma bruxa velha doente, que irá se ocupar em achar formas de humilhá-la. Ou voltará a dar aulas; professora de inglês em alguma horrível escola para meninas, 77 libras por ano mais hospedagem e uma quinzena em uma pensão à beira-mar todo mês de agosto. E o tempo todo murchando, ficando mais amarga, mais marcada e mais sem amigos. E, portanto...

E, quando ele disse "portanto", Dorothy ficou em pé. Não resistiu. A voz do sr. Warburton havia lhe lançado um feitiço. Quando sua mente vislumbrou aquele futuro ameaçador, cujo vazio ela estava muito mais apta que ele a compreender, um desespero tão grande cresceu dentro dela que, se tivesse dito qualquer coisa, teria sido "sim, eu me caso com você". O sr. Warburton encostou o braço muito delicadamente sobre Dorothy e conduziu-a um pouco em sua direção; e, mesmo nessa hora, ela não tentou resistir. Seus olhos, meio hipnotizados, estavam fixos nos dele. Quando o sr. Warburton colocou o braço nela, foi como se a estivesse protegendo, dando-lhe abrigo, afastando-a de qualquer eminência de uma pobreza cinzenta e terrível e colocando-a de volta em um mundo de amizade e coisas desejáveis — segurança e conforto, moradia agradável e roupas boas, livros, amigos e flores, dias de verão e terra distantes. Então, por quase um minuto, o solteirão gordo e debochado e a moça solteirona e magra ficaram cara a cara, olho no olho, os corpos quase se tocando, enquanto o trem os balançava no seu ritmo e as nuvens, os postes de telégrafo, as sebes cheias de botões e os campos verdes de trigo passavam sem ser vistos.

O sr. Warburton segurou Dorothy com firmeza, puxando-a para si. Isso quebrou o encanto. As visões que a tinham mantido indefesa — visões de pobreza e de como escapar da pobreza — de repente desapareceram, deixando-a apenas com a chocante percepção do que estava acontecendo. Ela estava nos braços de um homem. Um homem gordo e velho! Uma onda de nojo e medo terrível a perpassou, e suas entranhas pareceram encolher e se congelar. O grande corpo masculino pressionava-a para trás e para baixo, o rosto rosado, largo, tranquilo — mas, aos seus olhos, velho — ia por cima do dela. O forte odor de macho adentrou suas narinas. Dorothy recuou. Coxas peludas de sátiros! Ela começou a lutar furiosamente, embora, na verdade, ele não fizesse quase nenhum esforço para retê-la. Num dado momento, tinha se libertado e caído sentada na poltrona, branca e tremendo. Dorothy mirou-o com olhos que, de medo e aversão, eram, por um instante, de uma estranha.

O sr. Warburton permaneceu em pé, olhando-a com uma expressão de desapontamento resignado, quase divertido. Não pareceu nem um pouco aflito. Quando Dorothy recuperou a calma, percebeu que tudo o que o homem dissera não passara de um truque para brincar com seus sentimentos

A Filha do Reverendo

e persuadi-la a dizer que se casaria com ele; e mais estranho ainda era que havia dito tudo isso sem se preocupar seriamente se ela se casaria com ele ou não. O sr. Warburton estivera, de fato, simplesmente se divertindo. É muito provável que a coisa toda tenha sido apenas uma de suas periódicas tentativas de seduzi-la.

Ele se sentou, mais deliberadamente que ela, preocupando-se em não desfazer os vincos da calça.

— Se você quiser puxar o sinal de alarme — ele disse, suavemente —, é melhor, primeiro, me deixar ver se tenho 5 libras no bolso.

Depois disso, o sr. Warburton voltou a ser ele mesmo, ou, pelo menos, na medida do possível depois de uma cena como essa, e continuou conversando sem o menor sintoma de acanhamento. Seu senso de vergonha, se é que algum dia teve algum, havia perecido muitos anos antes. Talvez tenha sido extinto por excesso de trabalho, em uma vida de degradados casos com mulheres.

Por uma hora, talvez, foi Dorothy quem se sentiu acanhada, mas depois disso o trem chegou a Ipswich, onde parou por 15 minutos, e houve a distração de ir até a lanchonete tomar uma xícara de chá. Nos últimos 30 quilômetros da viagem, eles conversaram bastante amigavelmente. O sr. Warburton não se referiu novamente à proposta de casamento, mas, quando o trem se aproximava de Knype Hill, retomou, menos seriamente que antes, a questão do futuro de Dorothy.

— Então, você está mesmo disposta a voltar ao trabalho paroquial? As rondas triviais, as tarefas comuns? O reumatismo da sra. Pither e o emplasto para calos da sra. Lewin e todo o resto? Essa perspectiva não a desanima?

— Não sei. Às vezes, sim. Mas espero que fique tudo bem assim que eu voltar ao trabalho. Já estou acostumada, sabe.

— E você acha que consegue enfrentar anos de hipocrisia calculada? Porque é o que isso significa, você sabe. Não tem medo de acabar dando com a língua nos dentes? Tem certeza de que não terminará ensinando as crianças da escola dominical a dizer o pai-nosso de trás para a frente, ou ler o capítulo 15 de Gibbons para a Associação de Mães, em vez de Gene Stratton Porter?

— Acho que não. Porque, veja, eu acho que aquele tipo de trabalho, mesmo que signifique ensinar as crianças coisas que penso não ser sempre verdadeiras, sinto que de alguma forma é útil.

— Útil? — disse o sr. Warburton com desgosto. — Você gosta um pouquinho demais dessa palavra depressiva, "útil". Hipertrofia da noção de obrigação. Esse é o seu problema. Agora, para mim, parece simplesmente bom senso divertir-se um pouco enquanto tudo está indo bem.

— Isso é só hedonismo — objetou Dorothy.

— Minha querida, pode me apresentar uma filosofia de vida que não seja hedonista? Seus santos cristãos parasitários são os maiores hedonistas de todos. Eles vivem em uma felicidade eterna, enquanto nós, pobres pecadores, não esperamos mais que uns poucos anos dela. No fundo, estamos todos tentando obter um pouco de felicidade, mas algumas pessoas a conseguem de forma perversa. Seu conceito de diversão parece ser massagear as pernas da sra. Pither.

— Não é isso, exatamente, mas... Ah! Não sei explicar!

O que Dorothy iria dizer era que, embora a fé a houvesse abandonado, ela não havia mudado, não poderia mudar, não queria mudar a base espiritual de sua mente; que o seu mundo, embora agora parecesse vazio e sem sentido, de certa forma ainda era o mundo cristão; que o modo de vida cristão ainda era o jeito que as coisas lhe ocorriam naturalmente. Mas não conseguiu expressar isso em palavras e sentiu que, se tentasse fazê-lo, o sr. Warburton provavelmente começaria a rir dela. Então concluiu, de forma incompleta:

— De maneira alguma, sinto que é melhor para mim continuar como estava antes.

— Exatamente do jeito que estava antes? Com tudo a que tem direito? As escoteiras, a Associação de Mães, o Grupo da Esperança, a Companhia de Matrimônio, as visitas paroquiais e as aulas na escola dominical, Sagrada Comunhão duas vezes por semana e lá vamos nós, com toda a adoração dos cantos gregorianos? Tem certeza de que consegue lidar com isso?

Dorothy sorriu involuntariamente.

— Não, canto gregoriano, não. Meu pai não gosta.

— E você acha que, exceto por seus pensamentos íntimos, sua vida será precisamente o que era antes de ter perdido sua fé? Que não haverá nenhuma mudança em seus hábitos?

Dorothy pensou. Sim, haveria mudanças em seus hábitos, mas a maior parte deles seria segredo. A lembrança do alfinete disciplinador cruzou sua mente. Sempre fora um segredo seu, e decidiu não mencioná-lo.

— Bem — ela disse, finalmente —, talvez na sagrada comunhão eu deva me ajoelhar à direita da srta. Mayfill, em vez de à esquerda dela.

2

Uma semana havia se passado.

Dorothy pedalou ladeira acima, vindo da cidade, e parou sua bicicleta no portão da Casa Paroquial. Era uma tarde agradável, clara e fria, e o sol, sem nuvens, estava afundado num céu remoto, esverdeado. Dorothy notou que o freixo na entrada estava florescendo, com flores vermelho-escuras, que pareciam uma ferida purulenta.

Estava bastante cansada. Havia tido uma semana atribulada, com as visitas a todas as mulheres em sua lista, uma por vez, e tentando pôr os assuntos da paróquia em ordem novamente. Tudo ficara uma bagunça terrível com sua ausência. A igreja estava suja como nunca — na verdade, Dorothy tivera de gastar boa parte do dia limpando-a com escovas, vassouras e pás, e a camada de "sujeira de rato" que havia encontrado atrás do órgão a fazia se contorcer só de pensar. (A razão pela qual os ratos vinham parar ali era porque Georgie Frew, o tocador de órgão, costumava trazer pacotinhos de biscoitos de 1 centavo para a igreja e comê-los durante o sermão.) Todas as associações da igreja haviam sido negligenciadas; assim, o Grupo da Esperança e a Companhia de Matrimônio pararam de funcionar, o comparecimento à Escola Dominical caíra pela metade, e havia uma briga mutuamente destrutiva em andamento na Associação de Mães, devido a alguma observação indelicada que a srta. Foote fizera. A situação do campanário mostrava-se pior que nunca. A *Revista Paroquial* não havia circulado regularmente, e o dinheiro para isso não havia sido coletado. Nenhuma das contas dos fundos da igreja tinha sido mantida em ordem, havia 19 xelins faltando, que ninguém sabia em que haviam sido gastos, e mesmo os registros paroquiais estavam uma confusão — e assim por diante, *ad infinitum*. O reitor deixara tudo desmoronar.

Dorothy estivera atolada em trabalho desde que chegara em casa. De fato, as coisas haviam retomado a rotina com uma impressionante rapidez. Era como se ela tivesse ido embora ontem. Agora que o escândalo fora esquecido, sua volta a Knype Hill despertava pouca curiosidade. Algumas mulheres em sua lista de visitas, particularmente a sra. Pither, ficaram genuinamente felizes em vê-la de volta, e Victor Stone talvez tenha parecido apenas um pouco envergonhado por ter temporariamente acreditado na calúnia da sra. Semprill, mas logo se esqueceu disso ao relatar para Dorothy seu último triunfo no *Church Times*. Várias das senhoras do café, é claro, paravam Dorothy na rua com um "Minha querida, como é bom ver você de volta! Você ficou longe muito tempo! E sabe, querida, todas nós achamos uma pena quando aquela mulher horrível saiu contando aquelas histórias sobre você. Espero mesmo que entenda, querida, que não importa o que todo mundo tenha pensado, eu nunca acreditei em uma palavra" etc. etc. etc. Mas ninguém havia feito as perguntas embaraçosas que ela temia. "Lecionei em uma escola em Londres" satisfazia a todos; eles nem haviam perguntado o nome da escola. Nunca, ela entendeu, teria de confessar que havia dormido na Trafalgar Square e sido presa por mendicância. O fato é que pessoas que moram em pequenas cidades do interior têm apenas uma vaga ideia de qualquer coisa que acontece a mais de 15 quilômetros de casa. O mundo lá fora é uma terra incógnita, habitada, sem dúvida, por dragões e canibais, mas nem por isso interessante.

 Até mesmo o pai de Dorothy a havia cumprimentado como se ela tivesse ficado fora um fim de semana apenas. O reverendo estava em seu escritório quando ela chegou, pensando e fumando seu cachimbo em frente ao relógio do avô, cujo mostrador, quebrado pelo cabo de vassoura da faxineira quatro meses antes, ainda tinha sido consertado. Quando Dorothy adentrou o recinto, ele tirou o cachimbo da boca e o colocou no bolso com um movimento distraído, de homem idoso. Parecia muito mais velho, Dorothy pensou.

— Então, aí está, finalmente — ele disse. — Fez boa viagem?

Dorothy pôs os braços em torno do pescoço do pai e tocou, com os lábios, seu rosto pálido e acinzentado. Quando ela se afastou, ele deu um tapinha em seu ombro, com uma afeição um pouco mais perceptível que o usual.

— O que deu em você para fugir daquele jeito? — ele disse.

— Eu disse ao senhor, pai... Eu perdi a memória.

— Hmmm — disse o reverendo. E Dorothy compreendeu que ele não acreditou nela, nunca acreditaria, e que em muitas e muitas ocasiões futuras, quando o pai estivesse com o humor pior que no presente, aquela fuga seria usada contra ela. — Bem — acrescentou —, depois de levar sua mala para cima, traga sua máquina de escrever aqui. Quero que datilografe meu sermão.

Nada muito interessante aconteceu na cidade. A Sua Adorável Loja de Chá estava ampliando as instalações, contribuindo para desfigurar a rua principal. O reumatismo da sra. Pither estava melhor (graças ao chá de angélica, sem dúvida), mas o sr. Pither "andou indo ao médico", e eles tinham medo de que fosse pedra nos rins. O sr. Blifil-Gordon agora estava no Parlamento, um penetra manso nos bancos de trás do Partido Conservador. O velho sr. Tombs havia morrido logo após o Natal, e a srta. Foote havia ficado com sete de seus gatos e feito um enorme esforço para conseguir lar para os outros. Eva Twiss, sobrinha do sr. Twiss, o ferrageiro, tivera um filho ilegítimo, que morreu. Proggett havia cavoucado a horta e feito uma nova semeadura, e os feijões e as primeiras ervilhas estavam começando a aparecer. As dívidas no comércio começavam a se acumular novamente, depois da reunião dos credores, e já deviam 6 libras ao Cargill. Victor Stone entrara em uma polêmica com o professor Coulton no *Church Times*, sobre a Santa Inquisição, e o derrotara completamente. O eczema de Ellen havia piorado muito no inverno. Walph Blifil-Gordon tivera dois poemas aceitos pelo *London Mercury*.

Dorothy entrou no conservatório. Tinha um grande trabalho nas mãos — trajes para um desfile que as crianças fariam no Dia de São Jorge, em prol de fundos para o órgão. Nem um centavo foi pago da dívida do órgão nos últimos oito meses, e o reitor, provavelmente, jogava fora sem abrir as cartas de quem o vendeu, porque o tom estava ficando cada vez mais sério. Dorothy havia queimado os neurônios pensando em uma maneira de levantar algum dinheiro, e finalmente decidiu por um desfile histórico, começando com Júlio César e terminando com o duque de Wellington. Poderia conseguir 2 libras com o desfile, pensou — com sorte, talvez consiga até 3 libras!

Ela deu uma olhada pelo conservatório. Desde que voltara para casa, mal tinha estado ali e, evidentemente, nada havia sido tocado durante sua ausência. Suas coisas estavam exatamente como as deixara; e tudo se encontrava coberto por uma grossa camada de pó. A máquina de costura estava sobre a mesa, em meio aos familiares restos de pedaços de tecido, folhas de papel pardo, rolos de algodão e potes de tinta, e, embora a agulha tivesse enferrujado, a linha ainda estava nela. E sim! Lá estavam as botas que ela estava fazendo na noite em que foi embora. Pegou uma delas e a observou. Algo tocou seu coração. Sim, não importa o que digam, eram boas botas! Que pena nunca terem sido usadas! No entanto, seriam úteis no desfile. Para Carlos II, talvez... Ou, não, melhor não haver Carlos II. Melhor Oliver Cromwell no lugar, porque, se houver Oliver Cromwell, não será preciso fazer uma peruca.

Dorothy acendeu o fogão a óleo, encontrou suas tesouras e duas folhas de papel pardo e se sentou. Havia uma montanha de roupas a ser feitas. Melhor começar logo com a couraça de Júlio César, pensou. Sempre aquela armadura infeliz causando todo o problema! Como era uma armadura de soldado romano? Dorothy se esforçou e trouxe à mente a estátua de algum imperador de barba enrolada na Sala Romana do Museu Britânico. Seria possível fazer uma couraça meio rústica com cola e papel pardo e colar faixas estreitas de papel nela para representar os revestimentos da armadura, e então pintá-la de prateado. Não teria de fazer capacetes, graças a Deus! Júlio César sempre usava uma coroa de louros — com vergonha da sua calvície, sem dúvida, assim como o sr. Warburton. Mas e as grevas? Usavam-se grevas na época de Júlio César? E botas? Aquilo que se usava era uma bota ou uma sandália?

Após alguns instantes, Dorothy parou, a tesoura repousando sobre os joelhos. Um pensamento que a vinha assombrando, um fantasma não exorcizado a cada momento ocioso durante a última semana, havia retornado mais uma vez para distraí-la. Era o pensamento naquilo que o sr. Warburton havia lhe dito no trem, de como sua vida seria depois, solteira e sem dinheiro.

Não que ela tivesse dúvida dos fatores externos relacionado a seu futuro. Podia ver tudo muito bem. Dez anos, talvez, no trabalho paroquial, mas sem salário, e depois voltando a lecionar em escolas. Não necessariamente uma escola como a da sra. Creevy — sem dúvida, poderia conseguir algo melhor que aquilo —, mas, pelo menos, em uma escola igual a uma prisão caindo aos pedaços, ou talvez em algum tipo de trabalho árduo, bem menos humano e mais sombrio. O que quer que acontecesse, na melhor das hipóteses Dorothy teria de encarar o destino que é comum a todas as mulheres sozinhas e sem dinheiro. "A velhas moças da velha Inglaterra", como alguém as chamava. Tinha 28 anos — velha o suficiente para entrar nessa estatística.

Mas não importava, não importava! Isso era algo que nunca se conseguia colocar na cabeça dos srs. Warburtons da vida, nem se se conversasse com eles por milhares de anos; que simples coisas exteriores, como pobreza e trabalho duro, até mesmo solidão, não importavam pelo que eram. São as coisas que acontecem no seu coração que importam. Por apenas um momento — um momento horrível —, enquanto o sr. Warburton estava falando no trem, Dorothy havia conhecido o medo da pobreza. Mas dominou-o, e aquilo não se configurou como algo com que valia a pena se preocupar. Não foi por causa daquilo que ela teve de endurecer sua coragem e refazer toda a estrutura de sua mente.

Não, foi algo muito mais fundamental. Foi o terrível vazio que Dorothy havia descoberto no âmago das coisas. Pensou em como, um ano antes, havia sentado nessa cadeira, com essa tesoura nas mãos, fazendo precisamente o que estava fazendo agora; e era como se naquele momento e agora ela tivesse sido duas pessoas diferentes. Para onde havia ido aquela moça ridícula, bem intencionada, que rezava em êxtase nos campos com perfume de verão e beliscava o braço como punição por pensamentos sacrílegos? E o que restou de quem nós éramos um ano atrás? E, ainda assim — e aí é que está o problema —, ela era a mesma moça. Crenças mudam, pensamentos mudam, mas há uma parte interior da alma que não muda. A fé desaparece, mas a necessidade da fé permanece a mesma de antes.

E, quando o que se tem é apenas a fé, o que mais importa? Como pode tudo o mais consterná-lo se só há um propósito no mundo a que você pode servir, e que, enquanto o serve, você o entende? Sua vida toda é iluminada pelo senso de propósito. Não há cansaço em seu coração, nem dúvidas, nem sentimento de futilidade, nem o tédio baudelairiano à espera de horas desprotegidas. Todo ato é significativo, todo momento é santificado, entrelaçado pela fé como uma trama, um tecido de alegria infinita.

Dorothy começou a refletir sobre a natureza da vida. A pessoa emerge do útero, vive 60 ou 70 anos e depois morre e apodrece. E, analisando toda a vida, se nenhum propósito final a redime, ela adquire uma qualidade cinzenta, de desolação, que nunca poderia ser descrita, mas que se poderia sentir como uma pontada no coração. A vida, se é que o túmulo realmente a encerra, é monstruosa e assustadora. Não adianta tentar argumentar o contrário. Pense na vida como realmente é, pense nos detalhes; e depois pense que não há significado algum nela, nenhum propósito, nenhum objetivo exceto o túmulo. Será que apenas os tolos e os autoenganadores, ou aqueles cuja vida é excepcionalmente afortunada, conseguem encarar aquele pensamento sem hesitar?

Dorothy mudou sua posição na cadeira. Mas, afinal, deve haver algum significado, algum propósito nisso tudo! O mundo não pode ser um acidente. Tudo o que acontece deve ter uma causa — em última instância, portanto, um propósito. Se você existe, Deus deve tê-lo criado, e já que o fez um ser consciente, Ele deve ser um ser consciente também. O maior não vem do menor. Ele o criou e Ele o matará, dentro de Seu próprio propósito. Mas esse propósito é inescrutável. Está na natureza das coisas que você nunca possa descobri-lo, e, mesmo que o descobrisse, seria contrário a ele. Sua vida e sua morte podem não passar de uma simples nota na orquestra eterna que Ele toca para sua própria diversão. E se você não gostar da melodia? Dorothy pensou naquele horrível clérigo sem bata na Trafalgar Square. Será que havia sonhado as coisas que ele disse? Ou ele tinha mesmo dito tudo aquilo? "Portanto, com demônios e arquidemônios e com toda a companhia do inferno." Mas aquilo era mesmo estúpido. Pois não gostar da melodia também fazia parte da melodia.

Sua mente lutou com a questão, enquanto percebia que não havia solução. Não havia, ela entendeu claramente, nenhum substituto possível para a fé; nenhuma aceitação pagã da vida como autossuficiente, nenhum subterfúgio panteísta alegre, nenhuma pseudorreligião de "progresso" com visões de utopias reluzentes e montes de aço e concreto. É tudo ou nada. Ou a vida na Terra é uma preparação para algo maior e mais duradouro, ou é sem sentido, sombria e assustadora.

Dorothy teve um sobressalto. Um som crepitante vinha do pote de cola. Ela havia se esquecido de colocar um pouco de água na panela, e a cola estava começando a queimar. Pegou a panela, levou-a rapidamente até a pia da copa e a reabasteceu, depois a trouxe de volta e colocou-a novamente no fogão a óleo. "Tenho de fazer aquela couraça antes do jantar de qualquer jeito!", ela pensou. Depois de Júlio César, pensaria em Guilherme, o Conquistador. Mais armadura! E logo tinha de ir até a cozinha e lembrar Ellen de preparar algumas batatas para acompanhar a carne moída do jantar; também havia sua "lista de tarefas" a escrever para o dia seguinte. Deu forma às duas metades da couraça, cortou os buracos para os braços e o pescoço e, depois, parou de novo.

Aonde ela havia chegado? Estivera dizendo que a morte termina tudo, e então não há esperança nem sentido em nada. Bem, o que há então?

O ato de ir até a copa e reabastecer a panela havia mudado o teor de seus pensamentos. Dorothy percebeu, por um momento, pelo menos, que havia se permitido resvalar para o exagero e a autopiedade. Muito barulho por nada, no fim! Como se na vida real não houvesse inúmeras pessoas na mesma situação que ela! No mundo todo, milhares, milhões delas; pessoas que perderam sua fé sem perder a necessidade de fé. "Metade das filhas de reverendos na Inglaterra", o sr. Warburton havia dito. Provavelmente ele estava certo. E não apenas filhas de reverendos; pessoas de todos os tipos, pessoas doentes, sozinhas e falidas, pessoas que levam uma vida frustrada e desencorajadora, pessoas que precisaram da fé para apoiá-las e não a tiveram. Talvez até freiras em conventos, esfregando o chão e cantando ave-marias, secretamente incrédulas.

E que covarde não seria, afinal, arrepender-se de uma superstição da qual se livrara a fim de querer acreditar em algo que sabia, em seu âmago, que não era verdade!

Contudo...

Dorothy repousou a tesoura. Quase por força do hábito — como se sua volta para casa, que não havia restaurado sua fé, tivesse resgatado seus hábitos exteriores de devoção —, ajoelhou-se ao lado da cadeira. Enterrou o rosto nas mãos. Começou a rezar.

— Eu creio, Senhor, ajude a minha incredulidade. Eu creio, Senhor, eu creio; ajude a minha incredulidade.[66]

Era inútil, absolutamente inútil. Mesmo enquanto pronunciava as palavras, ela estava consciente de sua inutilidade, e ficou meio envergonhada de sua atitude. Ergueu a cabeça. E, naquele momento, entrou por suas narinas um cheiro quente, ruim, esquecido nesses oito meses mas completamente familiar — o cheiro de cola. A água na panela fazia barulho enquanto fervia.

---

66 Bíblia, Novo Testamento: Evangelho de Marcos, capítulo 9, versículo 24. (N. da T.)

Dorothy ficou em pé e pegou o cabo do pincel. A cola estava amolecendo — mais cinco minutos e ficaria líquida.

O relógio do avô no escritório de seu pai bateu 6 horas. Dorothy sobressaltou-se. Entendeu que havia perdido 20 minutos, e sua consciência apunhalou-a tão duramente que todas as questões que a vinham preocupando sumiram de sua cabeça. "O que é que fiz esse tempo todo?", pensou; e, naquele momento, ela teve mesmo a impressão de que não fizera nada. Aconselhou a si mesma. "Vamos, Dorothy! Nada de preguiça, por favor! Você tem de terminar aquela couraça antes do jantar." Sentou-se, encheu a boca de alfinetes e começou a juntar as duas metades da couraça, para obter o formato antes que a cola estivesse pronta para ser usada.

O cheiro de cola era a resposta para sua oração. Ela não sabia. Não refletiu, conscientemente, que a solução para sua dificuldade estava em aceitar o fato de que não havia solução; que, se alguém se dispõe a continuar o trabalho que tem em mãos, o propósito desse trabalho desaparece em meio à insignificância; que fé e falta de fé são praticamente a mesma coisa, desde que se faça o que é habitual, útil e aceitável. Dorothy ainda não conseguia formular esses pensamentos, conseguia apenas vivê-los. Muito mais tarde, talvez, formularia-os e teria conforto neles.

Havia ainda um ou dois minutos antes que a cola estivesse pronta para o uso. Dorothy terminou de juntar as partes da couraça e, no mesmo instante, começou a rascunhar, mentalmente, os inúmeros trajes que ainda tinha de fazer. Depois de Guilherme, o Conquistador — era cota de malha que se usava na época dele? —, havia Robin Hood, Lincoln Green e seu arco e flecha, e Thomas Becket vestido com capa e mitra, e os rufos da rainha Elizabeth, e um chapéu armado para o duque de Wellington. "Tenho de ir ver aquelas batatas às 6 e meia", pensou. E havia a "lista de tarefas" a escrever para o dia seguinte. Amanhã era quarta-feira — não podia se esquecer de ajustar o despertador para as 5 e meia. Pegou um pedaço de papel e começou a anotar a lista de tarefas:

7h Sagrada Comunhão
Sra. J vai ter bebê mês que vem. Ir vê-la.
CAFÉ DA MANHÃ. Bacon.

Parou para pensar em itens novos. A sra. J. era sra. Jowett, esposa do ferreiro; às vezes ela vinha ser abençoada depois do nascimento dos bebês, mas apenas se fosse coagida antecipadamente, com habilidade. "E devo levar alguns comprimidos de calmantes para a sra. Frew", Dorothy pensou, "e depois talvez ir falar com Georgie e fazê-lo parar de comer aqueles biscoitos durante o sermão." Acrescentou a sra. Frew à lista. "E quanto ao jantar... almoço de amanhã? Temos de pagar alguma coisa para o Cargill de qualquer forma!", pensou. E no dia seguinte haveria o chá da Associação de Mães, e já tinham terminado o romance que a srta. Foote vinha lendo para elas. A questão era: o que ler agora? Não parecia haver mais livros de Gene Stratton Porter, o favorito delas. E se for Warwick Deeping? Intelectual demais, talvez? "E tenho de pedir ao Progget para conseguir alguns brotos de couve-flor para plantar", pensou, por fim.

A cola havia se liquefeito. Dorothy pegou duas folhas novas de papel pardo, cortou-as em duas tiras estreitas e — bastante desajeitada, devido à dificuldade de manter a couraça convexa — colou-as horizontalmente, na frente e atrás. Aos poucos, foi endurecendo. Quando a havia reforçado toda, desvirou-a para verificar o resultado. Até que não estava mal! Mais uma camada de papel, e ficaria bem parecida como uma armadura real. "Aquele desfile precisa ser um sucesso!", pensou. Que pena que não podemos pegar um cavalo emprestado de alguém e ter Boadiceia em sua carruagem, com foice sobre as rodas. E que tal Hengist e Horsa?[67] Usando ligas e capacetes alados. Dorothy cortou mais duas folhas de papel pardo em tiras e pegou a couraça para dar os retoques finais. O problema da fé e da falta dela havia saído completamente de sua cabeça. Começava a escurecer, mas, ocupada demais para parar e acender a luz, Dorothy continuou trabalhando, colando tira de papel atrás de tira de papel, com a concentração absorta e devota em meio ao cheiro penetrante vindo do pote de cola.

---

67 São os líderes dos primeiros saxões que se estabeleceram na Grã-Bretanha. (N. da T.)

Impressão e Acabamento
Gráfica Oceano